Almas
de piedra

Lloyd
Devereux
Richards

Almas de piedra

Lloyd Devereux Richards

Traducción de
Aleix Montoto

Ediciones Destino
Colección Áncora y Delfín
Volumen 1666

Título original: *Stone Maidens*

© Lloyd Devereux Richards, 2012
Esta edición ha sido posible gracias a un acuerdo de licencia con Amazon Publishing
www.apub.com, en colaboración con Sandra Bruna Agencia Literaria
© por la traducción del inglés, Aleix Montoto, 2024
© Editorial Planeta, S. A., 2024
Ediciones Destino, un sello editorial de Editorial Planeta, S. A.
Avda. Diagonal, 662-664, 08034 Barcelona (España)
www.edestino.es
www.planetadelibros.com

Primera edición: septiembre de 2024
ISBN: 978-84-233-6592-0
Depósito legal: B. 12.076-2024
Composición: Realización Planeta
Impresión y encuadernación: CPI Black Print
Printed in Spain - Impreso en España

En memoria de Ritie, con todo mi afecto

Prólogo

Era finales de verano y él tenía diecisiete años. Hacía calor. Eso le gustaba, a pesar de que trabajaba en una granja y se pasaba largas horas apilando heno. Estaba almacenando las balas para el invierno en un pajar de tres pisos. Desde la ventana alta de la que colgaba la polea para alzar los palés, vio a la núbil hija de un granjero vecino, ataviada con un vestido de estampado floral que ondeaba graciosamente. El talle ajustado de la prenda evidenciaba la delgada cintura de la chica. El modo en que el cuerpo de esta se movía dentro del vestido impelió al chico a bajar a toda velocidad los escalones de madera y salir al calinoso aire de agosto.

Ella se metió dentro de un campo de maíz apartando las largas hojas verdes de una segunda plantación, y desapareció tras una hilera para tomar un atajo a casa. Él la siguió a través del maíz como si le tiraran de una anilla en la nariz, empujando a un lado las hojas y los gruesos tallos en el menguante calor del día y hundiendo sus botas de trabajo en la margosa tierra. Aceleró el paso y, dos hileras más allá, divisó el vestido floral. Durante varios minutos mantuvo la distancia, esperando que ella se adentrara más en el campo. Poco a poco, fue internándose más y más en el cultivo de olor dulzón. Las abejas que revoloteaban de una panoja a otra emitían un zumbido alto y persistente.

Comenzó a sentir un cosquilleo en la piel, como si la tuviera cubierta por una colonia de hormigas. El zumbido de las abejas le penetraba directamente en la cabeza. Con la respiración agitada, hincó una rodilla en el suelo y todo se volvió oscuro. A cuatro patas, respirando tierra, comenzó a arañar el suelo como si buscara ahí la vista perdida. Luego la luz volvió muy muy despacio, y con ella un nuevo deseo.

I

El aire estaba empañado, igual que sus ojos en el momento de despertarse. A media mañana, el calor del 4 de julio ya apretaba y casi la asfixiaba. Missy Hooper presionó la tecla para finalizar la llamada y se guardó el móvil en el bolso con un suspiro. Un segundo después se aseguró de haberlo cerrado bien. El parque de atracciones estaba hasta los topes y era fácil que intentaran robarle la cartera si no tenía cuidado.

¿Y ahora qué? Glenna había tenido que ir a la cafetería en la que ambas trabajaban para sustituir a una camarera que se había puesto enferma y no podía encontrarse con ella allí, tal y como habían planeado. Qué lata. Deambular sola por un parque lleno de tantas personas de su edad disfrutando de sus citas no era su idea de diversión. Maldita Glenna. ¿Por qué no le había dicho que no a Rickie? Missy volvió a suspirar. Glenna dejaba que la gente se aprovechara de ella. Tenía que aprender a hacerse valer.

Un feriante tatuado se acercó a ella con una amplia sonrisa y tres pelotas de béisbol en la mano.

—¿Quieres probar tu suerte, jovencita? Tengo premios chulísimos para una chica guapa como tú. Tres pelotas por un dólar.

Missy se giró para evitarlo y casi chocó con un chico enjuto, de pelo rubio oscuro y ojos azul claro.

—¡Eh! Lo que hay que tirar son las botellas, no a otras personas —dijo este con una sonrisa mientras se pasaba una mano por el pelo al rape.

Missy retrocedió un paso.

—Lo-lo siento —se disculpó con un tartamudeo—. Es que no me he fijado por dónde iba.

—No pasa nada. ¿Qué te va más, los bulldogs o los monos? Uno de esos peluches quedaría de fábula en la estantería de tu dormitorio. —Y, acercándose a ella, añadió—: Te lo regalo. —El joven le dio un billete de cinco dólares al feriante y este le devolvió cuatro de un dólar, que sacó de su riñonera.

—¿Cómo dices? —respondió Missy, sonrojándose—. ¿Estás hablando conmigo?

El chico tenía el aspecto curtido de alguien que trabajaba al aire libre, igual que los dos hermanos de Missy, y un rostro que le resultaba extrañamente familiar, aunque no tenía claro de qué.

—¿Con quién si no? —Y, doblándose por la cintura, hizo una reverencia. Iba vestido con unos vaqueros salpicados de pintura y una camiseta roja. Sus botas Timberland de color amarillo también tenían manchas de pintura—. Señala el premio que quieras y será tuyo —añadió en un tono jactancioso y con los brazos en jarras.

Missy tiró hacia abajo de su camiseta azul de tirantes, que inmediatamente volvió a subirse dejando el ombligo a la vista, y echó una ojeada a los peluches que colgaban de los ganchos.

—Ese bulldog es muy lindo.

—Pues deséame suerte —contestó él guiñándole un ojo a la chica.

Missy soltó una risita.

—Buena suerte.

Observó cómo cogía la primera pelota que le ofrecía el feriante y la hacía rebotar sobre la mano mientras calculaba la distancia a la que se encontraba el objetivo. Luego se volvió hacia Missy y le sonrió con confianza.

El grito de una chica en pleno descenso de una montaña rusa atrajo la atención de Missy, que se volvió a mirar justo cuando los vagones terminaban de recorrer la empinada pendiente y desaparecían por detrás de una carpa.

¡Pam!

El ruido de las botellas cayendo la hizo girar de golpe.

—¡Toma ya! ¡No hay duda de que sacas lo mejor de mí! —El joven alzó un puño, claramente satisfecho de sí mismo—. ¿No dicen que la fe mueve montañas? —De nuevo, le guiñó un ojo a Missy—. La tuya desde luego lo ha hecho.

Incómoda, la chica comenzó a dibujar círculos en el suelo con la punta de sus zapatillas deportivas. El descaro con el que el joven se dirigía a ella la avergonzaba y la halagaba al mismo tiempo. Un instante después, estaba sosteniendo en los brazos el bulldog azul claro, que abultaba como una bala de heno.

—¿Tienes un coche en el que meter esa cosa? —preguntó él.

Ella puso cara de fastidio.

—Ya me gustaría. Me han traído. Se suponía que iba a encontrarme aquí con una amiga.

—No pasa nada. Puedes dejarlo en mi camioneta si quieres. —Antes de que Missy pudiera responder, él añadió—: ¿Tienes hambre? —Se dirigió hacia un puesto de comida y, volviéndose hacia ella, dijo—: ¿Quieres una Coca-Cola con la torta frita?

De repente Missy fue consciente del olor a masa frita y azúcar que flotaba en el aire. Al instante le rugió el estómago.

—Vale.

Missy se dijo que le gustaba más que la sirvieran que servir ella. Incluso el hecho de que fuera él quien llevara el peso de la conversación la hacía sentir bien. Era como si estuviera cuidándola. El joven regresó con las bebidas y dos tortas fritas envueltas en papel de cera. Ella dejó el premio en el suelo, entre sus piernas.

—Gracias. ¿Qué te debo?

—Yo invito —contestó él.

Sus palabras eran exageradamente corteses, pero las pronunciaba en un tono medio burlón. Era un tipo divertido, pensó Missy, y atractivo de un modo extraño, a pesar de lo flacucho que estaba.

—Gracias —dijo ella—. Me llamo Missy.

—Encantado de conocerte, Missy. A mí me llaman Jasper porque en mi tiempo libre me gusta tallar piedras, como el jaspe. ¿Dejamos entonces el premio en mi camioneta?

Cuando se terminaron las tortas y las bebidas, se dirigieron a la entrada del parque.

—Si quieres, puedo llevarte de vuelta a casa. —Subió al asiento del conductor y, tras inclinarse hacia la puerta del acompañante y abrirla, añadió—: Estaría más que encantado de hacerte los honores, Missy.

La idea de tener que llamar a alguno de sus hermanos y pedirle que fuera a buscarla le daba apuro. Jimmy debía de estar en su liga de bolos mixta, y Dean en Odon, en casa de su novia, así que la espera sería calurosa y sudorosa.

—Bueno. ¿Por qué no?

—Hace poco se me cayó algo de pintura en la plataforma trasera de la camioneta. Todavía está algo sucia... ¿Por qué no metes el bulldog delante? —dijo señalando el asiento del acompañante.

Missy metió dentro el voluminoso peluche y luego subió ella. Al empujarlo, el bulldog se enganchó en las roturas de la tapicería de vinilo. Una espuma amarillenta asomó por ellas y un olor acre y salado penetró de golpe en sus fosas nasales.

El joven arrancó el motor y, tras abrir la ventanilla de esquina de su lado, le pidió a ella que hiciera lo mismo. La carretera serpenteaba por una reserva natural. A pesar de que el parque de atracciones estaba a apenas tres kilómetros, era como si se encontrara en otro mundo. Allí todo estaba en silencio y en paz. A través de los árboles se filtraban los rayos del sol.

—¿Has estado alguna vez en Clear Creek? —le preguntó él por encima del ruido que hacía el viento.

Ella lo miró desde detrás del peluche.

—¿Te refieres al sitio ese para nadar?

Él negó con la cabeza.

—No. Otro sitio. En mi opinión, uno de los mejores que hay. —Jasper se volvió hacia ella y sonrió casi con timidez—. Me gustaría enseñártelo si me lo permites.

Iban por la carretera estatal 67. Su casa quedaba a apenas ocho kilómetros al sur, y él parecía educado.

—¿Está muy lejos? —preguntó ella entrecerrando los ojos a causa de la luz que entraba por la ventanilla lateral.

—Aquí al lado.

Missy asintió.

—Venga, de acuerdo.

Ella volvió a mirarlo, intentando ubicarlo. Vio que tenía algo en la boca y, de repente, el borde brilló entre sus dientes.

—¿Tienes más? —preguntó ella—. Me refiero al caramelo que estás comiendo.

Él abrió los labios y dejó asomar una oscura lámina, reluciente y mojada.

—No es lo que piensas. —Volvió a meterla en la boca—. ¿Es que no te ha explicado nunca tu madre que el azúcar es malo para los dientes?

—Vale. Pero ¿entonces qué es?

—Desde niño siempre me ha gustado tallar la piedra. Cosas pequeñas como caras o formas de animales, ¿sabes? O incluso personas. Tiene su dificultad. —Le echó un vistazo a Missy y luego volvió a mirar hacia delante—. Es fácil que la piedra se rompa en dos si uno no va con mucho cuidado.

Missy permaneció en silencio, mirando por la ventanilla, sin saber bien cómo responder. La camioneta estaba pasando por un paisaje que le era familiar. En una cresta al otro lado de la carretera divisó la granja de una amiga. Iba a pedirle a Jasper que parara con la excusa de que acababa de recordar que había quedado en pasarse por casa de una amiga esa tarde cuando el joven extendió una palma abierta cerca de su regazo.

—¿Ves? —dijo él—. Esto lo terminé ayer. Tallado a mano en chert, una variedad de jaspe. —Sonrió a la chica—. Como mi nombre.

Missy se quedó mirando la piedra rojiza, todavía mojada por haber estado en la boca del chico. Era del tamaño de una pieza de ajedrez. En un extremo podía distinguirse claramente una cabeza y un rostro. Unas líneas a lo largo de la pequeña piedra delineaban los brazos y las piernas.

—Imagino que debe de llevarte mucho tiempo.

—Pues sí. —Él cerró la palma y se guardó la piedra en un bolsillo.

—¿Y dónde trabajas, Jasper? —preguntó Missy cambiando de tema—. Seguro que al aire libre, a juzgar por tu moreno.

—Desde luego eres una jovencita muy lista —repuso él asintiendo lentamente con la cabeza—. Pinto a mano letreros de distintos sitios. Negocios y demás. Algunas personas se creen que los letreros pintados a mano están pasados de moda. Supongo que podría decirse que soy algo anticuado. —Sonrió, y con las yemas de los dedos rozó el hombro desnudo de la chica.

Ella se sobresaltó ante ese contacto íntimo.

—No soy más que un artista. Trabajo mejor cuando lo hago por mi cuenta, ¿entiendes lo que quiero decir?

Missy bajó la mirada a sus pantalones vaqueros manchados de pintura.

—Sí. Aunque yo habría jurado que trabajabas para los feriantes, pintando payasos.

Él soltó una risa ahogada al tiempo que negaba con la cabeza.

—Eso tiene gracia. Lo cierto es que trabajo un montón para el dichoso resort Sweet Lick. Tanto que termino agotado.

—¿Te refieres a ese club de golf pijales? —preguntó ella—. El tío de una amiga trabaja ahí de encargado. Se llama Lonnie Wallace. ¿Lo conoces?

—No, no creo que lo conozca. Aunque claro... —Arqueó una ceja y vaciló, como si estuviera considerando la pregunta—. No suelo hablar con nadie cuando trabajo. Es mejor que me concentre en lo que estoy haciendo. —Jugueteó con las manos por encima del volante, retorciéndose los dedos—. Como antes, cuando he lanzado esa pelota de béisbol y te he conseguido este premio. —Tiró de una oreja del animal de peluche—. Desde luego ha sido una suerte increíble que nos topáramos así, Missy.

La camioneta dio una sacudida a causa de un bache. Missy se balanceó hacia delante, el pelo le cayó sobre la cara y se lo apartó. Jasper le guiñó con ambos ojos, lo cual hizo que ella se riera. Luego él le contó que a principios de año había estado al frente de un equipo de pintores encargados de la renovación de un museo de Chicago. Cien hombres trabajando bajo su atenta mirada repintaron diversas escenas de una exposición en la que aparecían caníbales con lanzas en sus hábitats selváticos nativos.

—¿De verdad? Eso debe de haber sido genial.

—En serio.

Ella notó que la repasaba con la mirada y sonrió con timidez.

—Soy el mejor pintor de letreros de todo el condenado mundo, ¿sabes? La del museo fue una operación de tomo y lomo, te lo aseguro.

—Sí, claro, ya imagino.

Aunque se sentía algo desconcertada. Primero le había dicho que la mayoría del tiempo trabajaba solo, y luego que había tenido a cien hombres bajo sus órdenes en la renovación de un museo. Lo achacó a la inseguridad masculina y a la continua necesidad de alardear que parecía tener Jasper. Además, a su manera era un tipo dulce y divertido. ¡Y por fin había conseguido averiguar por qué le sonaba tanto!

El joven aminoró la marcha y aparcó bajo la sombra de unos árboles de hoja perenne. Allí hacía unos buenos seis grados menos que en el parque de atracciones y el aire tenía un dulzón olor a pino.

Ella apoyó un codo en el bulldog de peluche y le acarició una oreja con los dedos.

—¿Sabes por qué he venido realmente contigo? —Una coqueta sonrisa se dibujó en el rostro de Missy.

—Imagino que querías ver Clear Creek.

—No me recuerdas, ¿verdad? —dijo ella, bajando la barbilla con timidez—. ¿La clase de ciencias de tercero? —Lo miró a los ojos—. ¿Instituto Weaversville?

Él vaciló.

—Si tú lo dices.

—¡Anda ya! ¿De verdad no lo recuerdas? Eras el único al que le daba cosa hacer un corte en aquel ojo de vaca. —Sintiéndose más segura de sí misma, añadió—: Te fuiste de clase asqueado ante la idea de tocarlo siquiera.

Él se rascó con fuerza detrás de una oreja.

—Tienes buena memoria para los detalles, eso lo reconozco. —Abrió la puerta y salió de la camioneta.

Con las manos metidas en los bolsillos traseros de los pantalones vaqueros, Missy rodeó el capó y fue detrás de él.

—Eras muy tímido por aquel entonces. ¿Qué ha pasado?

—Supongo que mi cambio se debe a que comencé a jugar mucho al escondite. —Se tapó la cara con las manos y la miró a través de los dedos—. ¡Será mejor que corras antes de que termine de contar hasta diez! —exclamó.

Cual petardo encendido, Missy apretó a correr, precipitándose a toda velocidad por la orilla arbolada como lo haría una niña con la mitad de su edad, espoleada por el encanto juvenil de Jasper y su claro interés en ella. Allí no había nada salvo el susurro de las hojas y los almendrados olores del bosque, indicándole que se trataba de una de esas raras ocasiones en la vida en que los deseos podían llegar a cumplirse. De esas en las que por fin —por fin— una conoce a su media naranja. Como por arte de magia, todo estaba sucediendo exactamente del modo en que se suponía que debía hacerlo, de la misma manera en que su madre había conocido a su padre y había sabido de inmediato que se trataba del hombre perfecto para ella.

La ribera descendía cada vez más empinada. El paso de Missy se volvió inestable y tuvo que agarrarse a las delgadas ramas de los árboles jóvenes para no caerse. A lo lejos, divisó entre el follaje el reflejo de los rayos del sol en la superficie del riachuelo.

Missy siguió avanzando a toda velocidad, zigzagueando entre las hayas y los robles, hasta que llegó al fondo arenoso de un cauce parcialmente seco. Más adelante había unos cuantos charcos de agua estancada. Se agachó detrás del enorme tronco caído de un sicomoro. Presa de una gran excitación, se asomó para echar un vistazo a la arbolada ladera por la que acababa de descender, y aguzó el oído para intentar oír los pasos de Jasper por encima de su acelerado pulso, sin éxito.

De repente percibió un ruido sordo a su espalda, al otro lado del arroyo. ¿Cómo podía ser que él hubiera llegado ya ahí? Missy echó a correr por la honda y húmeda cuenca, pero la arena fangosa ralentizaba sus pasos. Algo le daba mala espina.

Detrás de ella oyó el chapoteo que hacía Jasper al cruzar corriendo un profundo charco.

—No hay duda de que eres... muy rápida —dijo él jadeante.

Su voz no sonaba nada encantadora, sino más bien burlona, y ella sintió en el pecho la sacudida de un escalofrío.

Los rayos del sol atravesaban las copas de los árboles y resplandecían en el agua. Sin dejar de correr, Missy examinó instintivamente el terreno que tenía delante en busca de una salida. Sus ojos dieron con una escapatoria: una zona de tierra más compacta que ascendía de forma abrupta rodeando los árboles. Aceleró un poco más, balanceando con fuerza los brazos. No entendía cómo no lo había oído acercarse por el bosque. Había aparecido sin más en la orilla opuesta.

Mientras corría, echó un momento la vista atrás y tropezó con un árbol caído que la envió al suelo. Intentó agarrarse al tronco, pero solo consiguió arañar la corteza con los dedos y rodó por la arenosa ladera, rasgándose la camiseta. El pánico se extendió por su cuerpo hasta anegarle el cerebro y casi se cayó de cabeza en un charco muy hondo. Al tropezar con el árbol se había hecho una fea herida en la rodilla izquierda y la sangre le resbalaba por la pierna hasta el tobillo.

El ruido cercano de un camión reduciendo la marcha hizo que se detuviera de golpe. Al levantar la cabeza, atisbó la sombra del enorme vehículo avanzando despacio a través de los árboles que bordeaban la empinada ladera. Era un camión cargado de carbón, procedente de las minas Lincoln, en Blackie, donde trabajaba su padre. El rostro amable y curtido de este le acudió a la mente. El lento camión se encontraba a apenas un campo de fútbol de distancia en línea recta, pero la maraña de arbustos y árboles caídos formaba una barrera casi insuperable.

De repente Missy cayó en la cuenta de que no era su respiración la que se oía cada vez más, sino la de su perseguidor, que se encontraba en un alto, justo por encima de ella. Levantó la vista y parpadeó.

—Por un momento he pensado que te había perdido.

La confusión se arremolinó en la mente de Missy mientras intentaba encontrarle sentido a lo que estaba viendo. El hombre estaba reclinado en el árbol caído con el que ella había tropezado, de brazos cruzados y completamente relajado. Una elaborada máscara de plumas le cubría el rostro.

Se retiró la máscara a lo alto de la cabeza y la miró comprensivo.

—Te has puesto algo nerviosa, ¿no? —Dejó caer la mano por un lado del tronco y señaló la camiseta rasgada de Missy. Una piedra de algún tipo le colgaba del cuello.

Ella cruzó los brazos por encima del rasgón y, sin dejar de mantener contacto visual con él, retrocedió con cautela hasta meter los pies en el agua fría. En su desesperada huida había perdido una zapatilla, y no podía evitar que el pie desnudo le resbalara en las piedras cubiertas de algas. Había cometido un grave error. Jasper no era el nombre del alumno de la clase de ciencias, y el rostro que la miraba desde lo alto no se parecía en nada al del chico tímido que había conocido en el instituto.

2

Llamaron a la puerta. Una mujer delgada con el pelo gris pulcramente recogido hacia atrás asomó la cabeza en el interior del despacho.

—Están esperando, Christine.

—Un segundo, Margaret —replicó Christine Prusik, jefa del equipo de antropología forense del Laboratorio de Ciencias Forenses de la división del Medio Oeste del FBI.

Su jurisdicción abarcaba la mayor parte del corredor central, entre los Grandes Lagos y los estados del golfo de México, que quedaban a cargo de los equipos forenses de Nueva Orleans.

Prusik se retiró la corta melena castaña detrás de las orejas, dejando a la vista dos pendientes pequeños de oro —las únicas joyas que llevaba la agente especial—, y siguió repasando sus notas con ojo experto. De estatura media y cuerpo bien proporcionado tras años de natación —en su primera adolescencia había sido campeona de espalda—, Prusik era experta en repeler los avances de aquellos hombres que no habían interpretado correctamente lo que ella procuraba dejar bien claro mediante su lenguaje corporal: «¡Las manos quietas!».

Su gigantesco escritorio —una fortaleza hecha de pilas de papeles, sin la menor superficie libre para tomar siquiera una nota— era, sin embargo, insuficiente para depositar todos los materiales que necesitaba mientras estudiaba un caso y barajaba todas las hipótesis. El suelo que rodeaba el escritorio estaba también repleto de cuadernos abiertos, fotografías forenses e informes *post mortem* subrayados y marcados con rotuladores azules y rosas. La dinámica inteligencia de Prusik era capaz de concentrarse de forma simultánea en los detalles y matices más insignificantes de las pruebas físicas con las que contaba y, al mismo tiempo, ampliar su campo de visión y considerar la importancia de la localización geográfica, los patrones que se repitieran en las escenas de los crímenes y toda similitud o diferencia con otros casos potencialmente vinculados.

Para Prusik, trabajar en un caso significaba que toda la información debía estar a mano, colocada o recolocada en el suelo mientras ella permanecía encorvada, examinándola desde las alturas como un ave de presa, en busca de una señal, algo —lo que fuera— extraño, discordante o equívoco.

El viento arremetía contra el edificio. Las gotas de lluvia impactaban de lado en los cristales de las grandes ventanas de su despacho de la planta dieciséis, con vistas al centro de Chicago. Prusik se reclinó en su silla y sostuvo en alto una diapositiva en color para verla a contraluz. Echó un vistazo rápido a la pila que le habían enviado esa noche por mensajero en busca de una en concreto en la que se veía el cuello de la víctima. Prefería las diapositivas físicas a tener que revisar una serie de imágenes digitales en una pantalla. Para ella, los primeros planos eran más nítidos en los positivos fotográficos que en los homólogos digitales de las nuevas Canon que preferían la mayoría de los agentes.

Apoyó un zapato oxford con suela de crepé en el borde del escritorio y se tiró de un mechón de pelo con la mano que le quedaba libre —arrancándose de paso unos cuantos pelos— mientras examinaba el primer plano de una herida abierta de un color purpúreo. Se trataba de un despiadado corte que imitaba perversamente la forma de una boca abierta a lo largo de la cavidad abdominal. Justo entonces, Prusik fue presa de una hormigueante sensación de pánico y la diapositiva que sostenía en los dedos se le cayó al suelo.

Abrió el cajón de su escritorio y cogió un pastillero de peltre. Muchos años atrás había pertenecido a su abuela. Christine siempre se preguntaba qué pastillas habría guardado allí la madre de su madre. Después de tragarse a palo seco un Xanax, se puso unos auriculares de diadema Bose y encendió el reproductor de CD que descansaba en una mesa auxiliar. Cerró los ojos mientras esperaba a que los efectos sedantes de la pastilla y los acordes de la *Partita para teclado n.º 1* de Bach, prácticamente inductores del trance, restituyeran el orden. Cerró con fuerza el puño derecho, clavándose el dedo meñique en la palma. Los ansiolíticos no eran capaces de borrar el hecho de que las cosas estaban empeorando.

Al cabo de unos minutos, por fin notó el efecto combinado del milagro moderno de la neuroquímica actuando mano a mano con el genio de Bach. Se le había ralentizado la respiración y la frecuencia cardiaca había dejado de asustarla.

La paz que acababa de conseguir quedó desbaratada cuando sonó el teléfono del despacho. Prusik se irguió de golpe en la silla, sobresaltada. Era Margaret, su secretaria, insistiéndole de nuevo. Pero ella todavía no estaba lista. Volvió a concentrarse en la pequeña pila de diapositivas que tenía delante en busca de cualquier anomalía forense que pudiera arrojar luz sobre el asesino. Las fotografías se habían hecho el día anterior, 27 de julio. Habían pasado ya tres meses desde que había aparecido el primer cadáver: tres meses enteros en los que no habían conseguido identificar al asesino y ni siquiera habían obtenido la menor prueba incriminatoria. El cadáver de Betsy Ryan, la primera víctima, una adolescente que se había escapado de casa, se halló en el agua, cerca de una zona protegida de las orillas del lago Michigan. Se trataba de un lugar muy recóndito, sin residencias cercanas, donde, en el caso de que hubiese gritado pidiendo ayuda, nadie habría logrado oírla.

En cuanto a la última víctima, todavía anónima, la habían hallado a unos cuatrocientos kilómetros al sur de Chicago, en Blackie, Indiana, un distrito minero situado al sudeste de Indianápolis, dominado por densos bosques y empinadas laderas. Se había encontrado el cadáver parcialmente cubierto por el follaje caído, cerca de la ribera de un arroyo, no flotando en el agua, ni sumergida, como Betsy Ryan, que había aparecido la tercera semana de abril, enganchada al ancla de un esquife en Gary, Indiana (a la vuelta de la esquina del despacho de Prusik). El cadáver de Ryan estaba limpio: los peces y los crustáceos se habían asegurado de que no quedara el menor rastro de ADN ajeno. Pero sí había algo que ninguna cantidad de agua podía borrar y que vinculaba de forma irrefutable el primer crimen al segundo: un despiadado corte ventral que recorría el costado izquierdo del abdomen de la víctima. Habían extraído todos los órganos internos, dejando los cadáveres literalmente eviscerados. Y ambos asesinatos habían tenido lugar cerca del agua.

La puerta de la oficina volvió a entreabrirse.

Sin levantar la mirada, Prusik le dijo a su secretaria:

—Sí, Margaret, ya lo sé. —El avión a Washington del jefe de Christine saldría en una hora, y su coche al aeropuerto en quince minutos.

—No, no lo sabes —la regañó Margaret con un severo susurro, entrando del todo en el despacho—. Es Thorne. Ha vuelto a llamar. —Hizo una pausa para enfatizar sus palabras, aunque no hacía falta—. Tiene que coger un avión.

—Dile que se tranquilice, por el amor de Dios. —En los diez años que llevaba en el FBI, Prusik había adquirido fama por su áspera impaciencia, que exhibía en los momentos más inoportunos tanto con sus superiores como con sus subordinados. Por su alto nivel de autoexigencia, no toleraba fácilmente tareas o esfuerzos que considerara secundarios.

La agente especial respiró hondo.

—Puedes decirle al señor Thorne... —Sus miradas se encontraron. Tras considerar para sus adentros todas las posibilidades y rechazar la mayoría, Prusik se calmó y dijo—: Gracias, Margaret. Dile que ahora mismo voy.

Christine observó como su secretaria relajaba la expresión de su rostro y se iba del despacho procurando no enfocar la vista en ninguna de las espantosas fotografías del corcho de detrás del escritorio. Las ampliaciones de las fotos de Betsy Ryan, la primera víctima, parecían más unas imágenes abstractas que los restos apenas reconocibles de una joven. Ryan era una chica de quince años que se había escapado de la casa de su tía en Cleveland. El rastro de la chica se había perdido poco después de que hubiera hecho autoestop el 30 de marzo. El conductor de un camión de mudanzas de la empresa Allied Van Lines la había dejado en una parada de camiones de Portage, Indiana; un recibo de gasolinera corroboraba su testimonio, junto con la ausencia de cualquier prueba forense incriminatoria en la cabina de su camión. Tres semanas después, el 21 de abril, apareció el cadáver de la adolescente, cruelmente enganchado por la incisión del costado izquierdo en el ancla de una embarcación, no muy lejos de la orilla del Parque Nacional de las Dunas de Indiana, donde el asesino habría podido atacarla salvajemente sin que nadie lo sorprendiera. El análisis celular reveló que los restos llevaban varias semanas bajo el agua, por lo que Prusik suponía que el asesino debió de encontrarse con ella poco después de que el conductor —el último testigo ocular— la hubiera dejado en la parada de camiones.

Cogió otra diapositiva de la escena del crimen de

Blackie en la que se veía la huella de la bota de un hombre, más o menos de la talla cuarenta y dos. La policía local la había encontrado en el barro, cerca del arroyo, y había sacado un molde de yeso con un kit rápido. Al asesino le gustaba realizar sus cortes cerca del agua. Prusik tragó saliva. El tiempo estaba corriendo.

Durante la mayor parte de la primavera y las primeras semanas de verano, habían tenido un tiempo húmedo en el Medio Oeste, unas condiciones pésimas para la preservación de pruebas, pues aceleraban la descomposición de la carne. Prusik sabía que era improbable que fuera a encontrar nada que mereciera la pena en el cadáver de la última víctima o en los alrededores de la escena del crimen. Sin duda alguna, los bosques de Blackie, un gran estómago de húmedas arboledas, habían digerido su caso, engullendo toda prueba que el asesino hubiera podido dejar.

Tras guardarse las diapositivas en el bolsillo de la bata de laboratorio que llevaba puesta, rodeó deprisa el escritorio, decidida a evitar que le quitaran el caso. Pasó por delante de la mesa de su secretaria y se alejó a toda velocidad pasillo abajo.

—Ahora vuelvo —dijo volviéndose un momento cuando ya se encontraba a varios metros.

Prusik se quedó inmóvil con la mano en el tirador de la puerta de la sala de conferencias al oír el inconfundible carraspeo de Roger Thorne a su espalda.

Se volvió y vio al director ejecutivo Thorne lanzándole una mirada penetrante por encima de sus gafas de montura de carey. El elegante traje azul marino que llevaba hizo que Prusik se sintiera desaliñada con su anodina prenda de tejido elástico algo dada de sí y con varias manchas que se había hecho mientras estudiaba restos *in situ*. Su última excursión había sido a la escena del crimen de otro agente de campo, donde un policía local había hecho un pésimo trabajo intentando protegerla de la lluvia con un paraguas y dejando que se le empapara la parte baja de la espalda.

—¿Puedo hablar un momento contigo, Christine? —El tono de voz de Thorne era afectado y formal. Alzó el antebrazo para dejar a la vista el flamante reloj con cronógrafo nuevo del que estaba tan orgulloso (un Montblanc, igual que la elegante pluma que le asomaba del bolsillo del pecho de la americana), y dio unos golpecitos con el dedo al cristal de la esfera—. Se está haciendo tarde. —Thorne tiró del puño, cubriendo de nuevo el reluciente cronómetro, y luego se acomodó la americana que solía llevar en sus viajes a Washington, la prenda favorita de todos los hombres del FBI que poseían despachos con placas de latón en la puerta—. Acabo de hablar por teléfono con las oficinas centrales. Les he explicado que, en nuestra opinión, se trata del segundo asesinato.

Ella asintió.

—Precisamente ahora iba de camino a informar al equipo de las novedades. Hay importantes similitudes forenses entre ambos casos. Estoy segura de que los análisis terminarán proporcionándonos resultados.

Thorne sonrió.

—Bien, bien. Estoy convencido de que lo conseguirás, Christine. Por eso te he asignado estos casos. Tu tenacidad es una de tus mejores cualidades —dijo dándole un apretón en el hombro—. Eres una científica muy astuta, una de las mejores de la casa. Ya sabes lo mucho que respeto tus sólidas habilidades de observación. Dudo que haya otro director ejecutivo en la agencia cuya unidad forense sea más competente.

Ella le devolvió la sonrisa, halagada por el cumplido y, al mismo tiempo, esperando oír a continuación un «pero».

—Gracias por tus palabras, Roger. —Christine siempre le agradecía sus elogios. La sinceridad de Thorne a la hora de reconocer sus logros como científica forense era incuestionable. Sumada a lo atractivo que era y a su indudable elegancia vistiendo, había bastado para que se enamorara de él.

Thorne enarcó las cejas castaño claro por encima de la montura de las gafas.

—Bueno, ahora que estás tú al mando, puedo hablar con franqueza. —Las cejas volvieron a su sitio—. Cometería una negligencia si no te dijera que a los mandamases les preocupa un poco el hecho de que te haya permitido dirigir un caso de este nivel. —Thorne alzó una mano antes de que ella pudiera replicar nada—. Déjame terminar. Has destacado como directora del laboratorio forense y has hecho un trabajo sensacional durante diez años, o sea, hasta ahora. Este es el primer caso que diriges, y sus preocupaciones son comprensibles considerando que no tienes experiencia demostrable coordinando todos los aspectos de un caso: la logística, la dirección del personal de las distintas oficinas, el trato con la policía local y con los representantes políticos. Ya sabes lo que quiero decir, Christine.

«¿Permitido dirigir?» Se mordió el labio y procuró recordarse que Thorne solo estaba haciendo su trabajo. Aun así, no pudo evitar fruncir el ceño y contestar en tono defensivo:

—Sabes que he reunido al mejor equipo posible. Están trabajando sin pausa en esto. Nadie ha cometido error alguno a no ser que cuentes las cagadas de los policías locales y estatales.

—¿De eso se trata, entonces? ¿Cagadas policiales? —Estaba claro que Thorne quería alguna novedad significativa—. Necesito informar de algún avance, Christine. Eso es lo que se tiene en cuenta. Sé que tu equipo está procesando con diligencia información fragmentaria en busca de pruebas. Dame algo para demostrarles a los de Washington que he tomado la decisión correcta poniéndote al frente de este caso. La dirección debe estar informada de los avances de todos los casos y tener la seguridad de que el personal adecuado está dedicado a la consecución de una resolución efectiva. Lo creas o no, Christine, los análisis de costes y beneficios están ligados a todo lo que hacemos.

—Lo creo. —Los recortes presupuestarios de 2010 supusieron que, en 2011, al laboratorio de Prusik se le asignaran más responsabilidades sin que aumentaran los recursos. Parecía que la gestión de la dirección del FBI ante la recesión económica imitaba la de las empresas privadas: obligar a los empleados a hacer más con menos y luego esperar milagros.

—Roger. —Procuró que su tono de voz no evidenciara la frustración que sentía—. A ver cómo te lo explico. Las heridas del cadáver de Blackie tienen el sello distintivo del asesino. No cabe duda de que se trata de la misma persona, muy probablemente un hombre, a juzgar por las características físicas del crimen y la fuerza necesaria para perpetrar un asesinato de esta naturaleza. Lamentablemente, a la vista de las diapositivas, el estado de descomposición del cadáver indica que estuvo expuesto a los elementos durante al menos un mes.

Thorne asintió una única vez en un gesto casi imperceptible.

—¿Cuál es el perfil, de momento?

A ella le resultaba más fácil concentrarse en la corbata perfectamente anudada de Thorne que en aquellos ojos castaño claro que todavía la desarmaban. Su innegable atractivo y el recuerdo de la intimidad que habían compartido hicieron que se sonrojara. Esperaba que él no lo advirtiera.

—Viaja. Escoge con cuidado a sus víctimas. La primera había huido de casa. Esta segunda, aún anónima, creemos que es una chica de la zona, una joven que el 4 de julio desapareció en un parque de atracciones a unos tres kilómetros del lugar de los hechos. Mañana sacaremos un molde dental y también haremos radiografías de la mandíbula, por supuesto. Diles a los mandamases de las oficinas centrales que, con toda probabilidad, el sospechoso tiene veintipocos años, está en forma y vive solo o pasa a solas la mayor parte del tiempo, puede que haciendo chapuzas a domicilio. Es reservado y le gusta planear bien las cosas. No tolera la posibilidad de interferencias, lo cual explica por qué no se ha hallado a las víctimas de inmediato. Los dos cadáveres han aparecido bien lejos de zonas pobladas donde alguien pudiera sorprenderlo. Necesita tiempo para lo que les hace.

—¿Y en qué consiste eso exactamente? —preguntó Thorne, y se llevó una mano al codo del brazo opuesto mientras escuchaba con atención lo que ella le explicaba.

—Ya has leído mi informe detallado sobre el estado del cadáver de Betsy Ryan. La víctima de Blackie fue estrangulada y mutilada de un modo similar: un único corte longitudinal y ventral. Habían extraído los órganos internos por completo y, según el informe del forense local, todavía no se han hallado.

Sus miradas se encontraron. Él mantenía los labios cerrados con firmeza y los tendones a ambos lados del cuello en tensión. Ella percibió su colonia y, por un momento, se le detuvo la respiración. Después de un par de meses de encuentros a la hora del almuerzo, su aventura romántica había terminado de golpe hacía casi seis meses. Ella se había empezado a sentir incómoda, abrumada por la intimidad, y había decidido poner fin a la relación. Thorne no tardó en regresar a un matrimonio que, según le había confiado, se encontraba en un cómodo punto muerto. Después de todos esos meses, ella ya casi lo había superado, pero a veces todavía echaba en falta aquellos momentos intensos y la sensación de su mirada sobre su cuerpo. Y, por más que a veces pareciera suscribir todas las chorradas de Washington, Thorne poseía una mente perspicaz y ella añoraba comentarle los detalles más desconcertantes de algún caso en las perezosas horas que seguían a sus encuentros amorosos.

En un tono de voz más suave, Prusik dijo:

—Mi equipo está haciendo todo lo humanamente posible para identificar al culpable. Ahora mismo están esperándome. —Echó un vistazo en dirección a la puerta.

—Una cosa más —dijo Thorne aclarándose la garganta—. Coméntale a Bruce Howard todos estos detalles del perfil del asesino. Supongo que será él quien dirija a los técnicos en Blackie. Howard tiene una capacidad de liderazgo sobresaliente en lo que respecta a equipos, Christine; sabe cómo hay que hacer las cosas. Enseguida se pone las pilas, ya sabes a lo que me refiero. Necesitarás su ayuda. El área de trabajo es ahora mucho mayor. —Thorne la miró por encima de la montura de carey de las gafas—. La cooperación y el trabajo de equipo son las claves para el éxito en esta organización. Bueno, en cualquier organización competente.

Esas palabras de Thorne fueron como una bofetada para Christine.

—Estoy en contacto permanente con el señor Howard y su unidad —replicó ella con tirantez.

Thorne consultó la hora en su reloj y luego volvió a mirarla, pero no se movió.

—¿Hay algo más que quieras decirme, Christine?

Ella se sonrojó ante la intensidad de su mirada y se irritó consigo misma por ello.

—El asesino usa el cuchillo de un modo bastante sofisticado. Lo que les hace a sus víctimas es muy invasivo. Y es reincidente, lo cual sugiere un patrón ritual de algún tipo. La predilección que muestra por destripar no es nada frecuente y no se parece a la de ningún criminal cuyo expediente hayamos consultado hasta la fecha en las bases de datos interestatales de personas violentas. La sangre en las incisiones parece ser mínima y no coagulada, lo cual sugiere que las limpia poco después de matarlas. Lo sabré mejor mañana. —De un modo casi subconsciente, Prusik optó por atenuar la horrible realidad y hablar casi en código en deferencia a la vulnerabilidad de Thorne, quien detestaba los detalles forenses cruentos.

—¿Ritual, dices?

—No parece haber agredido sexualmente a ninguna de las dos víctimas —explicó—. Tampoco toca sus rostros. Y ambos cráneos están intactos. Diría que, para él, atraparlas supone una experiencia intensamente personal.

Prusik se quedó mirando a Thorne a los ojos. Él parpadeó un par de veces.

—Supongo que eso es algo significativo que puedo explicar en Washington.

Hizo amago de marcharse. Extendió la mano para estrechar la de Prusik, pero vaciló y terminó dándole otro apretón en el hombro. Había sido un gesto habitual entre ellos, que habían usado en el trabajo durante su aventura, y a Christine el hecho de que lo usara entonces le pareció poco serio. Al cabo de unos meses de relación, ella no había podido ignorar las dudas de Thorne y la creciente sensación de que lo suyo no iba a ir más allá de sus citas al mediodía. Él nunca dejaría a su esposa.

—Muy buen trabajo, Christine. —Thorne se alejó a toda velocidad por el pasillo, haciendo resonar la suela de piel de sus zapatos en el suelo de mármol—. Y buen trabajo también de los miembros de tu equipo. Díselo de mi parte, ¿de acuerdo? —añadió sin volverse mientras se dirigía a coger el vuelo que lo llevaría a Washington.

3

Prusik permaneció un momento en silencio frente a la puerta de la sala de conferencias mientras recobraba la compostura. No estaba segura de qué le había molestado más, si el contacto físico con Thorne o las insinuaciones que había hecho sobre el papel de Bruce Howard en el caso.

Lo que la había llevado a ella hasta allí no era su capacidad para dirigir casos, sino sus aptitudes para la ciencia y una intuición asombrosamente certera combinada con una meticulosa capacidad para descifrar heridas. Tenía un doctorado en antropología física, es decir, había estudiado la evolución y la ciencia de la especie humana, y estaba subespecializada en los actos más oscuros y sucios de esta: asesinatos que implicaban aberrantes mutilaciones, cometidas antes o después de la muerte de los sujetos. La forma y el tipo de marcas dejadas en el cuerpo le permitían desentrañar los instrumentos usados para convertir los perfectos procesos vitales en carne podrida. Para Prusik, lo que empujaba a un criminal a la violencia resultaba tan interesante como las heridas mortales.

Sus aptitudes forenses eran legendarias en el FBI. En la década que llevaba trabajando en la oficina del Medio Oeste, su intuición imaginativa y su determinación habían dejado huella. Brian Eisen y Leeds Hugues, que colaboraban con ella en el caso actual y eran dos de sus técnicos más astutos, también habían participado en el importante caso de Roman Mantowski, que ella había conseguido resolver al trazar un perfil de la familia del asesino muy preciso con base en unos pocos detalles forenses.

Mantowski apaleaba a sus víctimas y les hacía añicos el dorso de las manos, rompiendo todos los huesos de cada dedo. Con la punta del índice, mojada en la sangre de las víctimas, dibujaba una cruz y, debajo, escribía: LA LIMPIEZA ES SAGRADA.

Al leer el escalofriante mensaje por primera vez, Prusik había comenzado a elaborar una teoría de la estructura familiar del asesino en torno a dos ideas: una limpieza dolorosa y una estricta práctica religiosa. La higiene extrema era una conocida costumbre entre muchas familias inmigrantes de Europa del Este; entre ellas, la de la propia Prusik. Al percibir el característico olor de la cera de pulir en varias de las víctimas de Mantowski, Prusik concluyó que el asesino debía de ser el hijo único de una pareja mayor que tal vez había migrado no hacía mucho, y al que habían criado en un hogar ordenado y metódico. En esa casa nada estaría fuera de su sitio sin que hubiera serias consecuencias, había teorizado Prusik.

Al cabo de un mes, capturaron al asesino mientras compraba tiritas, gasa esterilizada y cinta adhesiva en una farmacia situada a menos de un kilómetro de los cadáveres de una familia de cuatro miembros a los que acababa de liquidar. Los nudillos del propio Mantowski lo delataron cuando un farmacéutico especialmente observador advirtió que la mano derecha del asesino estaba tan hinchada y maltrecha como la de las víctimas de las fotografías que el equipo de Prusik había distribuido entre varios dueños de tiendas de la zona basándose en una corazonada de esta. Tal y como ella había teorizado, después de cada ataque, Mantowski se autolesionaba, recreando y ritualizando los castigos que recibía de pequeño por infracciones tan insignificantes como, por ejemplo, dejar marcas en el suelo con las suelas de goma de los zapatos. Lo habían criado sus abuelos, rigurosos practicantes de una secta luterana muy estricta, que lo obligaban regularmente a acudir a un pastor para que lo reprendiera por sus transgresiones. Aquellas amonestaciones, sin embargo, nunca eran suficiente y, después de cada encuentro sagrado, golpeaban los nudillos del niño con un cepillo de limpieza de cerdas de bronce hasta que le sangraban las manos.

La extraordinaria captura de Mantowski había elevado a Prusik a la posición de científica forense sénior, pero nunca antes había dirigido una investigación importante.

La agente especial entró en la sala de conferencias y recorrió un pasillo entre hileras de sillas plegables en dirección a un caballete montado junto a una pantalla.

—Siento llegar tarde. ¿Comenzamos?

Sentados a un lado de un proyector que colgaba

del techo estaban los miembros de su equipo: cinco especialistas en el mundo de la muerte, la descomposición y todo aquello que pudiera encontrarse cerca de un cadáver o pegado a él. Al igual que ella, los hombres llevaban batas de laboratorio con sus respectivas tarjetas identificativas. Eran expertos en análisis químico de materiales, examen de ADN, obtención de huellas digitales, tecnologías informáticas e identificación de fibras, y todos ellos estaban casados con su trabajo. Al igual que Prusik, Leeds Hugues y Brian Eisen rondaban la treintena; Leroy Burgess y Pernell Wyckoff, ambos de pelo gris ya ralo, tenían nietos y su jubilación estaba cerca, pero no daban muestra alguna de querer aflojar. El último rostro era el de Paul Higgins, nuevo en el equipo, un joven as de internet a quien Eisen, el técnico jefe de Prusik, había insistido en incorporar al equipo. Prusik lo observó con recelo. Para empezar, no le gustaba que llevara el pelo largo.

—Señores, los acontecimientos están precipitándose. —Miró a los ojos a cada uno de ellos—. Parece que nos enfrentamos a un asesino en serie. La chica anónima de Blackie murió estrangulada y sufrió una fractura entre la tercera y la cuarta vértebra cervical. Las marcas del cuello son similares en tamaño y forma a las de Ryan. Una inspección somera de estas diapositivas —se dio unos golpecitos en el bolsillo de la bata— no deja lugar a dudas. El asesinato es obra del mismo criminal. Se trata de un hombre de manos fuertes y con callos en las yemas centrales de los dedos, lo cual nos indica que tal vez se trate de un trabajador manual de algún tipo, como granjero o empleado de una gasolinera, por ejemplo. En cualquier caso, tiene un trabajo que le permite moverse con libertad. Es eficiente, caballeros. Nadie ha informado todavía de que lo haya visto. Nadie parece haber sido testigo de ningún ataque. —La mirada de Prusik se posó en el novato—. ¿Ha encontrado alguna coincidencia en algún registro informático, Higgins?

El joven irguió la espalda en su asiento. Un largo mechón moreno le caía por delante de un ojo. Tras colocárselo detrás de la oreja, hojeó una serie de papeles que había impreso.

—He obtenido cuarenta y un resultados referentes a asaltos con mutilación de chicas jóvenes perpetrados en el corredor del Medio Oeste, de Chicago a Nueva Orleans, por hombres de edades entre dieciocho y cuarenta y cinco años. De estos, he confirmado que trece están encarcelados, lo cual nos deja con veintiocho sospechosos.

—Sí, ya sé cuánto es cuarenta y uno menos trece, señor Higgins. —Prusik se cruzó de brazos—. ¿Qué sabemos de esos veintiocho?

El joven levantó la vista del portátil.

—¿Quién? ¿Yo?

—Adelante, señor Higgins. —Prusik le indicó que continuara.

Higgins abrió en el portátil una serie de hojas de cálculo sin dejar de menear una pierna. Eisen ya le había advertido de que estuviera preparado.

—No he recibido confirmación alguna de sus paraderos en las fechas en cuestión. Solo cuatro tienen direcciones conocidas en Indiana e Illinois.

—¿Y?

Leroy Burgess se aclaró la garganta ruidosamente. Prusik se volvió hacia el químico y experto en fibras, Pernell Wyckoff, que estaba sentado junto a Burgess. Ambos compensaban sus carencias comunicativas con una sobresaliente capacidad en cuanto a rastreo de elementos e identificación de las fibras más insignificantes de lana, algodón y poliéster procedentes de varios fabricantes de ropa. Hasta la fecha, sin embargo, no habían hallado más que restos de una arenilla metálica, que era tal vez herrumbre del maletero de un vehículo o de la plataforma trasera de una camioneta.   .

Prusik volvió a mirar al nuevo.

—¿Y? —repitió.

—Todavía estoy esperando la respuesta de las autoridades locales, señora —respondió Higgins—. No parece que ninguno de esos cuatro tenga alguna orden de detención pendiente.

Prusik se acercó al joven.

—¿Es nuevo aquí, Higgins?

—Llevo dieciocho meses en el FBI, señora. —No era la respuesta correcta.

—Pero no se trasladó al equipo forense hasta la semana pasada, ¿correcto?

—Sí, señora.

—En su caso, descifrar pruebas depende de su capacidad como programador y de sus amplios conocimientos en lo que respecta a códigos de acceso a internet, pero no me sirve de nada si no obtiene resultados. Eisen dice que puede. ¿Es así?

—Sí, señora.

—Cuando esté sobre el terreno y le envíe un informe o, digamos, le ponga al día de una novedad en el desarrollo de un caso, necesitaré estar segura de que sabrá qué hacer con esa información. Eso significa que ha de ponerse las pilas sin que yo tenga que pedírselo —añadió en un tono de voz más bajo—. ¿Lo ha entendido?

Higgins asintió, frunciendo los labios con incomodidad.

—Ha estado trabajando hasta tarde, Christine —intervino Eisen en voz baja—. Como todos nosotros.

—Eso no es suficiente. —Sin apartar la mirada de Higgins, Prusik añadió—: Aquí nos dedicamos a la ciencia, pero es necesario entender el contexto de urgencia en el que trabajamos. Yo trabajo hasta tarde. Tú trabajas hasta tarde. Ahora bien, no podemos permitirnos que los resultados lleguen tarde. Estoy a cargo de la investigación de este caso. Yo me juego mucho, sí, pero vosotros también. ¿Lo habéis entendido?

—Sí, señor. —Las mejillas y el cuello de Higgins se sonrojaron—. Quiero decir, señora.

—Le gustan los riachuelos, caballeros. —Prusik le puso el tapón a su bolígrafo y se volvió hacia la sala—. Así puede limpiar con más facilidad a sus víctimas. Dicen que es un don que un desconocido sepa ganarse rápidamente el corazón de una joven. Este tipo posee encanto en abundancia. No las fuerza. No se trata de un mero matón. Sus víctimas ofrecen poca o nula resistencia. Acuden por voluntad propia a esos lugares recónditos cerca del agua en los que encontrarán la muerte.

Prusik miró a Eisen.

—Por favor, Brian, las luces.

Eisen se acercó al interruptor que había junto a la puerta mientras Prusik colocaba las diapositivas en la superficie de cristal del proyector especial que colgaba del techo y que alcanzaba treinta aumentos.

—El forense de Blackie, Indiana, tomó ayer estas fotografías.

Eisen apagó las luces de la sala. La luz blanca de la lámpara del proyector inundó la pantalla y, un segundo después, apareció el primer plano de unas terribles marcas purpúreas en una garganta fracturada. Una mejilla rasguñada quedaba parcialmente a la vista bajo una hoja de roble ya marrón.

—Es zurdo —dijo Prusik, y dio paso a la siguiente diapositiva, en la que se veía el abdomen de la víctima—. Les hace el corte mientras está encima de ellas, lo cual explicaría los restos de pintura hallados tanto en el pecho como en la parte baja del abdomen. Mañana sabré más.

El equipo enviado a Blackie, dirigido por Bruce Howard, procuraría encontrar todo rastro posible en la escena del crimen y en sus inmediaciones, también en el lecho de hojas sobre el que había aparecido el cadáver, tal y como había solicitado Leed Hugues, el experto en ADN de Prusik. Prusik, sin embargo, era consciente de que, al mover el cadáver, era posible que se hubieran echado a perder restos útiles de ADN. Si bien el análisis genético era una ciencia muy sofisticada que avanzaba con gran rapidez, el ADN se contaminaba fácilmente con la lluvia o la manipulación de la escena sin guantes. Si el equipo de Prusik tenía la suerte de hallar algún resto sin contaminar, lo cotejarían con los que se encontraran en el índice nacional, que incluía muestras de la mayoría de los criminales convictos. Tras el examen *post mortem*, Prusik haría valer su prioridad federal y asumiría las competencias de la policía local, que carecía de los recursos necesarios para investigar los extraños asesinatos que se extendían ya por media Indiana.

—¿La misma técnica abdominal? —preguntó Eisen quitándose unas gafas demasiado grandes para su rollizo rostro.

Echó el aliento en cada uno de los cristales y luego los limpió con la bata de laboratorio, dejando a la vista dos marcas horizontales de color púrpura en la zona de las mejillas en la que descansaban sus gafas.

—Sí. —Prusik usó un puntero láser—. A juzgar por la descomposición, es probable que la chica fuera asesinada el mismo día que la secuestraron, lo cual sitúa el crimen alrededor del 4 de julio. La entomología sugiere que el asesino la mató donde la encontramos y que no movió el cadáver. Luego volveré sobre esto. Fíjense en las marcas del cuello.

Un coro de murmullos se extendió por la sala. La siguiente diapositiva se había tomado desde encima del torso desnudo. La viveza del color de las hojas quedaba deslucida en comparación con la crudeza de los restos mortales. El auditorio quedó en silencio. La siguiente diapositiva, una imagen lateral del torso, debió de requerir que el fotógrafo se tumbara junto al cadáver. Prusik amplió diez veces la imagen del largo corte de cuchillo, que resplandecía con iridiscencias.

—¿Qué le parece, Pernell? —Amplió la imagen veinte veces más, hasta llegar al máximo, con la intención de destacar un organismo en particular. Una regla milimétrica se extendía a lo largo del borde inferior de la imagen para que resultara más fácil calcular la escala.

—De la familia de los califóridos, sin duda —comenzó Pernell—. Su nombre en latín es *Lucilia sericata*, esto es, la mosca verde. Se trata de una variedad común de mosca que ovoposita o pone sus huevos a la sombra o cerca de ríos. En el calor de julio, es factible que las hembras adultas lo hicieran al cabo de veinticuatro horas de la muerte y que las larvas nacieran unos ocho o nueve días después. La de la imagen ya se ha oscurecido, pues se encuentra en un estado de crisálida avanzado, y parece medir unos nueve milímetros de largo, lo cual significa que han pasado entre dieciocho y veintiséis días desde que la hembra adulta ovoposita. Por supuesto, hasta que podamos analizarla en el laboratorio, todo esto no es más que una suposición.

—Gracias, Pernell —dijo Prusik—. Si fechamos el fallecimiento mediante el estado del desarrollo larvario de estos insectos hallados alimentándose del cadáver, podríamos conjeturar que tuvo lugar alrededor de la primera semana de julio, tal y como sospechaba.

En la siguiente diapositiva podía verse una mezcla de moscas verdes adultas y de larvas que se alimentaban a lo largo de la incisión que había en el costado de la víctima. En su frenesí deglutorio, las moscas se apelotonaban como si estuvieran adheridas a la hendidura, que iba desde la novena costilla hasta el hueso de la cadera.

Prusik señaló con el puntero láser un borroso grupo de larvas casi transparentes, captadas mientras devoraban el cadáver. La falta de claridad de la imagen se debía a la impetuosidad de sus movimientos.

—Las moscas verdes poseen un asombroso apetito por la carne humana, pero también nuestro asesino, lo cual no deja a los insectos mucho que ingerir en el interior. —Prusik mostró la siguiente imagen, tomada aún más cerca del corte.

A Higgins se le cayó la tabla portapapeles al suelo y se oyó que reprimía una arcada. El joven experto en informática no pudo evitar chocar con unas cuantas sillas plegadas antes de conseguir llegar a la puerta trasera y salir corriendo al pasillo.

En la oscuridad, una sonrisita perversa se dibujó en el rostro de Prusik.

—¿Tenemos mejores primeros planos del tejido que rodea las laceraciones en el cuello? —preguntó Eisen subiéndose las gafas en el puente de la nariz y concentrándose en las imágenes.

Era el mejor analista digital de fotografías criminales que Prusik hubiera conocido nunca; Eisen convertía digitalmente las fotografías y luego cotejaba toda huella dactilar o patrón parcial que consiguiera obtener con los de las vastas bases de datos del FBI. Había desarrollado una ingeniosa técnica para extrapolar la altura aproximada de una persona a partir del tamaño de la huella dactilar de un pulgar (a menudo con una precisión de unos pocos centímetros). Hasta el momento, en ese caso no contaban con ninguna huella dactilar.

—En breve recibiremos uno —dijo Prusik—. Sabía que lo preguntarías.

Los ojos de la antropóloga repasaron la serie de profundas contusiones que había sufrido la víctima a lo largo del cuello a causa del estrangulamiento. Mientras todos los presentes en la sala estudiaban las crueles marcas, Prusik comenzó a sentir palpitaciones en la palma de una mano. Respiró hondo y se conminó a relajar el puño, cerrado con tanta fuerza que se le habían agarrotado dos dedos. A continuación, encendió de golpe las luces y regresó al centro de la sala.

Tras darse unos ligeros golpecitos en los dientes con un lápiz, Eisen habló primero.

—Las manchas que hay a lo largo de la incisión de Betsy Ryan sugieren que el perpetrador usó una hoja de acero de carbono.

Higgins volvió a entrar en la sala y se sentó cerca de la puerta.

—¿Deberíamos comprobar las coartadas de los técnicos funerarios y de sus ayudantes? —preguntó Hugues frotándose vigorosamente el puente de la nariz.

—Suponía que Higgins ya lo estaba haciendo —respondió Prusik—. Compruebe también las de los trabajadores de las morgues de los hospitales de la zona, señor Higgins.

El experto informático se removió en su asiento.

—Sí, señora. —Se aclaró la garganta—. ¿Qué cree que hace con sus órganos?

Prusik ahuecó una mano sobre los ojos para ver bien al joven.

—Me alegro de poder contarlo de nuevo entre los vivos, señor Higgins. En respuesta a su pregunta: no lo sé. La ausencia de todo órgano interno en la escena del crimen es muy llamativa, y sugiere que el asesino eviscera a sus víctimas ahí mismo. Cuenta con agua cerca, lo cual le permite limpiarlo todo. Creo que la fascinación de nuestro sujeto con los órganos internos de las víctimas es muy relevante. El hecho de extraerlos debe de completar algún tipo de proceso interno. —Prusik se moría por saber cuál—. En ambos casos, a juzgar por la distancia de los cadáveres de las víctimas con alguna carretera o punto de acceso cómodo, creo que las atrae y las invita a acompañarlo a un lugar más seguro para él y que, por lo tanto, prefiere. El informe de la policía de Blackie describe un rastro de hojas apartadas a lo largo de una empinada ladera arbolada. Creo que la caza desempeña un papel clave en las, digamos, normas de actuación de nuestro asesino; para él debe de tratarse de una especie de juego. Compruebe los expedientes psiquiátricos de criminales puestos en libertad en los últimos cinco años que cuenten con historiales de crueldad con niños o a los que se haya atrapado acosándolos. En la naturaleza, la caza es una característica destacada entre los depredadores —prosiguió Prusik en un tono bajo y firme—. Una madre de guepardo siempre deja que sus crías ya crecidas se valgan por sí mismas. Al principio, estas son incapaces de matar. ¿A qué cree que se debe eso, Higgins?

Este inclinó la cabeza ligeramente hacia atrás, dejando ver una frente cubierta de sudor.

—¿I-inexperiencia..., quizá?

—La cría de gacela de Thomson debe salir corriendo. Eso es lo que incita al felino. El instinto de matar está unido a la carrera. El guepardo joven debe esperar a que la gacela asustada apriete a correr para poder ir tras ella y matarla. —Prusik se detuvo a unos pocos metros del nuevo fichaje—. La gacela debe hacer acopio de la valentía suficiente para salir corriendo si quiere huir. En cuanto lo haga, el guepardo irá a por ella. Mientras la gacela permanezca inmóvil, el felino también lo hará. No puede matar a no ser que la gacela corra. Y quizá, solo quizá, ese también es el caso de nuestro asesino, Higgins. Tal vez necesite que sus víctimas salgan corriendo y eso sea lo que lo active.

De pie en medio de la sala, Prusik juntó las manos como si rezara y, con los ojos cerrados, se rozó los labios con las puntas de los dedos, visualizando lo que decía en un estado casi de trance. Al cabo de un momento, levantó la mirada.

—Ténganlo por seguro, caballeros. Nuestro asesino se aprovecha de la fragilidad humana. Las personas malvadas siempre lo hacen; se ganan la confianza de sus víctimas. Para que un desconocido consiga hacer eso con una jovencita, no hay un modo mejor ni más eficiente que el arte del engaño. Debe de proyectar algo que parezca ternura, algo que a la chica le resulte irresistible, cualquier cosa que pueda resultarle atractiva a su mente joven. Ella debe de picar el anzuelo del afecto, la amabilidad, la seducción que le ofrece el asesino. —Prusik sintió que el dedo meñique le palpitaba, y luego dijo—: La cuestión es que, probablemente, estas chicas se van con él por propia voluntad, sin que llegue a producirse ningún forcejeo que pueda atraer la atención indeseada de algún testigo. El asesino las selecciona bien y luego las engaña. Para que un objetivo sea vulnerable ha de estar solo. —La agente especial hizo una pausa—. Si no hay más preguntas, caballeros, volvamos al trabajo. No hace falta que les recuerde la presión a la que estamos sometidos, e imagino que no hará sino ir a más.

Prusik salió de la sala de conferencias y regresó a su despacho. Fantaseó con que estaba haciendo largos en la templada agua verdeazulada de la piscina bajo la luz tenue de su gimnasio, sintiendo el punzante olor a cloro y anticipando la calma que la sesión de natación le proporcionaría.

Llamaron a la puerta y la cabeza de Margaret se asomó por detrás.

—Bruce Howard en la línea uno. Dice que es importante. —Puso los ojos en blanco.

Prusik respiró hondo, cogió el auricular del teléfono y, adoptando un tono de voz falsamente amable, dijo:

—Hola, Bruce. ¿Qué puedo hacer por ti?

4

Estacionó detrás de un contenedor de la clínica Wilksboro y apagó el motor de la camioneta. El aire del sur de Indiana tenía un olor dulzón después de una semana de intensas lluvias. La clínica estaba en las afueras de Weaversville, la capital del condado situado en la llamada «punta del pie» del estado de Indiana, cerca de la confluencia del gran río Ohio con su afluente el Wabash, y era equidistante tanto de San Luis como de Chicago: en coche podía llegarse a cualquiera de esas dos ciudades en menos de tres horas.

La cita de David Claremont era a las siete en punto. No había ido a comer con sus padres, pues no tenía el menor apetito. Respiró hondo y llamó con los nudillos a la puerta de una consulta con una placa: DR. IRWIN WALSTEIN.

El doctor Walstein saludó a Claremont, le indicó que se sentara en una silla acolchada frente a un gran escritorio de caoba y abrió el expediente de su paciente.

—Dime, ¿el medicamento que te receté está ayudándote a dormir mejor?

—Sí, pero me despierto demasiado tarde. Ni siquiera oigo la alarma. Mi madre tiene que aporrear la puerta de mi habitación y se enfada.

—Está bien. Toma solo una tableta de cincuenta miligramos de tioridazina media hora antes de acostarte y veremos qué tal. Y sigue tomando la amitriptilina, una tableta antes de cada comida.

Claremont reparó en un extraño cuadro que había detrás del escritorio del psiquiatra; era la primera vez que se fijaba en él: una pintura abstracta de un rostro oscurecido que miraba desde las alturas. El rostro parecía incompleto, como si no hubieran acabado de pintarlo. Al joven le resultó inquietante.

Walstein rodeó el escritorio y se sentó frente a Claremont en un sillón de cuero.

—¿Qué hay de las ensoñaciones? ¿Alguna otra desde...? ¿Fue el 4 de julio?

—No. Nada nuevo, la verdad. —Comenzó a mover una pierna con nerviosismo.

Sacó una barra de bálsamo labial y se lo aplicó en los labios. Habían pasado más de tres semanas desde aquel día en el que estaba desmalezando una hilera de tomates en el huerto de su madre mientras el sol caía a plomo sobre sus hombros. Tres semanas desde el indescriptible momento en el que, de repente, se había quedado inmóvil con la azada en alto, viendo que los terrones de tierra se movían como si una mano invisible estuviera esculpiéndolos. Un húmedo trozo de tierra compactada sobresalía hacia arriba, como una lengua asomando a medias, mientras rápidamente tomaban forma las facciones de un rostro que le resultaba familiar. Solo el hecho de recordar esa extraña transformación le aceleraba el pulso. Allí estaba de nuevo, transportado a una ladera cubierta de robles y perfumada con el olor almendrado de las hojas del año anterior. Una ladera como esa atravesaba los bosques que rodeaban las tierras de su padre en las afueras de Weaversville. Y, de repente, la vio. La tierra se había moldeado hasta configurar el rostro de una chica que dejaba escapar un grito. Mirándolo desde abajo, unos grandes ojos se abrían como platos, como los de un cervatillo asustado, y Claremont recordó entonces la sensación de sus dientes chocando con los de la joven y su mano toqueteándole el torso.

—Pareces inquieto. —Walstein cogió un bolígrafo dorado y comenzó a juguetear con él entre los dedos—. ¿Qué te preocupa, David? La última vez no hablamos mucho del 4 de julio.

—No, no lo hicimos. —Claremont tragó saliva con fuerza y se esforzó en alejar de sí la espantosa visión.

—Habla conmigo, David. Hablar no te hará ningún daño. Solo el silencio mata.

—Puede que hablar no duela, pero ¿ayuda? —Los ojos de Claremont se cruzaron fugazmente con los del doctor antes de posarse de nuevo sobre el retrato que había en la estantería. Se encogió de hombros—. A la mujer que acaba de salir no la ha ayudado.

—Ya veo... —Walstein sonrió, asintiendo—. Ahora puedes leer mentes.

—Usted dirá lo que quiera, pero desde luego no parecía curada.

Volvió a inspeccionar la pequeña consulta: el escritorio, el suelo, la alfombra. Examinaba y reexaminaba todo aquello que veía, familiarizándose con la verdad de aquel espacio, que existía separado de él y que, con independencia de lo que se cociera en su cabeza, no permanecía al acecho detrás del escritorio del doctor Walstein para sabotearlo. Pero inspeccionar lo que lo rodeaba no le supuso ningún consuelo. Si la tierra del huerto de su madre podía moverse, también podrían los muebles, las alfombras e incluso las paredes.

—Bueno —el doctor dejó caer las manos sobre los muslos—, entonces la medicación parece funcionar y por el momento esas terribles ensoñaciones parecen haber desaparecido. Es un buen principio. Todo apunta a que estamos haciendo progresos.

—No significa nada. Nada. Volverá a suceder. Como en marzo. Como le expliqué la última vez. —Claremont bajó la mirada y reparó en que estaba golpeteando repetidamente el suelo con el pie.

—Está bien, David. Ayúdame a entenderlo mejor. No puedo ayudarte si no estás dispuesto a hablar sobre lo que te aterra. Todo el mundo tiene sueños y ensoñaciones. Los tuyos son muy importantes. —Walstein se inclinó hacia delante—. Los sueños forman una parte tan importante de nuestro ser como, digamos, conducir un coche, tener un bebé o ir a trabajar. E incluso más, pues los sueños revelan algo único sobre cada uno de nosotros, y, si podemos descodificar su lenguaje, pueden proporcionarnos información valiosa.

Claremont cerró los ojos. No quería disgustar al

doctor. Necesitaba su ayuda. Siempre había sido una persona reservada, pero últimamente había comenzado a sentir necesidad de compañía. El problema era que temía que su sufrimiento le hiciera parecer inestable o demasiado raro y que, por ese motivo, ninguna chica quisiera salir con él o lo tomara en serio. Anhelaba sobre todo el afecto de Bonnie Morton, la encantadora hija del vecino a la que con tanto alborozo solía perseguir de niño cuando jugaban al escondite. Que la semana pasada Bonnie lo hubiera reconocido en el centro de Weaversville y lo hubiera saludado con la mano mientras le dedicaba una amplia sonrisa le había proporcionado algo a lo que aferrarse. Esperanza. Durante días había repasado ese breve encuentro, imaginando que ese pequeño saludo había significado algo más, que a ella le gustaba y que quería que fuera a visitarla.

—¿Hola? —Walstein estaba dándole unos golpecitos suaves en la pierna—. ¿David? Estás volviendo a soñar despierto.

—Lo siento. —Claremont se irguió en la silla—. En cierto modo estaba haciéndolo, sí.

—¿Has oído alguna vez la expresión «No es más que un sueño»?

—¿También si es durante el día? —preguntó Claremont, olvidándose por un momento de la imagen de Bonnie saludándolo con la mano—. ¿Y si estoy conduciendo y, de repente..., es como si no lo hiciera? —Bajó la mirada al suelo—. ¿Y no puedo casi ni parar para aparcar?

El doctor asintió.

—Eso debe de ser duro.

—Huelo cosas. Cosas de verdad, cosas espantosas. En serio, doctor. Tiene que creerme. Tiene que ayudarme.

Walstein reflexionó sobre las palabras de Claremont mientras hacía girar la punta del bolígrafo dorado entre los dientes.

—Se trata de una ensoñación muy vívida. Y me doy cuenta de que te resulta muy perturbadora. —El doctor se inclinó hacia delante y tocó la rodilla de David—. ¿Puedes contarme qué es exactamente lo que ves y hueles, David?

—No podría... —contestó David en un tono de voz ronco y demasiado bajo como para que el médico pudiera saber si se trataba de una pregunta o de una confesión—. Es imposible que alguna vez...

—¿Qué es lo que estás diciendo? —preguntó Walstein posando su mirada sobre Claremont—. ¿Qué es exactamente lo que imaginas?

Claremont movía la cabeza levemente mientras su mente lo transportaba al remoto suelo de un bosque y el rumor de un río inundaba sus oídos.

El reloj electrónico Simplex que colgaba de la pared de la consulta del doctor indicaba que eran las ocho en punto. La visita ya se había alargado diez minutos, y Walstein llegaría tarde a casa de su exesposa para recoger a su hija de ocho años. ¿Se encontraba Claremont en peligro inminente? Era difícil de saber, pero no lo creía.

—Lo siento, David —dijo el médico—, pero tenemos que dejarlo aquí. Si te parece, lo retomaremos en este punto en la próxima sesión. —Walstein sacó un pequeño calendario del bolsillo del pecho de la camisa—. Creo que sería buena idea que volviéramos a vernos a finales de esta semana. ¿Qué te parecería el jueves, a las siete?

—¿Y si el jueves no puedo? —El atribulado joven hundió un poco más la cabeza—. ¿Y si...?

—Llámame antes si lo necesitas sin problema alguno, David. Contestaré sin falta. —Walstein anotó su número personal en una tarjeta de visita y se la dio—. Si sufres alguna otra visión que te perturbe, llámame al móvil sea la hora que sea, de día o de noche, y contestaré de inmediato. Nos vemos el jueves a las siete.

5

El pueblo de Crosshaven se encontraba en pleno centro de la zona montañosa del sur de Indiana. Las arboladas pendientes estaban repletas de cuevas de piedra caliza que mantenían una temperatura estable de unos siete grados centígrados a lo largo del año, lo bastante fría como para almacenar carne durante días. Un paréntesis en el calor de julio había traído una masa de aire templado de Canadá, atípica para esa época del año, y, con ella, un tonificante descenso de la humedad.

A Julie Heath le iban golpeteando las sandalias al bajar por el empinado sendero de acceso de la casa de su amiga Daisy Rhinelander en dirección a la acera de Old Shed Road. La chica, de catorce años, se había pasado la mayor parte de la tarde holgazaneando en el dormitorio de su amiga mientras escuchaban un disco de Taylor Swift.

Era jueves, lo cual significaba que su hermana pequeña, Maddy, estaba con su tropa de *girl scouts*. Su madre habría ido a recogerla, así que la casa estaría vacía cuando ella llegara. Consideró si tomar el atajo que cruzaba el bosque. El tiempo era perfecto.

Al fondo de la ladera, el arenoso riachuelo conducía hasta una zona que quedaba justo por debajo de su casa. La chica cruzó la carretera y se adentró en el bosque. Al poco, sin embargo, se hizo daño en el arco del pie con una ramita que se le había metido en una sandalia, de modo que reconsideró su decisión y optó por volver atrás y seguir la carretera.

Sopló una brisa fresca que le metió en la boca un mechón de encrespado pelo rubio y le alzó la falda verde neón dejando a la vista las huesudas rodillas. Con la melodía de *You Belong With Me*, de Taylor Swift, en la cabeza, Julie emprendió su camino por la acera medio caminando y medio bailando.

—«*I'm the one who makes you laugh when you know you're 'bout to cry*»...

Al rodear una curva, vio una vieja camioneta aparcada de mala manera. Parecía abandonada, como si se hubiera estropeado. El instinto hizo que Julie mirara a su alrededor, y luego siguió tarareando la melodía, bajando el volumen al pasar junto al vehículo.

De repente oyó una voz y dejó de cantar. Había alguien cerca. A los pies de un gran roble situado a unos quince metros divisó a un joven arrodillado, bañado por un haz de rayos de sol. El desconocido iba ataviado con un mono como los que llevan los trabajadores de los talleres mecánicos. Sostenía algo cerca del rostro con las manos ahuecadas y, fuera lo que fuera, parecía estar hablándole y canturreándole suavemente. No dio señales de haber reparado en ella.

Julie apoyó la mejilla en la suave corteza de un haya para ver mejor. El hombre acariciaba con suavidad lo que tenía en las manos, diciéndole algo en un tono tranquilizador. «Qué mono —pensó ella—. La camioneta debe de ser suya. Puede que se haya detenido de golpe porque la cría de algún animal estaba cruzando la carretera.» Las ardillas y los conejos lo hacían sin parar, jugándose la vida delante de los coches. ¿Cuántas veces había tenido su madre que frenar en seco, refunfuñando? Pero ella nunca había salido del vehículo para consolar a una pobre criatura como este hombre, que parecía haberse detenido para evitar que el animal se hiciera daño y para ponerlo a salvo en el bosque.

El desconocido se llevó las manos ahuecadas al pecho, acurrucando con ternura a la asustada criatura.

—Disculpe, señor. —Julie carraspeó y habló un poco más alto—. ¿Qué está sosteniendo? —Se acercó a él atravesando un montón de hojas caídas que le llegaban a la altura de los tobillos—. ¿Está herido?

El hombre volvió la cabeza hacia ella y sonrió cordialmente. Julie se acercó un poco más.

—¿Qué tiene ahí? —Julie distinguió que se trataba de una pequeña tortuga. A ella le gustaban las tortugas, sobre todo el modo en que estiraban el cuello para comprobar que no hubiera ningún peligro antes de emprender despacito su camino—. ¿Estaba cruzando la carretera? —preguntó, conjeturando lo que debía de haber pasado.

Él alzó la palma con la que sostenía a la tortuga, asintiendo.

—Así es. Un poco más y no lo cuenta. El tipo que iba delante de mí ha intentado atropellarla a propósito. ¿Te lo puedes creer? Es increíble la crueldad de la gente con los animales. Somos todos hijos del Señor, ¿no?

Julie asintió, sintiéndose más tranquila ante esa mención de Dios. La habían criado según la religión baptista y acudía a la iglesia con su familia casi todos los domingos.

—Se ha perdido —dijo el hombre mientras examinaba a la tortuga a la altura de los ojos—. Creo que tiene un hermano en ese arroyo de ahí abajo. —Señaló con la otra mano el fondo de la arbolada ladera.

Julie advirtió que la ropa que llevaba el hombre estaba muy sucia y salpicada con múltiples capas de pintura.

—Me llamo Julie. Julie Heath —dijo ella, deteniéndose a apenas tres metros de él.

—A esta de aquí la llamo Mordisquitos, porque todavía no me ha dicho su verdadero nombre. —Volvió a acercarse la tortuga a la cara, maravillado.

Julie se dio cuenta de que el caparazón de la criatura tenía unas rugosidades en forma de cresta.

—¡Oh, es una tortuguita mordedora! —celebró con una sonrisa.

—Sí, una cría de tortuga mordedora, eso creo yo también. —El hombre levantó la mirada hacia Julie y luego volvió a centrar su atención en el reptil.

Ella redujo la distancia que los separaba a la mitad, avanzando más despacio esa vez.

—¿Por eso la camioneta está aparcada de lado? ¿Giró para salvarla?

—¡Qué muchacha más lista! —le dijo el hombre a la tortuga—. Le hace sentir bien a uno que otras personas también se preocupen tanto, ¿verdad, Mordisquitos? —Extendió hacia Julie la palma de la mano en la que sostenía la tortuga—. ¿Te gustaría que esta agradable jovencita te coja en brazos y te lleve a beber un poco de agua? —Y, dirigiéndose a ella, añadió—: ¿Lo harías?

Eso lo dijo sin mirarla, con la vista fija en la tortuga. Cuando el hombre levantó la cabeza, la chica ya se encontraba a su lado.

—Ten, cógela —dijo, ofreciéndole la tortuga. Tan solo la punta del pequeño hocico sobresalía de debajo del caparazón.

—Gracias —respondió Julie con voz queda.

El hombre alargó el brazo para que ella pudiera coger al animal. Julie así lo hizo, asiendo con cuidado la tortuga por la parte superior del caparazón. Tanto la cabeza como las patas y la cola permanecían escondidas dentro.

Luego él se puso en pie y comenzó a bajar por la pendiente sin decir nada más. Julie permaneció un momento inmóvil, viendo cómo se marchaba. El hombre se alejó por la empinada ladera hasta que ella apenas pudo vislumbrar su coronilla. Entonces Julie también comenzó a descender, mirando bien por dónde pisaba. La pendiente rápidamente se volvía muy pronunciada. En un momento dado, echó un vistazo atrás, pero ya no podía ver la carretera. Se secó la frente con el dorso de la muñeca.

La tortuga asomó la cabeza. Le relucían los ojos. Cuando la chica volvió a levantar la mirada, el hombre estaba agachado delante de ella con las manos en las rodillas, esperándola. Ella vaciló un instante, sin saber bien si seguir adelante. La tortuga se las apañaría bien si la dejaba allí mismo, no tenía por qué llevarla hasta el arroyo. Las tortugas sabían encontrar agua por sí mismas. Julie podía oír un débil rumor. El arroyo estaba cerca.

De repente, notó que algo reptaba por su mano: la criatura quería escaparse. Ella la rodeó con los dedos y susurró:

—No pasa nada. Voy a soltarte. ¿No quieres un poco de agua? —Ella misma tenía la garganta seca. Se moría por un trago con aquel calor de final de verano.

El hombre avanzaba sin prisa unos metros por delante, abriéndose paso entre las ramas con las manos en los bolsillos. Julie lo seguía más despacio, procurando pisar con cuidado las hojas que crujían bajo sus pies para no asustar a la tortuga. Por diversión, Maddy y ella solían saltar en las pilas de hojas secas —tan blandas como un edredón— que había en el bosque de detrás de su casa.

El desconocido se alejaba cada vez más. Julie distinguió al fin el resplandor del agua. De repente, sin embargo, cayó en la cuenta de que el hombre había desaparecido. Entre ella y el arroyo no había nada salvo un declive repleto de troncos de árboles y un océano de hojas. La tortuga le arañaba frenéticamente la mano.

Una nube de estorninos pasó por encima de su cabeza. La agitación de sus llamadas y silbidos se apoderó de un árbol próximo. Julie sentía la garganta rasposa. Se volvió hacia donde había dejado la carretera. Los robles formaban un anfiteatro de columnas. Dio una vuelta entera sobre sí misma, pasando los ojos de un árbol a otro.

«¿Dónde se ha metido?»

De pronto, se fijó en el temblor de unas plumas que sobresalían por detrás de un enorme roble que estaba justo enfrente. Aguzó la mirada con incredulidad. A través de dos agujeros que había en las plumas, dos iris oscuros estaban clavados en ella.

—¡Cucú! —dijo él con un tono de voz repentinamente distinto.

Al verlo de esa guisa, Julie soltó la tortuga y echó a correr ladera arriba. Oyó que él la seguía pisando con fuerza las hojas, acercándose cada vez más y llamándola a gritos por su nombre. Su propia respiración agitada le anegó los oídos y, un momento después, también la de él, pero ya le faltaba poco para llegar a la carretera, que se encontraba a apenas tres metros, dos, uno y medio...

El hombre la agarró por el tobillo y la tiró al suelo.

—Solo estaba jugando contigo, querida Julie —dijo él en voz baja, y soltó una risa ahogada—. No pensarías que iba a dejarte escapar, ¿verdad? Ni hablar.

Le apretó el tobillo con tanta fuerza que ella soltó un grito de dolor. Con el rabillo del ojo, Julie vio que algo se movía cerca de ella. Era la tortuga, que se detuvo, extendió el cuello para mirarla y, tras parpadear una vez, se alejó reptando sobre las hojas del bosque.

—Tengo otros planes para ti, pequeña Julie. Planes especiales —prosiguió él mientras se colocaba encima de la chica y la sujetaba por la mandíbula.

Ella concentró la mirada en las crestas del caparazón de la tortuga; tenía la vista borrosa a causa de las lágrimas. No podía gritar, no podía moverse. Lo único que podía hacer era contemplar cómo se alejaba la criatura sin hacer ruido.

Una hora después de que Julie Heath fuera caminando sola por Old Shed Road, Joey Templeton conducía de vuelta a casa en su reluciente bicicleta Schwinn de color azul después de ensayar con la banda de música. En la parte trasera llevaba, sujetos con correas, dos incómodos estuches de trombón que se movían de un lado a otro haciendo que se bamboleara un poco la rueda delantera de la bici. Joey era pequeño para su edad, más bajo que la mayoría de los chicos de sexto, y sus gruesas gafas agrandaban dos ojos que miraban asustados el vasto mundo que tenían ante sí. Como los cristales pesaban tanto, continuamente tenía que colocárselas bien en el puente de la nariz.

El chico rodeó una pronunciada curva y dejó de pedalear cuando vio la camioneta mal aparcada. Al girar con brusquedad el manillar, casi chocó con el bordillo opuesto. Un hombre extraño estaba inclinado sobre la parte trasera de la camioneta, como si estuviera metiendo algo en ella. Iba ataviado con un mono sucio y manchado y, de repente, alzó la cabeza y fijó la vista en Joey.

Al pasar a su lado, el muchacho miró con inquietud al desconocido. Como tenía los ojos muy hundidos, Joey no pudo verlos con claridad. De repente, una amplia sonrisa se dibujó en el huraño rostro del tipo, que inclinó la cabeza y lo saludó con la mano, aunque Joey Templeton no se tragó el anzuelo: al hombre aquel no parecía haberle hecho ninguna gracia que lo hubiera visto. En todo caso, encontrarse de forma inesperada con alguien desconocido en el tramo más solitario del trayecto entre el ensayo y su casa lo puso nervioso. Además, casi ningún niño de la banda tomaba ese camino. Él siempre pedaleaba con más fuerza cuando atravesaba esa zona arbolada.

Al llegar a casa estaba casi sin aliento.

—¡Abu! ¡Abu! —exclamó corriendo en dirección a la cocina.

Pero Abu no estaba allí. Así era como llamaba a su abuelo, Elmer Templeton, quien cuatro años antes se había ido a vivir con Joey y el hermano mayor de este, Mike, después de que los padres de los chicos se vieran sorprendidos por unas lluvias torrenciales y, al atravesar un cruce ferroviario sin señalizar, un tren de mercancías los arrollara, matándolos a ambos al instante.

Joey oyó entonces que se cerraba de golpe la puerta de una camioneta. Salió al porche y corrió atropelladamente hacia el patio lateral. Al rodear un seto, lo vio: Abu, el hombre más amable del universo, caminando despacio con sus rígidas piernas en dirección al chico.

Joey agarró la curtida mano de su abuelo y casi lo hizo caer. Elmer se llevó la mano de su nieto a la mejilla y olió el almendrado vestigio de la loción Corn Huskers que se había vertido de la botella grande la noche anterior. Elmer había frotado el exceso de pringue en las blancas y suaves manos del chico.

—¿Qué te pasa, hijo? —El anciano, que era de complexión delgada como su nieto e iba perfectamente afeitado y ataviado con un desgastado mono vaquero, se inclinó hacia Joey.

—Ya sé que piensas que siempre estoy contando cuentos, Abu. Y sé que Mike lo hace —dijo Joey—. Pero acabo de ver a un tipo muy extraño. Y con eso me refiero a que era raro de verdad. Solo Dios sabe qué es lo que estaba haciendo en una camioneta vieja como esa. No era de por aquí, eso seguro. —Joey se detuvo para coger aliento. Su pecho subía y bajaba con rapidez—. Me ha mirado mal, Abu, muy mal, y a continuación me ha sonreído como para que pensara que no había nada extraño en esa cara horripilante. Pero no me ha engañado. ¡No pienso volver en bici por ese camino nunca más!

—Tranquilízate. ¿De qué estás hablando? —Elmer colocó las manos en los hombros del chico—. ¿Te ha molestado alguien? ¿Ese tipo iba a lo suyo?

El abuelo de Joey estaba acostumbrado a que su nieto exagerara las cosas, pero la acongojada expresión del muchacho parecía más seria de lo habitual. Juntos subieron la escalera del porche y se sentaron en la mecedora de columpio. Elmer deseaba de veras que el chico superara de una vez sus miedos y consiguiera sobreponerse al espantoso pavor que atenazaba su vida desde el día en el que sus padres murieron arrollados en las vías del tren.

—Tienes que creerme, Abu. Estaba haciendo algo raro, en serio. Tenía una camioneta vieja, hecha polvo, mucho más que la tuya. Estaba mal aparcada junto al bosque, en medio de la nada. ¿Sabes ese camino que a veces cojo para volver a casa en bici? —Joey arrugó el entrecejo sin dejar de mirar fijamente a los acuosos ojos de su abuelo—. Donde no hay casas durante un tramo bastante largo. El camino de Old Shed Road.

Elmer asintió.

—Sí, lo conozco.

—El tipo ese estaba tapando algo en la plataforma trasera de la camioneta. No quería que yo lo viera. Pero lo he visto, Abu.

—¿Qué es lo que has visto?

—Era... —Joey se quedó mirando el suelo del porche como si hubiera alguna cosa desagradable reptando hacia él—. Algo que estaba intentando ocultar. —El muchacho levantó la mirada hacia el anciano—. No quería que lo viera. Eso seguro. Le ha molestado.

Elmer ladeó la cabeza, evaluando lo que estaba oyendo.

—Creo que lo que tenemos que hacer es ir a buscar a Mike y luego a la cafetería de Shermie a comer algo.

—La camioneta estaba mal aparcada —repitió Joey con la frente arrugada por la preocupación—. Y llevaba la ropa muy sucia, como si hubiera estado cavando en el bosque o algo así. ¿Por qué estaría haciendo eso? ¿Por qué, Abu? —El chico se estremeció al recordar la hostil mirada del hombre—. Tenía muy mala pinta, Abu. Muy mala.

6

—Es una ladera empinada y el cadáver de la chica estaba lejos. Estimo que a medio kilómetro de distancia y unos cien metros por debajo del nivel de la carretera. El cuerpo estaba literalmente cubierto de hojas caídas. —La llamada de Bruce Howard solo tenía como objetivo informarle de las novedades del día—. Tenemos treinta y siete bolsas con muestras del entorno en el que fue hallado el cadáver. Nada digno de mención a nivel forense.

Prusik permanecía de pie junto a su escritorio, examinando una ampliación de veinte por veinticinco de una fotografía de la víctima *in situ*. Por el momento, creían que la chica anónima era Missy Hooper, la vecina de diecinueve años que había desaparecido hacía un mes.

—¿Entonces crees que la policía local no ha echado a perder del todo la escena del crimen? —Prusik hizo un esfuerzo para hablar con el mismo tono mesurado de Howard, aunque la cabeza le iba a mil por hora. Era difícil ser paciente cuando parecía que no iba a haber ninguna prueba.

—No te sabría decir, Christine. Como te contaba, se trata de un terreno complicado. Es fácil tropezar con una raíz traicionera, oculta debajo de alguna hoja —explicó Howard como si acabara de pasarle justo eso—. Estoy seguro de que no les resultó fácil recuperar el cadáver. En cualquier caso, me cuesta pensar que no haya habido cierta contaminación. Qué se le va a hacer, ¿no?

Ella reflexionó acerca de las condiciones de la escena del crimen: los agentes de la policía local pisoteándolo todo caóticamente, y Bruce y su equipo tropezando con raíces ocultas. Todo ello no hacía sino complicar todavía más las cosas y dificultar que pudieran encontrar otra pieza del puzle. También conspiraba contra toda cordialidad de la que Prusik hubiera podido hacer acopio para hablar por teléfono con Howard.

—¿Puedes al menos confirmarme que están preservando el cadáver como es debido, Bruce? —Por alguna razón, había un irritante eco que hacía que Prusik oyera su propia voz cada vez que hablaba—. ¿Has ido al laboratorio del forense?

—No lo describiría como un laboratorio en un sentido normal...

—Sí, ya lo entiendo, pero... ¿han guardado el cadáver en una bolsa y está en una cámara frigorífica?

—Mira, Christine, tengo una unidad en la escena del crimen. Mis órdenes consisten en acordonar la zona y recoger muestras —respondió en un tono cortante—. Supuse que tú te encargarías de inspeccionar el cadáver personalmente. Al fin y al cabo, es tu especialidad.

Christine se quedó boquiabierta ante la respuesta de su subordinado. Se obligó a respirar hondo.

—Tienes toda la razón, agente especial. Y así lo haré. Estoy segura también de que no hace falta que te recuerde que esta operación requiere trabajo de equipo. Tanto en el laboratorio como en la escena del crimen. —A causa de la reverberación metálica de la llamada, Prusik pudo percibir la brusquedad de su tono—. ¿Qué le pasa a tu móvil, Bruce? ¿Es que se te ha caído al arroyo? —Colgó sin esperar respuesta y se desabrochó el último botón de la camisa.

A Bruce Howard lo habían trasladado de las oficinas de Boston hacía apenas cuatro meses. Era un hombre de esos que se encuentran más a gusto entre otros hombres y al que se le daban fenomenal las relaciones públicas y los apretones de manos en las reuniones de agentes, algo de lo que no había precisamente escasez en el FBI. Ella ya había sido testigo de la inclinación natural de Howard a acudir directo a Thorne en vez de seguir la cadena de mando. Era muy probable que no estuviera acostumbrado a despachar con mujeres. También había advertido que Thorne no había hecho nada por desautorizar ese comportamiento.

Prusik respiró hondo, relajó el puño y consideró si debería haber manejado las cosas de otro modo por teléfono. El equipo de Howard no había conseguido encontrar ninguna prueba física (a no ser que hubieran metido alguna sin querer en una bolsa de muestras). Para ella, la integridad del cadáver de la víctima era de la máxima importancia, y la preocupación que había trasladado a Howard era legítima. Había hecho bien preguntándoselo. Y el tono de urgencia de su voz había sido también apropiado, así como la brusquedad. Aquella era la primera misión en la que trabajaban juntos y ya se había convertido en una lucha territorial en la que Howard solo tenía en cuenta su pieza del puzle y se mostraba incapaz de considerar la situación en su conjunto. Su ego y su orgullo eran inequívocos. A pesar incluso de la pésima conexión telefónica, estaba claro que Howard carecía del menor espíritu de equipo, y también que era incapaz de reconocer el hecho de que era ella quien estaba al mando del caso, le gustara o no. Aun así, no podía permitir que la frustración que sentía eclipsara un asunto más apremiante: era esencial que descubrieran algo sobre el asesino. Pronto. De inmediato.

En ese momento sonó el teléfono de su escritorio.

—¿Christine?

—Bueno, ¿quién si no? —Se pasó los dedos por el pelo—. Lo siento, Brian, no me hagas caso. ¿Qué tienes?

—Creo que será mejor que vengas al laboratorio y lo veas tú misma.

Apenas tuvo tiempo de decir «ahora mismo» antes de salir corriendo por la puerta de su despacho.

Bajó en ascensor los tres pisos que la separaban del laboratorio y pasó su tarjeta identificativa por el lector magnético de la puerta. Eisen estaba inclinado sobre una gran mesa de acero inoxidable. Llevaba puestas unas lentes protectoras sobre las gafas.

—Hola, Christine —la saludó Eisen con una amplia sonrisa al tiempo que le mostraba cuidadosamente un trozo de cristal curvado que sostenía entre el dedo índice y el pulgar de su mano enguantada—. Hemos conseguido una huella parcial.

—¿De dónde?

—¿Recuerdas que hicimos un análisis de la deriva de las corrientes para intentar ubicar la escena del crimen de Betsy Ryan?

Puesto que desconocían el lugar exacto en el que habían asesinado a la chica, Prusik había accedido a que Eisen consultara a un amigo suyo genio de las matemáticas para ver si, teniendo en cuenta las corrientes y las condiciones climáticas de la zona, así como el estudio del tiempo transcurrido, podía llegar a determinar el punto de origen del cadáver y, con ello, la ubicación de la escena del crimen. Lamentablemente, no habían descubierto nada.

—Pensaba que no habíamos conseguido ningún resultado —repuso ella.

—Resulta que Max, ese amigo mío al que se le dan tan bien los números, no había tomado en consideración el deshielo que ha tenido lugar este año a lo largo de la costa del lago. Y, además, una inusual corriente superficial también ha cambiado el cálculo. La zona de barrido definitiva está situada a más de un kilómetro del sector que inspeccionamos en primer lugar. No muy lejos de la orilla encontramos una zona con arena removida y este trozo de cristal roto con una huella parcial.

—No estás contándomelo todo, Brian. —Prusik se inclinó para estudiar el fragmento—. Una huella parcial es, como mucho, una prueba forense cuestionable.

—Sí, de acuerdo, tienes razón. Pero lo que deberías estar preguntándome es cómo he vinculado el cristal roto al asesinato —replicó Eisen, radiante—. La superficie interna del tarro del que he sacado la huella está cubierta con ADN de la víctima.

Prusik se mostró desconcertada.

—¿Estás seguro?

—Sí, ya sé lo que estás pensando: ¿de dónde sale este cristal? ¿Qué está haciendo ahí? —dijo él—. No creo que el asesino lo usara de arma. No hay ningún resto de ADN en el borde roto, así que no parece haberlo usado para cortar o atravesar la carne de la víctima.

Eisen sostuvo en alto el trozo de cristal para que Prusik pudiera ver mejor los bordes.

—Y, sí, me he referido al asesino en masculino. El ancho de la huella encaja con el rango normal de un hombre adulto.

—Es un lugar de baño público, Brian —le recordó ella—. Este cristal podría haberlo tocado cualquiera.

Él asintió como si ya hubiera previsto que ella diría algo parecido.

—Sí, es cierto. Pero la huella fue preservada en una especie de secreción, presumiblemente de la víctima, cuando todavía era impresionable, lo cual significa que sucedió en el momento de su muerte, o poco antes o poco después. Y además la huella parcial estaba protegida de los elementos en la parte interior del tarro. —Eisen se quitó las lentes protectoras—. Se trata de una zona muy aislada de las dunas, Christine. Está situada fuera de la vista de la orilla o del aparcamiento. Nunca la habríamos encontrado si no hubiéramos vuelto a calcular la ecuación de la deriva de las corrientes.

El corazón de Christine comenzó a galopar y su respiración se tornó irregular. Se sentó y se aferró a los reposabrazos de la silla. Visualizó en su mente otro paisaje arbolado muy aislado y muy lejos de casa, repleto de insectos ensordecedores que ni por asomo podrían encontrarse en las dunas costeras del lago Michigan. Por un momento pensó que iba a desmayarse. ¿Dónde estaban sus ansiolíticos cuando los necesitaba?

—¿Te encuentras bien, Christine? ¿Es por algo que he dicho? —preguntó Eisen medio en broma.

—Estoy bien, Brian. No pasa nada. —Prusik volvió a ponerse de pie demasiado deprisa mientras procuraba aplacar el mareo que sentía, así como el irracional impulso de salir corriendo del laboratorio—. Buen trabajo. ¿Has obtenido algo de la huella?

—Estamos cotejándola con las de la base AFIS ahora mismo —contestó Eisen, refiriéndose al Sistema Automatizado de Identificación de Huellas Digitales.

Prusik sintió una punzada de dolor en el meñique de la mano derecha. No se había dado cuenta de que había estado apretando con fuerza el puño todo ese tiempo, aplastándose con ello el dedo pequeño.

—Muy buen trabajo, Brian, de verdad. Excelente. Infórmame, por favor, de lo que encuentres. —Prusik se apresuró a salir por la puerta del laboratorio. Antes de que se cerrara, echó un vistazo atrás y vio que Eisen seguía de pie donde lo había dejado, mirándola con perplejidad.

Christine regresó a su despacho, cogió el bolso y las llaves del coche, y tomó el ascensor para bajar al aparcamiento e ir a su club de natación, donde pensaba sumergirse en las calmantes aguas de la piscina. Los demás carriles estarían tranquilos: solo oiría sus propias patadas en el agua, así como su rítmica respiración con cada impulso de sus fuertes brazos.

—Departamento del *sheriff* de Crosshaven —dijo Mary Carter, la operadora de sala, en un tono de voz apacible.

Hacía diez años que estaba en el cuerpo y poseía un talento innato para el trabajo policial. Llevaba un ancho cinturón de balas y una pistolera de cuero que le rozaba cada vez que se inclinaba hacia delante en la silla, lo cual sucedía con frecuencia, pues rara vez salía de la oficina del *sheriff* para realizar tareas policiales en la calle.

—¿Dices que tu hija todavía no ha llegado a casa, Karen? Comprendo. Julie tiene catorce años, ¿verdad? Y el pelo rizado y rubio.

La agente introducía los datos en los campos de un formulario de personas desaparecidas mientras le leía la lista de preguntas del monitor a Karen Heath, la madre de la chica desaparecida. Las gafas de polímero negro que llevaba Mary estaban hechas exclusivamente para la policía y se habían diseñado para soportar un uso intensivo, si bien ella las usaba sobre todo para leer *thrillers* policiales. Lo más cerca que habían estado del servicio activo era alguna que otra caída del escritorio cuando se las quitaba para limpiarse el puente de la nariz con una toallita húmeda. Le encantaba el aroma a limón de esas toallitas individuales, que solía usar después de haberse zampado un par de buñuelos de Libby's Kitchen.

—¿Dónde dices que estaba la última vez que la vieron?

Mary tecleó «Daisy Rhinelander, Old Shed Road número 6, teléfono 426-9807».

—¿Tiene algún rasgo o marca identificativa?

«Pequeña cicatriz en el codo derecho a causa de la caída de un árbol», tecleó. Consiguió obtener ese dato cribando una larga respuesta que incluía la frustración de Karen ante la duración de la llamada, así como su queja de que Mary dejara de demorarse y avisara de una vez al *sheriff* McFaron.

La agente permaneció pacientemente al teléfono.

—Lo siento, Karen, no he oído bien lo último que has dicho. —Se reajustó los auriculares—. ¿Cuánto tiempo lleva Julie desaparecida? Varias horas, entiendo. Has llamado a la señora Rhinelander un par de veces. Tu hija salió de su casa sobre las tres de la tarde.

Mary sabía que, a no ser que se dieran circunstancias apremiantes, no podía dar parte a la policía estatal de la desaparición de una persona hasta que hubieran pasado cuarenta y ocho horas, pero aun así hizo permanecer a Karen un momento a la espera mientras ella se ponía en contacto con el *sheriff* por radio.

—Soy Mary, *sheriff*. Cambio.

—¿Qué pasa? —preguntó el *sheriff* Joe McFaron, estirando al máximo el cable del micro hasta sacarlo por la ventanilla del Ford Bronco de 1996, su modelo favorito de todoterreno. Se encontraba junto a un desagüe de la granja de los Beecham, varios kilómetros al sur de la ciudad, observando al señor Beecham, que permanecía sentado en el suelo junto a su tractor, con la cara pálida. El granjero parecía haber sufrido un leve ataque al corazón. McFaron estaba esperando a que llegara la ambulancia.

—Tengo a Karen White al teléfono. Está muy preocupada y quiere que emitas una orden de búsqueda. Su hija ha desaparecido hace tres o quizá cuatro horas, dice. Evidentemente, no hay señal alguna de su paradero. Cambio.

El *sheriff* alzó el ala de su sombrero de fieltro y se pasó la palma de la mano por la frente. Sabía que Karen Heath podía llegar a ser un manojo de nervios. No había olvidado que, en el instituto, se había desmayado cuando dos jugadores placaron a Henry Small, un defensa del equipo de fútbol americano, y le rompieron la pierna. Karen se desplomó en la banda con solo oír el sordo crujido del hueso al quebrarse.

—Avisa a la policía estatal —dijo—. Yo llegaré a la oficina en una hora o así. ¿Quién ha dicho que ha desaparecido, Julie o Maddy?

—Julie.

—Si aparece, tendrás que llamar rápido a los chicos de la estatal o me reprocharán de mala manera que me haya precipitado. Entre tú y yo, Karen Heath, que Dios la bendiga, siempre ha sido un auténtico manojo de nervios. Cambio.

Mary envió el aviso a la oficina del distrito de la policía estatal, situada a dieciséis kilómetros al norte de Crosshaven, y luego se reclinó en la silla masticando pensativa una rosquilla de sidra recién hecha. Era lo bastante pequeña para metérsela en la boca entera, e ideal para llenar los solitarios silencios entre llamadas.

Luego volvió a presionar la tecla con la que había silenciado a Karen Heath y le dijo que acababa de notificar al *sheriff* la desaparición y que había dado parte a la policía estatal.

—Si Julie aparece, Karen, te agradecería que me avisaras. Si me entero de algo, me pondré en contacto contigo de inmediato.

Karen Heath no contestó. Mary pensó que debía de haber tomado conciencia de lo que estaba haciendo: solicitar una orden de búsqueda de su hija desaparecida.

—¿Estás ahí, Karen? —preguntó Mary en un tono de voz más suave, menos formal.

—Sí, te oigo.

—Estaremos en contacto, Karen. Procura descansar un poco.

Mary colgó y negó con la cabeza. Julie era una jovencita buena y responsable, no era de las que se meten en líos. «Seguro que no le ha pasado nada», pensó mientras extendía la mano para coger otra rosquilla. Acto seguido, sin embargo, cambió de parecer y cerró la caja.

Los chicos y Elmer ocuparon una mesa alejada de todo el humo que se elevaba por encima del grupo de hombres sentados a la barra que quedaba frente a la cocina abierta. Shermie Dutcher, el dueño de la cafetería, levantó la mirada de la parrilla, le masculló algo a Karla, la única camarera del lugar, y luego siguió cocinando, moviendo de un lado a otro sus delgados brazos.

Karla colocó tres juegos de cubiertos firmemente envueltos en servilletas de papel delante de Elmer y los chicos.

—¡Hola, Karla! —la saludó Elmer—. ¿Cómo estás hoy?

—Bien —contestó ella—. ¿Qué le pasa a este? ¿Es que ha visto un fantasma?

Mike soltó un resoplido.

—Algo así.

Joey fulminó con la mirada a su hermano.

—Un fantasma no, pero sí que he visto algo.

Mike, de dieciséis años, agarró con su fuerte mano el brazo de su hermano.

—Déjalo estar ya, Joey —dijo mirando a los ojos a su hermano, cinco años menor. Le había advertido a Joey muchas veces que no debía sacar conclusiones precipitadas sobre la gente y difundir habladurías.

Al ver la expresión apenada del pequeño, Elmer dijo:

—Está bien, Mike. Deja en paz a tu hermano. Él y yo tenemos una importante sesión de pesca mañana por la mañana. ¿Verdad que sí, Joey?

La «pesca» venía a ser un código entre ambos para sentarse y tomarse un respiro. Joey necesitaba desesperadamente al anciano para ello. Dependía de su abuelo, la única persona viva en el mundo que le permitía divagar y que lo escuchaba sin interrumpirlo. Mike no lo hacía.

Joey se frotó los ojos. Volvió a repasar para sí los paralizantes segundos que había pasado junto a la camioneta en Old Shed Road. Levantó la mirada hacia Karla y soltó:

—He visto a un tipo...

—¿Qué te he dicho, Joey? —le interrumpió Mike—. No sabes nada sobre esa persona. Tienes que dejar de inventarte historias sobre la gente.

Mike clavó un dedo sobre el tablero de la mesa y se acercó a su hermano pequeño para que Karla no lo oyera.

—En primavera fue el chaval ese..., ¿cómo se llamaba...? ¿Johnny Shannon? El gamberro aquel que os tenía a todos nerviosos en la escuela... No difundas rumores sobre personas a las que no conoces. Te lo advierto por última vez.

—Está bien —lo cortó Elmer—. Ya se lo has dejado claro, Mike. Hemos venido aquí a cenar, no a que atosigues a tu hermano. Joey no ha hecho nada malo.

Los tres pidieron el especial de la casa: pastel de carne, patatas fritas y aros de cebolla fritos.

Joey se fijó en uno de los hombres que estaban sentados a la barra. Iba vestido con el mismo mono que su abuelo Elmer, solo que, si el enjuto cuerpo de este apenas lo llenaba, los michelines del tipo de la barra desbordaban el suyo. En un momento dado, el hombre se dio la vuelta en el taburete y se quedó mirando a Joey.

—¿Qué les pasa a tus chicos, Elmer? —Los michelines le temblaban cuando se reía—. Karla dice que el chaval ha visto un fantasma.

Al darse cuenta de que el tipo gordo se estaba riendo de él, Joey alzó la barbilla, airado.

—¡No cra ningún fantasma! ¡Yo no he dicho eso! —Se volvió hacia su abuelo, herido—. Te he dicho la verdad, Abu.

Elmer dio unos golpecitos en la mesa con sus gruesos nudillos bronceados.

—Ya sé que hablabas en serio, hijo. No hagas caso al señor Barnes. Mike tiene razón cuando te dice que no dejes que la gente te saque de quicio con sus pequeñas bromas.

Joey estaba harto de oír eso. Se quitó las gafas y se frotó los ojos con las manos sucias.

—Voy al baño. —Al menos allí nadie lo molestaría ni se reiría de él.

Mientras se frotaba las manos con la granulosa pastilla de jabón, Joey podía oír el parloteo de la cafetería a través de la delgada pared del servicio. El hombre gordo que se había burlado de él seguía desternillándose, igual que hacían los abusones de su escuela. Joey lo odiaba. El recuerdo de Johnny Shannon —su némesis en los pasillos— tirándolo al suelo y clavándole una rodilla en la entrepierna mientras su grupito de matones se reía entre dientes le resultó insoportable.

Apoyó los antebrazos en el lavamanos. El olor a lavanda del jabón se unió al de las grasientas patatas fritas. De repente, oyó que alguien entraba en la cafetería apresuradamente y con la respiración agitada.

—Eh, chicos, Julie Heath ha desaparecido. Acabo de oírlo en la radio. Ya han emitido incluso una orden de búsqueda. Nadie sabe nada de ella desde que, hace unas horas, fue a visitar a una amiga a casa de los Rhinelander, en Old Shed Road. Nadie la ha visto en Libby's ni en el colmado de Harris ni en ningún otro lugar. Según el informe policial, iba vestida con una falda verde y una camisa blanca.

Joey dejó caer la pastilla, con las manos aún completamente blancas por la espuma. Se miró en el espejo lleno de arañazos que colgaba encima del lavamanos y recordó haber visto algo. Unos lunares o algo así. Procuró calmarse, tal y como Mike siempre decía que hiciera. Dejó las gafas al lado del grifo y se echó agua fría en la cara. Debía estar seguro. Parpadeó para que el agua no le entrara en los ojos y luego volvió a ponerse las gafas.

La camioneta vieja que había visto tenía una rueda encima del bordillo, como si la hubieran aparcado a toda prisa. El modo en que lo había mirado el tipo aquel cuando Joey había pasado a su lado era algo que no olvidaría nunca. Fue justo después cuando lo vio, en el momento en que el hombre se dio la vuelta para meter algo en la plataforma trasera del vehículo.

Sin secarse las manos, se dio la vuelta y asió el tirador de la puerta. El hombre que había dicho lo del informe policial estaba junto al tipo gordo del taburete. Interrumpiéndolo, Joey exclamó:

—¡Oiga, señor! ¿Ha dicho que Julie Heath ha desaparecido?

El hombre se volvió hacia el chico. También los demás que estaban sentados a la barra.

El gordo Fred Barnes se fijó en las manos mojadas de Joey, que goteaban en el suelo.

—¿Es que te has olvidado de secarte las manos, chaval? —Y soltó una risa estentórea que sonó como una tuba.

Joey no le hizo caso. Se restregó las manos en los pantalones sin apartar la mirada del tipo que estaba junto a Barnes. En tono resuelto, le dijo:

—Julie suele coger el mismo camino que yo para ir a casa, Old Shed Road. Hoy he visto a un tipo muy extraño por allí. —Tragó saliva ruidosamente. Ya no le importaba que Mike se enfadara con él ni ninguna otra cosa que no fuera el significado de la mirada de ese desconocido. El único significado posible—. Estaba metiendo algo en la plataforma trasera de su camioneta. No quería que viera de qué se trataba. —Se subió las gafas en el puente de la nariz—. Pero lo he visto. Era una lona de pintor. Y estaba como cubierta de lunares. Rojos.

La cafetería quedó en completo silencio. Todo el mundo lo había oído. Fue uno de esos extraños momentos que la gente recordaría más adelante, algo que parecía estar fuera del tiempo, unas palabras que se quedaron flotando en el aire, sin apenas causar conmoción. La sala permaneció en silencio hasta que el tipo que había dicho que Julie había desaparecido se inclinó sobre Joey y dijo:

—¿Estás seguro de lo que dices, muchacho?

Barnes también descendió de su taburete, respirando con dificultad. Los otros hombres lo rodearon. Joey oyó que Mike maldecía detrás, y luego la voz de su abuelo:

—¡Un momento, Mike!

Otro hombre fue hasta la cabina telefónica que había junto a la puerta. Joey oyó que echaba una moneda. Los hombres que tenía delante impedían que Elmer y su hermano pudieran acercarse a él. Otros hacían preguntas demasiado rápido, todos a la vez.

El rostro del abuelo se asomó por encima de sus cabezas y luego se abrió paso entre ellos.

—Disculpad, por favor —dijo—. Dejadme llegar junto a mi nieto.

Con la mano de su abuelo en el hombro, Joey miró a los ojos del hombre que se había inclinado sobre él y por fin contestó:

—Estoy seguro. Muy muy seguro.

Esa vez no se oyó el menor murmullo. Ni siquiera el chistoso Barnes movió un músculo. Las palabras no rompieron el hechizo, sino que más bien lo aumentaron, casi como si Joey fuera un director de orquesta y los clientes de la cafetería, sus músicos, estuvieran tocando los acordes. Solo que la suya era una música hecha de respiraciones susurrantes; no se oía más que el sonido de todas aquellas respiraciones susurrantes.

7

El *sheriff* Joe McFaron pisó el acelerador de su Ford Bronco de color crema. El móvil vibró en su soporte, situado junto a la palanca de cambios. McFaron cogió el pequeño teléfono de color negro.

—Aquí Joe —saludó con voz profunda.

—*Sheriff*, hay un gran alboroto en la cafetería de Shermie. Al parecer, Joey Templeton sabe algo sobre Julie Heath. —Mary se reclinó en su silla, dejando a la vista de la oficina vacía el tamaño de su panza. Su tronco no se diferenciaba demasiado del de un hombre fornido. El uniforme de policía, además, le proporcionaba un aire andrógino que enmascaraba el deseo puramente femenino que Mary sentía en secreto por el *sheriff*. Se inclinó hacia delante, extendió las manos sobre el teclado y abrió en el ordenador el informe diario con los detalles mientras conversaba con McFaron.

—Estoy a dos minutos de ahí. Iré a ver —contestó el *sheriff*—. Cambio y cierro.

McFaron se desabrochó el cuello de la camisa. Por la ventanilla, vio a una cosechadora que daba media vuelta y se tragaba una hilera entera de maíz.

Por detrás, los cuervos graznaban y se abalanzaban en picado. El ángulo del sol vespertino lo había teñido todo de repente de un intenso tono sepia. A él siempre le había gustado el modo en que la luz del final del día suavizaba los bordes de los árboles y los campos. En el instituto, iba a correr por las graderías a última hora de la tarde, después de que todo el mundo se hubiera ido a casa. Corría hasta que el cielo se tornaba de color rosado y luego se sentaba en alguna de las tribunas. El efecto relajante que sentía se acercaba más a una experiencia religiosa que cualquier cosa que hubiera experimentado nunca en el interior de una iglesia.

McFaron aparcó frente a la cafetería y descendió del vehículo. De un metro ochenta y siete de altura, y apuesto como un vaquero, el *sheriff* tenía el pecho varios centímetros más ancho que la cintura. A sus treinta y cinco años, lucía aún una densa mata de pelo castaño ondulado que llevaba la mayor parte del tiempo cubierta por su sombrero de fieltro de ala ancha. A menudo solía quedarse dormido a última hora de la noche en el sofá de la oficina con él puesto.

McFaron abrió la puerta de la cafetería y el alboroto que reinaba en el interior enmudeció por un instante.

—Eh, Joe —lo llamó Shermie—. Wilson dice que Julie Heath ha desaparecido, ¿es verdad?

—Sí, así es —contestó el *sheriff* con expresión seria—, de modo que escuchadme todos. —Se aclaró la garganta y prosiguió—: Julie tiene catorce años, mide uno sesenta y dos, es delgada, tiene el pelo rubio y rizado, y llevaba puesta una falda verde. Ha sido vista por última vez saliendo de casa de Daisy Rhinelander, en la Old Shed Road, sobre las dos cuarenta y cinco. Su madre, Karen, es quien nos ha avisado. Permaneced bien alerta, por favor. Podría estar herida junto a la carretera o en una cuneta. Llamad a comisaría de inmediato si veis u oís cualquier cosa.

—Joey dice que ha visto algo —soltó una voz.

De inmediato, se extendió por toda la cafetería un rumor de voces susurrantes.

—Dadme un minuto, ¿de acuerdo, amigos? —McFaron se acercó a la mesa a la que Joey Templeton estaba sentado junto a su hermano y su abuelo.

El *sheriff* acarició al chico en la cabeza.

—¿Qué has visto, hijo?

Joey posó su mirada en la de McFaron del mismo modo que lo hacía siempre con su abuelo: con total confianza.

—A un tipo con muy mala pinta. Lo he visto cuando volvía a casa en bici.

McFaron asintió.

—¿Y dónde ha sido eso?

—Cuando volvía del ensayo con mi banda de música, un poco después de las tres y media. Iba por la carretera que comienza al final del campo de fútbol.

—Sí, la conozco. Old Shed. —McFaron se alzó el ala del sombrero—. ¿Qué ha pasado entonces?

—La camioneta estaba mal aparcada, torcida, y él estaba de pie junto a la parte trasera. Justo al lado del poste telefónico roto que han sujetado a uno nuevo.

—¿Te refieres al que se rompió en la tormenta de hielo del año pasado?

Joey asintió.

—No le ha hecho ninguna gracia verme, *sheriff*. —Los ojos del chico se entrecerraron.

—¿Puedes describírmelo?

Joey se quedó mirando el espacio oscuro que había debajo de la mesa para conjurar así una imagen más vívida y visualizarlo todo otra vez. Luego se volvió hacia el rostro recio y bronceado del *sheriff*.

—Estaba ocultando algo en la plataforma trasera de la camioneta. No quería que lo viera. —El chico tragó saliva—. Llevaba la ropa muy manchada.

McFaron recordaba haber visto a Joey en una fiesta de cumpleaños de principios del verano en el parque natural del lago Echo. El muchacho se había puesto algo nervioso por un incidente menor: un listillo se había burlado de él por jugar con las niñas. Por fortuna, el abuelo del chico estaba presente y se lo llevó a dar un paseo para que se tranquilizara.

—¿Le has visto la cara? —El *sheriff* se sentó frente a Joey y se quitó el sombrero—. ¿Puedes describirlo?

De pronto reinó el silencio en la cafetería. Karla dejó la bandeja a un lado y Shermie se apartó de la parrilla.

—Era más bien joven. Nunca lo había visto antes. Vestía uno de esos monos que llevan los mecánicos. Muy sucio y lleno de salpicaduras por delante. Parecía mojado.

—Descríbeme su constitución —pidió McFaron—. ¿Qué aspecto tenía?

—No muy alto y bastante delgado. Tenía unas cejas muy espesas. Era difícil verle los ojos. Para ser sincero, *sheriff*, creo que había escondido a Julie en la parte trasera de esa camioneta.

—¿Por qué piensas eso? —McFaron observó al chico con atención.

Era significativo lo que había visto. Y la hora en la que había sucedido también. Joey estaba claramente alterado y no dejaba de juguetear con la servilleta de papel por debajo de la mesa, rompiéndola en trocitos.

De repente, los ojos del chico se humedecieron y, en un tono más bajo, añadió:

—¿Qué otra cosa podrían significar esas salpicaduras, *sheriff*?

Mike se aclaró la garganta, pero siguió callado. A Joey no le importaba la bronca que seguramente le echaría su hermano de vuelta a casa; lo que había visto era más importante, y lo que estaba haciendo no era lo mismo que lloriquear por culpa de un bromista o un abusón de la escuela. No se trataba de que fuera incapaz de defenderse ante el ataque de un Johnny Shannon cualquiera. Había visto algo. Estaba diciendo la verdad.

McFaron se rascó el vello de la parte posterior del cuello.

—Descríbeme la camioneta si puedes. ¿De qué color era?

Joey respiró hondo y se concentró.

—Estaba manchada y oxidada. Era de un color grisáceo, creo. Vieja, de eso estoy seguro. Los guardabarros eran grandes y abultados; la rejilla del radiador estaba pintada de un color oscuro, y el parachoques estaba oxidado y sobresalía bastante. —El chico describió una S con la mano.

—Muy bien, hijo, lo estás haciendo muy bien. Imagina que te enseño fotografías de distintas camionetas. ¿Crees que podrías identificarla?

—Sí, estoy seguro. —Joey tenía buena memoria y la primavera pasada, en la clase de historia, había sido capaz de recitar de un tirón los nombres y apellidos de todos los presidentes y vicepresidentes que había habido en Estados Unidos.

El chico echó un vistazo a los hombres que permanecían de pie junto a la barra. Todos tenían la misma expresión boquiabierta. En ese momento era Fred Barron quien parecía haber visto un fantasma.

Mientras tanto, McFaron sopesaba lo que acababa de contarle Joey: había visto al desconocido en la misma carretera en la que se encontraba la casa de los Rhinelander, donde ese mismo día había estado Julie Heath. Su testimonio sonaba creíble y la descripción de la camioneta parecía asimismo auténtica. Sin embargo, el muchacho era conocido por su carácter excitable y temeroso, así como por poseer una imaginación hiperactiva. El *sheriff* le pediría a Mary que comprobara si ese día alguna de las personas que vivían en Old Shed Road había tenido a algún pintor o un manitas en casa.

La radio portátil que McFaron llevaba en el cinturón crepitó y, a continuación, se oyó una voz femenina.

—Habla, Mary. Cambio —dijo él tras coger el aparato y bajar el volumen tanto como pudo.

—Bob Heath acaba de llamar —explicó ella—. Quiere que te pongas en contacto con él lo antes posible. Cambio.

McFaron paseó la vista por la cafetería.

—Te llamo dentro de un minuto. Cambio. —Y, al colgar, le dio unas palmaditas a Joey en la cabeza y dijo—: Ha sido de gran ayuda que te fijaras en todas esas cosas, hijo. —Levantó la mirada hacia Elmer—. Luego les llevaré a casa un libro con fotografías de camionetas, señor Templeton. A no ser que la chica aparezca antes, claro. —Volvió a mirar a Joey—. ¿Podrías ayudar a alguien a hacer un dibujo de ese tipo?

—Sí, señor, podría hacerlo. —La confianza del *sheriff* en él hizo que Joey se sintiera orgulloso.

—Ningún problema —le dijo Elmer a McFaron—. Estaremos esperándolo.

McFaron se puso de pie y les recordó a los demás clientes de la cafetería que se pusieran en contacto con él de inmediato si veían a la chica. Luego se dirigió a su coche, desde donde llamó a Mary con el móvil y le contó lo que le había explicado Joey.

McFaron estaba dando marcha atrás con el Bronco cuando vio que Joey Templeton y su hermano Mike salían de la cafetería con su abuelo. El *sheriff* admiraba al anciano. Elmer le recordaba a su propio abuelo, que había sido el primer *sheriff* de Crosshaven de su familia. Cuando el hijo de este, el padre de Joe, cayó muerto a causa de un ataque al corazón, el joven McFaron acababa de comenzar a trabajar con él y tenía apenas dieciséis años. Por más que se entregara al trabajo, nada fue capaz de mitigar el dolor ante esa pérdida excesivamente temprana. Se preguntó entonces si Maddy Heath habría perdido una hermana también demasiado pronto, y si la misma Julie no habría perdido algo más.

8

El polvo de los lados de la carretera se arremolinaba a causa del frente que se acercaba. Prusik se apresuró a pagar al taxista y, entrecerrando los ojos, se inclinó para poder avanzar de cara al viento. El yunque perfectamente definido de un cumulonimbo acechaba a varios kilómetros y se elevaba hasta alcanzar una altura superior incluso a la de las rutas de los aviones comerciales. El ambiente era húmedo y sofocante, y el parte meteorológico había anunciado tormentas. Prusik había volado desde Chicago hasta el pequeño aeropuerto de Blackie en United Express, una aerolínea regional absorbida por otra más grande para cubrir las grandes áreas de cultivo y los extensos bosques de árboles de hoja caduca que cubrían el centro de Norteamérica, limitados por el río Misisipi, trescientos veinte kilómetros al oeste, y el Golfo de México, casi ochocientos kilómetros al sur.

Prusik salió del laboratorio móvil del FBI, que servía de base a Bruce Howard y al equipo responsable de recopilar e identificar material forense obtenido en el lugar de los hechos.

—Stuart Brewster. Encantado de conocerla, señora. —El agente se levantó de su pequeño escritorio, en el que un ordenador portátil mostraba el mapa topográfico en el que se encontraba delimitada la escena del crimen.

Prusik dejó su maletín y su bolso y estrechó la mano del agente.

—Encantada de conocerlo, agente Brewster. ¿Dónde está el señor Howard?

—Lleva desde esta mañana en la escena del crimen con otros tres agentes. Están reconociendo de nuevo el terreno, en busca de alguna muestra forense que se nos pudiera haber pasado por alto ayer. —Brewster, fornido y paticorto, asomó la cabeza por la puerta y estudió las nubes de tormenta que se acercaban—. Antes de que caiga una buena y convierta la zona en un sumidero.

«Bien», pensó ella. Howard estaba siendo concienzudo. Prusik no conocía a ese agente Brewster. Era relativamente nuevo en las oficinas del Medio Oeste del FBI. Thorne le había dado a Howard libertad para llevarse unos pocos agentes y construir su equipo a su antojo. Brewster cogió un pañuelo de algodón del bolsillo trasero del pantalón y se sonó, tiñendo brevemente de color carmesí su cara y su cuello.

Prusik echó un vistazo a la zona de almacenamiento del vehículo. Los estantes estaban llenos de bolsas repletas de residuos obtenidos en la escena del crimen, todas bien etiquetadas y catalogadas. Pensó que, con suerte, en el mantillo que contenían habría alguna pista.

De repente, oyó un grito apagado procedente del fondo de la empinada ladera, de modo que salió del vehículo y se dirigió al borde de la carretera, protegida por el toldo natural que formaban las ramas de dos enormes tsugas. Desde allí vio a dos hombres inspeccionando metódicamente el terreno, repleto de hojas muertas de los robles, las hayas, los fresnos y las virgilias que en ese bosque se mezclaban con oscuras arboledas de cedros y tsugas. Examinaban la zona usando una lámpara ultravioleta fotosensible y un magnetómetro para detectar cualquier objeto metálico o muestra forense que pudiera encontrarse debajo de las hojas o cerca de la superficie.

Otro hombre gritó. Prusik reconoció la voz de Howard: dictatorial, casi como la del director ejecutivo Thorne. Uno de los hombres se volvió hacia su jefe; Prusik no podía verlo, pero oyó como le daba al agente instrucciones sobre dónde buscar con el dispositivo. Ella permaneció en la carretera, pues no quería interferir en la búsqueda.

De repente apareció la cabeza de Howard, balanceándose de un lado a otro mientras ascendía por el empinado terraplén. Una fina capa de sudor le cubría la frente. Se subió las gafas de aviador por el puente de la nariz.

—Hola, Bruce. ¿Cómo va? —exclamó ella cuando él ya se aproximaba.

Prusik evaluó la expresión del agente. Parecía fatigado. La arruga del ceño era profunda y sus ojos tenían aspecto cansado. Era evidente que ese caso también estaba pasándole factura.

—¿Llevas mucho aquí? —preguntó él, acelerando el paso para encontrarse con ella.

Se estrecharon la mano.

—Acabo de llegar. —Un fuerte trueno sonó muy cerca y el cielo se oscureció de repente—. Suerte que hoy has empezado temprano —añadió Prusik—. Supongo que no deberíamos estar tan cerca de los árboles.

Él asintió y permitió que los extremos de sus labios se curvaran hasta formar una media sonrisa.

—Supongo que no.

—¿Alguna novedad desde la última vez que hablamos?

—No estoy seguro, la verdad. Probablemente ya has visto la cantidad de muestras que hemos recogido y guardado en bolsas —contestó él quitándose las gafas y secándose la frente—. ¿Te ha enseñado Brewster la pluma que hemos encontrado?

—¿Pluma?

—Estaba enganchada en la corteza de una rama caída, unos pocos metros más arriba del lugar en el que se encontró el cadáver.

Prusik esperó a que él le dijera algo más. Como no lo hizo, le preguntó:

—¿Qué te hace pensar que es relevante o está vinculada al crimen?

—No sé si lo está. Tú eres la antropóloga forense —contestó él algo a la defensiva—. Puede que no sea nada. La verdad es que hay muchos pájaros en las inmediaciones...

—Estoy segura de que no me la habrías mencionado a no ser que hubiera alguna razón para ello, ¿no, Bruce?

—La verdad, no soy ningún experto en pájaros, pero en los dos últimos días no he visto ni un solo pájaro con plumas de color azul verdoso volando por la zona o posado en la rama de ningún árbol.

Prusik se aclaró la garganta.

—Eso es muy interesante, Bruce. Me gustaría ver esa pluma ahora, si no te importa.

Dentro del laboratorio móvil, Prusik inclinó el sobre de plástico transparente que contenía la pluma para iluminarla con una lámpara halógena de alta intensidad. A juzgar por su raquis, parecía ser una pluma de ala, que habían cortado y moldeado en un extremo. No tenía la forma que cabía esperar en una pluma que se le hubiera caído a un pájaro en pleno vuelo. Además, estaba ligeramente doblada en la dirección opuesta a su curvatura natural. Se preguntó si eso podría deberse a algún forcejeo. Lo más interesante, en cualquier caso, era su color. ¿Qué tipo de pájaro con esos colores volaba por el sur de Indiana?

Una gota de sudor le cayó por la frente y se la secó con la manga.

Plumas azul verdoso: en una ocasión había leído que algunos granjeros tenían pavos reales cerca de los corrales de gallinas y de los rediles de ovejas para que les advirtieran de la presencia de zorros y otros depredadores. Los pavos reales tenían una llamada muy alta que podía oírse a kilómetros de distancia. Las preciadas plumas de sus colas eran de un azul verdoso iridiscente. Pero no había ninguna granja cerca, y esa pluma no era lo bastante larga para ser de pavo real. En cualquier caso, el hecho de que hubiera aparecido junto a la escena del crimen en lo más hondo de una ladera arbolada resultaba significativo.

—No es visible ningún rastro de sangre —dijo ella sopesando las implicaciones.

Prusik le diría a Eisen que la analizara en busca de ADN de todos modos.

—Bajo la luz de la lámpara ultravioleta tampoco hemos encontrado nada —respondió Howard—. Pero sin duda estaba fuera de lugar ahí abajo. No se trata de algo que hubiera esperado encontrar.

—Estoy de acuerdo, Bruce. Es algo significativo. —Bajo la pequeña mesa en la que estaban examinando la pluma, y sin que Howard pudiera verlo, Prusik cerró un puño y flexionó con fuerza el dedo meñique.

De repente, sonó su móvil.

—Buenas tardes, Roger. —Era Thorne, que quería saber si había alguna novedad. Howard salió fuera y Brewster fue detrás.

—Sí, sí. ¿Cómo va, Christine? ¿Se trata del mismo asesino?

—El equipo de Howard ha recogido un montón de muestras de la escena del crimen; entre ellas, una pluma de pájaro atípica, nada que ver con la que uno esperaría encontrar en un bosque de Indiana.

—¿Y cuál es su vínculo con el crimen, Christine? —La misma distorsión que había experimentado al hablar con Howard el día anterior dificultaba esa conversación; la voz iba y venía como si estuvieran hablando a través de un tubo extendido.

—No lo sé. Habrá que hacer pruebas de laboratorio en Chicago. Y todavía tengo que examinar el cadáver de la víctima.

—Llámame cuando tengas alguna novedad relevante. —Thorne colgó.

Acto seguido, Prusik cogió el pastillero de peltre del bolso. Sostuvo un momento el pequeño recipiente metálico en la mano, dubitativa. Su consumo de calmantes Xanax había aumentado desde el descubrimiento del cadáver de la primera víctima; no era una buena señal, desde luego. Sin embargo, necesitaba poner coto a su ansiedad si quería mantener la cabeza despejada. Al menos eso era lo que se decía a sí misma. Cogió una pequeña tableta del pastillero y se la tragó sin agua.

El viento arremetía con fuerza, zarandeando la unidad móvil y arrojando tierra de la carretera contra el exterior. Unas pocas gotas de gran tamaño comenzaron a oscurecer el pavimento frente a la puerta del laboratorio. Stuart Brewster había desaparecido. Howard deambulaba de un lado a otro frente a la puerta lateral del vehículo, ajeno al inminente mal tiempo. Estaba hablando por el móvil, y a Prusik le pareció oírlo reír. Luego distinguió las palabras «acaba de llegar», seguidas de más risas. «¿Qué diantre era tan gracioso?», pensó ella.

El destello de un relámpago seguido de un retumbante trueno apartó esos pensamientos de su mente. La lluvia comenzó a caer con más fuerza. Tenía que examinar un cadáver y resolver un caso.

Prusik salió al exterior, que estaba más oscuro, y se preparó mentalmente para lo que viniera a continuación.

Desde que era pequeño, David Claremont había mostrado una gran afición por tallar madera. Varias estanterías de su dormitorio exhibían una gran variedad de animales salvajes, algunos tallados a partir de fotografías de libros, otros de memoria. Sobre la repisa de la chimenea del salón había un par de tigres a juego que a su madre le encantaban y que eran dos de sus mejores creaciones. La imagen de los grandes felinos se le había quedado grabada en la mente cuando, años atrás, su padre lo llevó a ver un circo itinerante. Un domador se metió en una jaula con dos tigres subidos a dos barriles. Solo un látigo lo separaba de aquellos colmillos de marfil que parecían dispuestos a devorarlo. El látigo restallaba una y otra vez. En un momento dado, una de las bestias se puso en tensión y, tras agachar el rostro de grandes bigotes, saltó hacia delante con un bufido y golpeó el alambre de la jaula con una garra del tamaño de un guante de béisbol.

Poco después de celebrar su veintidós cumpleaños, hacía seis meses, el interés de Claremont cambió de golpe de trabajar la madera a tallar piedra. Una mañana se había imaginado vagando por una cavernosa galería en la que se alzaban grandes columnas hasta las sombras del techo, de un modo parecido a la cueva de Ely Jacob que había carretera abajo y que estaba abierta a visitantes. En el sueño, sin embargo, Claremont no descendía con dificultad inseguros escalones de madera en la oscuridad. El gran corredor estaba hecho de pulidas losas de mármol, y en su techo abovedado, tan alto como el de una catedral, resonaba el eco de las voces. Cuando intentó recordar qué era lo que le había resultado tan fascinante de ese sueño, lo único que pudo visualizar fue una serie de pequeñas figuritas talladas en granate, jade y turmalina.

Claremont comenzó a tallar piedra al día siguiente. Se pasaba horas buscando piedras por los arroyos que recorrían el fondo de las pendientes nada más terminar los campos de su padre. A veces se desplazaba en coche para ir a lugares todavía mejores. Luego pulía obsesivamente las piedras en latas de café llenas de arena que hacía rodar una y otra vez por el camino de acceso a la casa, y, cuando estaban listas, tallaba una figurita del tamaño de un dedo que, a decir de su madre, era lo bastante buena para formar parte de un juego de ajedrez. A Claremont el ajedrez le daba igual. No le interesaban los juegos. Lo que le gustaba era llevar la piedra tallada en el bolsillo delantero de sus pantalones vaqueros. La consideraba su amuleto, como si fuera una pata de conejo, aunque no sabía exactamente por qué.

—¿David? —La áspera voz de Lawrence Claremont interrumpió sus pensamientos—. ¿Vienes?

Se oyó un aleteo en las vigas del techo del viejo granero, donde estaba durmiendo la siesta un búho. La voz de su padre lo había despertado. David pasó enérgicamente la estriada lima adelante y atrás sin necesidad de mirar. Solo con el tacto ya sabía cuánta piedra debía quitar. Casi había terminado otra pieza.

Arrastrando los pies por los tablones cubiertos de paja, el padre avanzó hacia la puerta del taller donde David desarrollaba su afición.

—¿David? ¿Me oyes, hijo? Tu madre ya está preparada.

—Ahora mismo voy. —David sostuvo la piedra bajo la luz de su mesa de trabajo: una bonita amatista de un color púrpura casi traslúcido que había encontrado bajo tierra en un yacimiento de grava cercano.

—Vamos, hijo. Ya sabes que tiene el azúcar por los suelos. —El anciano dio una palmada a un poste del granero—. Si no nos vamos ya mismo para la cafetería de Beltson, saldrá corriendo de la camioneta para ir en busca de esos condenados caramelos de naranja que esconde en la cocina.

David dejó la piedra tallada en el estante del taller, apagó la luz y fue detrás de su padre hacia la camioneta de doble cabina, que esperaba con el motor al ralentí en el camino de acceso a la casa. Su madre se movía inquieta en el asiento trasero mientras les indicaba con la mano que se dieran prisa.

La carretera tenía un aspecto prácticamente desolado. Lawrence miró por la ventanilla la gran extensión de maíz que llegaba hasta el horizonte. El sol apareció por detrás de una capa de nubes bajas y sus rayos inclinados atravesaron el parabrisas.

—¡Maldita sea! —dijo el anciano con el ceño fruncido—. ¿Puedes bajar la visera de tu lado, hijo?

David hizo lo que le decía su padre, pero, un minuto después, un centelleante haz volvió a deslumbrar a Lawrence. Hilda se inclinó hacia delante y le colocó bien el cuello de la camisa a su hijo.

—Y recuerda, hijo —le dijo al oído—, si en la cola de la cafetería te preguntan cómo te va, tú sonríe. Es lo más cortés que se puede hacer. Incluso si quien te lo pregunta no parece una persona agradable. —Esto último hacía referencia al hecho de que todo el mundo en el pueblo sabía que tenía «problemas» y que debía acudir a un médico de la cabeza por ello—. No tienes por qué contestarles si no quieres —añadió—. Nadie espera que mantengas con él una conversación. —Le dio unas palmaditas en el hombro como un entrenador a su boxeador entre los asaltos de un combate.

Nadie espera que un loco sea capaz de hacer nada bien. Eso era lo que su madre estaba pensando, pero no había dicho. David volvió la cabeza hacia ella para mostrarle que había escuchado y advirtió la arruga de preocupación que se había formado en el entrecejo de la mujer. En general, su madre le resultaba alguien del todo ajeno, y lo mimaba de un modo que él era incapaz de comprender.

—No dejes que te moleste la actitud de nadie. Tú estás ahí para cenar, como todos los demás. —Ella cruzó los brazos sobre su gran barriga—. No hagas caso de las miradas. Siempre habrá algún aguafiestas que intente sacarte de tus casillas.

Y, con eso, se refería a que todo el mundo en el pueblo estaría pensando algo en plan: «Ahí va ese pirado que se desmayó en el concurso de tartas de la feria agrícola del Cuatro de Julio».

—¡Vamos, Hildy, no pongas nervioso al chico! —intervino de repente Lawrence—. Esos desgraciados pueden cuchichear todo lo que quieran. El chico no ha hecho nada malo. Además, está yendo a ver a ese médico. —La pesada mano de Lawrence se posó en el muslo de David—. Después de cenar volveremos a casa con tiempo para terminar las tareas pendientes, hijo. Tal vez con tiempo incluso para que puedas seguir tallando tus piedras.

Poco a poco, Weaversville fue emergiendo en su totalidad: un batiburrillo de tiendas variadas, un almacén de repuestos de coche... El pecho de David se agitaba bajo su cazadora. El esfuerzo de mantener a raya la ansiedad empeoró al divisar el centro del pueblo. La cafetería de Beltson estaba en medio de una vieja manzana de edificios en cuyas fachadas de ladrillo podían verse las marcas de agua de las inundaciones de años anteriores. Era un restaurante de estilo bufé, el favorito de su madre.

A medida que fueron acercándose al establecimiento, un calor hormigueante se extendió por el cuello de David. También comenzaron a temblarle las manos y a pitarle cada vez más los oídos.

Su padre aparcó en batería, dejando que las ruedas delanteras golpearan suavemente el bordillo. De inmediato, Hilda empujó la parte trasera del asiento de David, muriéndose por salir de una vez de la camioneta.

—Vamos, vamos —dijo—. Necesito comer.

David descendió del vehículo con paso vacilante. El sol de última hora de la tarde era demasiado brillante para sus ojos. Eso era una mala señal. Los bordes de los edificios y los coches resplandecían; también las personas que estaban sentadas comiendo junto al ventanal del restaurante. Su respiración se volvió irregular. Otra visión parecía estar de camino. ¿O acaso se trataba de su conciencia, martirizándolo? Cada vez más, temía que la gente terminara dándose cuenta de que llevaba una doble vida y atara cabos, y que eso supusiera el principio del fin. Pero ¿qué podía hacer?

—¿Estás bien, cariño? —La húmeda mano de Hilda se posó en su nuca—. Pero ¡si estás ardiendo, David!

—Estoy bien. —Él se encogió al sentir el tacto de su mano, pero también por la opresión que, de repente, todo lo que le rodeaba parecía provocarle—. La verdad es que no tengo tanta hambre... —dijo en un tono casi convincente al tiempo que se apoyaba en un lateral de la camioneta.

El anciano se había adelantado para sujetarle la puerta a su esposa. Hilda entró a toda velocidad en el establecimiento y casi le tiró la bandeja a una camarera. Tras dejar a toda prisa la chaqueta en un asiento, la mujer se dirigió a los recipientes de comida caliente con la urgencia de un niño que necesita hacer pis.

David se dejó caer en una silla y se encogió ante la presión de un nuevo asedio. Una creciente profusión de puntitos y volutas le dificultaban la visión. «¡La gente se dará cuenta!» ¿Qué otra cosa podía hacer salvo sentarse?

—Coge una bandeja y sírvete judías verdes —le susurró al oído su padre, inclinándose a su lado—. Te sentarán bien.

Tambaleante, David se puso de pie. Alguien a su espalda murmuró algo; él miró de reojo y divisó las sombras de dos mujeres sentadas a la mesa contigua. Los cuchicheos cesaron; las mujeres lo miraban fijamente. Ya estaba dando todo un espectáculo. ¡Prueba de lo loco que estaba!

Siguió a su padre hasta la cola. Era lo único que podía hacer para navegar entre las mesas sin chocar con nadie. Hilda ya estaba en el extremo opuesto, feliz ante un surtido de postres e indicándole a una camarera que le sirviera una cucharada extra de crumble de manzana.

Si bajaba la mirada, David se mareaba. Los contornos de su bandeja comenzaron a deformarse.

—¿Puedo ayudarle? —preguntó alguien que parecía estar a kilómetros de allí.

Sentía un cosquilleo ardiente por toda la piel. Los latidos acelerados del corazón hacían que le costara respirar. Todo estaba sucediendo de golpe: volvía a encontrarse en una ladera, corriendo tras una chica que gritaba y sintiéndose completamente impotente ante el violento maniaco que habitaba en su cabeza.

El rostro de la chica con la boca abierta, como si chillara a pleno pulmón, lo obligó a sentarse en una silla vacía. Unas imágenes a cámara rápida comenzaron a sucederse en su cabeza, trasladándolo de golpe a la escena de una persecución que zigzagueaba entre robles y una oscura arboleda de tsugas, todo en medio de incesantes gritos. «¡Maldita sea!» Se había dejado las pastillas que le había recetado el médico en la guantera de la camioneta cuando había ido a Crosshaven esa tarde.

Una mujer de una mesa cercana se metió en la boca un bocado de pastel de carne. David bajó la vista a su propia bandeja, que parecía estar cubierta por una capa de hojas de roble. El desagradable sonido de un desgarrón le provocó una arcada. Los ruidos iban a toda velocidad de izquierda a derecha, como si su cabeza estuviera equipada con un aparato estéreo especial hecho solo para sus oídos. No dejaban de caerle gotas de sudor por las mejillas.

Tembloroso, volvió a dirigir la mirada hacia la mujer que comía pastel de carne. El tenedor que sostenía en la mano se había convertido en un tubito de goma de color rojo reluciente. Presa de la incredulidad, David soltó un grito ahogado. «¡En la cafetería de Beltson no!» La mujer mordió un pedazo del tubo estriado y lo arrancó con los dientes como si fuera un trozo de regaliz rojo.

Tras ponerse de nuevo en pie, David consiguió llegar a la cola. Se obligó a no mirar a la mujer, pero su mente era incapaz de detener la película que se proyectaba en su cabeza, anegándola. Una cucharada de judías verdes llamó su atención: no podía apartar los ojos de su verde chillón, un verde brillante sobre el que contrastaban unos manchurrones rojos, y, de repente, comenzó a sentir con claridad las convulsiones de una cálida flacidez que se extendía por sus piernas.

Cada vez le costaba más respirar. En su interior, el demonio estaba tomando las riendas. Ya no podía evitar que la visión lo consumiera por completo. Más adelante, en la cola, su padre masculló algo mientras señalaba un plato de verduras cubierto por una tapa protectora de plástico. Las palmas de las manos le picaban como si se le hubieran quedado dormidas o entumecidas. La bandeja fue lo primero que cayó al suelo. Luego se apagaron las luces.

9

El *sheriff* McFaron enfiló por Old Shed Road bajo un llameante cielo rojo. Jirones de luz diurna cada vez más tenues eran visibles entre los robles y las tsugas del bosque. Tras aminorar la velocidad, McFaron puso las largas y, con el foco instalado en un lateral del Bronco, iluminó la acera hasta dar con la oscura sombra del doble poste telefónico. Luego aparcó.

Rememoró la historia que le había contado el testigo. Joey Templeton había visto algo rojo. Unos lunares o algo así, había especificado el chico. Karen Heath, por su parte, le había dicho por teléfono a su ayudante que Julie había ido a visitar a su amiga Daisy Rhinelander a su casa, situada en la misma Old Shed Road. McFaron cogió el móvil que llevaba en el coche y se lo enganchó al cinturón. Luego apuntó la linterna Maglite a la acera, en busca de marcas de neumático o cualquier otra cosa. El chico había mencionado que una de las ruedas de la camioneta estaba encima del bordillo.

Apuntó el haz de luz a un lado y a otro del apuntalado poste telefónico. Efectivamente, en el bordillo divisó una marca grisácea de unos quince centímetros. Parecía reciente, se encontraba en el lugar adecuado y tenía la anchura de un neumático de camioneta. McFaron enfocó de lado la luz y distinguió el dibujo de una banda de rodadura.

El chico parecía estar contando la verdad sobre lo de la camioneta. En el centro de la marca se llegaban a apreciar unas líneas cruzadas, lo cual significaba que el neumático debía de estar gastado por los bordes. McFaron fue al asiento trasero de su coche a buscar la cámara Polaroid que usaba para los accidentes. Todavía quedaban siete fotografías en el cartucho que había metido durante el percance que había sufrido Henry Beecham con el tractor.

El *sheriff* tomó una instantánea desde arriba y luego unas cuantas más de lado. Gracias al destello del flash, divisó una mancha roja un poco más adelante, en la acera. Con el haz de la linterna siguió entonces una línea de puntos rojos que desaparecían en la hojarasca y se arrodilló para examinarlos mejor. Sin duda se trataba de gotas de sangre, pero no parecía haber huellas de pisadas ni manchas de ningún otro tipo.

Un repentino chillido hizo que se irguiera de golpe. McFaron enfocó la linterna al otro lado de la carretera. En las ramas altas de un enorme roble divisó el resplandor de unas retinas que reflejaban la luz. Era un nido de mirlos. Los había molestado. Asustado, el *sheriff* apuntó con la linterna alrededor del perímetro del bosque, pero no vio nada más. Una vez convencido de que los pájaros eran los únicos espectadores, McFaron volvió a centrar su atención en los restos de sangre e intentó imaginar qué podía haber pasado y qué significaban. La superficie de la gota más grande parecía aún pegajosa.

Marcó en el móvil el número de Henegar, el médico de familia que llevaba al menos treinta años ejerciendo en Crosshaven y que hacía también de forense a tiempo parcial.

—¿Doc? —dijo McFaron.

Podía oír a Henegar masticar al otro lado de la línea.

—¿Qué pasa, Joe?

—Julie Heath, una estudiante de secundaria, ha desaparecido hoy. La han visto por última vez saliendo de casa de los Rhinelander, en Old Shed Road. —Tras contarle al médico lo que había visto Joey Templeton, McFaron hizo una pausa con la vista puesta en la sangre iluminada por la linterna—. La razón por la que estoy explicándote todo esto, Doc, es que acabo de encontrar unos restos de sangre en Old Shed, a medio kilómetro de la intersección principal. Es el atajo que algunos chicos toman a veces al salir de la escuela. ¿Conoces el lugar?

—Sí —contestó Henegar—. ¿Necesitas asistencia médica?

—Es posible que hubiera violencia —dijo McFaron—. Y, Doc...

—¿Hmmm?

—No comentes esto con nadie. Lo último que necesito es que Karen o Bob Heath saquen conclusiones apresuradas.

—Voy para allá con mi equipo ahora mismo —respondió Henegar.

McFaron se guardó el móvil en el bolsillo interior de la cazadora. Si habían herido a Julie Heath, ¿por qué no había rastro de ninguna refriega? No tenía sentido alguno.

A los pocos minutos, los faros de un vehículo iluminaron débilmente los árboles que había cerca de una curva de la carretera. Era el viejo Ford Granada de Henegar. El médico se detuvo justo detrás del Bronco del *sheriff* y apagó el motor. La puerta del conductor se abrió con un fuerte chirrido. Los pájaros que había en los árboles cercanos graznaron y aletearon, molestos por la conmoción.

—¿Es que Sparky no tiene ningún coche usado decente por el que puedas cambiar ese trasto?

—¿Y desprenderme de un coche que va la mar de bien? —La silueta baja y fornida del doctor Henegar emergió de la oscuridad. Solo eran visibles sus pobladas cejas y su barba—. No me gusta cuando mi trabajo de forense está relacionado con chicas jóvenes.

El *sheriff* resopló y con la linterna le indicó al médico que bajara la mirada.

—Es aquí. Y no asumamos nada todavía. De momento la chica solo ha desaparecido.

Henegar dejó su maletín en el suelo. McFaron iluminó las manchas de sangre con la linterna.

—Joey Templeton me ha contado antes que esta tarde ha visto a un hombre ahí, junto a una camioneta, cerca de ese poste. —McFaron iluminó fugazmente la huella del neumático—. El tipo debía de estar metiendo algo en la plataforma trasera de la camioneta. El chico también me ha dicho que ha visto unos lunares rojos en su ropa y en su cara.

—Así que solo desaparecida, ¿eh? —dijo Henegar, negando con la cabeza y agachándose para examinar la sangre—. Yo diría que sí podemos ir asumiendo lo peor.

—Tú haz de médico y déjame a mí las pesquisas policiales —replicó McFaron.

—Ilumina un momento aquí con la linterna, ¿quieres, Joe? —dijo Henegar mientras abría el maletín y cogía un recipiente de plástico, en el que había un kit para tomar muestras de sangre como el que usaban los técnicos sanitarios con los solicitantes de seguros. Con un material absorbente de forma circular, recogió sangre de algunas de las manchas para poder analizar el ADN y el grupo sanguíneo—. Con esto debería bastar. El médico de la familia tendrá el grupo sanguíneo de Julie Heath en su expediente. Si no, la sangre de sus hermanos o padres podrá determinar si hay consanguinidad. —Henegar se puso de pie con un gruñido.

—Un momento —dijo McFaron—. No es necesario que llames todavía al doctor Simington. Antes de nada, ¿qué te parece a ti todo esto? —El *sheriff* iluminó las gotas de sangre con la linterna.

—Sangre, ¿qué si no?

—Eso está claro, Doc. Me refiero al modo en que están rociadas las gotas, como de algo que chorreara. No hay rasguños, ni marcas, ni manchas. Tampoco huellas de pisadas o señal alguna de que haya habido una refriega. Solo este reguero de sangre. —McFaron se acercó a Henegar—. Para serte sincero, no estoy seguro de qué es lo que ha pasado aquí.

—¿Puede que mordiera al atacante en la muñeca, segándole una arteria? —aventuró Henegar—. Las salpicaduras de sangre carmesí suelen indicar sangre arterial.

—¿De veras crees que la mordedura de una chica es capaz de provocar tanta hemorragia?

Henegar alzó las manos.

—Tú has preguntado y yo he respondido. Mira, he recogido una muestra decente. Sabremos algo más definitivo después del análisis del laboratorio. Imagino que ya lo has fotografiado, ¿no?

—Sí —contestó McFaron. Y luego advirtió a Henegar—: Que todo esto quede entre nosotros hasta próximo aviso.

—Si se confirma que se trata de sangre humana, ya sabes que tendré que consultar el grupo sanguíneo de la chica, Joe, o perdería mi licencia de forense —repuso Henegar mirando con serenidad al *sheriff*.

—Nadie está diciendo que eludas tus obligaciones legales, Doc. Solo te pido que me avises antes de ponerte en contacto con nadie. —Hasta el momento, había más preguntas que respuestas, y el *sheriff* no quería causarle ningún sufrimiento innecesario a la familia Heath.

—Está bien, pero no olvides que, si por alguna razón la chica no aparece, probablemente tendré que tomar muestras sanguíneas de toda la familia Heath para comparar su ADN con el de esta muestra —le recordó Henegar a McFaron.

El *sheriff* se quedó mirando al médico.

—¿Cuánto tardarás en conocer los resultados?

—Si llevas tú la muestra en coche nos ahorraremos un día —sugirió el médico—. Los resultados del análisis del grupo sanguíneo suelen tardar menos de veinticuatro horas. El análisis del ADN tarda más, una semana quizá.

—Sí, la llevaré yo.

Henegar le dio el recipiente de plástico con la muestra. El móvil de McFaron vibró entonces en su bolsillo. Era Mary. Quería saber cuándo iría a ver a los Heath. Él le dijo que de inmediato.

—¿Se te ocurre algo más? —preguntó el *sheriff* a Henegar, que permanecía de pie con el maletín en la mano, a punto de marcharse.

—Solo cosas que no necesitas oír si ahora mismo vas a ir a ver a los Heath. —Henegar subió al asiento del conductor de su destartalado vehículo. El motor sonó como un bebé con tosferina.

El *sheriff* se acercó a la puerta del conductor.

—Te agradezco que hayas venido tan rápido, Doc. —El leve resplandor del salpicadero iluminaba el barbudo rostro de Henegar.

—No te molestes en saludar de mi parte a Karen y a Bob. Rezaré por ellos esta noche. —Se despidió de McFaron con la mano y se alejó.

El *sheriff* contempló cómo las luces traseras del coche del médico desaparecían tras la curva.

—¡Ay, Dios mío! —dijo en voz alta, y luego cogió un rollo de precinto policial y enrolló la cinta varias veces alrededor de dos conos de tráfico para delimitar la zona.

Aunque Julie había desaparecido hacía apenas cuatro horas, el descubrimiento de la sangre proporcionaba a McFaron la munición que necesitaba para solicitar a la policía estatal que enviara con la mayor urgencia a todo el personal disponible, incluidos agentes fuera de servicio, para dar inicio a una búsqueda nocturna de las zonas boscosas comprendidas entre el instituto y la casa de los Heath. Se reuniría con ellos en el cuartel de la policía estatal al cabo de una hora para darles todos los detalles. De camino a casa de los Heath, el *sheriff* le dio vueltas a qué diantre podía explicarles. Reiteraría lo obvio: que se estaba haciendo todo lo posible para encontrar a Julie y que tal vez se había perdido en el bosque al tomar un atajo para regresar a casa. Con frecuencia, los jóvenes se metían en problemas haciendo las cosas más tontas.

Pero no eran más que mentiras. En su fuero interno, sabía que a Julie le habían hecho daño. O algo peor.

El reconocimiento de lo que seguramente era un hecho no hizo sino reforzar su determinación. McFaron nunca había sido de los que se rendían, si bien algunos le habían acusado de ello. Doce años atrás había dejado los estudios de derecho después del primer año y había decidido presentarse como candidato a *sheriff* de su condado natal, frustrado por la facilidad con la que los acusados se libraban a causa de meros tecnicismos y la falta de cuerpos policiales de calidad en su jurisdicción rural. Fue la indignación lo que expulsó a McFaron de las aulas, así como el deseo de hacer el bien; no había tenido nada que ver con la dejación. Al final, sin embargo, resolver disputas entre terratenientes enfrentados, mantener fuera de las calles a conductores que se emborrachaban constantemente e intervenir en insignificantes disputas domésticas era lo que conformaba el grueso de su trabajo policial.

Aminoró la velocidad del Bronco para tomar el camino de acceso a la casa de los Heath. Podía sentir un creciente ardor a lo largo de la columna vertebral. Siempre le pasaba en los momentos importantes, desde los tiempos en que su máximo objetivo era ganar partidos de fútbol. No les falles a los seguidores; cuentan contigo. No le falles a Julie o a los Heath. Esa noche, sin embargo, no tenía en su repertorio ninguna jugada mágica que le impidiera volver de vacío. Recorrió el camino de acceso a la casa y aparcó.

Por encima de la puerta principal de la vivienda refulgían unas luces de exterior PAR38. McFaron se miró en el espejo retrovisor para relajar la expresión y asegurarse de que solo transmitiera preocupación y no delatara nada que pudiera provocarle un arrebato a Karen Heath. No debía dar más explicaciones de las necesarias. La chica había desaparecido, nada más. Los tranquilizaría, pero sobre todo los escucharía. Se lo debía.

McFaron cerró con cuidado la puerta del Bronco y aspiró una larga bocanada de aire nocturno, todavía sin saber bien qué diría en primer lugar. Lo único que tenía claro era que no mencionaría la sangre. No hasta que la hubieran identificado.

Bob Heath carraspeó, sorprendiendo a McFaron. Había salido en silencio por la puerta principal y estaba a unos metros del *sheriff*.

—Hola, Bob —lo saludó McFaron alzando el ala de su sombrero.

—¿Alguna novedad? —Heath no preguntó nada más, pues presentía que no había buenas noticias. Llevaba las manos metidas en los bolsillos delanteros del pantalón—. Ya sabe, *sheriff*..., Karen... —Hablaba con una voz ahogada, como si hacerlo le supusiera un esfuerzo excesivo.

—Me temo que no, Bob. Hemos emitido una orden de búsqueda y, en cuanto me vaya de aquí, voy a barrer la zona junto con un equipo de agentes de la policía estatal. Aparecerá.

Heath frunció el entrecejo.

—¿Qué se supone que significa eso de que «aparecerá»?

—Con toda probabilidad, se ha perdido. La encontraremos, Bob.

Heath bajó la mirada al tiempo que negaba con la cabeza.

—Escúchame, Bob —dijo McFaron en un tono de voz más bajo—, seguramente solo quería tomar un atajo por el bosque al volver de casa de Daisy. Puede que se haya caído y se haya torcido un tobillo. Créeme, la encontraremos. Ahí es adonde me dirijo ahora mismo. —El *sheriff* se abstuvo de mencionar a Methuselah, el sabueso de Clyde Harmstead que usarían si Julie no aparecía antes de la mañana—. Karen le ha dado una buena descripción a Mary. —McFaron estuvo a punto de asegurarle a Bob que traería a su hija de vuelta a casa viva, pero se contuvo—. No descansaré hasta que vuelva a casa o la encontremos. Lo sabes.

—Quiero unirme al equipo de búsqueda.

El *sheriff* depositó con suavidad una mano en el ancho hombro del padre de la niña.

—Por duro que resulte, Bob, tengo que pedirte que te quedes en casa y cuides de Karen y de Maddy. Te necesitan aquí con ellas.

Heath negó con la cabeza sacando hacia fuera el labio inferior. McFaron agradeció estar hablando solo con Bob; tratar con Karen habría sido mucho más duro después de haber visto la sangre.

—Ahora tengo que irme. No pienso descansar hasta que la encontremos, Bob. Te llamaré en cuanto sepa algo.

McFaron se metió en su coche y esperó a que Heath entrara de nuevo en casa. De pie frente a la ventana que había junto a la puerta principal vio a Maddy, la hija pequeña de los Heath. Lo miraba fijamente con la cara pegada al cristal. Quedaba claro que había estado llorando.

El *sheriff* salió marcha atrás por el camino de acceso. Al cabo de un kilómetro, tomó la autopista estatal en dirección a Monroeville y el laboratorio criminal de la región. De camino, llamó a la oficina con el móvil. Mary todavía estaba allí. McFaron le dijo que iba directo al laboratorio y luego a la reunión con la policía estatal, y que no podría pasarse por casa de los Templeton con el libro de fotografías de camionetas hasta la mañana siguiente. Mary respondió que avisaría al señor Templeton y que se quedaría en la oficina el tiempo que fuera necesario. Esa noche McFaron no la disuadió de hacer horas extras.

El letrero de CUARTEL DE LA POLICÍA ESTATAL apareció medio kilómetro antes de la salida. McFaron la tomó y aparcó junto al laboratorio criminal, que consistía en un edificio grisáceo de una planta adyacente al cuartel de la policía. El laboratorio estaba bien equipado para realizar análisis de grupos sanguíneos y de huellas digitales, y para preparar las muestras de ADN antes de enviarlas al laboratorio principal, en Indianápolis. El *sheriff* había ido allí muchas veces antes. Aunque siempre con huellas digitales, nunca con sangre.

Missy Hooper, la chica que había desaparecido del parque de atracciones de Paragon, acudió de repente a la memoria de McFaron. Se había descubierto su cadáver en descomposición a menos de setenta kilómetros de allí. Le pareció una mala señal. Y la muestra de sangre que descansaba en el asiento del acompañante tampoco prometía nada bueno.

10

Las luces del techo del estrecho fuselaje parpadearon cuando el avión turbopropulsado Saab 340 se inclinó en el aire, dejando atrás el pequeño aeródromo de Indiana, pero no los agitados nervios de Prusik. Esta consultó la hora en su reloj digital (eran las 19.30) y se puso bien el cuello del traje de poliéster azul marino que solía llevar cuando visitaba la escena de un crimen o cuando realizaba un examen *post mortem*. Se había pasado el día entero inclinada sobre un cadáver en descomposición en la habitación trasera de una consulta de medicina general de Blackie, Indiana, mientras un montón de moscas verdes bombardeaban sin cesar la máscara que llevaba puesta en la improvisada morgue. Encerradas en la bolsa del cadáver, las molestas moscas habían pasado impávidas del estadio de larva al de ejemplares adultos tras pasar la noche en la cámara frigorífica. La carne putrefacta no podía disfrazar lo cruel que había sido el final de la chica.

El resplandor crepuscular se filtraba por las ventanillas de la aeronave, tiñendo la cabina de tonos rosados. En una hora, un conductor la recogería en el aeropuerto O'Hare de Chicago y la llevaría a las oficinas del centro de la ciudad, donde Brian Eisen y el resto del equipo la someterían a un exhaustivo interrogatorio. Roger Thorne, por su parte, estaba impaciente por ver algún avance en el caso. En su nueva agenda electrónica de bolsillo, Prusik había recibido desde ese mediodía nada menos que tres mensajes suyos preguntándole por novedades. Aunque ella era consciente de que mantenerlo informado estaba dentro de sus funciones como jefa de la investigación de un caso de ese nivel, en esos momentos no estaba de humor para hablar con Thorne sobre las expectativas de los mandamases de Washington. Necesitaba espacio para poner orden en sus pensamientos.

El cielo ardiente dio paso a una brumosa penumbra grisácea. La chica muerta tenía nombre: Missy Hooper. Su historial dental confirmaría lo que sus consternados padres ya habían hecho previamente. Había desaparecido el 4 de julio, hacía casi un mes, y la persona que la había visto por última vez era una amiga suya que la había llevado al parque de atracciones de Paragon, Indiana. Desde allí, la muchacha había llamado a Glenna Posner, su mejor amiga, que trabajaba de camarera y con la que había quedado en el parque, pero que, en el último momento, había cancelado el encuentro. El sentimiento de culpa de Posner era tan profundo que tenía pocos datos que ofrecer salvo un importante detalle: Missy no tenía pareja y tampoco había nadie en su vida por quien bebiera los vientos, ni siquiera desde la distancia. Quienquiera que fuese la persona con la que se había marchado del parque, debía de tratarse de alguien a quien conoció allí mismo. Los interrogatorios a los empleados del recinto tampoco habían proporcionado nada especial. En cuanto a la familia Hooper, se había trasladado hacía poco desde Weaversville, un municipio situado ciento sesenta kilómetros al sur, a Paragon, un pueblo colindante con Blackie, donde el señor Hooper trabajaba separando carbón en una mina a cielo abierto.

Durante el examen *post mortem*, Prusik tuvo que soportar el llanto quejumbroso de una niña desconsolada procedente de la consulta del médico. Entre la pesadez de las moscas y los lloros de la niña, cuya madre no dejaba de llamarla llorica por no cooperar, en más de una ocasión Prusik estuvo a punto de dejar a un lado las pinzas para salir ataviada con la máscara y la bata manchada y exigirle a la madre que se largara. Sin embargo, en cada una de esas ocasiones había optado por morderse el labio mientras sostenía con delicadeza los dedos de la chica muerta para tomar, primero, muestras de la tierra que había debajo de cada mugrienta uña, y después, un juego de huellas digitales.

El sofocante calor había acelerado la descomposición y reblandecido la carne. Prusik había fechado el día estimado del fallecimiento hacía unos veinticuatro días. Las larvas en desarrollo encontradas en el cadáver eran de segunda generación, lo cual significaba que el cuerpo había empezado a descomponerse en el húmedo calor poco después de la visita de Missy Hooper al parque de atracciones. A Prusik le desagradaba profundamente ver todas aquellas larvas retorciéndose bajo el tejido facial de la chica y confiriendo una extraña vida al rostro.

Lo que más la había perturbado, sin embargo, había sido el desconcertante descubrimiento que había realizado hacia el final del examen y que había provocado que se le aceleraran los pensamientos y que su mente comenzara a establecer extrañas conexiones que luego descartaba con la misma rapidez. Había conseguido mantener la compostura necesaria para completar el examen, pero le había costado. Un Xanax, concretamente.

Mientras Prusik finalizaba su trabajo, el drama en la consulta seguía en marcha. Una enfermera, en complicidad con la madre, no dejaba de repetirle a la niña que la inyección de refuerzo de la vacuna no le dolería nada, prometiéndole además una piruleta de cereza cuando todo terminara. Prusik negó con la cabeza, indignada. Odiaba que la gente mintiera. Y, sobre todo, odiaba que mintieran a los niños.

Demasiadas cosas habían ido mal antes de su llegada a Blackie. La policía local había rastrillado de mala manera todas las hojas de la escena del crimen en busca de un arma, cuando estaba bien claro que a la chica le habían roto el cuello. Prusik se preguntaba cuánto tiempo habría permanecido el lugar desprotegido y sin precintar. Por más que la policía le asegurara que no había sucedido, ¿cuántos mirones habrían acudido allí abajo? ¿Cuántas fotografías no autorizadas del cadáver de la chica se habrían tomado para venderlas al tabloide que mejor pagara? Todas esas meteduras de pata la ponían de los nervios.

A partir de su limitado reconocimiento de la escena del crimen, dudaba que la unidad de Howard hubiera tenido mucho éxito documentando por qué camino había huido la víctima a través de los árboles, lo que habría podido conducir al hallazgo de pruebas vitales. Howard había hecho el mejor trabajo posible con una escena contaminada, no albergaba ninguna duda al respecto: si algo lo caracterizaba era su meticulosidad. Ahora bien, el detalle de la pluma le preocupaba; ¿por qué se había mostrado reticente a darle ese detalle cuando se trataba de un hallazgo tan significativo? En cualquier caso, Prusik se daba cuenta de que debía dejar de sentirse amenazada por él. Sin duda, Howard tenía sus propios miedos e inseguridades. Enemistarse con él no le haría ningún bien; al contrario, solo impediría que compartiera con ella los descubrimientos que pudiera realizar. Los casos se extendían a lo largo de una zona geográfica muy amplia; si quería solucionarlos, iba a necesitar toda la ayuda que pudiera obtener.

Una fuerte sacudida desestabilizó el avión e hizo que el maletín de Prusik cayera al suelo del pasillo. La lucecita del cinturón de seguridad se encendió y el capitán anunció que se avecinaban unas pequeñas turbulencias. Ella notó que la lengua le palpitaba y percibió el sabor cobrizo de la sangre. Se la había mordido sin querer.

—¿Está bien, señora? —Un hombre fornido vestido con traje recogió la maleta del suelo y se la dio.

—Perfectamente —farfulló, más pendiente de la lengua.

El paso por la bolsa de aire, sin embargo, evidenció que no lo estaba para nada. Con el corazón al galope, volvió a sentirse presa de aquella desagradable desazón. Le costaba respirar, tal y como le había ocurrido en la improvisada morgue cuando estaba con el brazo enterrado hasta el codo en los restos carnosos. Al tocar la tráquea rota de Missy Hooper, había encontrado algo clavado en ella con fuerza. Mientras sostenía el objeto con los dedos índice y pulgar de la mano enguantada, sintió en sus venas una descarga de adrenalina de diez años de antigüedad.

No lograba enfocar con claridad el asiento que tenía delante. «Nunca conseguimos dejar del todo atrás el pasado», pensó. Durante todos aquellos años había conseguido escondérselo a la gente del FBI, pero solo había hecho falta una nimiedad para... «¿Una nimiedad? —se interrumpió—. ¿Una nimiedad? Esto no es ninguna nimiedad.» Cerró con fuerza el puño derecho, clavándose la uña del meñique en la callosa palma de la mano.

Prusik echó un vistazo furtivo alrededor de la cabina. Ningún pasajero estaba mirando en su dirección. Abrió los cierres del maletín; unos cuantos papeles se habían salido de sus carpetas y le cayeron sobre el regazo. Salió también rodando un frasquito de plástico que fue a parar a sus pies. Prusik se apresuró a recogerlo del suelo, consiguiendo de paso que se le rompiera una costura de la americana.

Apoyó la frente en el cristal de la pequeña ventanilla. Al otro lado solo había negrura. El contenido del frasquito que sujetaba en las manos la había llevado de vuelta al calor, el agua, el terror.

Un día, once años atrás, sentada de piernas cruzadas en un pasillo de la biblioteca de la Universidad de Chicago, rodeada de estanterías, se topó con un delgado cuadernillo de notas encuadernadas a mano. Era una investigación de campo que había llevado a cabo a principios de los sesenta Marcel Beaumont, un estudiante universitario de antropología física, su misma especialidad.

Beaumont había viajado dos primaveras seguidas a una remota zona montañosa de Papúa Nueva Guinea para investigar a una tribu. En mayo de 1962, cuando debía partir de Port Moresby, la capital, para regresar a casa, corrió la voz de que el joven investigador había desaparecido en los vastos confines de la selva tropical de Katori. A partir de los fascinantes pasajes finales de las notas que el investigador había tomado *in situ* el año anterior, Prusik había conjeturado una posible explicación para esa desaparición. Beaumont había estado buscando a un siniestro clan de las zonas montañosas conocido como Ga-Bong. A pesar de estar prohibido por ley, los Ga-Bong seguían practicando el canibalismo con depravada indiferencia. No parecía haber ninguna explicación social o comunal para su comportamiento, ni tampoco podía atribuirse a peleas intestinas, esto es, a la documentada práctica de guerras rituales entre aldeas de tribus rivales. Hasta donde ella sabía, la mayoría de esas guerras rituales se debían más a una cuestión de fortalecimiento económico y restablecimiento del equilibrio de poderes (un toma y daca entre pueblos, por así decirlo) que al mero deseo de causar estragos que parecía guiar la violencia desatada de los Ga-Bong. Sus ataques eran aleatorios; no guardaban relación alguna con las deudas que pudieran tener ni tampoco con intercambios recíprocos pendientes. Y ningún testigo se atrevía a decir nada; así de temidos eran aquellos indígenas nómadas.

A Prusik la existencia de una tribu que se dedicaba a asesinar en serie en lo más remoto de Nueva Guinea le pareció realmente increíble. Leyó y releyó el violento relato de Maleek Ga-Bong, y en todas las ocasiones llegó a la misma conclusión desasosegante a la que el mismo Beaumont había llegado años atrás: que los Ga-Bong sufrían una predilección innata por matar. ¿Era esta tribu la prueba de que existían los psicópatas entre los pueblos primitivos y que el impulso de matar no era solo cultural sino también hereditario?

Los Ga-Bong siempre metían un amuleto o piedra mágica en el interior de los restos de sus víctimas. Este tipo de ritual se había practicado en épocas pasadas, en general a modo de respeto por los ancestros de los fallecidos. Sin embargo, Prusik pensaba que los Ga-Bong difícilmente podían considerar esa inserción de piedras sagradas en los cadáveres de las víctimas un acto moral.

La extraña historia de Beaumont caló hondo en Prusik. A partir de los pasajes del investigador sobre el clan de los Ga-Bong, ella elaboró su propia propuesta de tesis: estudiar comportamientos anormales entre las poblaciones reformadas de las zonas montañosas de Nueva Guinea en las que el canibalismo se hubiera desterrado oficialmente en la época moderna. Prusik se moría por descubrir si aún deambulaba algún Ga-Bong por las selvas de Katori. Seis meses después de su primera lectura de las notas de Beaumont, Prusik descendía de un 747 al calor abrasador de la cuenca del río Turama.

Esos recuerdos le hicieron cerrar los ojos mientras la carne de gallina le tensaba la piel de los antebrazos. Con la mano derecha se palpó el costado izquierdo, debajo de las costillas, y recorrió con los dedos la extensión de la pronunciada cicatriz que casi le llegaba a la cadera. Años después, durante su breve romance con Roger Thorne, él le había preguntado por la cicatriz y ella le había mentido, diciéndole que se la había hecho en un estúpido accidente que había sufrido en la universidad al pasar por una puerta de cristal.

Ella estaba segura de que esa mentira había afectado a su relación. Él nunca había dudado de su palabra, pero Prusik podía sentir la brecha que había entre ambos cada vez que él le tocaba la cicatriz.

El zumbido del motor cambió de tono, haciendo repiquetear el revestimiento del techo. El avión regional comenzó a descender y se le destaponaron los oídos. Echó un vistazo por la ventanilla. A lo lejos, las luces parpadeantes de los edificios más altos de Chicago se alzaban como un arrecife fosforescente cuya silueta se recortaba contra el oscuro horizonte. Un mosaico de luces urbanas se materializó de repente bajo el ala, con una apariencia tan ordenada como una placa de circuitos integrados. Sin embargo, nada más lejos de la realidad. El caos reinaba por todas partes. Periódicos como el *Tribune* y el *Herald* apenas rascaban la superficie al informar del último homicidio, trapicheo de drogas, tiroteo entre bandas rivales o agresión. Para Prusik, se trataba de una suerte de papel pintado, el ruidoso telón de fondo de su propia parte del manicomio. Y de su inamovible pasado.

A través de los altavoces, la voz del capitán anunció que en breve aterrizarían en el aeropuerto O'Hare. Prusik se aferró a su maletín y cerró los ojos. Anhelaba la tranquilidad de la piscina. Casi podía oler el cálido aire cargado de cloro que se respiraba en el anfiteatro tenuemente iluminado del club al que solía ir a nadar, a menudo bien pasada la medianoche. Esas sesiones nocturnas eran sus favoritas, cuando tenía toda la piscina para ella y podía nadar largo tras largo hasta perder la cuenta. Eso, perder la cuenta, era lo mejor.

Las ruedas de la aeronave tocaron tierra y, poco después, se detuvo con un chirrido de los frenos neumáticos. El piloto apagó el motor y Prusik abrió los ojos con un sabor metálico en la boca. No había comido nada desde el desayuno. Una imagen del cadáver de la chica acudió de golpe a su mente y visualizó el nítido y profundo corte que le recorría un costado. El asesino la había eviscerado, dejándola tan vacía como un bolso robado, excepto por la piedra tallada que le había colocado deliberadamente en la tráquea. La misma piedra tallada que en ese momento estaba dentro del frasquito de plástico que ella llevaba en el maletín.

Prusik descendió del avión regional y pasó con rapidez junto a la cola de los pasajeros que esperaban para entrar y que se extendía hasta las puertas automáticas que conducían a la calle. Una vez fuera de la terminal, se topó con la nube de humo de los tubos de escape de una docena de autobuses que esperaban con el motor al ralentí. Prusik se apresuró a dejar atrás una docena de taxis aparcados en fila india a lo largo del acceso principal del aeropuerto. El sedán del FBI con las matrículas oficiales de color blanco la esperaba justo enfrente.

Subió al asiento trasero y saludó al conductor, Bill, con gesto cansado.

—¿Un día duro, agente especial Prusik?

—Ni te lo imaginas, Bill. ¿Cómo está Millicent?

—Oh, va tirando, va tirando...

Millicent era la esposa del conductor desde hacía treinta y un años, y ya ejercía de secretaria en el departamento de comunicaciones del FBI cuando Christine comenzó a trabajar allí. Hacía dos años, solo seis meses después de haberse prejubilado, le habían diagnosticado un cáncer de pulmón. No había fumado en su vida.

—Dile, por favor, que he preguntado por ella.

—Así lo haré. Como sabe, es una gran admiradora suya y es consciente de lo que cuesta prosperar en esta organización siendo mujer. Y supongo que yo también, puesto que siempre está recordándomelo.

Ambos se rieron y Christine sintió que se relajaba un poco. Apretó la tecla de marcación automática de su teléfono móvil para hablar con Brian Eisen.

—¿Brian? —dijo Prusik con tono resuelto en cuanto oyó que Eisen contestaba—. En efecto, se trata de nuestro de hombre. El cadáver se encontraba en un estado lamentable. La epidermis prácticamente se le desprendía del cuerpo cuando lo levantamos para colocarlo sobre la mesa de exploración. Y había larvas de segunda generación pupando en la bolsa. En cuanto abrí la cremallera, salieron volando un montón de moscas adultas. —Un enorme avión se posó sobre la pista de aterrizaje que corría en paralelo a la rampa de salida—. ¿Qué es lo que has dicho, Brian?

—... ha aparecido inesperadamente —repitió él.

—¿El qué?

Prusik apoyó la sien contra el frío cristal de la ventanilla. Se oía el zumbido del tráfico de la carretera interestatal en dirección al centro.

—Una bolsa con pruebas que habíamos extraviado...

El evidente titubeo de Eisen, comprendió ella con un sobresalto, se debía a que esperaba que lo reprendiera. Mala señal. Ese no era el tipo de líder que quería ser. Moduló su voz.

—Sigue, Brian.

—Contenía pruebas fragmentarias obtenidas en el cadáver de la primera víctima. En el pelo de Betsy Ryan, en concreto: diminutas motas de pintura dorada. Es posible que el tipo sea pintor, o al menos que hubiera estado pintado poco antes.

Eisen sonaba cautelosamente optimista. Prusik podía oír un repiqueteo, lo cual significaba que estaba dándose golpecitos en los dientes frontales con un lápiz. Eso la alivió, pues significaba que tenía algo importante que contarle. El cadáver de Betsy Ryan había estado bajo el agua durante casi un mes. La pintura debía de ser reciente para que se le hubiera quedado pegada al pelo durante tanto tiempo.

—¿Qué pruebas has hecho?

—Eso es lo mejor —contestó él—. La cromatografía de gases que llevó a cabo Wyckoff detectó unas propiedades químicas muy singulares.

—¿Me lo traduces?

—Cuando aplicó el electrodo a la muestra, detectó una presencia de oro y plata más alta de lo esperado. Estoy bastante seguro de que esta pintura es de una marca especializada que se usa para pintar a mano rótulos llamativos.

—Genial, Brian. Dile a Higgins que compruebe todas las tiendas de pintura especializadas de la zona ahora mismo. Y con eso quiero decir de inmediato.

—Ha empezado a hacerlo hace cuatro horas, Christine —repuso Eisen sin molestarse en ocultar su irritación.

—Yo también tengo algo importante. —Prusik describió el examen forense que había llevado a cabo y su descubrimiento de la figurita intrincadamente tallada que había encontrado oculta en la tráquea de Missy Hooper.

—Ese desgraciado está decorándolas, Brian. Está usando la piedra a modo de señal, haciéndonos saber que ha sido él. Tenemos que exhumar el cadáver de Betsy Ryan para comprobar posibles abrasiones en el tejido de la tráquea. Me apuesto lo que sea a que la piedra se le cayó del cuerpo cuando estaba sumergida. —Se quedó un momento callada—. ¿Brian?

—Estoy aquí.

—En cuanto a esto de la piedra...

Una figurita insertada en la garganta rota de una chica del Medio Oeste... ¿Qué posible relación podían tener unos rituales de las zonas montañosas de Nueva Guinea con los asesinatos de Indiana? Era inexplicable, y una locura pensar que no se trataba más que de una mera coincidencia. Sin embargo...

—¿Sí? ¿Querías decirme algo sobre la piedra? —insistió Eisen con impaciencia.

Prusik exhaló un suspiro que no sabía que había estado conteniendo.

—Da igual. Ya lo comentaremos en otro momento. ¿Qué hay de esa experta en semillas del museo? ¿Ha llamado para informarnos de sus hallazgos?

—Todavía no. ¡Ah, por cierto! Te interesará saber que hemos recibido otra orden de búsqueda. Se trata de una chica de Crosshaven, Indiana. Al parecer desapareció cuando regresaba a casa después de visitar a una amiga. Se llama Julie Heath. Es probable que no sea nada, pero teniendo en cuenta la cercanía con Blackie, he pensado...

—¡Dios mío, Brian! ¡Podrías haberme llamado antes y haberme dejado un mensaje de voz! ¡Eso está a menos de una hora en coche de Blackie, por el amor de Dios!

Prusik golpeó el techo del coche con la mano libre. Bill se volvió un momento hacia atrás. Ella se encogió de hombros y luego se pasó los dedos por el pelo, que había perdido su efecto despeinado hacía ya horas.

—Ese desgraciado... —Estaba segura de que el

asesino había vuelto a actuar, lo cual no hizo sino aumentar la sensación de náuseas que tenía en la boca del estómago—. Está bien, de acuerdo. ¿Quién has dicho que ha emitido esa orden de búsqueda?

—El departamento del *sheriff* de Crosshaven —contestó Eisen—. No muy lejos hay un cuartel de la policía estatal. ¿Quieres que haga un seguimiento?

—Sí..., no. —Pensó en las cagadas de la policía de Blackie—. No quiero que ningún miembro de los cuerpos de seguridad se implique más de lo necesario a no ser que esté justificadísimo no, lo siguiente. Tienes razón, la mayoría de las desapariciones de menores se quedan en nada. Lamento haber reaccionado mal. Llegaré a la oficina en una media hora —dijo al tiempo que el tráfico de Chicago se ralentizaba de repente.

Presionó la tecla para finalizar la llamada. De esa no podría salir nadando. Tal vez radicara ahí su problema: no parecía haber a la vista ningún largo triunfal en la piscina.

Se vio impulsada con suavidad hacia delante cuando el coche se detuvo en medio de la autopista de tres carriles. Veía luces azules parpadeantes a lo lejos, ante los altos edificios que bordeaban el lago. Por un momento, se sintió aliviada de estar atascada en el tráfico. Cuando el coche volvió a ponerse en marcha, entre las luces que veía por la ventanilla izquierda apareció un hueco repentino que dio paso a una vasta extensión de oscuridad, dilatada en todas direcciones: el gran lago. Las débiles luces de unos pocos barcos centelleaban en el horizonte de la orilla occidental del lago Michigan.

Le sonó el móvil.

—Agente especial Prusik.

—Hola, Christine. Soy yo.

El tono de voz de Thorne sonaba suave y amigable sobre un fondo de voces y de vasos chocando: sin duda, uno de los eventos que organizaba su esposa en el opulento barrio residencial de Lake Forest, en el norte de Chicago. A Prusik le molestaba sobremanera que Thorne siguiera tratándola con despreocupada intimidad. Y también le afectaba emocionalmente.

—Hola, Roger. Acabo de bajar del avión. Estoy de camino a la oficina.

—Sentía curiosidad por saber qué has descubierto en Indiana. ¿Alguna novedad? Has estado en Blackie, ¿no?

—Sin duda se trata del mismo asesino. Nos dejó su tarjeta de visita. A la chica la evisceraron del mismo modo. —Prusik le contó lo que había descubierto tan minuciosamente como pudo—. Todavía es muy pronto para saber si podremos encontrar algún rastro de ADN que cotejar en el CODIS.

El Índice Combinado de ADN (CODIS) era una base de datos nacional con más de seiscientos cincuenta mil perfiles de ADN pertenecientes a delincuentes convictos, y casi treinta mil muestras forenses con las que comparar cualquier material biológico obtenido en la escena de un crimen.

—Entiendo.

—La víctima pasó un mes expuesta a los elementos —prosiguió Prusik—. Y en la zona de Blackie ha estado lloviendo mucho. El cadáver estaba prácticamente cubierto por un mantillo de hojas. He encontrado algunas partículas de pintura. Y Pernell Wyckoff también ha hallado minúsculos fragmentos de pintura en el pelo de Betsy Ryan.

No mencionó a la última chica desaparecida de la que le había hablado Eisen. Quizá no fuera nada.

—Pero las esquirlas de pintura son algo muy común —dijo Thorne—. Y han pasado casi cuatro meses, Christine. A estas alturas, los mandamases de Washington no van a contentarse con tan poca cosa.

Alguien lo interrumpió y Thorne tapó el auricular del móvil con la mano. Prusik aguzó el oído para tratar de escuchar lo que su jefe intentaba silenciar torpemente.

—Oye —continuó él poco después—. Siento mucho lo del otro día. Me gustaría que nos lleváramos mejor. Pero necesitaré algo más que esquirlas de pintura para la reunión telefónica del miércoles. En Washington ya hay un equipo preparado para venir y hacerse cargo del caso. Lamento tener que darte una noticia así de este modo.

En las sombras del asiento trasero, el estupor que le provocó esa revelación contrajo el rostro de Prusik.

—Pero si estamos cerca, Roger. He reunido pruebas cruciales que vinculan a las víctimas entre sí. Para el miércoles deberíamos tener más detalles. —Vaciló—. Y tengo algo más. Una cosa que todavía no puedo revelarte, pero que convencerá a los capitostes de Washington de que soy la persona adecuada para dirigir este caso.

Prusik se calló para coger aliento. Thorne permaneció en silencio. Ella notó que le bajaba una ola de calor desde la parte frontal del cuello hasta los pechos. ¿Cómo podía Thorne haber dejado caer con tal despreocupación la bomba de que en las oficinas centrales había otro equipo preparado para quitarle el caso? Él sabía hasta qué punto era importante la recopilación de pequeños fragmentos de pruebas para lograr la captura de un asesino. Básicamente, eso era lo que conformaba el grueso de una investigación.

—¿Sigues ahí? —preguntó Thorne en un tono de voz que parecía decir «acabo de volver de Washington».

—Sí, sí —respondió ella, y, tras recomponerse, prosiguió—: Como he dicho, tengo algo más, pero no estoy preparada para darte un análisis minucioso desde el asiento trasero de un coche.

—Vamos, cuéntame qué es lo que tienes, Christine. —De fondo se oyeron más risas de los asistentes a la fiesta. Thorne volvió a tapar el auricular con la mano, y le llegó su voz amortiguada respondiendo a alguien que lo llamaba.

Prusik sabía que su puesto pendía de un hilo. Al mismo tiempo, le enfurecía la indiferencia con la que Thorne hablaba con ella, en medio del bullicio de un guateque. ¿No podía haber escogido un lugar más tranquilo desde el que telefonearla? ¿Uno en el que no hubiera tantas distracciones festivas? ¿O acaso la había llamado desde la fiesta a propósito, para avisarla antes de que regresara al laboratorio y se encontrara con que habían dejado a su equipo fuera de la investigación y Howard estaba al mando?

—Lo siento, me dicen que tengo que volver a la mesa. Mi esposa va a dar un discurso —dijo él.

—¿Prefieres que sigamos hablando mañana por la mañana? —preguntó Prusik.

—Buena idea. Espero tu informe a primera hora.

El aparente desinterés de Thorne en su nueva prueba no era buena señal. Significaba que su liderazgo en el caso estaba más que en peligro.

—Creo que deberías saber que he hallado otro aspecto aparentemente ritual —soltó ella de repente—. Se trata de un detalle crucial, Roger. El asesino insertó una figurita tallada en piedra en la tráquea rota de la víctima de Blackie. Es su tarjeta de visita. Y abre toda una nueva vía de investigación.

—¿Una figurita de piedra tallada, dices? —El tono de voz de Thorne volvía a evidenciar interés.

—De un poco más de tres centímetros de largo, el tamaño de una pieza de ajedrez, más o menos. Tallada a mano. Un trabajo notable.

—Fascinante. Será mejor que lo hables con Howard. Confirma con él tus observaciones cuando él y su unidad vuelvan de Blackie.

Prusik se mordió el labio.

—¿Cómo dices? —contestó ella—. Ha habido un accidente tremendo cerca del coche y me cuesta oírte bien. —¿Estaba Thorne sugiriendo que ella, la antropóloga forense, debía consultar el significado de sus observaciones con Howard, un mero chupatintas?

—Es tarde, Christine. Ve a dormir un poco. Has hecho un buen trabajo. Mañana por la mañana espero tu informe completo.

—Pero, Roger, hace años realicé una investigación...

La llamada se interrumpió antes de que ella pudiera decir «en Nueva Guinea».

En un acto reflejo, Prusik cerró con fuerza el puño sobre el regazo, clavándose el dedo meñique. «Ahora no, Christine. No.» Pero no pudo evitar que se le escapara un gruñido de frustración por la llamada que acababa de concluir. No sabía si estaba más molesta por la desconsideración profesional o la personal. El modo en que Roger pasaba del tono suave e íntimo con el que le había dicho «Soy yo» al condescendiente «Será mejor que lo hables con Howard» no dejaba de confundirla. Se preguntó qué significaba ella para él a esas alturas, si es que significaba algo. Suponía que no mucho, o habría dado la cara por ella un poco más en Washington.

«Oh, madura de una vez, Christine —se dijo—. Sí, fue tu primer amante en años. Sí, confiabas en él. Sí, creías que te quería. Ya basta. Ha llegado el momento de pasar página.» Miró la noche de Chicago por la ventanilla. El atasco provocado por el accidente comenzaba a disiparse. En diez minutos estaría de vuelta en la oficina.

Si la reemplazaban como investigadora principal, pues que así fuera. Ella no era un hombre de esos que están más a gusto entre otros hombres ni tampoco se le daban bien los politiqueos. Lo que sí podía hacer era llegar al fondo de los asesinatos. Si Howard le quitaba el puesto, ella seguiría haciendo todo lo que pudiera para detener al asesino. Aunque

Howard y Thorne no apreciaran sus aportaciones, las haría de todos modos.

Pero no tiraría la toalla sin plantar cara. Necesitaba resolver ese caso. A esas alturas ya se le había metido en el cuerpo. En los huesos. En la garganta.

11

No podría mantener oculto el asunto de la sangre durante mucho tiempo. De un momento a otro, alguien vería el precinto policial en Old Shed Road. McFaron se figuró que tenía una hora o dos antes de que Bob Heath exigiera saber por qué se había delimitado la zona. Él lo atendería procurando mantener un circunspecto tono de voz policial y sin perder el temple; debía hacerlo. Lo último que quería era que todo el pueblo sacara conclusiones precipitadas. Necesitaba más tiempo.

Eran las siete en punto de la mañana. McFaron condujo hasta la casa de los Templeton con el libro de fotografías de camionetas. La carretera descendía abruptamente y, en un momento dado, la niebla envolvió el Bronco del *sheriff*, que se apresuró a encender los limpiaparabrisas. El buzón de los Templeton apareció iluminado por el apagado amarillo de sus faros delanteros.

—Hoy no hace un tiempo muy bueno para andar por ahí, *sheriff* —le dijo Elmer Templeton a McFaron a modo de bienvenida desde el porche.

—¿Se ha levantado ya Joey? —McFaron se frotó las manos, con el libro de fotografías bajo un brazo.

—Se está lavando los dientes. —Elmer señaló la puerta con un movimiento de cabeza y luego, en un tono más bajo, añadió—: ¿Alguna novedad sobre la niña de los Heath? —Sus cansados ojos escrutaron el rostro de McFaron.

Este vaciló. La búsqueda nocturna había sido infructuosa, pero el *sheriff* aún no se sentía cómodo hablando del tema con nadie salvo los Heath. Todavía no.

—No —se limitó a decir.

—¡Por el amor de Dios, Joey! —exclamó Elmer cuando el niño bajó a toda velocidad por la escalera y salió corriendo al porche—. Si sigues a este ritmo te quedarás sin gasolina antes de que termine el día.

Joey extendió una mano y el *sheriff* se la estrechó.

—Ya me había parecido que esa era su camioneta cuando la he visto por la ventana —dijo colocándose bien las gafas en el puente de la nariz.

—He traído el libro que te dije, hijo.

Joey tragó saliva ruidosamente. En la boca le asomaban los dos incisivos superiores.

—Estoy listo.

El anciano los condujo hasta la cocina, donde Mike estaba preparando el desayuno.

—He marcado varias páginas con fotografías de camionetas antiguas. Puede que reconozcas la que viste ayer.

—Hola, *sheriff* —saludó Mike antes de darle un mordisco a una tostada.

McFaron le devolvió el saludo alzando el ala del sombrero.

—Es posible que tu hermano sea nuestra mejor esperanza de encontrar a Julie cuanto antes.

Mike dirigió una mirada significativa a Joey, que se encogió de hombros y se sentó a la mesa, sacando hacia fuera el labio inferior.

El *sheriff* dejó el libro sobre la mesa y lo abrió por una página marcada con un trozo de papel.

—Aquí hay unas cuantas camionetas clásicas de los cincuenta. Míralas bien.

El muchacho examinó cada uno de los modelos. Las rejillas de los motores resultaban difíciles de ver bien de lado. Lo que no dejaba de visualizar era el parachoques oxidado de la camioneta que había visto, pero aquellas fotografías eran todas de camionetas nuevas y relucientes.

—¿Ves alguna del mismo color? Ayer mencionaste que tal vez antes había sido gris.

—No estoy seguro. Todas estas están muy nuevas. La que vi estaba hecha polvo. Había perdido todo el cromado, no había nada que reluciera.

—Tómate tu tiempo.

El *sheriff* abrió otra página marcada con fotografías de modelos antiguos. Joey inclinó más la cabeza para examinar mejor las rejillas de los motores, pero ninguna se parecía a la que había visto.

Al cabo de diez minutos, McFaron dijo:

—Te dejaré el libro. Si ves una camioneta que te suene, llama a mi oficina de inmediato.

—No dude que lo haré, *sheriff* —respondió Joey.

—Por cierto, ayer en la cafetería mencionaste

que viste unos lunares en el pecho del tipo, ¿no? —McFaron se pasó un dedo a lo largo del pecho, indicando la zona que el niño había señalado.

El niño tragó saliva tan ruidosamente que el *sheriff* pudo oírlo.

—Sí, estaba escondiendo algo en la plataforma trasera de la camioneta. —Y, luego, en un tono de voz casi inaudible, añadió—: ¿Cree que podía tratarse de sangre, *sheriff*?

—Dijiste que el tipo ese iba vestido con un mono de mecánico que estaba muy sucio, ¿no?

—Sí. Estaba muy sucio. Con manchurrones oscuros, creo. —Elmer posó una mano sobre el hombro de su nieto—. ¿Cree que ya sabe de quién puede tratarse? —preguntó Joey esperanzado.

—No, hijo. Pero lo que puedas describir será muy útil. —McFaron comenzó a ponerse de pie.

El muchacho agachó la cabeza.

—Lo siento, *sheriff*. —Levantó la mirada hacia Elmer—. ¿Crees que podría hacerlo mejor si me hipnotizaran? Leí sobre la hipnosis en clase de ciencias. —Se volvió hacia McFaron—. Puede hacer que uno recuerde cosas que ha olvidado.

El *sheriff* sonrió.

—Has sido de gran ayuda, Joey. Si te parece, de momento pospondremos lo del hipnotista.

El ruido de un coche que aparcaba junto a la casa llamó la atención de todos los presentes. Al cabo de un momento, Mike hizo entrar a un agente estatal. Otro hombre que iba con este llevaba un cuaderno y herramientas para dibujar.

—Hola, *sheriff* —dijo el agente sosteniendo su

sombrero en las manos—. Este de aquí es Floyd Walters, el dibujante de la policía estatal. Su ayudante nos ha dicho que podíamos traerlo, que seguramente usted estaría aquí.

McFaron se volvió hacia Joey.

—¿Estás listo para describirle el hombre que viste al señor Walters?

—Ningún problema, *sheriff*. No podría olvidar la cara de ese tipejo aunque lo intentara.

Walters abrió el cuaderno junto a una ventana del salón para disponer de mejor luz, y luego le pidió a Joey que se sentara a su lado.

—Me alegro de haberle visto, *sheriff* —dijo Mike desde el vestíbulo—. Me voy a trabajar, Abu.

A McFaron la actitud del hermano mayor le recordaba a su propia forma de ser de pequeño, tranquila y seria. Su padre también había sido así. Cargaba con el peso de la existencia en su interior. Era todo un arte no mostrar demasiado, mantenerlo dentro de uno; un arte que su padre había perfeccionado casi del todo cuando su corazón se rindió. ¿Sería ese también el destino de McFaron, ser un héroe silencioso y valiente hasta que su cuerpo no pudiera soportarlo más? Desde que había regresado a Crosshaven para convertirse en *sheriff*, noche tras noche se había entregado a la rutina de quedarse dormido en el sofá de casa con las botas puestas. Esperando que la vida tuviera algo más que ofrecer.

—Tu nieto es quien puede proporcionarnos la mejor prueba hasta el momento —le dijo McFaron a Elmer—. Si conseguimos pronto una buena descripción del hombre, lo atraparemos. Puedes estar seguro de ello.

Walters le dijo a Joey que cerrara los ojos y se visualizara en la bicicleta. Sabía que los jóvenes solían recordar mejor las cosas con los ojos cerrados.

El muchacho rememoró su acercamiento a la camioneta y la mirada pétrea del tipo. El dibujante le pidió que congelara el momento exacto en el que pasó junto al vehículo. ¿Tenía el hombre la cabeza encima o debajo del techo de la cabina? ¿Permanecía a la sombra o le daba la luz? ¿Iba afeitado o llevaba barba de dos días? ¿El pelo largo y desaliñado o corto y peinado? ¿Le nacía en la frente o estaba quedándose calvo? El dibujante iba haciendo su trabajo de acuerdo con las respuestas de Joey. Luego le dijo al chico que se sentara a su lado mientras terminaba de retocar algunos detalles del rostro del sospechoso.

Mientras tanto, McFaron y Elmer tomaban café en la cocina. De vez en cuando, el *sheriff* echaba un vistazo al salón, donde podía ver la mano de Walters moviéndose detrás del cuaderno. Se moría por ver el boceto que estaba creando. Al final, incapaz de resistir más tiempo, se dirigió al salón y miró por encima del hombro de Walters, que estaba ocupado con la boca y sostenía el lápiz y una goma con la misma mano. Los trazos borrosos de la goma estrecharon el ancho de la cabeza del sospechoso y una nariz prominente emergió entre dos ojos angostos.

De vuelta a la mesa de la cocina, el *sheriff* enarcó las cejas.

—Supongo que todavía le falta mucho para acabar. —El dibujo no se parecía a nadie que hubiera visto nunca.

—Joey es un chico muy despierto —dijo Elmer—. Rápido y sensible. Y con buena memoria. Pero, como cualquier chaval de su edad, su mente es proclive a inventar todo tipo de cosas terribles.

—Los comentarios del niño son consistentes. —McFaron recordó las gotas de sangre en la acera—. Un buen boceto policial debería provocar algún tipo de reacción.

Estaba deseando enviarlo al cuartel de la policía estatal. De inmediato estaría circulando por todo Indiana, así como entre los demás cuerpos de seguridad del país.

—La barbilla —oyeron que decía Joey. El chico estaba tocándose la suya con el índice y el pulgar—. Era un poco más larga.

El dibujante manipuló con destreza la punta del lápiz, intercambiándola ocasionalmente con la goma y puliendo el dibujo hasta que Joey dijo en un tono que hizo ponerse en pie a McFaron y a Elmer:

—¡Es él! ¡Este es el tipo!

Sentado en el Taurus de su madre de camino a la clínica, David no podía dejar de temblar, como aquel día —recordó— en que llevaron a su vieja perra Pepper al veterinario para que la sacrificaran cuando él tenía doce años. Pepper sabía lo que le iba a pasar. Sentada en el regazo de David, iba levantando la mirada hacia él mientras temblaba sin control. Sí, lo sabía. Él no dejó de acariciar a la vieja perra durante todo el trayecto, procurando apaciguar su temblor. Y ahora era su turno, pero nadie lo apaciguaba a él.

Hilda Claremont aparcó el coche frente a la puerta de la clínica Wilksboro y entraron.

—Tenemos cita a las dos —dijo ella inclinándose sobre el mostrador de la recepcionista—. El doctor Walstein está esperándonos. —Hilda le dio unas palmaditas en el brazo a su hijo y acercó su rostro al de él—. Entraré contigo al principio. El doctor dijo que podría hacerlo. —Miró al chico en busca de confirmación—. Es necesario que lo sepa todo, David. Para que pueda ayudarte.

Él se sentó, incapaz de contestarle y sintiéndose ya derrotado. Con el rabillo del ojo percibió las miradas de curiosidad de una pareja de ancianos que se encontraba en la sala de espera.

—El doctor Walstein me ha dicho que podría entrar contigo. Ya sabes que solo quiero lo mejor para ti.

«¿Por qué no lo deja estar?»

—Tu padre y yo estamos muy preocupados por ti —añadió ella.

—Está bien, está bien. Ahora déjalo ya, por favor.

Pero David sabía que no podía culpar a sus padres por el hecho de que fuera una persona ya adulta sentada con su madre en la deprimente sala de espera de un psiquiatra inútil. El incidente que había tenido lugar unas noches antes, seguido por el de ayer por la mañana, les había obligado a ello. El día anterior había perdido el conocimiento mientras conducía el tractor favorito de su padre, un Ford de 1953, y se había metido en una zanja. Él había salido despedido y no se había hecho nada grave; el tractor, en cambio, había volcado, con lo que el asiento se había desprendido y la columna de dirección había quedado torcida. Había sido la gota que colmaba el vaso. Su padre podía pasarse el resto de sus años dorados yendo a subastas de maquinaria agrícola en busca de una columna de dirección del 53 en buen estado. Al volver en sí tumbado en la hierba, David había visto a su padre de pie junto a un terraplén cercano, inmóvil y con la mirada fija en el tractor como si toda su vida hubiera ido a parar a esa zanja. El chico le notó en los ojos que había tirado la toalla. Mientras su madre se afanaba pasándole las manos calientes por la cabeza y la espalda húmeda de sudor, David vio que su padre regresaba lentamente a casa sin decir nada. Que le diera la espalda era el peor castigo posible.

¿Por qué era incapaz de llevar una vida normal en la granja y hacer que su padre se sintiera orgulloso? ¿Por qué no podía continuar con la tradición y el nombre de los Claremont? No era culpa suya, y, sin embargo, lo era.

—¿Señora Claremont? ¿David? —se oyó de repente que decía el doctor Walstein, de pie en la puerta de su despacho con los pies muy juntos, enfundados en unos relucientes mocasines con borla—. Entren, por favor.

—Gracias por atendernos a pesar de la poca antelación con la que hemos llamado, doctor —dijo Hilda.

La pareja de ancianos volvió la cabeza al unísono

y observó cómo David, la madre de este y el médico se metían en el despacho.

El doctor Walstein se sentó detrás de su escritorio y les indicó con la mano que ocuparan las dos sillas de piel con respaldo alto.

—Usted dirá en qué puedo ayudarles, señora Claremont —dijo el médico al tiempo que le echaba un vistazo a su reloj.

Hilda se volvió hacia su hijo.

—La otra noche, en el baño... —empezó ella con un agudo hilo de voz—. Tú dices que no lo recuerdas, pero no sé cómo es posible. Hablabas en un tono de voz lo bastante alto como para despertar a los muertos. Eran casi las dos de la madrugada. Me despertaste y me diste un buen susto, David. Suerte que tu padre está medio sordo.

—¿Y qué decía su hijo, señora Claremont? —El doctor se enderezó y entrecruzó los dedos con los codos apoyados sobre la mesa.

David sintió los ojos de ambos mirándolo fijamente. «¿Por qué me hace esto mi madre?»

—Casi me gritaste cuando te llamé. —La empolvada frente de la mujer se frunció con indignación—. Como si la culpa la tuviera yo. —Las arrugas de la frente se le marcaron aún más—. «Sobre mi cadáver», dijiste con absoluta seriedad.

David exhaló un suspiro.

—Estaba sonámbulo. Solo era una pesadilla.

—No estabas dormido para nada. Me miraste a los ojos y dijiste: «Pero, madre, ¡no tengo que ir! Ya no tengo ganas de hacer pis». Nunca había oído nada igual.

Hilda masajeaba frenéticamente los nudosos extremos de los reposabrazos de su silla.

—No lo recuerdo. No puedo. —David se pasó una mano por la coronilla—. No quería decir nada con eso.

—¿Tampoco hacerte pis encima, manchar las sábanas y dejar el suelo mojado? No fuiste al retrete, David. Lo hiciste a propósito. —Hilda se llevó un puño a la boca—. Eres un hombre adulto, no un niño de ocho años. Y no tienes ningún derecho a hablarme de ese modo. Ninguno.

El doctor se echó hacia atrás en la silla y tamborileó en el suelo con la punta del pie.

—¿Hay algo que quieras contarnos, David?

«Mantén la calma», se dijo David. Pero todo parecía estar en su contra. El tractor de su padre había quedado inutilizado, las sábanas de su madre estaban sucias, y él se había puesto en ridículo delante de ella.

—¿Cómo te encuentras hoy? —le preguntó Walstein.

David miró al médico con timidez.

—Bien, supongo.

—Sí, ahora —se quejó Hilda—. Pero no la otra noche. —Aturullada, se inclinó hacia su hijo sobre el reposabrazos—. Me acusaste de decir que ninguna mujer se casaría con un hombre que no deja de mojar la cama —dijo ella en un tono áspero—. Yo nunca he dicho nada semejante en mi vida. ¡Ni tampoco lo he oído nunca!

El doctor tamborileó con los dedos sobre la mesa.

—Está bien. Creo que es muy importante que mantengamos las cosas en perspectiva. David y yo apenas acabamos de comenzar con la terapia. A veces las cosas pueden parecernos mucho peores de lo que realmente son cuando las vemos a la luz del día.

David hundió un puño en su regazo y lo apretó con fuerza. ¿Cómo podía describirles el demonio que tenía dentro y que estaba devorándolo, zampándose al David bueno y reemplazándolo por un monstruo? Walstein no lo creería. Su madre no lo comprendería. Él mismo no lo comprendía tampoco. ¿Eran sus visiones y sus desvanecimientos augurios de cosas peores por venir, de actos horripilantes que todavía no habían ocurrido porque aún no estaba lo bastante loco para llevarlos a cabo?

Miró a su madre con los ojos llorosos.

—Lo siento. No quería decir nada de lo que dije. De verdad que no. Yo..., yo no sé qué me pasó.

—¿Y qué hay de la otra mañana? —Hilda sacó algo de su bolso.

David fue consciente de que se le venía encima otra acusación. Comenzó a sentir palpitaciones en la cabeza.

—Me refiero al día que saliste de casa al romper el alba —prosiguió ella con la mirada puesta en el doctor Walstein—. Te pregunté que adónde ibas. Cuando asomé la cabeza por la puerta de tu dormitorio, me dijiste claramente: «A hacer un recado».

—Hilda extendió la mano y le mostró al psiquiatra el resguardo de un billete de autobús.

—Y es lo que hice. —A David le temblaban las manos.

Hilda se puso de pie y se acercó a David sin dejar de mirar al doctor Walstein.

—Entonces ¿por qué compró un billete de autobús a Chicago? —le preguntó, y luego, dirigiéndose a su hijo—: Lo encontré en un bolsillo de tus pantalones vaqueros, David. ¿Qué fuiste a hacer a Chicago?

—Yo... fui al museo. A una exposición. Quería verla. ¿Acaso es eso un crimen?

—¡No me levantes la voz!

—Yo no he...

—¿Por qué mientes? —protestó Hilda—. ¿Por qué dices que vas a hacer un recado y luego te escapas a escondidas a Chicago? No es propio de ti, David.

El joven comenzó a mover la pierna con violencia.

—Mi interés en las tallas... Yo... no puedo explicarlo. —Alzó las manos y luego se frotó los muslos—. Lo siento.

—¿Por qué no me contaste eso? —preguntó Hilda bajando una octava su tono de voz—. Regresaste a casa muy tarde, David. Estábamos muy preocupados por ti.

Walstein juntó las manos dando una palmada.

—Bueno, creo que ya nos ha proporcionado a David y a mí una gran cantidad de cuestiones sobre las que reflexionar, señora Claremont.

Hilda abrazó sin demasiado entusiasmo a su hijo. Luego el doctor la condujo a la salida y cerró la puerta tras ella.

—Por cierto —dijo Walstein volviéndose hacia David—, tu padre me ha contado por teléfono esta mañana que la semana pasada volviste tarde a casa varias veces. ¿Más recados?

—No era tan tarde —respondió David—. Solo un poco después del anochecer.

—Le preocupa tu comportamiento errático, David. —Walstein lo miró compasivo—. Habla conmigo. Necesito oírlo con tus propias palabras. ¿Qué sucede? Ya sabes a lo que me refiero... Tus visiones.

—No... no puedo.

—No podré ayudarte a no ser que estés dispuesto a hablar conmigo.

—No cambiará nada —replicó David, exasperado—. Nada evita que él venga.

—¿Evita que venga quién?

El chico se fijó en el dibujo oriental de la alfombra y siguió con la mirada el diseño en zigzag.

—¿A quién te refieres? Has dicho «él».

—¡No sé quién es! ¡Un judas de mierda! —David se pasó una mano por el pelo—. Si lo supiera, se lo diría.

El doctor Walstein se mostró impertérrito.

—¿Un judas? Interesante palabra la que has elegido. Implica que una persona tiene otro lado.

Un hilo de sudor se deslizó por la sien de David. Apenas podía contener las ganas de salir corriendo.

—Las visiones. Así es como lo llamo.

Walstein asintió.

—Háblame más de este judas de mierda.

A David se le tensaron los músculos del rostro.

—No, no puedo. No tengo nada que decir. No tiene sentido.

—Me doy cuenta de que este judas atormenta tu conciencia, David. ¿Qué más te hace?

—De eso se trata, doctor. —David negó con la cabeza—. Lo controla todo. No tengo elección. Sucede y... ya nadie puede fiarse de mí. Ni mi padre, ni mi madre, ni probablemente tampoco usted.

—El proceso de sanación, David, solo puede comenzar si establecemos un espacio de confianza y estás dispuesto a hablar de forma abierta sobre estas cuestiones. Conoces la diferencia entre lo que está bien y lo que está mal, así como entre lo que es real y lo que no. La decisión está en tus manos. —El doctor se inclinó hacia delante en su silla—. Puedo ayudarte, David. Está claro que estas visiones te atormentan y desatan tus miedos.

De repente, David sintió que el dolor se cernía sobre él. Había estado padeciendo aquellos dolores fantasma desde mucho antes de las visiones recurrentes. El desasosiego iba en aumento a medida que el dolor avanzaba.

—Algo está molestándote ahora mismo —dijo el doctor—. Puedo darme cuenta. Dime, ¿está él haciéndote daño ahora?

David se esforzó por mantener a raya el dolor.

—No... no lo sé...

Se le extendió por todo el cuerpo haciéndole cerrar los ojos. A David le costó mucho soportar la acometida. Una sensación parecida a la de dos cabezas colisionando casi lo tiró al suelo. Él se resistió con todas sus fuerzas.

—Vamos. —El doctor Walstein se quitó la chaqueta y, tras doblarla con cuidado, la dejó sobre el respaldo de la silla. Luego se sentó al lado del chico—. ¿Qué está sucediendo en tu interior?

A David se le tensaron un poco más los músculos de la mandíbula.

—Ya se lo he dicho. A veces me cuesta ver bien. —Miró a Walstein a los ojos—. Pero no soy yo. Tiene que creerme. No soy yo quien tiene el control.

—Te creo.

David asintió, agotado.

—Yo... pierdo el sentido. Eso es lo único que sé. —Una gota de sudor se deslizó por su mejilla—. No he hecho nada malo. —Tragó saliva con incomodidad—. Ver cosas no es ningún crimen.

—Es la segunda vez que mencionas la palabra *crimen*. ¿Acaso tienes la sensación de haber hecho algo malo?

—¡No!

—Creo que estos problemas se deben a los profundos remordimientos de conciencia que sientes —dijo Walstein en voz baja—. Deberíamos profundizar más al respecto. —El móvil que descansaba sobre el escritorio del doctor vibró de repente—. Mañana, si te parece. A las siete.

David salió por la puerta de la consulta sintiéndose agotado y derrotado. Las visiones estaban empeorando. Eran más vívidas, más incontrolables, y, según su madre, estaba diciendo y haciendo cosas que no podía recordar ni comprender. Al verla esperándolo pacientemente en el coche, se preguntó durante cuánto tiempo más sería capaz de mantener el control. Y luego un pensamiento aterrador acudió a su mente: «Si no son visiones sino sucesos reales, ¿qué cosas terribles podrían ocurrir a continuación?».

12

Prusik subió a toda velocidad por la escalera del Museo de Historia Natural de Chicago. Se sentía muy inquieta. Habían pasado casi cinco meses desde que se había puesto en ridículo en el estrado durante la gala de inauguración de las salas de exposición que se habían reformado en la segunda planta. Al recordarlo, sintió un estremecimiento involuntario. «En ridículo» no era una expresión lo bastante fuerte. Sería más acertado hablar de humillación.

La velada había comenzado bien. En general, Christine no se sentía muy cómoda entablando conversaciones triviales con el tipo de gente que acudía a estos actos —patrocinadores superricos del museo ataviados con sus mejores galas—, pero, por alguna razón, esa noche no se sentía nada cohibida. Puede que se debiera a que era un martes por la noche, día en que el museo abría de forma gratuita al público general, con lo que había mucha gente «normal» mezclada con la panda de los esmóquines y los vestidos de noche. O tal vez se debía a que se sentía francamente atractiva con los tacones y el bonito vestido que se había puesto, de color gris verdoso a juego con sus ojos (en vez de los pantalones y los funcionales zapatos oxford que su trabajo parecía requerir). O quizá la razón era que estaba acostumbrándose a hablar en público.

Se había sentido halagada cuando le pidieron que hablara sobre la influencia formativa que el museo había tenido en ella, y no le había costado nada redactar un entusiasta discurso. Pero no había llegado a pronunciarlo. Cuando apenas llevaba treinta segundos sobre el estrado, se volvió con grandes aspavientos para mostrar una vitrina que había tras ella. Y se quedó petrificada.

En la vitrina había un diorama de tamaño natural de aquellos por los que el museo era tan famoso, y que mostraba una escena de la jungla de Papúa Nueva Guinea, idónea para la reapertura de la exposición sobre Oceanía. Entre la exuberante vegetación había algo en lo que no se había fijado mientras esperaba a que la presentaran: un musculoso guerrero con una máscara de plumas de un vivo azul verdoso. Del cuello le colgaba un amuleto de piedra tallada que relucía bajo las resplandecientes luces de la vitrina.

El guerrero, la máscara y el amuleto de piedra la habían llevado de vuelta a la cuenca del río Turama y se había quedado completamente paralizada. Pasaron unos segundos. Cuando por fin se volvió para dirigirse al público, Christine se dio cuenta de que era incapaz de hablar. Al final descendió del estrado mientras recibía unos cuantos aplausos aislados de un auditorio desconcertado.

En esos momentos llegaba tarde a su cita de las

diez con Nona MacGowan, la especialista en botánica de la institución, cuya voz le había sonado por teléfono tan joven que Prusik se había preguntado incluso si no habría llamado por equivocación a su casa y estaría hablando en realidad con su hija. MacGowan era experta en la flora del Medio Oeste y una de las asesoras principales del jardín botánico de la Universidad de Chicago. Christine esperaba que no se hubiera enterado del fiasco de la gala de apertura del pasado abril, o, peor aún, que no se encontrase entre el perplejo público. Respiró hondo y volvió a centrar su atención en el caso.

Ya estaban a finales de agosto y ella todavía andaba perdiendo el tiempo con semillas y esquirlas de pintura. El tipo de cosas que se hacen cuando un caso se ha enfriado: eso era lo que Thorne le había dicho. El día anterior, mientras ella estaba fuera comprándose un sándwich, él había entrado en su despacho y había pegado un pósit rojo en la lamparita del escritorio, cuidadosamente escrito con su pluma Montblanc:

Christine: todavía estoy esperando tu informe.
Gracias,

Roger

¿Qué pasaba con el trabajo de investigación propiamente dicho? Parecía que solo había tiempo para escribir aquellos condenados informes (lo que no era más que un impedimento para maximizar sus esfuerzos en el caso). Se perdía demasiado tiempo en preocupaciones que solo tenían que ver con cómo lidiar con los mandamases. Christine exhaló un suspiro. Se esforzaría todavía más. Thorne no la había apartado del caso, pero tenía la sensación de que era solo cuestión de tiempo.

MacGowan le había dicho que se dirigiera al fondo del ala sur, pasadas las exposiciones de *El auge de los mamíferos* y *El amanecer de la humanidad*. La puerta de su despacho se encontraba junto a un enorme león de alabastro en posición de acecho.

Una luz tenue se filtraba por las claraboyas. Prusik llamó con los nudillos a una puerta de cristal esmerilado con un letrero en el que podía leerse: DEPARTAMENTO DE BOTÁNICA: SOLO PERSONAL AUTORIZADO.

—Agente especial Prusik —dijo extendiendo la mano hacia la mujer que le abrió la puerta.

—Llámame Nona.

La mujer tomó la mano de Prusik entre las suyas. Iba vestida con unos pantalones de trabajo de color marrón y una chaqueta de tweed que hacían juego con un rostro que había pasado muchas horas al aire libre y se arrugaba con naturalidad cuando sonreía.

—Por favor, llámame Christine —contestó Prusik, devolviéndole la sonrisa con desgana.

—Tengo que enseñarte algo —dijo Nona.

Abrió la puerta de un despacho interior, y una serie de luces fluorescentes se encendieron con un parpadeo. Grandes muebles de almacenaje hechos de madera cubrían todas las paredes del suelo al techo, y los cajones estaban etiquetados con nombres en latín.

—Brian te ha elogiado mucho —dijo Prusik.

Eisen había suministrado previamente a la especialista en botánica varias semillas recogidas de la ropa de la víctima de Blackie.

—Que Dios lo bendiga. —Nona cogió unas muestras que se encontraban en bolsitas de papel cristal—. Como le he dicho al señor Eisen, ayudo a montar las exposiciones del museo para que, por ejemplo, los especímenes de roble estén colocados como es debido junto a hierba de oso o salvia.

—¿Y bien...? ¿Qué has encontrado? —le preguntó Prusik tomando asiento.

La botánica levantó a la luz una de las bolsitas con muestras. A lo largo del pliegue del fondo se habían juntado unas pequeñas perlas de color verde.

—Ninguna de estas semillas es una especie forestal *per se*.

Nona cogió un cuaderno con un lápiz amarillo sujeto por la misma goma gruesa que mantenía cerrada la libreta.

—Forman parte de la familia de las malvas, que es muy grande. Esta variedad en particular alcanza gran altura incluso en suelos de condiciones pésimas, como por ejemplo a lo largo de caminos de tierra o de grava. Necesita mucho sol. No es el tipo de planta que pueda encontrarse normalmente en un bosque denso. —Nona bajó la mirada a sus notas—. Según me ha indicado el señor Eisen, esta muestra proviene de un distrito rural. La especie es de una variedad muy común en el Medio Oeste. Suele crecer cerca de granjas y graneros.

Prusik se imaginó a un pintor que, mientras encalaba un granero, pisoteaba pequeños arbustos de malvas, y sus semillas se le quedaban pegadas a la ropa.

—¿Es posible que se le pudieran quedar pegadas a un pintor en la ropa, por ejemplo?

—Sí, eso sería muy probable, sobre todo en verano, cuando las semillas están listas para dispersarse. Es bastante común que se peguen a la ropa. Se comportan de un modo muy parecido al velcro.

—Pero dices que no es una planta que se encuentre en los bosques. —Prusik le dio un pequeño tirón al pendiente de oro que colgaba de su lóbulo derecho.

—No, de eso estoy bastante segura. Esta especie prefiere los espacios abiertos con mucha luz del sol. Por desgracia, es muy común. Puede encontrarse incluso en muchos solares abandonados de la ciudad. —Nona bajó la mirada al suelo como si un arbusto de malva pudiera crecer allí mismo.

Prusik consideró esa afirmación. El cadáver de Betsy Ryan se había hallado cerca del río Pequeño Calumet. Eso estaba prácticamente en Chicago.

Nona le dio un golpecito con la uña a la segunda bolsita de muestras.

—Esto, en cambio, es algo del todo distinto. —Las curtidas arrugas de las comisuras de sus ojos se curvaron hacia arriba—. No tiene ninguna relación con la malva.

—¿Qué es? —Prusik se inclinó hacia delante para estudiar las pequeñas motas marrones.

—*Rosaceae multiflora*, una especie originaria de Asia, pero muy extendida en Norteamérica desde hace siglos. —Nona dibujó un círculo alrededor del nombre en su cuaderno—. Es un auténtico fastidio esta *multiflora*. Es imposible meterse en un arbusto de esta planta sin enredarse con sus ramas.

Prusik pensó en el cadáver ennegrecido y retorcido de Missy Hooper. Había encontrado una espina en un calcetín de la chica.

—¿Dónde suele crecer esta *multiflora*?

—Esta especie en particular suele encontrarse en las lindes de los campos. Es la pesadilla de los granjeros. Hace muchos años las plantaban para delimitar terrenos y evitar que el rebaño se alejara, pero a estos espinos les gusta la tierra rica en minerales del Medio Oeste y se propagaron con rapidez mediante estolones. Ahora se han convertido en todo un problema. Los campos están inundados de ellas. Cuando algún animal se topa con uno de estos espinos, suele enredarse el cuello con las ramas y acabar ahogado. No sería ninguna sorpresa encontrar muestras cerca de malvas. También crece junto a cercas o alrededor de corrales.

Prusik sacó el frasquito que llevaba en el maletín.

—Ya sé que tu área de conocimiento es...

—¡El amuleto de piedra! —exclamó Nona—. ¿Dónde lo has encontrado?

—¿Cómo dices?

Nona hizo girar su silla y, tras coger una lámpara portátil de su soporte metálico, se inclinó hacia Prusik.

—Es una lámpara de rayos ultravioleta de onda corta. ¿Puedo ver el amuleto? —La mujer encendió la lámpara y pasó el haz de luz ultravioleta por encima del frasquito de cristal—. ¿Lo ves?

Bajo el intenso haz, una línea verde relució en la piedra amarillenta.

—¿Qué es eso? —preguntó Prusik.

—No se puede ver a simple vista. Es necesaria una magnificación muy potente para leer el código de seguridad micrograbado —explicó Nona—. Estoy segura de que esta piedra es uno de los amuletos que desaparecieron durante las reformas del invierno pasado. Muchos museos de todo el mundo han conseguido recuperar objetos robados de manos de coleccionistas privados usando esta técnica de identificación.

—¿Se denunciaron estos robos? —preguntó Prusik con el ceño fruncido—. No recuerdo haber oído nada al respecto.

Nona asintió.

—Oh, sí, desde luego. Pero el museo procuró no darles demasiada publicidad. Al personal lo interrogó primero la policía y luego la administración del museo. En febrero y marzo se hicieron importantes reformas en todas las salas de la segunda planta, incluidas las que albergan la colección de Oceanía, donde tuvieron lugar los robos. Durante esos dos meses, la planta estuvo repleta de pintores, lijadores y demás trabajadores de la construcción. La policía supuso que los robos los llevaría a cabo alguien que formaba parte de esos equipos.

—¿Cuántas piedras desaparecieron?

—Cinco.

Un torbellino de pensamientos se arremolinó en

la mente de Christine. Cinco piedras. Dos chicas muertas. Una con un amuleto en la garganta.

—¿Y cuándo se descubrieron los robos exactamente?

—La tercera semana de marzo, cuando faltaba poco para que acabaran las obras. La administración del museo consideró la posibilidad de posponer la reapertura formal, pero al final decidió seguir adelante. Así habría menos publicidad negativa. —Su voz adquirió un tono sardónico—. Ya sabes, no hay que desanimar a los posibles donantes.

—Por supuesto... ¿Robaron algo más?

—Extrañamente, no —dijo Nona—. Solo los amuletos de piedra. ¡Ah, no! ¡Me olvidaba! También desapareció la máscara de plumas que llevaba un maniquí de la misma exposición sobre Oceanía. Una pena haber perdido esa máscara. Era preciosa. La hemos sustituido con otra, pero no es tan imponente. Yo ayudé con la flora de los fondos de la vitrina.

A Prusik le acudió a la mente el fragmento iridiscente de pluma que Howard había encontrado en la escena del crimen de Blackie.

—¿Podrías enseñarme esa máscara?

Salieron del despacho de Nona. Los pasillos del piso superior estaban repletos de escolares.

—Todas estas vitrinas —Nona extendió un brazo para incluir toda la sala, en la cual había muchos objetos indonesios— cuentan ahora con seguridad electrónica.

Prusik posó la mirada en una máscara de plumas iluminada por un foco. Su brillo iridiscente hizo que se le acelerara el corazón, y se dio cuenta demasiado tarde de que tendría que haber apartado antes la vista. Al volverse hacia la botánica, se topó con la oscura mirada de un indígena de Papúa Nueva Guinea. Los rasgos amables y curtidos de Nona se habían visto reemplazados por unas mejillas tatuadas y unos ojos de mirada salvaje.

—Yo... tengo que marcharme.

Un creciente mareo le distorsionaba la voz, y fuertes palpitaciones comenzaron a martillearle la cabeza. No podía apartar de su mente la imagen de los ojos negros de su atacante, que la miraba a través de la máscara de plumas iridiscentes de color azul verdoso y sujetaba entre los dientes la piedra que le colgaba del cordel del cuello. Prusik había agarrado con todas sus fuerzas la mano con la que el indígena sostenía el cuchillo, pero no había podido evitar que el agresor le clavara la punta justo debajo de las costillas y le hiciera un corte hasta la cadera.

Aunque estaba de pie en medio de una sala tenuemente iluminada, sentía que la intensa luz del sol le calentaba los hombros, y el ruido de una lluvia torrencial le inundó los oídos. No podía controlarlo. El suelo de mármol que pisaba se cubrió de repente de hojas mojadas y ramas rotas.

Prusik retrocedió un paso. Se le había acelerado la respiración, y oyó que Nona le preguntaba si se encontraba bien. Pero la antropóloga forense volvía a estar atrapada en las aguas color café del río Turama, ahogándose. El agua se le colaba por la nariz, le golpeaba los oídos y le enturbiaba la vista por momentos. A cada giro, las corrientes del río hacían lo posible para enviarla hacia las acometidas de su enajenado atacante. Las aguas del Turama se convirtieron en una infernal pista de obstáculos; casi terminaron con ella, y también él.

—¿Christine? —dijo alguien acariciándole la mano—. ¿Estás bien, Christine?

Prusik sintió el frío mármol en la espalda. Se obligó a abrir los ojos y levantó la mirada en busca del rostro de la mujer a quien pertenecía esa amable voz. Nona la ayudó a ponerse de pie y la condujo a un banco del pasillo. Con dificultad, Christine consiguió volver al presente y comenzó a rebuscar en el interior de su bolso, tirando al suelo la mitad de las cosas que contenía. Por fin encontró el pastillero de peltre, lo abrió y se tomó dos píldoras sin agua. La medicación ansiolítica requería un tiempo del que su corazón no disponía. Aspiró una bocanada de aire, contó hasta cinco y exhaló. Luego contó hacia atrás hasta llegar de nuevo a cero. Reparó entonces en la palpitación del dedo meñique y abrió el puño que había cerrado con fuerza.

Puede que las cosas estuvieran volviéndose demasiado personales. Tal vez debía permitir que Thorne la apartara del caso o —mejor aún— recusarse ella misma. Eso lo dejaría boquiabierto. No, lo que necesitaba era contar con una antropóloga forense propia que la cuidara: una guía espiritual que la ayudara a evitar situaciones de peligro. Si había sobrevivido en Nueva Guinea, ¿por qué el recuerdo no la dejaba en paz? Su capacidad de surcar a nado las revueltas aguas del río Turama había sido su salvación. Había conseguido salvar la vida gracias a su potente brazada. Sin embargo, su corazón seguía latiendo demasiado rápido. «¡Vamos, ansiolíticos!»

Una fila de niños venía en su dirección. A los pocos minutos, apareció un técnico sanitario ataviado con una chaqueta de color amarillo fluorescente. Ella rechazó la camilla que le ofrecieron, pero accedió a que la acompañaran a la ambulancia, pues no quería montar una escena todavía mayor.

El vehículo de emergencias estaba esperando con el motor al ralentí al pie de la gran escalera que conducía a la entrada principal del museo. Sentada en la parte trasera de la ambulancia, entre las puertas abiertas, Christine respondió a las preguntas del sanitario. En un momento dado, cerró los ojos, agradecida por que ni Thorne ni Howard —ni tampoco ninguno de los miembros de su equipo, por suerte— hubieran estado presentes para observar en primera persona cómo se abría otra grieta en su armadura. Solo lo había presenciado Nona MacGowan, que no había entendido a qué venía todo aquello.

Después de mostrar su placa y repetir que no necesitaba que la llevaran a urgencias, los técnicos sanitarios le hicieron firmar un documento exonerándolos de toda responsabilidad y se marcharon.

En la tranquilidad del coche, Prusik posó los dedos encima de la blusa y recorrió la cicatriz que tenía debajo de las costillas. En el frenesí de la batalla en el barro, había conseguido liberarse de las garras de su atacante y se había zambullido en las revueltas aguas del Turama. ¿Cómo había sobrevivido? La herida había sido algo más que un mero corte superficial y, sin embargo, no se le había abierto más y no había sufrido ninguna pérdida importante de fluidos vitales. El cuchillo no había alcanzado ningún órgano. Y la herida no se había infectado. Tampoco se había ahogado en el río. No había perecido a causa de la sed de sangre de los Ga-Bong ni en la recreación de algún antiguo ritual indígena para restituir el equilibrio entre lo masculino y lo femenino, o cualquiera que fuera la motivación de su agresor, tocado con aquella máscara hecha de plumas de ave del paraíso.

Christine emitió un débil gemido. ¿Cuándo conseguiría librarse de aquel pánico, de aquella sensación de fatalidad? Decirse una y otra vez que debía de haber una razón por la que había sobrevivido contra todo pronóstico no había hecho nada para disipar los espantosos recuerdos que la asaltaban de forma inesperada en moteles y pasillos, en la oficina o en el bosque, mientras intentaba hacer su trabajo. Siempre ocurría igual: la acechaba la muerte, se tratara esta de un cadáver en el suelo o sobre la mesa de exploración, o de una voz en su cabeza susurrándole que encontraría un modo de darle caza y terminar el trabajo.

¿Había conseguido finalmente darle caza?

Y la pregunta que la atormentaba durante las largas jornadas laborales y por la noche en sueños seguía sin respuesta: ¿Qué relación tenían con todo aquello unas chicas de Indiana evisceradas, con amuletos de piedra escondidos en su garganta sin vida?

13

Las nubes avanzaban deprisa a medida que se acercaba el frente. Solo unas pocas gotas descarriadas habían caído sobre el parabrisas. Tomó el camino de tierra que conducía al enorme y viejo granero, el lugar que había venido a barnizar. Una vez allí, permaneció a la espera tal y como el tipo le había dicho que hiciera. Sobre las gastadas tejas asfálticas había un desvaído testimonio de otra época: un cartel de tabaco de mascar Sweet Boy. Junto al granero había un edificio anexo de una planta igual de destartalado.

Mantuvo el motor en marcha. El locutor de la emisora de radio WTWN estaba terminando el parte agrícola de las siete de la mañana. Los futuros de maíz estaban al alza en la Bolsa Mercantil de Chicago. Después de un anuncio, emitieron el parte meteorológico local. A las lluvias nocturnas les seguirían cielos despejados por la mañana. Bien.

A continuación dieron las noticias: «La policía estatal prosigue la búsqueda en el parque natural de Patrick de la niña de catorce años Julie Heath, que desapareció en Crosshaven hace cuatro semanas, el 28 de julio. Quienes deseen formar parte del equipo de búsqueda pueden ponerse en contacto...».

Apagó la radio. Un hombre de baja estatura vestido con un mono se acercaba a paso rápido sosteniendo el ala de su sombrero de paja. Se bajó del asiento antes de que el granjero llegara a la plataforma trasera de la camioneta.

—Has venido pronto —dijo el hombre. Se estrecharon las manos—. Soy Fred Stanger. Me alegro de conocerte. Lonnie Wallace, del resort Sweet Lick, me dijo que eras la persona adecuada para el trabajo. «Es un pintor rapidísimo», recalcó. —Luego el granjero se volvió y se quedó mirando sus edificios—. Es esto. ¿Qué te parece?

—Todavía está un poco húmedo —dijo el pintor frotándose las manos.

—No para barnizar. Se puede empezar sin problema. Sopla una buena brisa. Los tablones superiores están prácticamente secos. Solo quiero una pasadita. Nada especial. —Stanger estiró el cuello a un lado para examinar la plataforma de la camioneta—. ¿Llevas suficiente barniz?

El pintor asintió.

—De sobra para el trabajo.

—Como te comenté, quinientos dólares por todo. La primera mitad ahora, la segunda cuando termines. ¿Te parece bien, Jasper? Era Jasper, ¿no? —Stanger reparó en que el pintor llevaba una muñeca vendada—. ¿Te has cortado?

—Solo es un rasguño. —El pintor se bajó la manga.

—Mi esposa es enfermera jubilada. Si quieres

puede echarle un vistazo para comprobar que no se te haya infectado la herida. Parece que te iría bien cambiar el vendaje, además.

Jasper no dijo nada. Cogió la escalera de aluminio de tres tramos que había cogido prestada del garaje del resort Sweet Lick y una de las latas de barniz de tres litros y medio que llevaba en la plataforma trasera de la camioneta.

Stanger se acercó a él.

—¿Quieres que te ayude a llevar...?

El pintor movió la escalera para bloquear al hombre e impedir que se acercara más a su camioneta.

—No hace falta.

—Te olvidas de algo, ¿no? —El granjero le mostró un fajo de billetes doblados.

El pintor dejó en equilibrio la lata de barniz sobre el panel lateral de la plataforma de la camioneta el tiempo suficiente para coger el dinero de las manos del granjero.

Stanger se lo quedó mirando un momento antes de asentir.

—Le diré a mi esposa que te traiga un poco de té helado al mediodía.

—No te molestes —dijo Jasper sin alzar la voz—. Ya llevo mis propios termos.

—Vale, tú mismo.

El granjero dio media vuelta y se dirigió hacia la pequeña granja que había al otro lado de la carretera.

Jasper apoyó la escalera contra una pared lateral del granero y extendió sus tramos hasta que quedó a apenas unos metros de los aleros. Se fijó en que el granjero se alejaba cruzando la carretera y ascendía por la suave pendiente de hierbas altas que había entre unos manzanos podados. Luego fue a coger una radio portátil que llevaba en el asiento delantero de la camioneta y, tras subir por la escalera hasta arriba del todo, la colgó de un tope. Del otro colgaba la lata de barniz.

El granjero tenía razón. Los tableros superiores ya estaban lo bastante secos como para comenzar. Al cabo de una hora había terminado el piso superior de la primera pared. El parte de noticias llegó en un momento perfecto para hacer una pausa. El dial estaba sintonizado en la misma emisora que la radio de la camioneta. Abrió el termo y saboreó el primer trago.

«Según las autoridades de la policía estatal, la chica de catorce años Julie Heath fue vista por última vez después de las tres de la tarde del 28 de julio, cuando salía de casa de una amiga, en Old Shed, Crosshaven.» El locutor repitió la descripción de la chica y la ropa que llevaba ese día y luego dio los números telefónicos de contacto. No había habido ninguna novedad.

La bebida lo revitalizó. Fue a por más barniz a la camioneta y cogió una lata que había junto a una lona de pintor muy manchada. Se enfrascó en el trabajo. Hacia las dos, el sol comenzó a aparecer de forma intermitente entre las nubes. A las tres, el cielo estaba completamente despejado y él había usado ya veintidós litros de barniz, completando tres paredes enteras del granero y todo el anexo. Estaba trabajando en la última sección, en un extremo del granero, cuando unos gritos alegres llamaron su atención. Al cabo de un momento, una segunda voz juvenil se unió a la primera.

Terminó la sección y dejó la brocha. Después de siete horas de goteo por el mango, tenía la mano derecha empapada de barniz. Determinó que los gritos procedían de algún lugar cercano a los árboles frutales que había al otro lado de la carretera. Se bajó de la escalera y corrió hasta la esquina del granero. No podía ver bien a causa de las hierbas altas. Desde luego, proporcionaban un buen cobijo. Con la mano derecha, comenzó a juguetear con las piedras que llevaba en el bolsillo delantero.

—¡Hombre! —Stanger venía por debajo de los aleros del granero directo hacia él, inspeccionando su trabajo—. Desde luego, eres rápido. —Una amplia sonrisa le adornaba el rostro; parecía claramente satisfecho—. Lonnie tenía razón. Oye, ¿no estarías interesado en pintar el interior de la casa? A mi esposa le gustaría que el piso de arriba...

Él negó con la cabeza.

—Solo hago exteriores.

—¿Estás seguro? Te compensaría bien.

—Tan seguro como que dos y dos son cuatro.

Jasper se dirigió hacia su camioneta, que estaba aparcada frente a la fachada. La presencia de Stanger le inquietaba. Se moría por volver a oír los animados gritos juveniles.

—Como quieras. —Stanger fue tras él—. Bueno, ya que estoy aquí fuera aprovecho para pagarte ahora el resto.

Jasper cogió el dinero sin decir nada. Esa vez Stanger no se demoró. El pintor apretó los puños, agrietando con ello el barniz seco que le cubría los nudillos. La interrupción había estropeado las cosas. Apenas le faltaba media hora de trabajo: la puerta de doble hoja y el dintel que había debajo de la polea para cargar el heno. De la polea colgaba una cadena con un gancho oxidado que tenía el cierre abierto, como amenazando con agarrarlo. No estaba seguro de si podría arreglárselas para terminar. Su ansia se había vuelto tan apremiante que se le había formado un nudo en el estómago. Sentía un enorme vacío en su interior. Esos últimos días las punzadas habían empeorado.

A través de una ventanilla abierta de la camioneta, cogió el termo prácticamente vacío y, empinándolo, apuró la última gota que quedaba. Echaba tanto de menos esas voces jóvenes que había oído antes en el campo que sentía un dolor casi físico.

El fin de semana del Día del Trabajo, un cazador de mapaches iba caminando por el parque natural de Patrick con una escopeta colgada al hombro. Su pointer alemán de pelo corto se había adelantado siguiendo un rastro y, haciendo zigzags, se acercaba cada vez más a algo que solo su nariz podía detectar. Un cuervo que llevaba un trozo de comida en el pico levantó el vuelo de una rama caída. El hombre se maravilló ante la capacidad que tenía el pájaro de no chocar con ningún árbol mientras se alejaba cada vez más rápido por un desfiladero repleto de troncos de roble hasta quedar fuera de la vista. De repente, los rayos del sol inundaron el bosque bañándolo de una dulce luz del color del vino.

Un movimiento en el desfiladero llamó su atención: tres ciervos avanzaban con gráciles saltos, agitando su cola blanca sin hacer apenas ruido. Ninguno tenía cuernos. Tampoco había comenzado todavía la temporada de caza de estos animales. La cabeza de una cierva apareció de repente un poco más lejos. Estirando su elegante cuello, el animal miró atentamente al cazador y luego desapareció por detrás de una rama rota. El hombre avanzó con dificultad a través de un mar de hojas que le llegaban a media pantorrilla hasta el lugar en el que la cierva había desaparecido.

Bajo un saliente de piedra caliza, su perro soltó un aullido quejumbroso. Con la cabeza baja, le señalaba algo que estaba oculto bajo la roca. No sin cierta dificultad, el cazador ascendió por el empinado terreno boscoso hasta el lugar que había llamado la atención del pointer.

—¿Qué es, Zeke? ¿Te ha comido la lengua un mapache? —El cazador se fijó entonces en una pila de hojas revueltas. Aguzó la mirada para discernir el significado de un extraño objeto con forma de seta que asomaba entre las hojas—. ¡Por el amor de Dios!

Al retroceder un paso, tropezó con el tacón de la bota en una rama y tanto él como la escopeta salieron por los aires. Cuando cayó al suelo, el arma se disparó con una fuerte detonación y unos mirlos levantaron el vuelo de distintos árboles y se alejaron para ponerse a salvo.

El pointer bajó la mirada hacia su dueño y soltó un aullido que sonaba casi humano. Tras recobrar la compostura, el cazador regresó al lugar. Entre las hojas asomaba un antebrazo ya rígido y unos dedos de color púrpura azulado se proyectaban hacia arriba como una flor podrida, todavía unida al cuerpo que yacía debajo.

El cazador miró en derredor para reconocer el terreno y memorizar el lugar. Luego envolvió con una cinta de plástico de color rojo el tronco del árbol más cercano al cadáver. Era la que usaba para señalizar los troncos cuando un mapache perseguido por su perro se refugiaba en el árbol a una altura que le impedía usar perdigones y tenía que ir a buscar el rifle. Antes de marcharse, pronunció una breve oración y luego fue en busca de ayuda.

Era el 2 de septiembre, y la búsqueda del asesino de Julie estaba a punto de comenzar oficialmente.

14

El cuarto día de septiembre amaneció nublado. Volutas de cielo gris acariciaban las copas de los árboles. Una fría humedad se había posado sobre los amarillentos campos de maíz cosechado.

McFaron se despertó al oír los timbrazos del móvil. Era Mary. Trabajadora incansable, la agente estaba en contacto electrónico permanente con McFaron. Últimamente, además, había estado dando mucho la cara por él mientras seguía entregado en cuerpo y alma a la búsqueda de Julie Heath. La semana pasada, un granjero cabreado había aparecido en la comisaría diciendo que no pensaba moverse del escritorio de McFaron hasta que este apareciera. No fue rival para Mary, que colgó los pulgares de la cartuchera, dejando a la vista el revólver de calibre 38 Special que llevaba en la pistolera de cuero, y se plantó delante del granjero. Este acabó esperando sentado en un rincón junto a la puerta sin decir nada más.

—Siento molestarte tan pronto, Joe. Ha llamado Bob Heath. Quiere que te pongas en contacto con él de inmediato. Cambio.

—Lo llamaré de camino a la comisaría.

—Entendido.

McFaron posó los pies en el suelo y se rascó enérgicamente la cabeza. A su mente acudió entonces la imagen de Karen Heath a cuatro patas y con arcadas después de haberle dado la noticia. Luego había llevado a la desconsolada madre en coche hasta la casa en construcción en la que trabajaba su marido. La desaparición de su hija había supuesto para Bob Heath un enorme desgaste. McFaron se había dado cuenta de que, en el último mes, el trabajo en la casa apenas había avanzado. El *sheriff* se quedó el tiempo suficiente para darle la noticia a Bob, quien ya se esperaba lo peor. Al oír los detalles de la muerte de su hija, Bob se dirigió hacia su camioneta arrastrando los pies y se sentó en la puerta de la plataforma trasera. Ni siquiera reparó en su esposa, quien tampoco parecía haber reparado en su marido. Ella seguía sentada en el coche del *sheriff* con la frente apoyada en el salpicadero. Lo último que hizo McFaron antes de marcharse fue llevar a Karen hasta el asiento del acompañante de la camioneta de Bob. Al alejarse, el *sheriff* echó un vistazo por el retrovisor. La madre de Julie se había desplomado hacia delante en el asiento y el padre permanecía sentado en la puerta de la plataforma, inmóvil.

¿Qué podía hacer por ellos? Era incapaz de borrar de su cabeza la mirada perdida de Karen. Ya no podía hacer nada por ella. El dolor que sentía era también el de él.

Pero todavía era demasiado temprano para comenzar a flagelarse. De camino a la escena del crimen, llamó por radio a Mary desde el Bronco.

—Hoy espero la llegada de un agente del FBI.

—¿Del FBI? —preguntó Mary—. ¿Cuándo pensabas decírmelo? Cambio.

—No es que a mí me lo consultaran con antelación precisamente —dijo McFaron con cierto enojo—. Como forense del condado, Doc Henegar tuvo que informar del asesinato a los federales. No lo cuentes por ahí, por favor. Al parecer, este crimen es muy parecido a otros dos homicidios que está investigando el FBI.

De repente, volvió a visualizar al forense insertando la espátula por el corte púrpura que Julie tenía en un costado. El asesino había abierto a la muchacha como a un pescado, le había extraído las vísceras y la había dejado vacía. ¿Qué clase de depravado era capaz de hacer algo así? A McFaron todo el asunto le parecía irreal, como si fuera la escena de una película que hubiera alquilado sobre un monstruo alienígena que perforaba a sus víctimas.

—¿Y cuándo va a llegar este agente?

—No tengo ni idea. El forense me ha dicho que viene de Chicago. Es una mujer, por cierto. Una antropóloga forense o algo así.

—¿Una mujer? —La sorpresa fue perceptible en su tono de voz—. ¿Llegará en el vuelo de las once? ¿Tenemos que enviar a alguien para que la recoja?

A McFaron le pareció detectar un deje de indignación en el tono de voz de Mary.

—Sí, sí y no. Es posible que llegue en el vuelo de las once, pero no lo sabemos con seguridad. Tendrá que buscarse su propio medio de transporte. Ahora mismo voy a echar otro vistazo a la escena del crimen —dijo, sintiendo la presión de encontrar alguna prueba crucial antes de que el FBI llegara al pueblo.

—¿No te olvidas de algo?

—Llamar a Bob Heath, sí, lo sé.

—¿Y qué hay de tu café? —dijo ella en un tono de voz apagado—. Ya está preparado y te espera bien calentito. —Mary le dio un trago a su taza de chocolate caliente Swiss Miss—. No aguantarás más de diez minutos husmeando por el bosque, con todo húmedo a tu alrededor, sin cafeína y sin un buñuelo recién hecho.

—Guárdame uno. Cambio y corto.

La cuesta abajo iba haciéndose cada vez más pronunciada y McFaron pisaba cada vez más el freno. En un momento dado, la niebla envolvió el Bronco con un matutino resplandor blanco. Las casas y los árboles desaparecieron de golpe, y el parabrisas se cubrió silenciosamente de minúsculas gotitas. Cuando un tramo de niebla especialmente espesa borró todo rastro de la carretera que tenía delante, McFaron decidió aparcar un momento en el arcén de la carretera. Cerró los ojos esperando relajarse unos instantes, pero la imagen del cadáver profanado de Julie aparecía en su mente cada vez que bajaba los párpados.

Una limusina negra con matrícula oficial esperaba con el motor al ralentí en una plaza de aparcamiento del aeropuerto de O'Hare. El conductor de Prusik aparcó en la plaza que había al lado. Por un momento, la forense se enfureció al pensar que Bruce Howard se le había adelantado para coger el mismo vuelo a Crosshaven que ella. Luego se dio cuenta de lo absurdo de la idea. Howard iba por carretera, en la autocaravana con laboratorio móvil de la unidad forense. En el interior de la limusina solo había un conductor solitario.

Prusik cogió su equipaje y cruzó la puerta automática de la terminal. Había dejado instrucciones a Brian Eisen y Paul Higgins para que siguieran el rastro de todos y cada uno de los miembros de los equipos de pintores que habían trabajado en el Museo de Historia Natural el pasado marzo. Los robos en el museo y las esquirlas de pintura dorada especial que habían aparecido en el pelo de una de las víctimas tal vez estaban vinculados y podían demostrar que el asesino tenía una conexión más profunda con el área metropolitana de Chicago. Bajo un microscopio de alta potencia, Eisen había descubierto un agujero del tamaño de un alfiler que atravesaba el cañón de la pluma encontrada en la escena del crimen de Blackie, lo cual probaba que tal vez había formado parte de alguna especie de decoración corporal o máscara que el asesino hubiera podido usar.

Colas de pasajeros avanzaban lentamente por los puestos de seguridad del aeropuerto y las puertas de embarque que había al otro lado. Prusik le mostró su placa identificativa a un guardia del puesto y pasó por el detector de metales saltándose la cola. Era uno de los privilegios de su trabajo, si bien la mayor parte del tiempo no se sentía demasiado privilegiada.

Una pantalla de televisión que había en una pared indicaba que eran las 7.20 de la mañana.

—¿Christine?

Thorne se encontraba a apenas tres metros, debajo de unos monitores que anunciaban las llegadas y salidas de los vuelos. Su maletín marrón hacía perfecto juego con las monturas de carey de sus gafas.

—¡Vaya! Hola, Roger —dijo Prusik. Por un momento se sonrojó, pero rápidamente se recordó que ya no sentía nada por él.

Thorne pestañeó.

—¿Es que quieres decirme algo antes de que me marche? —Consultó el flamante cronógrafo que llevaba en la muñeca—. Mi avión para Washington sale en breve —añadió señalando la puerta de embarque con un movimiento de cabeza.

—¿Cómo dices? ¡Ah! No... —Prusik alzó levemente su pesado maletín forense—. Supongo que los dos estamos de viaje.

Thorne frunció el ceño.

—Es gracioso, por un segundo he pensado que habías venido al aeropuerto para darme en persona alguna noticia importante de última hora que los mandamases de Washington querrían oír.

Ella se contuvo para no soltar un improperio y, en vez de eso, le habló del cadáver que habían hallado en Crosshaven.

Thorne asintió.

—Sí, ya estoy al tanto. Bruce me ha llamado desde la unidad móvil. Están de camino. También me ha dicho que han encontrado muestras de sangre.

¿Por qué no me habías dicho nada sobre esta chica que lleva un mes desaparecida?

Prusik notó que le ardían las mejillas.

—Justo ahora voy de camino a la escena del crimen. Te informaré de inmediato acerca de todo lo que descubra ahí. —¿Por qué Howard no le había dicho nada a ella sobre la sangre?—. Solo estaba esperando a tener más detalles sobre el asesinato antes de pasarte un informe. Como digo, ahora mismo me dirijo a Crosshaven. —La excusa le sonó mal incluso a ella.

—Está bien, Christine. Sé que no debo interferir en tu investigación. —Thorne se la quedó mirando con una sonrisa tensa—. Lo cierto es que le había pedido a Bruce que me llamara porque llevaba algún tiempo sin que tu equipo me informara directamente de ninguna pista sólida. A estas alturas contaba con tener ya algunos nombres de posibles sospechosos. —Le sostuvo un momento la mirada a Prusik y luego la desvió a un lado.

Ella asintió, pero no dijo nada.

—Mira, Christine, este no es el momento ni el lugar para riñas de oficina, a las que, como he dicho, es posible que yo mismo haya podido contribuir. Te pido perdón por ello. No te falta razón para estar enfadada. —Se aclaró la garganta—. Sin embargo, no deberías haber esperado para hablarme del caso de esta chica. Tienes que mantenerme mejor informado acerca de la investigación. —Se quedó un momento callado, estudiándola—. Ten en cuenta que, técnicamente hablando, la unidad móvil está bajo el mando de Bruce y el equipo del laboratorio bajo el tuyo. Ahora, si no tienes nada más que decirme sobre el caso, por favor, discúlpame. Necesito coger un avión.

Christine vio cómo se alejaba, sorprendida por lo que había parecido una disculpa procedente de su jefe.

—No salgo de mi asombro —murmuró para sí.

Luego se volvió y se dirigió a su puerta de embarque, con la mente puesta ya en el día que le esperaba.

Hora y media después del despegue, el avión descendió en el pequeño aeródromo que había a unos pocos kilómetros al norte de Crosshaven. Una vez fuera, Prusik cogió el único taxi que había en la parada: un vehículo destartalado con el rótulo SERVICIO DE COCHES DE DENNIS MURFREE estampado en la puerta.

Se acomodó en el asiento trasero. Llevaba su traje azul marino, hecho con la cantidad suficiente de poliéster para que tuviera buena caída y, todavía más importante, evitar los abombamientos innecesarios y resaltar los buenos. Lo había comprado en un Marshall's que había cerca de Lake Shore Drive, donde los nuevos ricos acudían en tropel a comprar barato aunque no les gustara reconocerlo. Había soportado las pruebas por las que pasaban todas sus prendas, demostrando ser capaz de sobrevivir a una caminata por el bosque en cualquier clima. Estaba segura de que en ese viaje exploraría algún bosque.

—Buenas, señora. —Murfree la esperaba repantigado en el asiento del conductor. Tenía un cigarrillo en los labios que se balanceaba arriba y abajo—. ¿Adónde la llevo? —Un ataque de tos lo interrumpió de golpe y enrojeció intensamente su rostro.

—A la consulta del doctor Walter Henegar, por favor —dijo Prusik—. ¿Sabe dónde está?

Murfree permanecía aferrado el volante con ambas manos y miraba hacia delante con los ojos llorosos.

Prusik echó fútilmente un vistazo al aparcamiento en busca de un lugar donde alquilar un coche.

—¿Quiere que vaya a buscarle algo de beber?

Todavía incapaz de hablar, él le indicó que no hacía falta con un movimiento de mano. El coche apestaba a tabaco incluso con las ventanillas bajadas. La tapicería del techo estaba andrajosa y amarillenta. Cuando Murfree se recuperó, arrancó el coche, que carraspeó una vez y luego se apagó. Prusik cerró los ojos. Al cabo de un minuto, avanzaban a trompicones a causa del pésimo estado de la suspensión. Prusik iba agarrando sus maletines para evitar que el instrumental se dañara.

Murfree cruzó el centro del pueblo y pasó por delante de una cafetería. Un letrero de neón indicaba: AQUÍ SE COME BIEN. De una chimenea lateral salía un humo tan espeso y aceitoso que Prusik podía olerlo. Cinco minutos después, el coche aparcó en la carretera junto a una casa de madera de dos pisos. Nada en su exterior sugería que dentro hubiera una consulta médica; no había ningún nombre identificativo ni rótulo profesional, solo un número postal pintado toscamente en una columna del porche.

Prusik rodeó el taxi con el motor todavía en marcha hasta la ventanilla de Murfree.

—¿Está seguro de que esto es la morgue?

—Sí, señora. Está en la parte trasera. —Murfree volvió a toser—. Adelante, adelante.

El taxista parecía estar señalando la puerta de entrada, aunque costaba entenderlo debido al fuerte ataque de tos que volvía a sufrir. Aquel rostro enrojecido le recordó a Prusik el de su propio padre, si bien en el caso de este el rojo subido no era por el tabaco, sino por Yortza, la voluble madre de Prusik. La forense le dio unas palmaditas en el hombro a Murfree.

—Ya sé que no es asunto mío, pero ¿ha pensado en ponerse un parche de nicotina?

La cabeza de Murfree rebotó con fuerza en el centro del volante a causa de las sacudidas de la tos.

—Sí, señora —consiguió decir.

Prusik le pagó y se dirigió con sus maletas hacia la entrada de la casa. La puerta estaba entreabierta.

—¿Doctor Henegar?

Unos labradores retriever aparecieron corriendo por detrás de una esquina, resbalando en el suelo de linóleo a causa de las uñas. Cuando vio a los entusiastas animales, Prusik se sintió algo más animada. Dejó las maletas en el suelo y comenzó a acariciarlos mientras les hablaba en un tono dulce. Los perros le lamieron las mejillas.

—No deje que esos brutos se aprovechen de usted. La doctora Prusik, ¿verdad?

—Agente especial Prusik —contestó ella—. Soy antropóloga forense, no doctora en medicina.

Se estrecharon la mano.

—Me alegro de conocerlo —añadió ella mientras echaba un somero vistazo al lugar.

La decoración parecía más propia de un rústico campamento de caza que de una morgue reglamentaria. El pasillo estaba repleto de cajas de cartón. Y de una pared colgaban una red y una caña de pescar junto a unos cuantos carretes.

Henegar se dio una palmada en la frente.

—Por favor, discúlpeme por no haber ido a buscarla al aeropuerto. Pensaba que alguien de la oficina del *sheriff* se encargaría de recogerla.

—No pasa nada, doctor. ¿Podemos ir a su laboratorio de patología? —dijo Prusik enarcando las cejas—. Si le parece bien, me gustaría comenzar de inmediato. —La correa del maletín forense se le estaba clavando en el hombro.

—Sí, por supuesto. —El médico abrió una puerta batiente y, una vez dentro, quitó una pila de revistas de pesca del asiento de una silla—. Deje que le haga algo de espacio para que pueda trabajar.

—¿Dónde está el cadáver? —preguntó ella en un tono algo alarmado.

Él se detuvo de golpe con un puñado de revistas ilustradas en las manos.

—Oh, no se preocupe, lo traeremos en un momento. Está a salvo en el frigorífico portátil que hay en el porche trasero.

El ceño de Prusik permaneció fruncido y entreabrió ligeramente la boca.

—Está bajo llave —prosiguió Henegar—. A salvo de cualquier posible contaminación. En general, de animales, ya que a veces aparece algún que otro mapache husmeando. Pero no se preocupe, Billy y Josie los alejan a ladridos.

Negando con la cabeza, Prusik dejó sus maletines en el suelo.

—¿Son reglamentarias estas instalaciones, doctor?

Henegar depositó una lata de café vacía y llena de agujeros sobre el escritorio que había junto a la mesa de exploración.

—Sí. El tablero está limpio y el cadáver se encuentra tal y como lo hallamos *in situ*.

—Bueno, al menos eso resulta alentador —dijo mientras reparaba en una cesta de pescador que había en un rincón. Se quitó la americana del traje y la colgó del respaldo de una silla—. Aprecio su sinceridad, doctor, pero la ciencia forense de vanguardia requiere algo más que simplemente querer descubrir al asesino. Requiere —dejó que su mirada vagara por la estancia— algo más que esto.

—Estoy de acuerdo. —Henegar asintió con los ojos cerrados—. ¿Traemos el cadáver?

Una pequeña puerta conducía a un porche trasero donde una lona azul cubría un arcón frigorífico revestido de acero lo bastante grande para contener un cuerpo.

—¿Qué procedimiento ha llevado a cabo para descontaminar esto? —preguntó Prusik.

—He seguido las reglas a rajatabla, agente especial. Empleo una bolsa nueva en cada ocasión. Y también he cambiado la interior. En este cuerpo solo hay lo que había en la escena del crimen y nada más.

—Pero usted ya ha realizado un examen preliminar, ¿no, doctor? —Su tono de voz tenía un dejo acusatorio.

—Sí, sin apartarme lo más mínimo del debido procedimiento forense. —Giró la llave en el candado y abrió el pesado pestillo. Los retriever comenzaron a ladrar en la cocina.

—Imagino que Billy y Josie no deambulaban por el laboratorio mientras examinaba el cadáver, ¿verdad? —preguntó ella.

Él tiró de la bandeja sobre la que se encontraba la bolsa negra de Tyvek hasta dejarla completamente fuera.

—Desde luego que no. —Prusik sostuvo un extremo de la bandeja mientras él alzaba el otro—. Lo siento, señora. Esperaba que estuviera aquí el *sheriff* McFaron para esto. —Entre los dos levantaron el cadáver.

Prusik volvió a mirarlo con recelo.

—¿Entonces el *sheriff* le ayudó a realizar el examen preliminar? ¿Retiraron juntos el cadáver de la escena del crimen?

—Él estuvo ahí, sí. Un cazador de mapaches fue quien encontró el cadáver. Él y su perro. —Las mejillas y la frente de Henegar se sonrojaron—. Methuselah no estaba en el pueblo. Es el sabueso que usamos para buscar desaparecidos.

—¿Tocó alguien el cadáver sin llevar puestos guantes estériles, doctor?

—Según McFaron, el cazador de mapaches fue cuidadoso. Se limitó a señalizar el árbol más cercano al cadáver con una cinta. Obviamente, tanto el *sheriff* como yo nos pusimos los guantes para retirarlo.

Sujetando un extremo de la bandeja, Henegar se dirigió hacia el laboratorio caminando de espaldas y abriendo la puerta con el pie. Al final, entre los dos depositaron la bandeja sobre la mesa de exploración.

Prusik se puso manos a la obra de inmediato. Se colocó un par de guantes de látex de superficie antideslizante, asegurándose de que cubrieran también las mangas de la bata. Luego estudió las fotografías que Henegar le había enviado y abrió la cremallera de la bolsa. Esta vez no salió disparada ninguna mosca hacia su cara.

El cuerpo desnudo de Julie Heath yacía sobre la mesa metálica bajo un panel de luces artificiales. Su pelo era una maraña de hojas y ramitas. Unas intensas marcas de dedos eran visibles alrededor de la garganta hinchada de la chica. El cuello estaba roto, lo cual hacía que la cabeza estuviera inclinada hacia un hombro de forma antinatural. En un antebrazo tenía unas manchas de sangre coagulada a causa de un arañazo con una rama o un espino.

—¿La encontraron enterrada?

—Sí, bajo una pila de hojas bastante espesa. —Las mejillas de Henegar, cubiertas por la barba canosa, se inflaron debajo de la mascarilla.

—Lo cual podría explicar la ausencia de moscas, larvas o cualquier tipo de huevo —señaló Prusik hablando en voz baja a una grabadora que sostenía en una mano.

También anotó algunos detalles en un cuaderno de hojas sueltas que estaba abierto a su espalda. Marcó la ubicación de las contusiones en un dibujo diagramático de una forma humana.

La agente especial volvió a acercarse a la mesa de acero inoxidable y echó rápidamente la cabeza hacia atrás a causa del fuerte olor de la carne en descomposición.

—Debería aplicarse debajo de la nariz un poco de esa pomada que hay en el frasco de la mesa —dijo el doctor.

Prusik se puso un poco del ungüento sobre el labio superior. Un entumecedor olor a menta le ascendió por la nariz.

—Dos vértebras cervicales están rotas, parcialmente machacadas a causa de la fuerza con la que la agarró el asesino —dijo ella a la grabadora.

—Las manos de este tipo parecen bastante fuertes —sugirió el doctor—. Sin duda era un hombre, ¿verdad?

Prusik asintió y prosiguió con su evaluación inicial. Con ayuda del doctor, le dio la vuelta al cadáver hasta dejar a la vista la granulosa carne púrpura donde la sangre había saturado la superficie de la piel; tenía el mismo color que la sangre encostrada del corte que había en un lado del abdomen.

—Fíjese en ambos lados de la columna —señaló el doctor—. Ahí se produjo la lividez antes de que el asesino hiciera el resto. ¿Ve cómo se ha coagulado la sangre a lo largo de la espalda?

Era probable que el asesino hubiera movido el cadáver después de estrangularla. «Posiblemente algo lo interrumpió poco después», pensó Prusik.

—¿Reparó usted en algún depósito, residuo o cuerpos extraños en la ropa de la víctima?

—Encontré algunas partículas en su falda —dijo Henegar—. No había ni un solo pelo que no fuera suyo. Tampoco rastro alguno de semen. Que yo haya podido averiguar, no hubo agresión sexual. Sus uñas están limpias, no arañó al agresor.

—¿Qué tipo de partículas?

—No lo sé con seguridad. Una sustancia grumosa. De base oleosa, quizá —dijo el doctor—. Podría ser pintura de algún tipo.

Prusik asintió.

—Échele un vistazo al costado izquierdo. —El doctor lo señaló con una mano enguantada—. Justo debajo de la caja torácica.

Prusik levantó con cuidado el brazo izquierdo de la chica, dejando a la vista el resto del torso. Al principio, lo único que pudo ver bajo la luz lechosa del panel de tubos fluorescentes fue una piel muy decolorada, como un tatuaje extendido. Luego se fijó en lo que esperaba no haber tenido que ver. Efectivamente, el asesinato había sido obra del mismo tipo. Un corte se extendía por todo el costado de la chica.

La mano derecha de Prusik se sintió atraída como un imán hacia la abertura en la piel, de un color púrpura ya negruzco, que se extendía desde la última costilla de la víctima hasta la cadera. Unas pocas gotas de sudor le resbalaron por la cabeza y se deslizaron por el borde superior de las grandes gafas protectoras de plástico. La mano de Prusik dejó atrás el peritoneo hasta llegar al pericardio y las cavidades pulmonares —las cámaras que normalmente contenían el corazón y los pulmones—, en las que no había nada salvo unas pocas hojas de roble.

—Está completamente vacía. La han dejado más limpia de lo que lo habría hecho el director de la funeraria Marsh —dijo Henegar. Al hablar, su mascarilla se hinchaba y deshinchaba.

—Gracias por la comparación, doctor.

Prusik metió el brazo hasta el codo. Con el dedo índice tocó la base de la vía respiratoria de la chica, que estaba hecha añicos. Respiró aliviada al no encontrar nada que la obstruyera.

Le preguntó al doctor si le importaría secarle la frente, y luego describió a la grabadora la tráquea machacada. Al meter el dedo índice todavía más hondo en la estrecha abertura, Prusik alcanzó algo duro. Con la punta de la uña hizo palanca, rompiéndolo en dos. Las piezas fueron a parar a la cavidad pulmonar.

La agente especial retiró el brazo con los objetos duros en la mano enguantada. Dándole la espalda a la mesa y al doctor Henegar, juntó ambas mitades. Se unieron perfectamente.

—¿Me disculpa un momento, doctor? Necesito algo de aire.

Prusik abrió la puerta mosquitera que daba al patio trasero y se quitó los guantes dándoles la vuelta y atrapando dentro de ellos las piedras. Luego se los metió en un bolsillo de la bata, se desabrochó el botón del cuello de la camisa y aspiró una bocanada de aire con aroma a pino. Otro amuleto de piedra. ¿Por qué el asesino estaba colocando, de entre todas las cosas posibles, amuletos tribales en la garganta de sus víctimas? De espaldas a la puerta, se tragó un nuevo betabloqueador de la serotonina de los que le habían recetado hacía poco. Justo entonces, de la casa llegó el ruido de una puerta mosquitera abriéndose y cerrándose de golpe: Billy y Josie se habían escapado. Los perros bajaron corriendo los escalones del porche y saludaron a Prusik, gimiendo y presionando el hocico en las piernas de la forense. Ella se arrodilló. Los húmedos lametones le sentaron bien.

Henegar estaba en la puerta.

—Échelos si le agobian demasiado.

Prusik negó con la cabeza.

—Son encantadores —dijo ella, aclarándose la garganta.

Regresó a la sala de exploración y guardó el guante arrugado que contenía el amuleto partido en dos en su maletín forense. El doctor Henegar, mientras tanto, se llevó a los retriever a la cocina.

Tras ponerse una bata nueva y otro par de guantes de látex, Prusik reanudó su examen del cadáver, esperando que la medicación que acababa de tomar hiciera efecto con rapidez.

Levantó la mirada cuando reapareció el doctor Henegar.

—¿Algo más que deba saber? —preguntó ella.

—Sospecho que querrá inspeccionar el lugar en el que hallamos el cadáver —dijo él—. El parque natural de Patrick es bastante recóndito.

—Sí, eso estaría bien —contestó ella.

—Y hay otra cosa a la que no he conseguido encontrarle sentido.

Ella enarcó las cejas.

—En los restos de sangre que encontramos en la

carretera, no lejos de la escena del crimen, también hallamos metabolitos.

—¿Una discrasia sanguínea?

—No, una excreción de orina.

—¿Y qué hay de la sangre?

—Bueno, no era de Julie. Y estaba mezclada con ácido úrico en una concentración demasiado alta como para que procediera solo de la sangre.

—¿Está diciendo que alguien orinó en el mismo lugar en el que hallaron la muestra de sangre?

Él asintió.

—Así es. Joe me llamó en cuanto encontró la muestra, el mismo día de la desaparición de Julie. Las gotas de sangre parecían recientes. En aquel momento no detecté nada inusual.

—Déjeme ver ese informe, por favor. —Prusik pasó los dedos por los picos y valles del cromatógrafo de gases que representaban la composición química. Había dos gráficos superpuestos, uno para la orina y otro para la sangre—. Veo que en la orina se encontró un resto de glóbulos blancos.

—¿Indicando tal vez la presencia de una infección? —aventuró el doctor.

—Sí, es posible. Más significativo será comprobar si la prueba de ADN revela una equivalencia entre los glóbulos blancos y la sangre encontrada en el pavimento.

—Está dando por sentado que, al no ser del grupo sanguíneo de Julie Heath, la sangre pertenece al asesino —dijo Henegar—. ¿Cree que el agresor meó luego en la acera?

—O perdió el control.

«O perdió el control.» A ella casi le había ocurrido hacía unos instantes, cuando había tenido que salir a toda prisa por la puerta trasera.

La forense respiró hondo y exhaló lentamente. Control. Ella podía mantener el control. Con los años se había convertido en una experta.

—Bueno, doctor Henegar. ¿Volvemos a guardar el cadáver en la bolsa y vamos a examinar la escena del crimen?

Christine siguió al doctor Henegar hasta la entrada principal de la casa. El ruido de las patas de los perros rascando la puerta de la cocina hizo que la forense se volviera y vio entonces que los hocicos de los perros asomaban entre la jamba y una silla que el doctor había colocado a modo de barricada. Por fin, los dos perros consiguieron abrirse paso y, sin dejar de gimotear, acometieron un último asalto frontal en busca de mimos. Christine se agachó y dejó que le lamieran la cara.

—¡Seréis revoltosos! —los regañó en broma el doctor.

—Conmigo pueden ser todo lo revoltosos que quieran.

Después de dos horas examinando los restos de una niña, los besos de los retriever eran un bienvenido alivio.

15

El cielo estaba encapotado. El aire se había vuelto espeso y húmedo y no tenía buen sabor. David Claremont se sentía agitado y exhausto. Vivir en la habitación de una casa en la que no podía descansar ya no le parecía una opción lo bastante buena. Necesitaba salir. Puso la palanca de cambios en posición de avance y pisó a fondo el acelerador. A los diez minutos, llegaba al aparcamiento de tierra de la cooperativa agrícola.

La puerta de un coche se cerró de golpe a unos metros. Una mujer joven y menuda vestida con pantalones vaqueros ajustados pasó ágilmente junto a una hilera de máquinas cortacésped de un intenso color rojo. Llevaba el pelo recogido en una cola de caballo como las que suelen llevar chicas más jóvenes y que se balanceaba al ritmo de su paso. David la siguió hasta la entrada principal del destartalado edificio de la cooperativa.

La joven se alejó por un pasillo y desapareció en la parte trasera de la tienda, donde había una serie de naves al aire libre repletas de maderas, tuberías, cercas para ganado y otros suministros para granjeros. Un trueno lejano anunció la inminente llegada de lluvia, al igual que lo hacía el borroso halo que rodeaba el disco del sol, cubierto de nubes.

David pareció olvidarse de la razón por la que había ido —adquirir quince litros de pintura roja para exteriores— y comenzó a asomar frenéticamente la cabeza en cada nave en busca de la mujer. Algo en ella lo había atraído casi como si ya no tuviera ninguna elección al respecto. En mitad de un estrecho pasillo la divisó tirando con fuerza de un rollo de alambre. De inmediato, una sensación de alivio se extendió por todo su cuerpo.

Girando sobre sus talones, ella levantó la mirada y sonrió.

—Disculpe, señor, ¿le importaría echarme una mano? Parece que esto se ha quedado atascado. —La joven llevaba puestos un par de guantes de trabajo, hechos de piel.

—Con mucho gusto —dijo David extendiendo los brazos.

Un extremo del alambre se había desenrollado y enganchado a otro rollo. Él se concentró en la tarea. Mientras lo desenganchaba, pudo percibir el perfume de la chica —madreselva dulce—. David le dio un fuerte tirón al rollo y logró soltarlo.

—¡Hala! ¡Qué fuerte eres! —dijo ella al tiempo que se quitaba un guante y extendía la mano—. Gracias. Me llamo Josephine.

David estrechó su cálida mano.

—Si quieres puedo llevártelo hasta el coche. Yo... me llamo David.

—Gracias por ofrecerte, David. ¿Cómo voy a negarme?

Su voz era dulce y melodiosa, tal y como él había esperado que fuera. Solo con oírla ya se sentía más calmado. David se cargó el rollo al hombro y siguió a la muchacha, fascinado por sus encantadores andares, el intenso perfume que dejaba a su paso, envolviéndolo, y el suave tacto de su mano. Pero, sobre todo, David se deleitó en la inusual sensación de serenidad que le proporcionaba la mujer.

Rodearon la cooperativa por el exterior, un camino más corto para llegar al coche de la chica.

De repente, el campo visual de David se estrechó como si le hubieran puesto unas anteojeras de caballo. Rápidamente, la sensación de estar mirando por unos agujeros fue en aumento, como cuando, con diez años, se disfrazó de Frankenstein en Halloween con una bolsa de papel marrón en la que había hecho unos orificios para los ojos y dibujado torpemente el rostro del monstruo.

Cada vez le costaba más respirar. La amable mujer no había notado que nada fuera mal, pero él se había quedado rezagado.

Una creciente ansiedad hizo que se detuviera del todo. David aspiraba con la boca abierta, incapaz sin embargo de obtener suficiente aire. El corazón le latía con fuerza, pidiéndole más. Con paso inestable siguió caminando en dirección al coche de la chica, apremiándose: «¡Mete el rollo en su maletero! ¡Rápido!».

La mujer ya había llegado a su vehículo y estaba abriendo el maletero.

—Deja que te ayude con eso —dijo ella en un tono incorpóreo y encantador.

A David se le cayó de las manos el rollo de alambre. Ya no veía a la mujer que tenía al lado. Su campo de visión había sido devorado por la imagen hipnotizante de una chica que corría por un espeso bosque balanceando los codos, cual péndulos, al ritmo opuesto de unas bonitas piernas blancas, que avanzaban armónica y perfectamente bajo una falda de tablas.

—¿Estás bien, David?

La voz de la mujer que estaba a su lado volvió a interrumpir sus pensamientos, abriéndose paso en medio del bosque de robles hasta llegar a él. David notó unas manos pequeñas en su espalda: eran las de ella. Él fingió una sonrisa. Le gustaba el rostro de la mujer; la habría seguido a cualquier lugar. Pero los árboles continuaban allí. Veía troncos de robles dispersos por un bosque empinado. Cada vez se juntaban más y se arremolinaban a su alrededor, menguando su campo visual. El corazón le latía con fuerza bajo la camisa. Un impenetrable muro de robles lo rodeaba, asfixiándolo. Ya no estaba en la cooperativa agrícola. O, al menos, una parte de él no lo estaba.

David sintió que un grito le horadaba la parte inferior del cráneo y cayó al suelo de lado.

—¡Déjame! —La alarmada voz de la mujer lo sobresaltó. En medio de un torbellino de puntitos de luz, David consiguió ver que alguien sostenía a la encantadora joven por los hombros, mirándola desde arriba—. ¡Suéltame ahora mismo! —El tono de voz de la mujer, más cortante, le resultó hiriente. Una uña le arañó la mejilla y una rodilla impactó en su entrepierna, haciendo que se encogiera con un gemido.

—¡Eh, tú, quédate ahí! —La bota de un hombre se posó con fuerza sobre la cadera de David, arrancándole una mueca de dolor. Acto seguido se oyó el chasquido del cerrojo de un rifle. El hombre grueso de la bota estaba apuntándolo con el cañón del arma.

—Yo... no pretendía... hacer ningún... daño... Solo intentaba... ayudar... —El tobillo le palpitaba inmisericorde.

La mujer habló entonces en un tono más calmado y convenció al hombre para que bajara el arma, asegurándole que no pasaba nada. Que estaba bien.

David cerró los ojos al oír sus palabras: ella estaba bien. Estaba protegiéndolo. Volvería a verla. Sentiría de nuevo la suavidad de su mano. Había razones para la esperanza.

Al cabo de unos minutos, una camioneta entró a toda velocidad en el aparcamiento levantando una gran nube de polvo. Los neumáticos rechinaron cuando se detuvo. La puerta del conductor se abrió de par en par y David reconoció al instante el pelo blanco —plateado en algunas zonas— y el rostro enrojecido del anciano, acentuado por las finas venas que surcaban el diáfano tejido de sus mejillas. Tenía la boca firmemente cerrada, con los labios arrugados tras tantos años apretándolos con fuerza. Su padre no era un hombre de muchas palabras.

—¡David! ¿Estás ahí? —La voz de su padre sonaba irritada—. ¿Qué narices tienes en ese cerebro de mosquito? ¿Me oyes?

Una segunda nube de polvo se levantó en el aparcamiento, detrás de un coche de policía que se detuvo con un chirrido. Dos agentes descendieron del vehículo y se acercaron deprisa.

Todavía en el suelo, a David le palpitaba la cadera sin piedad. Con los ojos entrecerrados levantó la mirada hacia el sol, que relucía justo encima a través de un agujero entre las nubes. Aparte de la mujer, era lo único bueno. Tenía la sensación de que estaba cegándolo, pero le daba igual. Le calentaba y le tranquilizaba mientras permanecía a la espera de su castigo.

Henegar cogió el móvil del bolsillo de su abrigo y marcó el número de McFaron.

—Joe, soy Henegar. Sí. Justo ahora estamos de camino —asintió—. Se lo diré.

El doctor apagó el teléfono.

—Estos aparatitos son increíbles. El *sheriff* ya está en la escena del crimen.

—¿Cómo dice? —El tono cortante de su voz sorprendió a la propia Prusik tanto como al doctor.

Él levantó el pie del acelerador.

—¿He dicho algo que no debía?

—No importa, no importa. —Ella hizo un gesto con la mano para indicarle que lo dejara estar—. Espero que no me encuentre demasiado crítica, doctor. Resulta frustrante que solo contemos con unas pocas pruebas.

—El *sheriff* y yo hemos hecho todo lo posible

para preservar la escena del crimen —dijo Henegar con cautela—. No es fácil en esta época del año, con la caída de las hojas, la lluvia y todo lo demás. ¡Ah, por cierto, casi se me olvidaba! Un tal señor Howard ha llamado a la oficina del *sheriff* McFaron hará aproximadamente una hora. Ha dicho algo sobre un pinchazo al norte de Indianápolis.

Una sonrisa burlona se dibujó en los labios de Prusik.

—¿Un pinchazo? ¡Pobre...!

—¿Es uno de los suyos?

—Sí... —Howard tenía su número de móvil y sin embargo había optado por llamar a la oficina del *sheriff*.

—No parece que le caiga demasiado bien, la verdad.

—Entre usted y yo, doctor, Howard es un subordinado con una capacidad innata para sacarme de quicio. —Prusik intentó contener una sonrisa al pensar en la voluminosa autocaravana tirada a un lado de la carretera mientras Howard deambulaba de un lado a otro a la espera de la llegada de la grúa.

Más adelante apareció un bosque. Cuando llegaron a su altura, Henegar aminoró la velocidad y aparcó.

—El cadáver se descubrió a medio kilómetro de la carretera, aproximadamente. Al fondo de un desfiladero y cerca de un arroyo. Las laderas de estos bosques son muy empinadas y aquí y allá hay salientes de piedra caliza. No se percibe la pendiente hasta que uno ya se ha adentrado demasiado. Es muy fácil torcerse el tobillo si no se tiene cuidado.

—No se preocupe por mí, doctor. Llevo mis zapatillas de senderismo. —Prusik se colgó la cámara a un hombro—. ¿Nos ponemos en marcha?

—Adelante.

Henegar se unió a ella insistiendo en llevar él el maletín forense de la mujer, y los dos se adentraron en el bosque.

El *sheriff* McFaron llevaba puestos unos guantes de piel de ciervo. Los rayos del sol se filtraban a través de las copas de los altos árboles, iluminando millones de partículas con sus haces de luz. Las hojas mojadas le rozaban los bajos del pantalón mientras reconocía la zona cercana a la cinta policial amarilla que había atado a dos árboles para señalar el lugar donde habían descansado los restos de Julie Heath.

McFaron levantó la mirada al oír unos pasos que se acercaban. Una atractiva mujer de reluciente pelo castaño venía hacia él, cogida de la mano del doctor Henegar para que su paso fuera más estable.

—Usted debe de ser el *sheriff* McFaron —dijo ella mientras recobraba el aliento—. Soy la agente especial Christine Prusik, encantada de conocerlo. ¿Guantes de piel de ciervo de su armario de caza?

McFaron de inmediato se dio cuenta del error que había cometido, pero no sabía qué hacer al respecto.

—¿Cómo dice?

—Le agradecería, *sheriff*, que saliera del perímetro. —Sus cejas se enarcaron hasta casi llegar al corto flequillo marrón—. Y que se pusiera unos guantes de látex.

Henegar le dio un par.

—Ten, Joe, he traído de sobra. Será mejor que te los pongas.

McFaron alzó la cinta policial y salió de la zona delimitada. Los tres se pusieron guantes y Prusik rodeó la cinta con cuidado y examinó la depresión en las hojas en la que se había hallado el cadáver.

—¿Ha encontrado algo, *sheriff*? —preguntó ella sin levantar la mirada—. Con o sin guantes.

—Nada —contestó él, algo molesto por la innecesaria arrogancia de la mujer—. A excepción de la sangre que encontramos en la carretera.

Sin decir nada más, Prusik prosiguió el examen de la escena del crimen, estudiando cuidadosamente los troncos de los árboles cercanos con el cuaderno en la mano. Un roble que había en la cabecera de la tumba de hojas era mucho más grande que los demás. Prusik abrió su maletín y sacó la grabadora portátil.

La mujer no le preguntó nada más y el *sheriff* tuvo la nítida sensación de que su presencia estaba de más.

—Ya veo que no me necesitan —dijo secamente, y se dio la vuelta para marcharse.

Prusik levantó la mirada, sorprendida.

—Oh, *sheriff*, por favor. Lo siento. Disculpe si mi tono ha sido demasiado... —McFaron esperó; le caía por la mejilla un hilo de sudor— brusco —dijo al cabo—. Compréndame, usted no es el único aquí bajo presión.

—No estoy cuestionando su autoridad para dirigir la investigación.

El sombrero de McFaron cayó dentro del perímetro. Él se agachó y lo recogió. No resultaba fácil caminar por la espesa capa de hojas que cubría la empinada pendiente boscosa.

—Perfecto. Entonces nos llevaremos bien. —Ella se quedó mirando a McFaron, que le devolvió la mirada sin decir nada—. Mírelo así, *sheriff*: al menos tendrá a alguien a quien echar las culpas. Me consta que el FBI es un chivo expiatorio muy socorrido.

—Bueno, desde luego, me alegro de haberos presentado —soltó entonces el doctor—. Ahora que ya hemos dejado atrás las formalidades, ¿le gustaría a alguien examinar la escena del crimen en busca de algo que se nos haya podido pasar?

Prusik bajó su cuaderno.

—Preferiría que se quedara, *sheriff*. Es usted un destacado miembro de esta comunidad y, por lo que el doctor me ha dicho, la gente lo respeta. Estoy segura de que su presencia me será de ayuda.

McFaron asintió.

—En ese caso, ¿qué le gustaría saber, agente especial?

Ella bajó la mirada al tronco inclinado que había en la zona delimitada.

—Si no me equivoco, usted y el doctor retiraron ese tronco del cuerpo de la víctima. ¿Lo hicieron con guantes?

—Es posible que yo no los llevara cuando llegamos. —McFaron volvió a ponerse nervioso—. Pero hicimos girar la rama por un extremo para no dejar nuestras huellas dactilares ni tampoco borrar ninguna que pudiera haber dejado el asesino —añadió—. Luego, ambos nos pusimos guantes para retirar el cadáver. Seguimos el procedimiento policial al pie de la letra, señora. Este es mi primer caso de asesinato. Protegí el lugar de los hechos lo mejor posible en cuanto se confirmó el crimen. Nadie lo ha contaminado, estoy seguro de ello.

Mientras escuchaba a McFaron, Prusik cogió su cámara fotográfica Nikon y tomó unas cuantas fotografías del lugar en el que se había hallado el cadáver de Julie Heath.

—Para su información, *sheriff*, esta parece ser la tercera víctima del mismo asesino. Me temo que necesitaremos algo más que seguir el procedimiento policial al pie de la letra para atraparlo —dijo ella al tiempo que tomaba otra fotografía—. Mire —añadió suavizando su tono—, soy consciente de que probablemente tuvo usted que dar la terrible noticia de la muerte de esta pobre chica a unos padres a los que conoce lo bastante bien como para considerarlos de algún modo parte de su familia. No pretendo ser antipática.

—Tiene usted razón. Debería haber llevado guantes desde el principio —contestó McFaron en un tono de voz menos tirante—. En mis quince años como *sheriff* de Crosshaven no había tenido que vérmelas nunca con un caso de esta magnitud, agente.

—Christine, llámame Christine —dijo extendiéndole la mano.

—Yo me llamo Joe. —McFaron se la estrechó. Era cálida. Los rayos del sol arrancaban reflejos rojizos en su pelo—. Son... son muchas las horas que he pasado despierto por las noches dándole vueltas al asesinato de esta chica. Cualquier cosa que pueda hacer para ayudar a encontrar al responsable, cuenta conmigo. —McFaron se quitó el sombrero y se secó el sudor de la frente con la manga de la chaqueta.

—A ver qué podemos descubrir aquí que nos permita pillar a ese desgraciado —dijo ella. Su voz sonaba severa, pero estaba sonriéndole.

Los tres comenzaron a inspeccionar el perímetro, con cuidado de no alterar nada. Podía haber escondidas pistas importantes a simple vista bajo la capa de hojas del suelo del bosque.

McFaron señaló una especie de pelusa enganchada en la rama que había descansado sobre el cadáver de la víctima. Prusik cogió unas pinzas de la bolsita con cremallera que llevaba atada en la cintura y extrajo el filamento con mucho cuidado. Se lo acercó a la cara. Era una fibra de lino verde.

—¿Ves esa sustancia blanquecina, como si hubiera un resto de pintura pegado? —Ella metió la fibra en un frasquito limpio—. Ten, míralo. —Le pasó el frasquito a McFaron. El doctor Henegar se acercó para poder verlo también.

—Es del mismo color que la falda de la chica —dijo el *sheriff*.

—A mí también me lo parece —coincidió Henegar.

—Por cierto —añadió el *sheriff*—, la víctima va a la misma escuela que Joey Templeton, quien a la misma hora aproximada en la que desapareció la chica pasó en bici por la carretera y vio a un tipo extraño, posiblemente el asesino, metiendo algo en la plataforma trasera de su camioneta.

Prusik se imaginó a la asustada chica forcejeando para intentar escapar y haciéndose un rasgón en la falda.

—Quiero interrogar cuanto antes al chico que vio a ese desconocido, *sheriff*.

—Me encargaré de organizarlo —dijo McFaron, alzando el ala de su sombrero de fieltro—. No contamos con más testigos. Y es una pena que el retrato robot no nos haya proporcionado todavía ningún sospechoso.

Prusik se inclinó: otra cosa había llamado su atención. Colgando de la parte inferior del mismo tronco había un hilo más grueso, posiblemente de lona. La mujer cogió su maletín y se volvió hacia McFaron.

—¿Te importaría sostenérmelo? —preguntó.

—Claro que no.

El *sheriff* sujetó las asas del maletín mientras Prusik rebuscaba en su interior.

McFaron siempre se sentía incómodo ante la presencia de mujeres atractivas. Por esa razón, las pocas citas que había tenido en los últimos años habían sido completos desastres. Lo peor era oír luego las reverberaciones de cada uno de aquellos encuentros fracasados extendiéndose por el pueblo, lo cual le había hecho mantener al mínimo sus interacciones románticas. Y, sin embargo, no siempre se comportaba con torpeza. Él creía que a veces podía ser encantador. O eso esperaba.

Prusik le puso la tapa al frasquito que contenía el

segundo hilo y sacó una cinta métrica extensible de su riñonera con cremallera.

—¿Podría sostener un extremo, doctor Henegar? —preguntó extendiendo la cinta.

—Con mucho gusto.

El doctor sostuvo el extremo de la cinta metálica de color amarillo, que estaba marcada tanto con pulgadas como con centímetros, mientras Prusik se encargaba de medir la longitud y la anchura del espacio que había servido de tumba.

Luego dejó que la cinta volviera a enrollarse sola en su estuche. De repente, sintió una tirantez en el estómago, recordatorio de que no había comido nada desde el mísero cruasán que se había zampado en el aeropuerto O'Hare de Chicago antes de subir al avión. Sintió el impulso de invitar al *sheriff* a cenar, pero vaciló.

Un rumor llamó la atención de Prusik. Sin decir una sola palabra, dejó atrás la escena del crimen y descendió por la arbolada pendiente. Todos los cadáveres de las víctimas se habían descubierto cerca del agua. Siguió un rastro de hojas revueltas que conducía a unas rocas planas y un pequeño arroyo. Al instante, sus ojos divisaron lo que parecía ser sangre seca sobre una piedra lisa.

Un disparo de rifle sonó en la distancia.

El *sheriff* se acercó a ella por la espalda.

—Podría tratarse de sangre de ciervo —dijo McFaron al ver lo que había llamado la atención de Prusik—. Estos bosques están llenos de cazadores.

Ella sacó otro par de guantes forenses. Con unas

pinzas, recogió una muestra de la sangre, la metió en un frasquito y le puso la tapa.

—Mañana mis técnicos rastrearán esta zona y el perímetro delimitado —dijo Prusik—. Tengo intención de pasar la noche aquí en el pueblo. ¿Alguna buena recomendación para pernoctar?

—En realidad solo hay una —dijo McFaron—. El motel que hay junto a la gasolinera de la interestatal. Tiene un restaurante que está abierto toda la noche.

Mientras Christine asentía, otro disparo de rifle más cercano la cogió desprevenida.

—Vayamos a ver a ese testigo tuyo antes de que nos disparen.

Un silbato resonó con estridencia.

—Vamos, Sarah —dijo el entrenador—. Entra en el campo.

A Sarah North se le iluminaron los ojos y corrió a ocupar la posición de delantera derecha al tiempo que con la mano saludaba a la chica a la que sustituía, Olive Johnson, una alumna de octavo. El partido se reanudó y la mediocentro le pasó la pelota a Sarah, que comenzó a driblar a las contrincantes en dirección a la portería contraria.

—¡Muy bien, muy bien! —retumbó la voz del entrenador—. ¡Pasa la pelota, Sarah! ¡A la banda!

Sarah reaccionó al instante. Su pase a la chica que se encontraba en la banda fue perfecto: justo dos pasos por delante.

—¡Eso es! ¡Así se hace! —exclamó el entrenador con las manos ahuecadas a ambos lados de la boca.

La chica de la banda esquivó a la defensora e hizo un centro. La pelota fue a parar entre la portera y Sarah. Esta tuvo que estirarse, pero llegó antes que la guardameta y disparó un chut raso que entró pegado al poste. ¡Directo al fondo de la red!

—¡Bien hecho, Sarah! —dijo el entrenador co rriendo hacia el mediocampo—. Acabas de ganarte el puesto de titular en el partido de este sábado, jovencita.

Sarah había comenzado la temporada como suplente en el equipo de fútbol del instituto de Parker, Indiana, porque iba a séptimo. Las alumnas de sexto, séptimo y octavo jugaban todas en el mismo equipo, pero la antigüedad inclinaba la balanza de la titularidad a favor de las chicas de más edad. ¡Ahora sería ella la titular!

Después del entrenamiento emprendió el camino de vuelta a casa a pie. Iba dando patadas a las piñas desperdigadas por el borde de la carretera, rememorando el gol que había marcado. Tras pasar la mayor parte del mes de agosto entrenando, el equipo comenzaba a funcionar bien y el entrenador no dejaba de jactarse abiertamente de que tenían opciones de ganar a Carver, un instituto el doble de grande que el suyo. Ambos estaban situados en comunidades satélite de Crosshaven, la capital del condado, que se encontraba a cuarenta kilómetros.

Sarah ajustó el paso. Su casa se encontraba a poco más de tres kilómetros. Estaba a punto de pasar bajo la sombra de unas tsugas cuando oyó que un motor aceleraba a su espalda. Al volverse, los rayos del sol la cegaron, pero vio que una camioneta destartalada venía directa hacia ella. Sarah metió los pulgares por detrás de las correas de su mochila y corrió hacia el arcén. Oyó entonces que el conductor hacía rechinar el embrague e intentaba acelerar: una rueda de la camioneta se había quedado atascada en una roca que había fuera de la carretera.

Cuando se encontraba a unos pocos metros de distancia, la chica se volvió. ¿Por qué se había salido el hombre de la carretera? ¿Acaso iba borracho? ¿Había sufrido quizá un ataque al corazón? De repente, el conductor se puso a aporrear el volante. A ella le pareció oír unos gemidos a través de la ventanilla cerrada, lo que la inquietó todavía más. Echó un vistazo en dirección al edificio del instituto. No venía nadie más. Cuando volvió a mirar a la camioneta, el rostro del hombre estaba pegado al cristal de la ventanilla y parecía desencajado con una expresión de dolor. A ella no le sonaba del instituto ni de ningún otro lado. Reparó en que le relucían las mejillas. Estaba llorando. No tenía sentido. Y algo le daba mala espina.

Sarah notó que se le ponía la piel de gallina en los antebrazos. Un pensamiento escalofriante le cruzó la mente: la chica desaparecida de Crosshaven sobre la que había oído hablar. Apretó a correr por el centro de la carretera, moviendo rápidamente los brazos adelante y atrás. Sin reducir la velocidad, echó un vistazo tras de sí, tal y como habría hecho en el campo para recibir un pase, solo que esta vez tuvo la sensación de que lo hacía para salvar el pellejo. La camioneta seguía atascada, pero podía oír el rugido del motor.

Al pasar corriendo bajo la sombra de las tsugas, notó en sus acaloradas mejillas que el aire estaba más frío. Consideró la posibilidad de entrar en el bosque y esconderse en una cueva que conocía, metiéndose a presión por la estrecha abertura que servía de entrada. Aquel tipo extraño no cabría por allí. Volvió a mirar atrás. La camioneta ya no estaba. Había desaparecido.

La chica se detuvo y se inclinó, casi sin aliento. No se había dado cuenta de lo rápido que había corrido. El sudor que le caía por la frente había comenzado a empapar su camisa limpia. No veía la camioneta por ningún sitio. Tras colocarse bien la mochila, siguió corriendo y no se detuvo hasta que llegó al camino de acceso a su casa.

16

Después de interrogar a Joey Templeton, el *sheriff* McFaron dejó a Christine en el motel Interstate. Antes de marcharse de la escena del crimen, ella les había contado a él y al doctor los detalles más relevantes del caso: el robo en el museo, los amuletos de piedra insertados en la garganta de la segunda y la tercera víctima, el perfil que ella estaba creando del asesino. Luego la forense declinó la invitación a cenar del *sheriff*, argumentando que todavía tenía que realizar algunas llamadas. El pequeño reloj portátil que había sobre la mesita de noche indicaba que eran las 18.55. Hora de llamar a Brian Epstein.

Prusik presionó el botón de autollamada de su móvil.

—Cuéntame qué has averiguado, Brian —dijo en cuanto Epstein descolgó y mientras se masajeaba la frente con la base de la mano.

Al cabo de diez minutos oyéndole relatar más de lo mismo, la inquietud de Prusik no hizo sino aumentar. No había ninguna novedad: el mantra favorito de Thorne. Le dijo a Eisen que no cogería esa noche el vuelo de vuelta y, tras terminar la llamada, dejó el móvil, se quitó la americana y los pantalones, y los colgó en el respaldo de la silla.

Se sentía algo mareada. Todavía no había cenado. Debería haber aceptado la oferta de McFaron; se consideraba una buena práctica profesional y ella lo sabía. Además, parecía un tipo amable y considerado, por no mencionar su atractivo físico. Que le había causado una buena sensación era algo innegable, lo cual no hacía sino volverla cauta y temerosa de meter la pata. La mezcla de hombres y sentimientos no era buena para sus nervios. Y, en cualquier caso, en esos momentos no necesitaba añadir esa complicación a su vida. Prusik echó la cabeza atrás. Se moría por unos largos en la piscina, más efectivos que cualquier ansiolítico. Y también más sanos.

Habían pasado cinco meses desde el inicio de la investigación y todos los síntomas clásicos de su trastorno de estrés postraumático estaban saliendo a la superficie a la vez. La tensión del día había sido prácticamente intolerable: encontrar el amuleto de piedra en la tráquea de Julie Heath casi la había hecho perder el control y la había llevado a estar crispada el resto del día y a mostrarse innecesariamente beligerante tanto con el doctor como con el *sheriff* McFaron. En la morgue improvisada, había tenido que hacer frente a pensamientos aterradores, y sin que se le notara que había otra cosa que la alteraba aparte de los asesinatos, que eran, al fin y al cabo, algo con lo que lidiaba de forma habitual en su trabajo. Prusik temía que Howard y Thorne la descubrieran y la consideraran incompetente, tal y como le había sucedido a su madre después de que la hospitalizaran involuntariamente por una depresión intratable. De tal palo, tal astilla, ¿no? De todas formas, no pensaba dejarse llevar por el pánico. Lo tenía muy claro.

Abrió el maletín y cogió el guante de látex arrugado que todavía contenía la figurita. Tras liberar ambas mitades, las metió en un frasquito esterilizado y luego enroscó la tapa. El tallado era exquisito; debía de tratarse de uno de los objetos robados en el museo. La luz ultravioleta de onda corta que Nona MacGowan le había enseñado desvelaría el micrograbado identificativo.

La agente especial se desvistió y se metió en el pequeño plato de ducha.

—No te preocupes por pequeñeces —farfulló bajo el potente chorro de agua. El problema era que no se trataba para nada de pequeñeces. Los horripilantes asesinatos ya resultaban terribles por sí solos, pero cuando quedó claro su asombroso parecido con el canibalismo ceremonial de los montañeses de Papúa Nueva Guinea, las cosas tomaron un tinte casi esquizofrénico—. Hay una explicación lógica —dijo luego en voz alta, sin considerar si aquello le hacía parecer tan loca como su madre. Cerró el grifo—. Tienes un doctorado en antropología forense y diriges la investigación de unos asesinatos en serie para el FBI. Cuentas con numerosos refuerzos. Y estás en pleno centro de Estados Unidos, por el amor de Dios, no en una isla del Pacífico dejada de la mano de Dios. La jefa eres tú, Christine. ¡Actúa como tal!

Salió de la ducha y se secó. Le gustaban las habitaciones de motel. Poder despotricar sobre todo lo que había ido mal durante el día y soltar una diatriba mientras se miraba en el espejo le resultaba especialmente gratificante en un espacio tan neutro e impersonal. No iba más allá de tirar almohadas a la cama, al suelo, a las paredes. Prusik había descubierto el poder de las rabietas de pequeña, viendo los salvajes arrebatos que sufría su madre. Al final de un duro día en Chicago, a menudo fantaseaba con encontrar una habitación de motel cercana y soltarse. Cogió una almohada con la intención de arrojarla contra algo. Sin embargo, al levantarla por encima de la cabeza, la idea perdió su atractivo y se encontró deslizándose entre las acogedoras sábanas.

A las pocas horas, a Christine la despertaron los fuertes latidos de su corazón. Poco podía hacer para detener esa incómoda sensación metabólica, manifestación de la ansiedad crónica que sufría. A tientas, buscó con la mano sus pastillas en la mesita de noche y se tomó dos Xanax. Luego se quitó el camisón empapado en sudor. Temblando en la habitación fría y oscura, se colocó una manta alrededor de los hombros, se arrodilló entre las camas gemelas y comenzó a balancearse hacia delante y atrás para calmar los nervios. A continuación se comprobó el pulso —acelerado— y se pasó los húmedos dedos por el pelo. De camino al cuarto de baño a oscuras, chocó con la silla sobre la que había dejado apilada la ropa y la tiró al suelo. Sentada en el retrete, se obligó a respirar hondo para ralentizar su corazón sobreexcitado.

Christine sintió el descabellado impulso de llamar al *sheriff* McFaron, pero sabía que no sería correcto. ¿Qué le diría? «¿Podrías venir y cogerme la mano mientras espero a que me hagan efecto las pastillas que me he tomado?» Localizó su móvil debajo de la pila de ropa y marcó el 411. A los pocos minutos, la llamada pasó a una línea de atención que funcionaba las veinticuatro horas del día. Una joven de agradable voz le dijo que se llamaba Amy.

—Yo me llamo Christine... No puedo dormir, el corazón me va a mil por hora... Estoy temblando, y hace un momento casi me desmayo en el cuarto de baño. Solo necesito hablar con alguien. ¿Me harías el favor de permanecer un rato al otro lado de la línea? —La agente especial se puso de pie, se dirigió a la puerta de la habitación para salir a respirar aire fresco, deslizó la cadena de seguridad y la abrió.

—No, Amy, no estoy colocada con ninguna droga. Solo he tomado un medicamento recetado... en la dosis recetada. Por favor, deja ya las preguntas rutinarias y limítate a escucharme.

Pero Amy debía cumplir con su obligación y siguió haciéndole las preguntas de todos modos.

—Sí, he tomado dos ansiolíticos hace unos minutos. No, esto me sucede sin más. Sí, he ido al médico. Sí, mi trabajo es estresante.

Christine dejó de prestar atención a lo que le decía Amy y se concentró en su relajante voz. Su tranquila y mesurada profesionalidad resultaba calmante. Al cabo de unos segundos, se dio cuenta de que Amy esperaba otra respuesta.

—Lo siento, no he oído bien la pregunta.

—¿Se te está pasando por la cabeza hacerte daño?

La idea le pareció tan divertida que Christine casi se echó a reír. Pero se limitó a voltear los ojos con gesto de paciencia, lo que le hizo darse cuenta de que ya se encontraba un poco mejor. El medicamento debía de estar empezando a actuar.

—En realidad, Amy, mis pensamientos los ocupan otras personas que están causando daño. No estoy preocupada por mí misma en ese sentido para nada. Pero te agradezco tu preocupación. —Y, tras asegurarle a Amy que ya se sentía mejor, finalizó la llamada.

Deambuló un rato por la pequeña habitación a la espera de que el medicamento le hiciera al fin efecto del todo. Una evanescencia de podredumbre mohosa impregnaba el espacio, a juego con su ánimo decaído. Con una barrita de chocolate Snickers consiguió la glucosa que tanto necesitaba después de que la glándula suprarrenal la hubiera consumido por completo. Para mantener la concentración, repasó los acontecimientos del día. La visita a la escena del crimen había proporcionado pistas nuevas, aunque fueran menores. Las partículas de pintura halladas en el cadáver se parecían a las que habían encontrado en la víctima de Blackie, y el grueso hilo de lona cubierto con más pintura que había descubierto procedía posiblemente de la lona de un pintor. La sangre seca de la roca que había junto al arroyo no parecía ser de ciervo. El asesino no había sido tan cuidadoso.

Cogió el frasquito que contenía el amuleto de

piedra roto. ¿Qué diantre podía significar un objeto tribal de Nueva Guinea para un asesino que andaba suelto por los bosques de Indiana, eviscerando cuerpos como lo haría un indígena Ga-Bong y depositando luego piedras dentro? ¿Acaso el espíritu de un Ga-Bong había poseído a algún lunático fugado de un manicomio? Claro que no.

Prusik intentó concentrarse en lo que sabía. Lo que podía verificar. Había estudiado en profundidad el ritual del canibalismo entre las tribus de Nueva Guinea y regiones vecinas como la Melanesia y la Micronesia. Se había practicado durante cientos —si no miles— de años. Se creía que beber los fluidos de los muertos proporcionaba equilibrio entre lo masculino y lo femenino y mantenía a los vivos conectados vitalmente con su pasado de modo que pudieran volver a existir en el cuerpo de la siguiente generación. Era una experiencia religiosa del más alto nivel.

¿Acaso pretendía algo así la bestia que estaba cometiendo esos actos tan terribles? Prusik no lo creía. Parecía que había escogido las víctimas al azar. El único vínculo entre las tres había sido la oportunidad. Las tres chicas se encontraban solas cuando se toparon con el asesino, y este se había aprovechado de ello. Era probable que hubieran ido con él sin ofrecer resistencia, que él las hubiera atraído con alguna artimaña. Había un testigo que no había llegado a ver a ninguna víctima, solo lo que le había parecido una actividad sospechosa y posiblemente manchas de sangre en el aterrador rostro y la ropa de un desconocido. Prusik suponía que el asesino había adquirido la costumbre de insertar en la garganta de las víctimas el amuleto de piedra porque se había sentido atraído por la exposición del museo, porque veía en ella alguna relación con su retorcida vida. Había convertido la piedra en un ritual propio. Se había reinventado a sí mismo. La orina que habían hallado mezclada con sangre en la acera de Old Shed Road, donde presumiblemente habían secuestrado a Julie Heath, indicaba no tanto un culto de los antepasados como una profunda manía persecutoria y sentimientos de humillación.

Prusik regresó a la cama y encendió la televisión con el mando a distancia; al menos la medicina ya estaba haciéndole pleno efecto. Cuando la vibración de su móvil la despertó, era casi medianoche. Al otro lado de la línea estaba Eisen.

—¿Brian? —Oír su propia voz la ayudó a despertarse—. ¿A qué debo esta llamada tardía?

—Iba a esperar hasta mañana, Christine. —En su tono de voz ella percibió la excitación que sentía el técnico.

—Soy toda oídos.

—Usando el programa Lucis he podido ampliar las fotografías en blanco y negro que hizo el forense de la cabeza y la boca de Betsy Ryan. —Prusik oyó los golpecitos que Eisen se estaba dando en los dientes con un lápiz y sonrió.

—¿Quiere eso decir que has identificado algo?

—Espera. Recordarás que en los labios, el interior de la boca y la garganta de Ryan había abrasiones y partículas de una gravilla común en la localidad. Esta era de la misma categoría y tenía la misma composición mineral que la grava de muchos descampados de la ciudad. He concluido que el asesino intentó meterle una piedra cualquiera por la garganta. No chert tallado, sino un pedrusco como el que podríamos encontrar en una obra.

Prusik sintió una punzada del viejo dolor atravesándole el atribulado cerebro. Los robos del museo se descubrieron durante la tercera semana de marzo. Betsy Ryan fue vista viva por última vez el 30 de marzo. Si el asesino ya tenía los amuletos del museo cuando la mató, ¿por qué no había usado uno con ella?

—¿Estás ahí, jefa?

—Sí, Brian. ¿Estás seguro de que la piedra que tendría que haber en la garganta de Betsy Ryan sería una común y corriente?

—No puedo estar seguro de nada, Christine. Pero sí, esa sería mi conclusión.

Prusik cerró los ojos y consideró ese nuevo descubrimiento.

—¿Vas a decirme qué diantre está cavilando ese cerebro tuyo?

—Buen trabajo, Brian. Y no, todavía no hay nada para contar. —Aunque su propio miedo estaba indicándole alto y claro que sí.

17

El sol de primera hora de la mañana daba en la ventanilla trasera de la cabina y proyectaba la sombra de la camioneta delante, en la carretera. Las cosas estaban empeorando y su agitación había ido en aumento. Que se le escapara aquella chica hacía dos días había supuesto un revés. Bajó la ventanilla y miró el campo sin sembrar y los tallos amarillentos del maíz del año anterior.

Apoyó las muñecas sobre la parte superior del volante y comenzó a dar unos golpecitos rápidos en el salpicadero con los dedos. La humedad del aire veraniego y el sudor le ardían en los ojos. Levantó la cabeza al oír el repique de una campana. Había terminado el servicio dominical del amanecer. A través del espejo retrovisor vio a los feligreses ataviados con su mejor ropa saliendo por las puertas de la iglesia. Charlaban y deambulaban por el aparcamiento. Las puertas de los coches se abrían y se cerraban, y las familias se iban dispersando. Volvió deliberadamente la cabeza hacia el campo en barbecho que se veía por la ventanilla del conductor cuando los coches empezaron a pasar a su lado, de regreso a casa para desayunar. Unas pocas personas iban caminando en la dirección opuesta, hacia el pueblo.

Divisó a la chica. Sostenía unas bailarinas de color azul marino en la mano y venía hacia él caminando descalza —alejándose del pueblo y de la gente— por el borde arenoso que había junto al asfalto. Los lazos azules del gorro que llevaba puesto hacían juego con un vestido sedoso que le llegaba a la altura de las rodillas. Ya se le habían desarrollado los pechos. Lucía un bonito cinturón negro cuyos extremos colgaban alegremente.

Se secó la frente con la manga. En su interior ya había comenzado el proceso. Una creciente relajación, como la que se siente con la primera cerveza tras un día largo y duro, había comenzado a apaciguar las cosas. A medida que la chica y su ondeante vestido azul ocupaban más y más espacio en el espejo retrovisor, él iba olvidándose de la angustia lastimera que sufría hacía apenas unos minutos.

La chica se detuvo un momento a hablar con una mujer joven que llevaba de la mano a dos niñas pequeñas de pelo rubio, con gorros a juego de cintas amarillas idénticas y lazos atados exactamente igual.

La chica de las cintas azules se arrodilló delante de las dos pequeñas y le dio a cada una un abrazo. Incluso con la ventanilla cerrada, pudo oír cómo bromeaban y soltaban risitas. Se puso tenso.

Poco después, las niñas y la madre subieron a su coche y la chica siguió su camino. Vio cómo se acercaba por el espejo retrovisor hasta que, por fin, pasó por su lado y siguió caminando dándole la espalda. Su contoneo, el modo en que movía las caderas de un lado a otro, suponía una clara invitación. Ella no parecía haber reparado en él al pasar a su lado ni tampoco había mirado siquiera hacia su camioneta, pero esa forma de caminar le dejaba claro que lo había visto.

Las cintas azules que ondeaban en la brisa lo tentaban. Lo provocaban. Arrancó la camioneta y siguió el mismo camino apartado que habían tomado las cintas azules.

La chica estaba a apenas nueve metros. Unos treinta o cuarenta metros más adelante había una curva pronunciada. Una alta arboleda ocultaba la carretera que había del otro lado. En el sur del estado, los pueblos pequeños solían terminar súbitamente, dando paso a los bosques. Era perfecto. No podía haberlo planeado mejor.

Al pasar junto a la chica con la camioneta, giró la cabeza para verla una segunda vez. Ella no levantó la mirada, ni pareció reparar en él. Justo antes de llegar a la curva, apagó el motor y dejó que la camioneta se deslizara hasta quedar detenida debajo de las ramas bajas de las tsugas. Reclinó la cabeza en el reposacabezas del asiento y esperó. Al poco, percibió el dulce olor a jabón que entraba por la ventanilla y casi soltó un grito. Contenerse le exigía más de lo que podía soportar. Miró por el espejo retrovisor y funcionó, como si fuera una píldora mágica. Al ver su cara de loco, la chica apretó a correr. La cacería daba su inicio.

Los rayos del sol inundaron repentinamente el bosque, bañando la corteza húmeda de los árboles de una luz color vino. Todo comenzó a resplandecer cual arcoíris prismático, como si ese valle estuviera conectado a su corriente infernal. Descendió de la camioneta y, tras mirar a ambos lados, salió corriendo en la dirección que habían tomado las ondeantes cintas azules un momento antes. Estaba desesperado por volverla a ver. Presa de una excitación anticipatoria, comenzó a sentir palpitaciones en los dedos y también en el pecho. Aceleró y, tras recorrer la pronunciada curva de la carretera, se detuvo de golpe. Allí terminaba el bosque. El dilatado cielo se ensanchaba sobre enormes extensiones de tierras de cultivo sembradas con maíz nuevo. Aguzó la vista buscando a la chica, ya muy lejos y completamente fuera de su alcance. Seguía corriendo y casi había llegado a una granja.

¿Cómo podía haber calculado tan mal las cosas? ¿Cómo podía no haberlo previsto? Con paso tambaleante, regresó a la camioneta sin prestar atención a los grandes surcos de oscura tierra cultivada que había a ambos lados de la carretera y que casi llegaban hasta el asfalto. Se sentía presa de una terrible confusión. No esperaba perderla de un modo tan cruel. No estaba preparado para algo así.

El agente Richard Owens, del departamento de policía de Weaversville, mascaba su chicle Doublemint muy despacio, concentrado como estaba en la figura encorvada en mitad de la pronunciada ladera. Era una zona muy erosionada, con montones de piedras procedentes del desagüe que pasaba por debajo de la carretera.

—¿Qué está haciendo ahí abajo? —preguntó su compañero, el agente Jim Boles, sentado al volante del coche patrulla y sudando bajo el sol de media mañana—. Propongo que vayamos a por él. Debe de estar borracho para dar el volantazo que ha dado.

Owens dejó de mascar y, tras decirle a Boles que se callara, siguió mirando a través de sus prismáticos policiales Swift 10x40 con gran angular. Vio que el tipo levantaba una piedra grande haciendo palanca con un palo y luego se ponía a cuatro patas, quedando parcialmente fuera de su vista.

—Está buscando algo, eso seguro —dijo el agente Owens alzando un poco la voz—. Comprueba la matrícula de la camioneta, Jim. Y también los antecedentes del dueño, si los tiene. Veamos con quién estamos tratando.

Al cabo de cinco minutos, Boles recibía la información que había solicitado por radio.

—Está a nombre de David Claremont —dijo Boles. Su compañero seguía con los binoculares pegados a la cara—. ¿Qué sucede? ¿Estás viendo algo?

Owens descendió del vehículo por la puerta del acompañante y, tras agacharse, le indicó a su compañero que hiciera lo mismo. Ambos se acercaron a la camioneta sin hacer ruido.

Claremont regresó al vehículo unos minutos después. Estaba sin aliento y tenía barro incrustado en las botas. Apoyando una mano en la plataforma trasera de la camioneta, se quitó los terrones de las suelas. Entonces reparó en los dos agentes. Ambos llevaban puestas sus gafas de sol Ray-Ban y permanecían de pie junto a la puerta del conductor con las manos colgando de sus cinturones.

—Hola, agentes.

—Se llama usted David Claremont, ¿verdad? —El agente advirtió que las perneras de los pantalones vaqueros del tipo estaban manchadas de pintura de color marrón rojizo, así como también su camisa de manga larga y el dorso de las manos.

Claremont asintió, entrecerrando los ojos a causa del sol.

—¿Ha estado pintando recientemente? —preguntó el agente Boles.

—Bueno, en realidad barnizando. El granero de un granjero de la zona.

—¿Puedo preguntarle qué hacía ahí abajo, señor Claremont? —preguntó Owens.

—La verdad es que nada —contestó él encogiéndose de hombros.

—Así que nada. Cuarenta y cinco minutos es mucho tiempo para no hacer nada... —Owens reparó en que Claremont estaba jugueteando con algo que llevaba en un bolsillo delantero de los vaqueros—. ¿Qué tiene en ese bolsillo?

Claremont sacó la mano del bolsillo y abrió la palma.

—Solo unas pocas piedras que he cogido ahí abajo.

Para él, aquellas piedras de jaspe tenían la forma perfecta, y su rojo claro, casi traslúcido, las hacía ideales para tallar.

El agente Boles murmuró algo al oído de su compañero al tiempo que le daba una hoja de papel doblada que había sacado de un bolsillo de su cazadora. Owens miró el retrato robot y luego a Claremont. Las cejas de la cara dibujada se parecían a las del tipo. Y también las cuencas hundidas de los ojos. Y la boca. No eran iguales, pero se acercaban mucho.

—Déjeme ver su permiso de conducir, señor Claremont.

Claremont sacó su cartera de un bolsillo trasero del pantalón. Al hacerlo, cayó al suelo el resguardo de una entrada. El agente Boles se agachó y la recogió. Luego leyó en voz alta:

—Museo de Historia Natural de Chicago. ¿Lo ha visitado recientemente, señor Claremont?

—No.

—¿No? Este resguardo está fechado el martes, 21 de agosto. Yo diría que una visita de hace apenas dos semanas puede considerarse reciente. ¿Qué fue a hacer allí?

—Es un museo abierto al público. No hay nada de malo en ello. —Claremont le dio al agente su permiso de conducir sin mirarlo a los ojos.

El agente de policía examinó varias veces ambas caras y luego se lo devolvió.

—Señor Claremont, si no le importa voy a pedirle que nos acompañe a la comisaría para contestar unas preguntas. —No era una petición.

—Bueno, la verdad es que sí me importa. ¿Estoy detenido? No he hecho nada malo.

—No, señor. No he dicho que lo haya hecho —contestó Owens—. Solo queremos formularle unas preguntas rutinarias. Sería de agradecer que nos acompañara voluntariamente.

Claremont frunció el ceño.

—Está bien. Los seguiré —dijo mientras volvía la vista hacia su camioneta.

Owens evaluó el comportamiento del hombre. Se le veía tranquilo. No parecía haber riesgo de huida.

—De acuerdo, pues.

Claremont volvió a guardarse en el bolsillo las piedras y subió a su camioneta con un mohín.

El coche patrulla arrancó primero para guiar a Claremont. El agente Owens pidió por radio al operador de sala que se pusiera en contacto con la unidad de crímenes especiales de la policía estatal y les informara de que se dirigían a la comisaría con un posible sospechoso para interrogarlo en relación con el asesinato de Julie Heath.

—No es por nada —dijo el agente Boles mirando por el espejo retrovisor—, pero tendríamos que haberlo detenido por conducción temeraria, por no hablar de que este tipo podría ser un asesino.

Owens puso el brazo sobre el respaldo del asiento y se volvió para mirar a Claremont, que los seguía con su camioneta.

—En primer lugar, no está borracho. El aliento no le olía a alcohol. Y, además, ¿adónde va a ir? —El agente le dio un cachete a su compañero en el brazo con el dorso de la mano—. Si se trata del asesino, no va a ir a ningún lado. —Le dio unas palmaditas al arma que llevaba en la pistolera—. Créeme. A ningún lado.

18

El *sheriff* aparcó en el lugar de la carretera que quedaba a la altura de la escena del crimen. Vio por el espejo retrovisor que la autocaravana del laboratorio móvil salía de la curva y luego se balanceaba, inestable, sobre las roderas de la carretera hasta quedar detenida a unos metros de él. Un repentino ruido de estática procedente del transmisor de radio del coche le indicó que lo llamaban de la oficina. Mary tenía en línea a Rodney Cox, un agente jubilado de la policía estatal. Cox vivía en Parker, a veinticinco minutos en coche de Crosshaven.

Un agente federal que lucía unas gafas de sol oscuras de estilo aviador descendió del asiento del acompañante de la autocaravana y se acercó despacio al Bronco. Del cuello le colgaba una tarjeta identificativa con su fotografía.

—Pásamelo, Mary —dijo McFaron al micrófono mientras miraba al agente por el espejo retrovisor.

El agente se llevó las manos a las caderas en un gesto pretendidamente despreocupado, a la espera de que McFaron saliera de su vehículo. El *sheriff* sonrió. No era de extrañar que a Christine no le gustara Howard, suponiendo que aquel tipo fuera Howard. A él tampoco, y ni siquiera lo conocía todavía.

—¿Qué pasa, Rodney?

—Ezra North y su hija Sarah están sentadas aquí en el salón de mi casa, *sheriff*. Quieren contarle algo.

Fuera podían oírse las voces amortiguadas de los técnicos que salían de la autocaravana. Se reunieron junto al bosque cargados con un montón de artilugios. Uno se puso a probar un instrumento luminoso en la corteza de un pino blanco.

—Ahora mismo estoy algo ocupado, Rodney. ¿Puedo llamarte yo después? Cambio.

—La chica dice que ha visto a ese hombre de tu retrato robot —soltó Cox a bocajarro.

McFaron se irguió en el asiento.

—¡¿Cómo dices?!

Míster Dandi estaba de pie junto a la puerta del conductor del Bronco. McFaron bajó la ventanilla.

—Deme un minuto —dijo el *sheriff* alzando ligeramente el ala del sombrero y cerrando luego la ventanilla.

Sin decir una palabra, el agente del FBI regresó junto a su equipo.

—¿Está bien la chica? —preguntó McFaron con inquietud.

—El tipo no llegó a tocarle un solo pelo. Pero le dio un susto de muerte. Según ha explicado, la siguió el viernes pasado después del entrenamiento de fútbol. No se lo ha contado a sus padres hasta esta mañana. Estaba demasiado asustada.

A McFaron le ardían las mejillas.

—¡Joder! ¿Está segura de que es el mismo tipo? —Abrió un nuevo paquete de antiácidos Tums y se tomó tres de golpe.

—Dice que era la viva imagen del retrato robot.

Fuera del Bronco parecía que los agentes estuvieran preparándose para un asedio. Habían comenzado a montar sus instrumentos de detección y blandían largas varas metálicas con sensores en los extremos. Una mujer rubia que llevaba el pelo recogido en una cola de caballo se colocó unos auriculares sobre las orejas y, tras sujetar un pequeño aparato receptor en el arnés del chaleco, comenzó a mover el sensor sobre las hojas que había en la entrada del bosque.

—Le he llamado tan pronto como he podido, *sheriff*. Sabía que querría estar al tanto de esto.

—Escucha, Rodney, dile a la chica que espere ahí, en tu casa. Tendremos que tomarle declaración. Te llamaré en una hora como mucho.

McFaron colgó. Parker quedaba allí al lado. Ese desgraciado estaba volviéndose cada vez más atrevido y acechaba a sus víctimas cada vez más cerca. Christine Prusik estaría más que encantada de enterarse de esta novedad.

Míster Dandi comenzó a caminar de nuevo hacia el Bronco. McFaron descendió del vehículo y advirtió que su inicial reticencia respecto al equipo del FBI había disminuido.

—*Sheriff* McFaron, del condado de Crosshaven. —Extendió una mano—. Encantado de conocerlo.

—Agente especial Bruce Howard. —Se estrecharon las manos y el agente le dio a McFaron una tarjeta de visita.

—Me temo que a mí se me han acabado —dijo McFaron con el rostro inexpresivo.

Le dio a Howard los números de su móvil y de la oficina, y observó cómo el agente los introducía en su BlackBerry.

—Iremos detrás de usted —dijo Howard en un tono de voz neutral. A pesar de que el cielo estaba nublado, seguía con las gafas de sol puestas.

El seco comentario no molestó a McFaron. Mejor mantener las cosas dentro de la más estricta formalidad.

Agentes vestidos con pantalones tipo cargo y finas cazadoras azul marino con un enorme logotipo del FBI de color amarillo estampado en la espalda se desplegaron por la pendiente arbolada. McFaron enfiló el sendero que descendía por la empinada ladera pisando hojas revueltas.

—Ese tronco grande estaba colocado encima del cadáver —dijo señalando un tronco que había en mitad de la pendiente—. El que está ligeramente curvado hacia abajo.

—Entendido. Gracias, *sheriff*. A partir de aquí ya nos encargamos nosotros. —Howard se volvió e hizo unas señas a los técnicos que descendían a derecha e izquierda cargados de artilugios electrónicos.

Un técnico con unas gafas de protección puestas encendió una lucecita fluorescente que había en un extremo de su larga vara. McFaron sabía que se trataba de una lámpara ultravioleta especial que haría relucir cualquier posible rastro.

El *sheriff* se giró para regresar a su coche y, volviéndose un momento, gritó:

—Avíseme si necesitan algo.

Howard se despidió de él con un gesto indiferente. «Menudo capullo más engreído», pensó McFaron. Al mismo tiempo, rezó para que encontraran algo importante y pudieran atrapar al asesino antes de que otra chica no fuera tan afortunada como Sarah North.

Se sentó al volante y cerró de golpe la puerta del coche. De repente comenzó a sentir un cosquilleo en el pecho. ¿Demasiado estrés para su corazón? Su padre había fallecido repentinamente a los cuarenta años, apenas alcanzada la mediana edad. El médico había achacado a años de tabaco el hecho de que cayera derrumbado sobre un leño en el aserradero (con una quemadura entre dos dedos a causa del último cigarrillo que se estaba fumando cuando murió). «Hasta luego, hijo», habían sido sus últimas palabras esa mañana. Las mismas que siempre decía al pasar por delante del dormitorio de su hijo de camino a la calle antes del alba. Y así, sin más, ya no volvió a verlo nunca.

McFaron se preguntó cuántos años debían de quedarle a él y cómo los pasaría. En cierto modo, su mundo no había cambiado mucho desde la muerte de su padre, cuando una especie de entumecimiento emocional se había asentado en su interior. Al morir su madre, McFaron no sintió nada. Y cuando tomaba conciencia de sentir algo más que las irritaciones del día a día, era un vacío, como la faz de la luna apenas visible en un cielo azul claro, una gran presencia silenciosa. Al llegar la noche, cuando la luna relucía en lo alto convirtiendo el patio trasero en un juego de sombras y formas, el tormento de McFaron comenzaba de nuevo y el vacío de su interior se ennegrecía. Los tragos de bourbon de Kentucky no hacían más que suavizar un poco su angustia. Temía que tarde o temprano ganara el dolor.

McFaron cogió la tarjeta de visita de Christine Prusik de su cartera. Con suerte, ella todavía no habría almorzado. Llamó al móvil de la agente y aceleró sin mirar atrás.

El teléfono sonó por encima del ruido de motores diésel que entraba por la ventana. El motel Interstate compartía aparcamiento con una gran parada de camiones. Prusik encontró el aparato al cuarto timbrazo.

—Agente especial Prusik.

—¿Puedo llevarte a comer un sándwich, Christine?

Ella bostezó en voz alta. Incapaz de dormir, se había levantado temprano y se había pasado toda la mañana al teléfono con su equipo y preparando un informe para Thorne. El estómago le rugió ruidosamente.

—Ahora que lo mencionas, no he desayunado. La idea de un sándwich me parece genial. De hecho, cualquier cosa me lo parece mientras venga acompañada de mucho café.

—Eso puedo arreglarlo —dijo McFaron—. Tu amigo Howard y su equipo están reconociendo la escena del crimen en estos momentos. Han acudido con todo su instrumental.

—¿Qué quieres decir?

—Bueno... pues que están inspeccionando la escena del crimen —dijo McFaron lentamente—. Les he enseñado el lugar hace un momento.

—Entiendo —repuso ella.

—Mierda, Christine —dijo él—. Había supuesto que te habría llamado.

—Has supuesto mal, *sheriff* —contestó ella, y acto seguido hizo una mueca. McFaron no se merecía su mordacidad.

—Si no te importa que te lo diga, este Howard parece un poco pagado de sí mismo.

—No me importa que lo digas —dijo ella, y lo dejó ahí.

Se recordó que debía telefonear a Howard en cuanto terminara esa llamada. Le concedería esa cortesía, aunque él no se hubiera tomado la molestia de llamarla al llegar, tal y como exigía la decencia profesional.

—Una cosa más —dijo McFaron—. Bueno, en realidad lo más importante.

—¿Sí?

Le contó a la agente lo de Sarah Norton.

Ella sintió cómo la adrenalina se extendía por su cuerpo.

—¡Dios mío! ¡Está volviéndose más atrevido! —Respiró hondo—. Eso es genial. ¿Podemos ir ahora mismo a interrogarla?

—Después de almorzar. No pasará nada por posponer la visita un poco, Christine. ¿No te habló nunca tu madre de la importancia de comer tres veces al día?

—No era ese tipo de madre.

Joe sonrió irónicamente.

—La mía tampoco. Te recogeré en treinta minutos. Tengo que hacer un par de llamadas.

Prusik se dispuso a presionar la tecla para finalizar la llamada, pero antes vaciló.

—Una cosa, Joe.

—¿Sí?

—No le habrás mencionado nada de esto a Howard, ¿verdad?

—No me ha parecido que fuera necesario.

—Perfecto. Nos vemos en unos minutos.

Así pues, de momento Prusik no regresaría a Chicago. McFaron la recogería e irían a comer algo antes de acercarse a Parker para interrogar a esa chica.

A continuación, Prusik buscó un nombre en el listado de su agenda electrónica y se armó de valor.

—Bruce —dijo adoptando el tono de voz más cordial que pudo—. Tengo entendido que el *sheriff* McFaron os ha llevado a ti y a la unidad de técnicos a la escena del crimen. ¿Alguna novedad?

—Todavía nada. Goodyear y Morrison están inspeccionando varios cientos de metros alrededor del perímetro en círculos concéntricos.

—Bien, bien. Estoy recopilando mis notas del examen *post mortem* y del interrogatorio que le hice a un testigo ayer por la tarde. —No mencionó la última revelación que acababa de hacerle McFaron acerca de un posible segundo testigo. Era prematuro, decidió. Y, además, todavía no tenía información de primera mano—. Voy a reunirme con el *sheriff* para que me detalle los demás interrogatorios que ha realizado y hacerme así una idea de cómo están las cosas. ¿Volvemos a hablar dentro de un par de horas?

—Me parece bien —dijo Howard.

—Perfecto. —Prusik colgó y exhaló un suspiro.

El intercambio que habían mantenido se había desarrollado con la máxima corrección, pero estaba claro que ninguno de los dos confiaba en el otro. Habría estado bien trabajar con un auténtico compañero, alguien que creyera en el trabajo en equipo y no estuviera siempre compitiendo por un puesto, alguien que quisiera resolver el crimen porque quisiera ayudar, no porque anhelara más poder para sí. Alguien como... Joe.

Inclinando los hombros hacia delante, se examinó en el espejo que colgaba sobre un pequeño escritorio. En la escasa luz de la habitación, su rostro parecía liso. La penumbra escondía el ceño fruncido que ninguna crema antiarrugas podía disimular. Pensó que no estaba mal para sus treinta y cinco años. «Treinta y cinco.» ¿Se consideraba eso mediana edad?

Se apresuró a meterse en el cuarto de baño, pues McFaron llegaría pronto. Todavía estaba algo hecha polvo después del ataque de pánico de la noche anterior, pero también sentía un cosquilleo interior. Había dos novedades en el caso, y si era franca consigo misma, la idea de investigarlas con Joe, aunque solo fuera esa mañana, le resultaba excitante. Las sensaciones que el *sheriff* despertaba en ella eran desconcertantes, pero innegables. Las manos de McFaron parecían fuertes y tenía un rostro atractivo. El día anterior, cuando la había llevado al hotel después de interrogar a Joey Templeton, se había sorprendido mirándole el oscuro pelo de los dedos.

Se dio una ducha rápida y se secó enérgicamente, molesta ante la idea de tener que volver a ponerse la misma ropa, ya sucia y arrugada. Pero era eso o escoger algún atuendo de vaquera en la tienda de granjeros que había visto. Por suerte, el traje pantalón todavía aguantaba. Gracias a Dios por el poliéster.

A través de las suelas de sus zapatos de cuero negro Rockport, útiles para todo tipo de clima, percibió el retumbar del motor de un camión y sintió la repentina acometida de una maraña de emociones: pavor, inseguridad y determinación. Volvió a mirarse en el espejo y, tras sonreír a su reflejo para animarse, se dirigió a la puerta. La habitación resultaba demasiado deprimente. Esperaría a McFaron fuera.

Cuando posó la mano en el tirador de la puerta, se detuvo y regresó al espejo, metió la mano en el bolso y rebuscó en su interior hasta encontrar una vieja barra de carmín. A continuación se lo aplicó lenta y cuidadosamente en los labios.

19

Joe sostuvo la bolsa de los sándwiches con una mano y abrió la puerta de la cafetería de carretera con la otra.

—Después de usted, agente especial.

Ella sonrió y salió al exterior con una taza grande de café en cada mano, una para ella y otra para Joe.

—Gracias, *sheriff*.

Tras tomar una taza rápida mientras esperaban el pedido, Prusik había comenzado a sentirse mucho más persona. Después de la segunda, que se bebió mientras comía un sándwich de pavo asado, le pareció que ya podía volver a sentirse parte de la civilización.

Luego enfiló el camino en dirección al Bronco del *sheriff*, pero se detuvo de golpe cuando vio la furgoneta del FBI aparcada junto al todoterreno de McFaron. Howard descendió del vehículo federal y se dirigió hacia ella.

Prusik cruzó el aparcamiento en su dirección con rapidez.

—¿Ha sucedido algo? —preguntó mientras veía su propio reflejo en las gafas de sol del agente.

Howard señaló con la cabeza a McFaron.

La ayudante del *sheriff* me ha dicho que probablemente te había traído aquí para comer algo. Espero que estuviera bien.

—Solo hemos venido a buscar algo para llevar antes de volver al trabajo, Bruce. ¿Qué pasa?

Él deslizó hacia abajo sus gafas de aviador justo lo suficiente para hacer contacto visual por encima de la montura.

—Tengo al director ejecutivo al teléfono. Quiere hablar contigo. —Le dio su móvil.

—¿Christine? —dijo Thorne en un tono vacilante—. ¿Te lo ha contado ya Howard?

—¿El qué? —Prusik se agachó detrás del Bronco y presionó con la mano libre la otra oreja para tratar de tapar el retumbante ruido de motores que había en el aparcamiento.

—Howard ha vinculado el retrato robot con un granjero que vive en Weaversville, Indiana. Una fotografía policial de un tal David Claremont ha resultado coincidir a la perfección. Al parecer, este tipo atacó hace poco a una mujer en un aparcamiento de la zona y la policía tuvo que acudir al lugar de los hechos.

—¿Cómo? ¿Qué tipo de ataque? ¿Qué le pasó a la mujer?

—Oh, nada, la mujer está bien. No presentó cargos. Aunque debería haberlo hecho. Había muchos testigos en el aparcamiento. Ahora mismo no sé nada más. En cualquier caso, según la policía local de Weaversville, este Claremont también tiene una camioneta vieja. Howard me ha dicho que tienes un testigo en Crosshaven que vio una camioneta vieja, ¿verdad?

Prusik se mordió el labio. Acababa de hablar con Howard hacía apenas cuarenta y cinco minutos. ¿Habían salido a la luz todas estas novedades en ese breve periodo de tiempo? Improbable.

—¿Estás ahí? ¿Christine?

—Sí, todavía estoy aquí, Roger —respondió ella en un tono de voz apagado—. Lo comprobaré de inmediato.

—No hace falta que te diga lo encantados que están en Washington con este giro de los acontecimientos —dijo Thorne felizmente.

«Acabas de hacerlo», pensó ella con amargura.

—Estoy segura de ello.

—En realidad, mucho más que encantados. Han decidido nombrar a Howard director logístico del caso. Solo a nivel operativo, claro está. Tú seguirás dirigiendo la investigación forense. Te necesito, Christine. Eres vital para el éxito del equipo y para que se resuelva el caso.

Prusik podía notar la mirada de Howard agujereándole la espalda. Sin duda ya debía de haber interpretado por su lenguaje corporal lo que Thorne estaba diciéndole. Prusik se enderezó.

—Tú seguirás a cargo de tu equipo forense —repitió Thorne para llenar el silencio que se había producido—. Y Washington no enviará ninguna unidad auxiliar ahora que ha aparecido un sospechoso de verdad. ¿Podré contar con tu absoluta cooperación en lo que respecta a mantener informado a Bruce?

—Por alguna razón, eso no suena como una pregunta, Roger.

—No me gusta ese tono —contestó él con severidad—. Asúmelo, Christine, has llegado tarde y mal. Cinco meses sin ningún sospechoso... Míralo desde la perspectiva de los mandamases del cuartel general. No has cumplido. —Y, suavizando el tono, añadió—: Ya sabes que te necesito trabajando con el equipo forense. Es tu punto fuerte, Christine. Todavía eres la mejor. Y todo esto es para bien. Estamos dando un paso adelante como equipo.

Sintiéndose humillada, Prusik se escondió detrás del Bronco. Que le diera la noticia de ese modo, en un lugar público, con el *sheriff*, Howard y el equipo de este a pocos metros, resultaba más que desmoralizante. Y Thorne ni siquiera se había molestado en llamarla a su móvil. Tragó saliva ruidosamente.

—Que quede claro, tú todavía estás a cargo del equipo forense...

—Y mantendré informado a Howard, sí, sí. —Un regusto amargo le llenó la boca—. Te he oído la primera vez. ¿Algo más?

—Está bien. —Thorne moderó su tono de voz. Ya había dicho lo que tenía que decir—. Buena suerte en la rueda de reconocimiento. Está programada para hoy mismo, un poco más tarde. Howard te dará los detalles.

Oír a Howard riéndose con sus hombres junto a la autocaravana hizo que Prusik volviera en sí. Se acercó a él y le devolvió el móvil.

—Felicidades, Bruce. ¿Nos vemos en Weaversville para la rueda de reconocimiento?

Howard se la quedó mirando con una amplia sonrisa y las gafas de sol puestas. Ella podía ver en los cristales su reflejo devolviéndole la mirada.

—Claro que sí. Y tu *sheriff* también puede venir si quiere —dijo Howard señalando con un movimiento de barbilla a McFaron, que permanecía detrás de Prusik con los brazos en jarras—. Está programada para las cuatro en punto.

Prusik se mordió el labio y, tras subir al Bronco, cerró la puerta de golpe y se volvió hacia McFaron.

—Bueno, ¿nos ponemos en marcha?

El *sheriff* no necesitó preguntar si se había producido una transferencia de poder.

—¿A qué distancia está Parker?

—A unos veinte minutos en coche —contestó McFaron, acelerando para dejar Crosshaven atrás—. Que esa chica, North, lo haya visto es toda una suerte, ¿no te parece?

—Ya veremos. —Aunque, en efecto, suponía un avance. Y algo que tendría que explicarle a Howard. Debería haberlo hecho en el aparcamiento, pero todavía estaba asimilando la noticia que le había dado Thorne. ¿Y eso de «tu *sheriff*»? «¡Por favor, Howard! Qué infantil», pensó Prusik negando con la cabeza. Aunque, bueno, ella también se había comportado de un modo algo infantil.

Apretó los dientes y pulsó la tecla de marcado rápido para llamar a Howard.

—Bruce, acabamos de enterarnos de un posible avistamiento del sospechoso ayer en un pueblo llamado Parker, a unos veinte minutos de aquí. Me gustaría ir a investigarlo.

—Claro, Christine. Yo me ocuparé del sospechoso de carne y hueso. Tú ve a Parker con el *sheriff*. —Howard colgó sin esperar su respuesta.

Prusik cerró los ojos y se obligó a centrar toda su atención en el asunto que tenían entre manos.

Entregarse a impulsos irresistibles era una de las debilidades del asesino. Si el hombre que vio Sarah North era verdaderamente el asesino, significaba que había intentado realizar un ataque muy cerca de la escena del crimen de Julie Heath después de tres ataques previos más dispersos entre sí. Era posible que, en vez de planear el ataque y permanecer a la espera de una víctima, simplemente hubiera visto una oportunidad y hubiera intentado aprovecharla. Prusik ladeó la cabeza, tratando de encontrar sentido a las inconsistencias. El asesino parecía preferir lugares solitarios a la hora de atacar a sus víctimas. Entonces ¿por qué había atacado a alguien en un aparcamiento? ¿Y qué había de Missy Hooper? Había sido tan cuidadoso que nadie recordaba haberlo visto, pero llevársela con tanta gente alrededor había sido arriesgado. Ahora bien, su encuentro el viernes pasado con Sarah North —si es que era él quien había aterrorizado a la joven jugadora de fútbol cuando regresaba a casa— todavía lo era más. Puede que estuviera comenzando a cometer errores.

—Si no te importa que te lo diga, pareces distraída —dijo el *sheriff*.

—Lo siento. Estaba pensando en Sarah North y las víctimas. —Fingió una sonrisa—. Resulta difícil apartar de la cabeza la imagen de las víctimas cuando has visto lo que ese asesino les hace.

Otro largo silencio se hizo entre ellos. Por fin, el *sheriff* se aclaró la garganta.

—Le has alegrado el día a Arlene Greenwald en la cafetería accediendo a volver para dar una charla a su tropa de *girl scouts*. ¿Sueles hacerlo a menudo? Me refiero a dar charlas a grupos de personas.

—Con bastante frecuencia. Cuando lo hago con niños suele ser un placer. Me hace feliz mostrarles a unas niñas pequeñas que pueden tener éxito en un trabajo por lo general reservado a los hombres. —Se sonrojó—. Si es que eso no suena demasiado ridículo y vanidoso.

—Para nada. Esa es la razón por la que Arlene ha dicho que te ha invitado. Tiene mucho sentido.

—Cuando doy charlas a adultos no siempre resulta tan placentero. —Volvió a pensar en la gala de reapertura del museo el pasado abril y sintió vergüenza.

La tierra iba volviéndose más clara u oscura según el sol asomara entre las nubes o se ocultara. Hacía un tiempo variable y el pronóstico era de más calor húmedo. Pasaron por campos de alto maíz ya sin panojas. El paisaje que Christine veía por la ventanilla parecía de un país del Tercer Mundo: solares de tierra ocupados por chabolas con tejados de metal, caravanas, camionetas y basura desperdigada. En un momento dado, pasaron por delante de un pequeño letrero cuadrado de un pueblo llamado Utopia. Varios agujeros de bala decoraban la U.

—Qué agradable —dijo Prusik con seriedad.

—Por aquí los letreros suelen usarse para practicar la puntería. No significa nada.

—Claro. También lo hacen en Chicago. Y significa algo. —En esos momentos deseó llevar su cartuchera de tobillo con su pistola, un revólver calibre 38 de cañón corto.

—Los chavales de campo no son así —contestó él—. De verdad que no significa nada.

Continuaron en silencio durante un minuto.

—Es bonito esto —dijo ella al fin—. No me desagrada el campo. Solo que, en realidad, no lo conozco. —Exhaló un suspiro—. Algo no encaja, Joe. Weaversville está a... ¿cuánto? ¿Ciento sesenta kilómetros al sur de aquí? ¿Y a cuatrocientos ochenta de Chicago, donde asesinaron a la primera víctima?

—Algo así, sí.

—El cadáver de la primera víctima de la que tenemos noticia apareció enganchado al ancla de un barco en el lago Michigan, cerca de Chicago. Con el segundo y el tercer asesinato, y ahora con el avistamiento de Sarah North, tenemos indicios sólidos de que el asesino está expandiendo su radio de acción hacia el sur. Ahora bien, ¿un mozo de granja del sur de Indiana que ataca a una mujer en un aparcamiento público, a la vista de un montón de testigos? —Negó con la cabeza—. Sin saber nada del ataque, puedo decir que no encaja con el patrón habitual del asesino. ¿Y una coincidencia perfecta con un retrato robot elaborado a partir de una descripción hecha por un niño que iba en bicicleta...? No tiene sentido. De ningún modo, en mi opinión.

Christine ponderó sus palabras. ¿Se debían a su

rabia y su frustración? ¿A su enojo por el hecho de que Thorne le hubiera dado tanta credibilidad a una pista preliminar proporcionada por Bruce Howard? ¿O tal vez a su vergüenza por que la hubieran enviado de nuevo al laboratorio a realizar labores de apoyo técnico?

El *sheriff* consideró los argumentos de Prusik.

—Tienes que reconocer, Christine, que esa pista suena prometedora. Claremont podría haber ido en coche al norte para cometer el primer asesinato. Es posible comprobarlo. Y la coincidencia con el retrato robot es algo más que una mera casualidad. Parker no está tan lejos en coche de Weaversville.

—Lo que intento explicarte es que mi perfil del asesino no encaja con el de un hombre que ataca a mujeres adultas en lugares públicos. No te dejes impresionar por lo de este tal Claremont.

Se volvió hacia McFaron para ver su reacción y se dio cuenta de que, probablemente, esa sería la última vez que estuviera con él. Ya no haría falta que investigaran juntos sobre el terreno a no ser que las cosas se torcieran.

—Significaría mucho para mí que mantuvieras una mente abierta en relación con todo esto —dijo—. Me gusta trabajar contigo. En serio.

Prusik se sonrojó, avergonzada. Tenía la sensación de que le había desnudado su alma, a pesar de que objetivamente no había hecho tal cosa.

—Bueno, lo cierto es que estoy de acuerdo contigo —contestó McFaron—. No me parece para nada que lo de Claremont sea algo seguro; por eso estoy interesado en saber cuál es su relación con estos casos. Si es que hay alguna, claro.

Al instante, Christine se sintió más aliviada, pero solo se le ocurrió responder:

—Está bien.

—¿Christine? —dijo él al cabo de un momento.

—¿Sí?

—¿No estabas esperando una novedad acerca de la primera víctima?

Prusik se aclaró la garganta.

—Parece que también tenía una piedra insertada en la tráquea, pero lo más probable es que fuera un pedrusco cualquiera, no un objeto de museo como las otras. Eso a pesar de que el robo ya había tenido lugar.

Él frunció el ceño.

—Extraño.

Ella asintió lentamente con la cabeza.

—Sí, extraño.

Los siguientes minutos los pasaron en silencio, ambos ordenando y reordenando mentalmente las piezas del caso. Al pasar por delante de un rebaño de ovejas amontonadas en el borde de un campo, Christine se las quedó mirando y luego señaló una enorme maraña de plantas que se extendían a lo lejos hasta quedar fuera de la vista en la cima de una colina.

—¿Qué son esos setos tan grandes junto a los que están pastando las ovejas?

—Espinos. Si te acercas a ellos puedes quedarte atrapado. Conozco a un tipo que pasó demasiado cerca conduciendo un tractor. Se quedó enganchado en unas espinas y el tractor siguió adelante sin él. Se hizo cortes en los brazos tan profundos como la mordedura de un perro. Su esposa lo encontró allí atrapado. Hizo falta una motosierra para liberarlo. Si alguna de esas ovejas se mete dentro, se quedará atrapada y morirá a no ser que el ganadero la encuentre y la libere.

Algo hizo clic en el cerebro de Prusik.

—¿No se tratará de *Rosaceae multiflora*?

—Creo que sí. Una planta mala —dijo echándole un rápido vistazo a Prusik—. Por aquí está muy extendida.

Prusik hojeó las páginas de su cuaderno.

—La semana pasada, una experta en botánica identificó las distintas semillas que encontramos en la ropa de Missy Hooper. Varias procedían de un espino de *multiflora*.

—¿Y qué otro tipo de semillas encontró? —preguntó el *sheriff*—. Has dicho que fueron varias, ¿no?

—De malva, una hierba común que se encuentra cerca de graneros y casas de labor. Puede ser que el asesino viva en una granja.

—Entiendo —convino McFaron.

Ralentizó la velocidad del todoterreno cuando se acercaron a una serie de edificios repartidos en varios bloques. PARKER, POBLACIÓN: 2.037 HAB., se podía leer en un letrero descascarado.

—Ya hemos llegado. Vamos a ver qué nos cuenta Sarah North.

Bajo el brillo de unos focos, un agente escoltó a siete hombres al interior de una habitación. Cada uno sostenía una tarjeta con un número a la altura del pecho y se colocó sobre el número correspondiente pintado en el gastado suelo de linóleo, mirando hacia una pared con un espejo unidireccional y de espaldas a otra blanca, marcada con líneas que indicaban metros y centímetros.

«Puedo verlos a ellos, pero ellos no pueden verme a mí. Puedo verlos a ellos, pero ellos no pueden verme a mí.» Joey no dejaba de repetirse para sí estas palabras como un mantra mientras observaba al grupo y cerraba con fuerza los sudorosos puños. Se encontraba aproximadamente a la misma distancia a la que había estado del desconocido hacía un mes. Se arrodilló y pasó una mano por delante del cristal mientras un agente ordenaba a cada hombre que diera un paso adelante y luego volviera a retroceder. Al número cuatro tuvo que decírselo dos veces. A regañadientes, el hombre terminó por hacerlo.

Al colocarse debajo del foco, se le ensombrecieron las cuencas de los ojos. El desasosiego de Joey fue en aumento. No dejaba de echar vistazos a su abuelo, que permanecía sentado en un banco en la parte posterior de la habitación, y luego otra vez a aquellos ojos hundidos. Algo en la boca de aquel hombre no terminaba de cuadrarle. O quizá se trataba de la barbilla, no lo tenía claro. Sin estar todavía seguro, Joey volvió a mirar a su abuelo y, de repente, vio que algo se movía por encima del pelo blanco del anciano. En la pared posterior de la habitación había un enorme espejo unidireccional que daba a una sala de interrogatorios a oscuras. En su reflejo, el muchacho vio al número cuatro limpiándose la nariz.

Joey se quedó petrificado. Sentía como si el corazón fuera a explotarle en el pecho. Se dio la vuelta para volver a ver a los hombres y tragó saliva. En su mente no había nada entre él y el número cuatro, nada que impidiera a aquel tipo extender los brazos, agarrarlo y meterlo en la plataforma trasera de aquella camioneta vieja y herrumbrosa como había hecho con Julie.

Se dio la vuelta hacia Elmer.

—¡Oh, Dios mío! ¡Es él! ¡Ese es el hombre que vi, Abu! —exclamó Joey señalando el reflejo del hombre en el espejo que había detrás de su abuelo.

Elmer llegó junto a su nieto en tres rápidas zancadas.

—No pasa nada, muchacho. El hombre ese no puede verte. —Acercó a su nieto hacia sí—. Lo has hecho muy bien.

La detención de David Claremont por el asesinato perverso y sin sentido de Julie Heath resultó casi anticlimático para la mayoría de los que habían estado observando al muchacho. Joey Templeton había identificado sin vacilar a Claremont; era la persona del momento.

Claremont, ya esposado y rodeado de policías, no dijo nada mientras le leían sus derechos. Los incontrolables sollozos de la madre, Hilda Claremont, eran la única señal de emoción en la atestada comisaría de policía. El padre permanecía junto a su esposa rodeándole los hombros con el brazo. Claremont rechazó cualquier tipo de asesoramiento legal, asegurando que era inocente y que no necesitaba ningún abogado.

Al cabo de unos minutos, aparecieron los medios de comunicación. Furgonetas con generadores que proporcionaban electricidad a las cámaras y a las emisiones de los satélites portátiles llenaron el aparcamiento de la comisaría de policía de Weaversville. Había varios equipos desperdigados de camarógrafos, locutores y ayudantes que informaban de las novedades. Los ayudantes secaban el rostro perlado de sudor de los locutores en medio del húmedo calor. Todo el que salía de la comisaría se veía rodeado de repente por periodistas que solicitaban información sobre David Claremont. Un precoz y prometedor periodista de un canal afiliado a la CNN abordó a un conserje del turno de día durante una pausa para fumar y le ofreció un billete de cincuenta. El conserje aceptó el dinero y dijo a cámara: «Es un auténtico pirado. Todo el mundo estaba seguro de que algún día perdería la cabeza del todo».

Christine permanecía sentada en silencio con McFaron en una pequeña sala de interrogatorios mientras el alboroto que se había montado en la comisaría de policía y su aparcamiento seguía su curso. No podía dejar de repasar mentalmente una y otra vez la forma en que Joey Templeton había identificado a Claremont. No podía negar la seguridad que había mostrado el niño ni la inquietud que parecía generarle el sospechoso, pero algo no terminaba de cuadrar... No, algo no encajaba, pero ¿qué era?

20

Su interés en las vísceras había comenzado cuando era joven. A los siete, vio cómo atropellaban a un gato que había intentado pasar corriendo delante del tráfico. Un ojo se le salió varios centímetros del cráneo aplastado y el modo en el que relucía aquel disco oscuro y perfecto despertó su intriga. Estuvo pensando en ese gato y en esa reluciente esfera negra durante semanas, quizá meses, y fue entonces cuando se dio cuenta de que era distinto. Especial. Podía ver y apreciar cosas que la gente normal no advertía ni comprendía.

Descendió del vehículo para llenar el depósito. Seguía lamentando que se le hubieran escapado de las manos esas últimas chicas. Habían sido rápidas —unas presas que merecían la pena— y la suerte no lo había acompañado. Supuso que a esas alturas ya habrían hablado del asunto en sus casas, y se reprendió por haber cometido esos errores. Lenta y deliberadamente, agarró la punta del afilado cuchillo de mondar que llevaba en el bolsillo delantero del pantalón y lo presionó contra el muslo.

Le dio al empleado de la gasolinera un billete de

veinte todo arrugado. Al otro lado de la calle, una bandera roja, blanca y azul colgaba sobre la entrada de una ferretería publicitando las rebajas que hacían durante toda la semana por el Día del Trabajo. Recordó que estaba quedándose corto de suministros, de modo que decidió ir a comprar más. Recorrió los estrechos pasillos, pasando por delante de recipientes con clavos de diez centímetros y tornillos de acero inoxidable de medio, uno y un centímetro y medio, hasta que llegó al lugar en el que colgaban las brochas de nailon y otras más caras con cerdas de jabalí. Cogió media docena de las de nailon con la cabeza lo bastante ancha para barnizar paredes de graneros y seleccionó también un paquete de tres espátulas para masilla que le resultarían útiles para bordes y resaltes.

—¿Puedo ayudarle en algo, señor? —Un amable dependiente de la tienda se le acercó por la espalda.

Él le dio las brochas y las espátulas al dependiente con una afable sonrisa.

—Necesitaría dos cajas de tarros extragrandes para embotar, de un litro si tenéis. —Y añadió—: Hoy mi madre tiene mucho trabajo.

El dependiente regresó del almacén y dejó las dos cajas junto a la caja registradora.

—¿Esto es todo?

—Sí.

Se marchó apresuradamente con el equipo de pintura y los tarros. Después de tres horas conduciendo sin pausa, manteniéndose alejado de autopistas y carreteras interestatales importantes, llegó al mísero suburbio industrial en el que se había criado entre chimeneas y tuberías.

Esa tarde Delphos se encontraba envuelto en una neblina causada por una ola de calor otoñal. Pasó junto a la herrumbrosa estructura de la vieja fábrica de baterías de la que habían despedido a su madre hacía cuatro años y luego por delante de numerosas fachadas de negocios abandonados, y tomó la Segunda Avenida. No había tráfico, solo escaparates rotos y establecimientos arruinados de cuando el grueso de la economía se había desplazado hacia Asia una década atrás.

En la esquina había un gran cartel con una imagen renderizada de un proyecto arquitectónico. Pronto demolerían el viejo barrio para construir un gigantesco centro comercial de varias plantas en el que habría hasta una cascada y un estanque con patos auténticos y árboles de tamaño natural que crecerían en un enorme patio interior. Todo ese dinero (hormigón a espuertas: el sueño húmedo de un contratista) para que los compradores del área comunitaria de South Shore vinieran a su antiguo barrio a pasear y gastarse el dinero. Ver para creer. Esa tierra de nadie en las afueras de Chicago estaba a punto de sufrir un auténtico lavado de cara.

A pesar de estar abandonado y en ruinas, la familiaridad del viejo barrio lo hacía sentir bien. Cerró los ojos un segundo y volvió a sentirse como un niño, tirando piedras en las alcantarillas o yendo a comprar a la carnicería de Wallacker por encargo de su madre. En los meses transcurridos desde su encuentro con la joven autoestopista cerca del Pequeño Calumet, había comenzado a regresar a su viejo edificio sin ascensor, para entonces clausurado.

Un horno de gas de uno de los apartamentos todavía estaba conectado y le permitía hervir y envasar tal y como antaño hacía su madre. Había que hacer acopio de un buen suministro para los tiempos duros en los que la suerte estaba en su contra y el tormento crecía hasta resultar insoportable.

Entre los edificios clausurados con tablones de madera en puertas y ventanas se veía la agitada superficie de un riachuelo que corría calle abajo hasta unirse al Pequeño Calumet. Se detuvo un momento cerca del escaparate de una tienda calcinada y dejó el motor al ralentí. Apretó el amuleto de piedra que le colgaba del cuello, pero no fue suficiente para apaciguar su sentimiento de pérdida: un dolor en su interior que se extendía hasta el infinito, empequeñeciéndolo hasta reducirlo al tamaño de una mota de polvo.

Metió primera y siguió adelante. La mente le iba a mil por hora. Cada vuelta de las ruedas lo acercaba a casa, al azote de la voz con fuerte acento extranjero de su madre, a la vergüenza que una vez le había hecho permanecer sentado toda la noche en la silla de madera de su dormitorio, despertándose al oír el goteo de su propia orina. Al menos esa vez no había mojado la cama. De niño, solía ir en autobús con su madre. Una vez, a plena luz del día, se había orinado encima, mojando el vestido de su madre con el tibio líquido. Ella lo regañó allí mismo, delante de los demás pasajeros. Exclamó en voz alta que lo había hecho a propósito y, apretándole la mano con excesiva fuerza, lo sacó a tirones del ruidoso transporte público dos paradas antes. Él fue dejando un rastro de gotas a lo largo del pasillo del autobús.

Cuando llegaron a casa, ella le dijo:

—Acepta tu castigo.

Él obedeció y abrió la boca como siempre hacía. Con la solemnidad de un católico recibiendo comunión, recibió la piedra y se tragó el tosco trozo de grava que su madre había cogido en el solar que había detrás del edificio. Tenía un suministro interminable de dolorosas piedras para cada uno de sus interminables accidentes.

Sin poner el intermitente, giró por un callejón y aparcó la camioneta en el solar de grava de la trasera del bloque de apartamentos. Entró rápidamente en el viejo edificio clausurado. Ya en el apartamento, abrió una pequeña puerta que había en la cocina y ascendió el empinado y estrecho tramo de escaleras que conducía al tejado. En la más absoluta oscuridad, apartó las cadenas sueltas que había cortado unos meses antes y abrió la salida de incendios, haciendo una mueca cuando la reluciente luz del sol lo deslumbró. El aire recalentado hacía burbujear el viejo revestimiento de alquitrán. El calor era asfixiante.

Enseguida se metió en la sofocante habitación del tejado, parpadeando hasta que sus ojos se ajustaron a la penumbra y pudo distinguir las formas de la pequeña y sucia estancia que había sido suya desde que era niño. Al entrar, aspiró los familiares olores a humedad. Por un momento, todo permaneció inmóvil en su cabeza. Se sentó en el borde del colchón viejo y manchado, y comenzó a balancearse adelante y atrás para tranquilizarse. Luego se puso la máscara de plumas que llevaba debajo de la camisa.

Una entrada para ir al Museo de Historia Natural que le había dado su madre justo antes de morir había cambiado las cosas para siempre. Esa visita proporcionó un nuevo significado a su fascinación con las entrañas de los seres vivos. En la segunda planta del vasto y fresco edificio vio una canoa con estabilizador colgando del techo. Suspendida sobre un pasillo oscuro, anunciaba la entrada a la sala dedicada a la exposición sobre Oceanía. En una gran vitrina decorada con un motivo de hojas selváticas, una hilera de figuritas de piedra tallada relucía bajo los focos. La luz que se proyectaba sobre una de las piedras producía un espléndido resplandor de color verde manzana, como si la valiosa reliquia estuviera dotada de una poderosa fuente de luz propia. Debajo de los preciados objetos leyó lo siguiente: «Después de comer los órganos internos de los asesinados, el violento clan de la zona montañosa de Nueva Guinea depositaba estos amuletos de piedra en los cadáveres de sus víctimas».

Pronunciar esas palabras en voz alta mientras las leía hizo que se le erizara el vello de la nuca. Tanto daba dónde hubiera aprendido su madre a hacerle tragar piedras. Los duros guijarros que le hacía ingerir cobraron finalmente sentido al ver la exposición del museo: las piedras debían depositarse dentro de las personas después de asesinarlas.

El texto que había junto a la exposición estaba lleno de observaciones antropológicas y teorías sobre religión y simbolismo ritual que no le decían nada. Fuera cual fuera el significado concreto que los indígenas papús otorgaran al hecho de depositar piedras talladas dentro de los muertos para honrar a los espíritus de los antepasados, a él se le escapaba. Solo las primeras palabras que había leído le habían parecido de verdad mágicas. Esa colección de amuletos de piedra había cruzado el océano Pacífico para que él pudiera verla. Los caníbales con máscaras de plumas de las junglas de Papúa Nueva Guinea le habían dado unas instrucciones. Había llegado el momento de devolver las piedras al lugar al que pertenecían.

El día anterior, mientras pagaba a un empleado la gasolina que había puesto en la camioneta, le había llamado la atención una noticia que estaban dando en un televisor cercano. En la pantalla se veía el rostro de la atractiva agente mientras el reportero describía la localización boscosa en la que se había encontrado el cadáver de la chica del parque de atracciones. Se trataba de la misma agente que se había puesto a balbucear de aquel modo en la gala de reapertura del museo a la que él había asistido, la que había sido incapaz de hablar en público y se había marchado a toda prisa de la ceremonia. Él sabía por qué. A él le había pasado lo mismo la primera vez que había visto las piedras. Su poder también lo había silenciado. Pensar en el secreto que ambos compartían hizo que una sensación de bienestar se extendiera por su interior.

En la televisión, la agente explicó que el cadáver de Julie Heath, la chica de la tortuga, había sido hallado en un lugar parecido: el fondo de una empinada ladera. Esa agente era buena: había explicado que probablemente él debía de ser un tipo solitario que trabajaba de manitas aquí y allá, viajando en una camioneta vieja en la que quizá incluso vivía. Era una auténtica sabelotodo, desde luego, salvo que no había dicho nada sobre los amuletos de piedra que había robado en el museo. Estaba seguro de que para eso todavía no tenía respuesta. Y tampoco había dicho una palabra sobre la chica de la parada de camiones de la primavera pasada. Qué experiencia tan dulce. Con la mirada ausente detrás de los agujeros para los ojos de la máscara, rememoró su encuentro con la joven autoestopista. La chica se había bajado de un camión en la gran gasolinera de la orilla del lago y se había despedido del conductor con un gesto de la mano antes de colocarse la bolsa sobre un hombro y dirigirse hacia las dunas. Al alejarse, su silueta se había recortado en el vibrante cielo crepuscular. Un auténtico objeto de museo. Sonrió para sí. Qué equivocada había estado su madre al decir que ninguna mujer lo querría si mojaba la cama. Qué hermoso había sido ese anochecer.

Cogió un pequeño retrato familiar que descansaba en un estante. Era una instantánea de trece por dieciocho centímetros con un marco barato de latón. Se veía a su madre de joven, apoyada en una barandilla con una amiga. Cada una sostenía a un bebé en una rodilla y sonreía exageradamente a cámara. Colocó un dedo índice sobre el cristal y lo pasó varias veces por el espacio que había entre los dos pequeños mientras se preguntaba cómo habría sido tener un hermano, alguien que hubiera dado la cara por él o que hubiera asumido la culpa si fuera necesario.

Alguien como él. Alguien que apreciara las mismas cosas. Que pudiera comprenderlo sin que hiciera falta dar explicaciones.

Volvió a dejar el retrato en el estante y, sintiéndose complacido, se echó en la cama. Aspiró una larga y relajada bocanada de aire acre y, por un momento, se recreó en la paz que le proporcionaba ese entorno familiar y cerró los ojos. Se dormiría con facilidad. Siempre lo hacía cuando se sentía feliz.

Tres horas después de la identificación de David Claremont, Jasper se metió en su camioneta y volvió a dirigirse hacia el sur. Cuando oyó el boletín especial de noticias sobre la detención, aparcó a un lado de la carretera y se puso a reír a carcajadas mientras golpeaba el volante de puro placer. Era condenadamente perfecto. Un tontaina inocente detenido por lo que él había hecho. Al fin y al cabo, tal vez esa agente no fuera tan lista.

Decidió dar media vuelta y buscar un sitio en el que pudiera averiguar más detalles de la noticia, una tienda o un lugar semejante donde tuvieran un televisor encendido al fondo. A los cinco minutos aparcó en un 7-Eleven en el que, en efecto, el dependiente estaba viendo el informativo. No tuvo que esperar demasiado hasta que volvieron a hablar de la detención de Claremont.

Y entonces Jasper se sintió profundamente disgustado. Una rabia comenzó a bullir en su interior, y se las vio y deseó para salir de la tienda sin llamar la atención. El dependiente ni siquiera levantó la mirada.

El parecido le había sacudido los cimientos. Se apresuró a ponerse la gorra de béisbol y las gafas de sol que llevaba en la plataforma trasera de la camioneta, aunque no consiguió disimular el hecho de que, por primera vez en su vida adulta, se sentía vulnerable. Si bien no era culpa suya, corría peligro de que lo descubrieran y eso lo enfurecía. Le reconcomía, además, que la fotografía que habían mostrado en la televisión fuera lo más cerca que llegaría a estar nunca de ver el rostro de aquel chivo expiatorio. A continuación, un escalofrío de temor le recorrió el espinazo. Cabía la posibilidad de que el tal David Claremont lo delatara, a no ser que él mismo tomara cartas en el asunto.

Prusik estaba muerta de hambre. McFaron contaba con que en el restaurante Weaversville Chimney no hubiera ningún periodista molesto acosándolos con su micrófono, y había acertado. Al entrar, escogió una mesa de un rincón y ambos pidieron dos copas de vino y el plato especial de espaguetis. De camino a la mesa, Christine se fijó en que un cliente —un hombre corpulento de mediana edad con gafas de montura metálica— le miraba el pecho descaradamente. Al pasar a su lado, el tipo le guiñó el ojo.

—¿Es que al ver a una mujer los hombres siempre piensan primero en el sexo? —preguntó, lamentando al instante haberlo hecho.

—Supongo que sí. —Un evidente rubor apareció en el rostro de McFaron—. Es decir, si uno se siente atraído por alguien, puede que, al menos al principio, sea algo físico, sí. ¿Por qué si no querría uno ir más allá?

Prusik reprimió un grito de exasperación.

—¿No has pensado alguna vez que alguien podría quizá conocer primero a esa otra persona con la que está trabajando? Sin la menor intención de tener ninguna aventura con ella.

—Tú me has preguntado qué es lo primero que ve un hombre —la corrigió él—. No has dicho nada sobre trabajar con una mujer y desarrollar luego sentimientos por ella. Eso sucede todos los días. Unos amigos míos se han casado después de haber trabajado juntos durante un par de años. Puede sonar vulgar, pero un buen cuerpo resulta atractivo, y no me avergüenza decirlo. —McFaron le dio un trago a su copa y cruzó brevemente la mirada con Prusik antes de bajar los ojos.

—Entonces ¿por qué te has sonrojado?

—Supongo que me has cogido por sorpresa —dijo McFaron—. Mi madre siempre me decía que me sonrojaba con facilidad. A lo mejor tenía razón. —La miró a los ojos y sonrió.

—Debes de tener algo que ocultar, ¿no? —Prusik le dio un sorbo al vino. Tenía un punto ácido.

—Supongo que sí.

El dorso de la mano de McFaron rozó la de Christine cuando ambos las extendieron al mismo tiempo para coger una rebanada de pan de ajo. Una cálida sensación se extendió por el cuerpo de la agente, que apartó la mirada con timidez.

—La verdad —dijo él—, me paso tanto tiempo yendo de un lado para otro ocupándome de los problemas de los demás que apenas doy importancia a los míos. —El *sheriff* sintió una punzada de vergüenza. No lo había expresado bien—. Christine, si te soy sincero, la presión de este caso está siendo muy intensa. Todo el mundo quiere saber si tenemos ya al asesino.

—¿En serio? —refunfuñó ella—. Pues yo en cambio estoy encantada del modo en que están yendo las cosas. —Le dio otro sorbo al vino y se hizo un momentáneo silencio entre ambos—. ¿Qué te parece si dejamos de hablar de trabajo? —dijo entonces en un tono más suave, y luego apoyó la barbilla en las manos entrelazadas.

—Me gusta esa idea.

Permanecieron un momento en silencio mientras la camarera reponía la cesta del pan y luego Christine se inclinó hacia delante.

—Te diré algo que poca gente sabe sobre mí, Joe. Antes de entrar en el FBI, hice algo muy divertido. Un verano, mientras todavía iba a la universidad, trabajé en un zoo para niños.

—¿Un zoo?

—¡Sí, te lo juro! Un zoo auténtico. Yo me encargaba de operar el zoomóvil, una furgoneta grande pintada con rayas de cebra y modificada con jaulas portátiles para llevar animales exóticos. Dos adiestradores me acompañaban a visitar escuelas y campamentos de verano y dejábamos que los niños acariciaran a los animales. La idea era crear conciencia en las comunidades que visitábamos sobre la situación tan difícil de las especies en peligro de extinción. —Prusik sonrió—. Me lo pasé pipa.

—Nunca hubiera imaginado que te gustaban tanto los animales —dijo McFaron—. Pensaba que los urbanitas como tú erais demasiado sofisticados para tratar con ganado.

—En absoluto. A mí me encantan. De hecho, ese episodio guarda relación directa con mi actual trabajo.

McFaron enarcó las cejas.

—¡Oh, esto merece una explicación!

—¿Sabes ese despliegue de ciencia forense sobre ruedas que tiene a su cargo el agente especial Howard? Fue idea mía. Directamente inspirado en el zoomóvil. —Se encogió de hombros—. La única diferencia real entre los dos vehículos es que el trabajo que se realiza en la autocaravana del FBI no está a la vista del público.

—Me sorprendes, Christine.

Ella volvió a sonreír.

—Recuerdo que había un mono araña llamado Squeakums que solía aferrarse a mi brazo con las manos, los pies y esa cola prensil que tienen. Luego fruncía los labios y soltaba un aullido agudísimo. Se me cogía con tanta fuerza al brazo que no era necesario siquiera que lo sostuviera.

—Me gustaría haber visto eso. Christine y su pequeño Squeakums.

Ella le tiró la servilleta.

—Era un trabajo duro y sucio, pero ¿sabes qué? A pesar de todo el esfuerzo que me exigía, lo adoraba.

Me encantaba ver la excitación de los niños y oír sus risitas cuando Squeakums comenzaba a soltar su grito de apareamiento cogido fuertemente a mi brazo.

Prusik sentía las mejillas acaloradas a causa del vino.

—A veces me pregunto por qué me molesto siquiera. —Negó con la cabeza, frunciendo el ceño—. La rutina del mundo real me parece una equivocación cuando me oigo hablar de ese verano. En este momento puedo decir con toda sinceridad que nunca he disfrutado tanto como en esos tres meses que pasé entre niños y animales.

—Tus talentos me impresionan, Christine —dijo McFaron en un tono de voz más bajo.

—Pero ¿entiendes lo que quiero decir? ¿Todas las cosas malsanas que hacemos cada día, Joe?

—Entiendo muy bien lo que quieres decir. —Sonrió con cierto pesar—. Comencé a trabajar en esto a los veintiuno. Fui el *sheriff* más joven que ha tenido Crosshaven. Pero no me he arrepentido nunca.

—¿Veintiuno? —preguntó Prusik—. ¿Y qué hay de la diversión?

—Supongo que en el trabajo mismo hago cosas que son divertidas junto a otras que no lo son tanto. Básicamente, mantenerme ocupado me ayuda a conservar la serenidad. Si paso demasiado tiempo lejos del trabajo, me siento perdido. —Estas últimas palabras se le habían escapado sin querer.

Christine enarcó las cejas.

—Solo es un modo de hablar —matizó McFaron.

—Pues a mí no me parece que estés perdido. ¿A qué te refieres?

—Solo, perdido... —dijo el *sheriff*—. ¿Cuál es la diferencia?

—Para mí significa algo más. Para estar perdida una debe saber lo que significa que la vuelvan a encontrar —repuso Prusik con convicción.

Él sonrió.

—Christine, madre adoptiva de Squeakums y también gran filósofa. ¿Qué más eres? Vale, precisaré lo de «perdido». Me encuentro a mí mismo con el trabajo, y me siento perdido si estoy ocioso durante demasiado tiempo. Supongo que eso me define bien.

—Así que te parece que eso te define bien, ¿eh? ¡Hombres! —Se cruzó de brazos—. ¿No podríais ser un poco menos opacos?

—¿Cómo? ¿Para que las mujeres puedan calarnos? ¡Ni hablar!

Siguieron comiendo despacio y con placer. Tras terminar su segunda copa de vino, Christine ofreció a McFaron una larga y sosegada sonrisa que terminó en un bostezo todavía más largo y sosegado.

Él le devolvió la sonrisa.

—Mañana es un gran día —dijo él—. Necesitarás estar descansada para el interrogatorio de Claremont.

Ella asintió y él apartó la mirada para pedir a la camarera que trajera la cuenta. Cuando se volvió otra vez hacia ella, Prusik estaba mirándolo fijamente con sus ojos castaños.

—He disfrutado mucho de nuestra conversación —dijo él bajando el tono de voz—. Enterarme de lo de tu amor por los animales, Christine, ha sido... Bueno, gracias por contármelo.

Después de pagar la cuenta, McFaron llevó a Christine a la pensión a la que ella se había trasladado antes y que estaba cerca de la comisaría de Weaversville. La acompañó hasta la puerta. La calle estaba en silencio.

—¿Quedamos mañana un poco antes de las ocho? —preguntó él.

Prusik asintió y luego vaciló.

—Joe... Gracias por la cena —dijo—. Y por escucharme. —Dejó en el suelo su maletín forense—. Me lo he pasado muy bien, aunque haya sido yo quien no ha parado de hablar. La verdad es que no recuerdo la última vez que compartí una comida con alguien sin hablar incesantemente de trabajo. ¿Quizá podríamos volver a hacerlo?

—Eso me gustaría mucho, Christine. He disfrutado de todos y cada uno de los minutos de esta noche. Y hoy hemos avanzado mucho con el caso.

McFaron pensó en el interrogatorio de Sarah North que habían realizado por la mañana. Qué cariñosa y comprensiva se había mostrado Christine, sentada al lado de la joven testigo y acercando la cabeza para oírla mejor. Había conseguido que a la joven testigo le resultara fácil confiar en ella. El *sheriff* se había dado perfecta cuenta. También recordaba haber concentrado su atención en la espalda de la agente especial. Bajo la camisa de color beis había podido distinguir el contorno de las tiras de su sostén, sus anchos hombros y los poderosos músculos dorsales que se extendían a los lados de su cuerpo. De camino a Weaversville desde Cross-haven, ella le había explicado que le gustaba liberar la tensión del trabajo yendo a nadar a espalda hasta las tantas en un club del centro de Chicago. La mayoría de las mujeres en forma que conocía eran diminutas en comparación, casi una subespecie al lado del tono muscular que exhibía Christine.

McFaron se quitó el sombrero y lo sostuvo por el ala. Se la quedó mirando.

—Eres realmente interesante, Christine.

A ella le agradó oír su azorada apreciación. Los reservados modales del *sheriff* le recordaban a los de su padre, así como también su buena disposición a ayudar en la escena del crimen de Crosshaven. Colocó una mano sobre su pecho y se puso de puntillas. Se besaron.

McFaron se la quedó mirando a los ojos a apenas unos centímetros y luego volvió a besarla, atrayéndola más hacia sí.

—Lo que he dicho esta noche..., lo de las relaciones entre hombres y mujeres... —Prusik se separó, presa de una repentina timidez, y sonrió abiertamente al darse cuenta de que él no tenía prisa por marcharse—. Bueno, lo que quiero decir es que no tengas muy en cuenta todo lo que digo. Eso es todo. —Le dio unas afectuosas palmaditas en el pecho y cogió su maletín.

—Nos vemos a las ocho, Joe.

Él volvió a ponerse el sombrero e inclinó la cabeza hacia ella, asintiendo.

—Te recogeré aquí mismo, Christine.

Mientras miraba cómo se alejaba McFaron en su Bronco, Prusik podía sentir en su interior el vestigio de una cálida sensación. Sabía que al día siguiente él tendría que levantarse muy temprano para llegar a tiempo a Weaversville desde Crosshaven, un trayecto de unos buenos ciento veinte kilómetros. ¿Por qué no le había invitado a que se quedara con ella? Porque era una profesional y estaba trabajando en un caso, esa era la razón.

Y quizá también estaba un poco asustada.

Subió la escalera en dirección a la pensión y, al llegar a la puerta de entrada, vaciló un momento, saboreando la velada y el resplandor que Joe parecía avivar en su interior. Había comenzado a oscurecer y unas pocas estrellas brillantes asomaban en el cielo lapislázuli. Acto seguido, sin embargo, oscureció del todo y, como si el mismo sol hubiera estallado en mil pedazos, el cielo se llenó hasta los bordes de una multitud de puntitos brillantes.

A medianoche, el autobús exprés procedente de Chicago aparcó en la terminal de Greyhound situada en el centro de Indianápolis. Henrietta Curry descendió con cuidado los escalones del vehículo, agotada por la hora que era y aliviada de poder estirar al fin las agarrotadas piernas. El húmedo aire mezclado con el humo de los motores diésel se coló en la sala de espera cuando cruzó la puerta automática con su maleta y una caja de galletas debajo del brazo. Había perdido el autobús de las cinco y en su lugar había tenido que coger el de las nueve, con lo que había llegado a Indianápolis a una hora a la que normalmente ya estaba en la cama durmiendo. Pero le había prometido a su hija que estaría disponible como canguro durante tres días a partir del día siguiente a primera hora de la mañana, y no quería dejarla tirada. Ser madre soltera y trabajadora ya era en sí bastante difícil como para además tener que preocuparse de buscar niñeras en el último minuto.

Un pequeño choque accidental con una persona que estaba mirando un gran monitor de televisión que había en una pared de la cavernosa sala hizo que la señora Curry también levantara la mirada justo a tiempo de ver una noticia sobre la detención de Claremont ese mismo día por el asesinato de una estudiante de Indiana. La maleta de la mujer cayó al suelo con un ruido sordo. El rostro del hombre detenido que veía en la pantalla era inconfundible. Era el mismo tipo que había ido sentado a su lado en el autobús de Chicago.

«¡Se ha escapado!», pensó.

La señora Curry se adelantó un poco para ver si podía divisar al hombre que había rechazado sus galletas caseras sin siquiera una palabra amable (y eso que se trataba de su mejor receta). Miró por encima de sus gafas trifocales, intentando vincular la cara de las noticias con la del hombre que se había apresurado a pasar por delante de mujeres y niños para bajar del autobús. Era él. Estaba completamente segura. La mujer se abrió paso a través de una muchedumbre de pasajeros que acababan de llegar (olvidándose por completo de su maleta), pero no parecía haber señal alguna del desconocido de la gorra de béisbol y el abrigo de granjero de color marrón.

—¡Eh, señora! —Alguien dio unos golpecitos con el índice en el hombro de la señora Curry, sobresaltándola—. ¿Es suya? —Un hombre negro estaba mostrándole la maleta que sostenía en una mano. Iba uniformado, llevaba una gorra roja de capitán y lucía unas patillas ya grisáceas.

—¡Ay, sí! —Cerró los ojos un segundo—. ¡Debo de estar perdiendo la cabeza! —Cogió su billetera y le dio un billete de un dólar—. Gracias.

—A usted, señora —dijo el hombre llevándose una mano a modo de saludo a la reluciente visera de su gorra roja. Al dar la vuelta para marcharse, la señora Curry le tiró de una manga.

—Escuche. —Se acercó a él—. Creo que ese hombre al que han detenido por asesinar a todas esas chicas se ha escapado. Iba sentado a mi lado en el autobús de Chicago —dijo mientras señalaba a través de la ventana de la sala de espera la pantalla de televisión, en la que todavía podía verse el rostro de Claremont.

La señora Curry cogió un billete nuevo de veinte de su billetera y lo sujetó entre dos dedos.

—Ha bajado del autobús no hace ni cinco minutos. No puede haber ido muy lejos. Ayúdeme a encontrarlo. Mire en la calle y vuelva si lo ve. Yo lo buscaré por aquí. —Le mostró el dinero—. Encuéntrelo y esto es suyo.

El hombre de la gorra roja se mostró confundido. Aguzó la mirada hacia el televisor para ver mejor la cara del tipo del que hablaba la señora justo cuando la imagen se desvanecía y aparecía en pantalla un joven *skater* bebiéndose una Coca-Cola. El hombre de la gorra roja volvió a mirar el billete de veinte que la mujer seguía sosteniendo entre los dedos, y salió corriendo fuera y comenzó a mirar a un lado y a otro con una mano ahuecada sobre los ojos. A los diez minutos, volvió a encontrarse con la señora Curry en la sala de espera y la informó de que, por desgracia, el tipo parecía haber desaparecido.

Ella le dio las gracias y le ofreció una galleta de su caja.

—Tenga, coja alguna por las molestias. Es mi mejor receta. Yo iré a llamar a la policía. Sé lo que he visto.

Arrastró la maleta hasta una hilera de cabinas que había en una pared y llamó a su hija. Eran casi las doce y media cuando conectó con el cuartel central de la policía de Indianápolis. Un poco de obstinación junto con un toque de amabilidad bien administrada hizo que consiguiera finalmente que la pasaran con un representante del FBI. La descripción que realizó del hombre que había estado sentado a su lado fue detallada y minuciosa, así como también su relato de la descortesía con la que había rechazado sus galletas. Estaba convencida de que se trataba de la misma persona que había visto en la televisión.

Le dio al agente su nombre y el número de teléfono de casa de su hija. Y no se dejó el detalle de la dulce chica que iba sentada al otro lado del pasillo, una hilera por detrás de la suya. En un momento dado, la señora Curry había levantado la mirada justo a tiempo para pillar al hombre que iba sentado a su lado con la cabeza vuelta, mirando fijamente a la chica. Habían sido unos buenos diez segundos de maligna concentración que habían provocado arcadas en la pobre chiquilla.

21

Christine se removió en su asiento. El aire acondicionado de la pequeña sala de interrogatorios apenas funcionaba y había comenzado a sudar antes incluso de que todo comenzase. Había acordado con Bruce Howard que ella sería quien condujera el interrogatorio en vez de él. Al hablar con los padres del sospechoso, habían descubierto que este tenía una relación más problemática con su madre. Christine pensó que si era ella quien lo interrogaba tal vez conseguirían arrancarle a Claremont una confesión. Howard se mostró de acuerdo.

Claremont tenía los ojos hundidos, tal y como había dicho Joey Templeton. Ella se fijó en que sus arcos cigomáticos —la estructura ósea que iba desde la parte baja de la cuenca del ojo hasta la sien, formando la prominencia del pómulo— eran más pronunciados de lo normal y que sus arcos superciliares sobresalían por encima de las cuencas, lo que le impedía ver bien el movimiento de sus ojos y le provocaba una sensación incómoda.

Sus miradas se cruzaron y ella asintió levemente. Mejor empezar cuanto antes.

—Soy antropóloga física de formación. ¿Sabes lo que es eso, David?

—Estudia usted huesos, ¿no?

—Así es. Los doscientos seis huesos que componen la anatomía humana, para ser precisos.

Claremont asintió.

—Como antropóloga forense examino las víctimas de crímenes violentos. Dices que eres inocente. ¿Accederías a que te hiciéramos un análisis de sangre?

—¿Qué tiene que ver mi sangre con todo esto? —Él se la quedó mirando a los ojos sin pestañear—. Ya se lo he dicho. No he hecho nada. —Su tono resultaba creíble, pero una mente calculadora habría practicado una y otra vez hasta haber perfeccionado aquel aire de inocencia. Un psicópata, por otro lado, podía mentir de un modo convincente al primer intento sin siquiera pestañear.

—Entonces no tienes nada que esconder, ¿no? Un test de ADN te libraría de toda sospecha. —«Suponiendo, claro, que tengamos la suerte de encontrar algún rastro del ADN del asesino en alguna de las víctimas o alguna de las escenas del crimen y podamos cotejarlo», pensó ella—. ¿No es eso lo que quieres? ¿Quedar absuelto? Si el análisis de sangre saliera negativo serías un hombre libre. —Escrutó su expresión—. ¿No te gustaría volver a casa, David? ¿Limpiar tu nombre? ¿Dejar todo esto atrás?

—¿Cómo sé que está diciéndome la verdad? —Él retorcía las manos debajo de la mesa.

—Buena pregunta. A quien estamos buscando es al asesino. Si tu ADN no se corresponde con el suyo, significa que sigue estando libre y continuará matando. —Prusik se fijó en el rostro de Claremont por si advertía alguna señal de hostilidad, pero no observó nada más que un previsible recelo—. No tenemos ninguna intención de cargarte con la culpa de algo que no has hecho.

Claremont colocó la mano derecha sobre el tablero de la mesa. Ella retiró el sello antiséptico de la aguja y extendió una mano hacia la de él.

—Un pequeño pinchazo, tomo muestras de dos gotitas de sangre con esta cartulina especial y ya habremos terminado.

Prusik sujetó con firmeza el dedo índice del sospechoso, pinchó la punta y luego aplicó dos gotas rojas sobre la tarjeta rectangular. Claremont retiró la mano.

—¿Quieres una tirita?

Él negó con la cabeza. Los músculos faciales del hombre se tensaron alrededor de las huesudas protuberancias de sus arcos superciliares. Si estuviera esculpido en piedra, el rostro de Claremont parecería estar a medio hacer, como si todavía fuera necesario lijar más sus exagerados rasgos para suavizarlos.

Prusik reparó en la tira de cinta adhesiva que le cubría el dorso de la mano izquierda.

—¿Te has hecho una herida? —preguntó, señalando la mano con un movimiento de cabeza.

Claremont escondió la mano debajo de la mesa y la miró con dureza.

—No es lo que piensa. —Los tendones de sus antebrazos se tensaron contra el borde de la mesa.

—¿Y qué se supone que estoy pensando?

—¡No he hecho nada malo! —exclamó—. ¡Todo esto es una equivocación!

Prusik asintió.

—Eso es lo que esperamos que demuestre el ADN. Ahora enséñame la mano, David.

Él retiró la cinta adhesiva con una mueca y dejó ver una fea herida con apariencia de mordedura humana. No había duda de ello, y parecía reciente. Prusik tragó saliva. Su mente racional era capaz de formular la pregunta, pero, en lo más profundo de su ser, una voz le decía a gritos que huyera corriendo.

—¿Cómo te has hecho eso?

—No... no lo sé exactamente —dijo con la voz quebrada. Su agitación parecía auténtica.

—¿Me darías permiso para tomar un molde de tu dentadura?

Él accedió sin que ella tuviera que pedírselo una segunda vez. Prusik abrió la riñonera forense que llevaba en la cintura y sacó un calibrador de acero inoxidable pensando ya en cómo Brian Epstein compararía los dientes superiores e inferiores de Claremont con las fotos *post mortem* de las marcas de dientes en el hombro de Betsy Ryan, aquellos primeros planos que había ampliado usando el software Lucis.

Luego se acercó a Claremont y le pidió que abriera la boca. Percibir sus cálidas exhalaciones en el dorso de la mano provocó en ella otra desagradable oleada de ansiedad. Era incapaz de detener las pulsaciones que emanaban de lo más profundo de su amígdala: el germen primitivo del cerebro, la parte animal que no podía controlar, y la zona en la que, tal y como los investigadores habían demostrado, se originaban las debilitantes reacciones de miedo y pánico. Apoyó una mano en el borde de la mesa y esperó a que se le pasara.

—Lo siento —dijo, y, recobrando la compostura, añadió—: Intentémoslo de nuevo. Abre bien la boca, como cuando vas al dentista para una limpieza dental—. Midió la distancia entre los colmillos de la mandíbula superior, y luego aplicó el calibrador entre los caninos inferiores. A continuación midió las claras marcas de la mordedura que tenía en la mano: coincidían a la perfección, lo cual quería decir que se trataba de una herida autoinfligida.

Prusik retiró una especie de masilla de color azul de su envoltorio hermético y la colocó en los dientes superiores de Claremont presionando con firmeza. Luego repitió el proceso cuidadosamente con los inferiores. Compararía la impresión que obtuviera con las marcas de mordedura de Ryan.

—¿Por qué te has mordido a ti mismo?

—Yo... no lo recuerdo.

Prusik no insistió. Cogió un cuaderno de páginas amarillas de su maletín.

—Hablemos de tu rutina diaria, ¿te parece? —Cambiar de tema era una estrategia interrogativa que solía usar, pues creía que así evitaba que el sospechoso tuviera tiempo suficiente de inventarse las respuestas—. Descríbeme un poco tu semana laboral. ¿A qué dedicas las horas? ¿Cuánto tiempo pasas en la granja?

—Estoy en la propiedad casi todos los días, supongo —dijo él encogiéndose de hombros—. En ella o en sus alrededores.

—¿Trabajo duro de sol a sol?

—Hago cosas diversas. Encargos, sobre todo —dijo con la mirada puesta sobre el tablero de la mesa.

—Según tu padre, las tierras bajas están arrendadas a un vecino que se encarga de cultivarlas. Dice que tú apenas haces nada salvo pasar las horas en el granero.

El labio superior de Claremont estaba comenzando a brillar.

—Eso no es cierto. Me encargué de barnizar el granero del vecino. Lo hice yo solo.

Christine recordó los restos de pintura.

—¿Qué tipo de encargos realizas?

—Voy al pueblo a comprar más barniz a la cooperativa agrícola o al colmado a buscar comida, cosas así...

—La cooperativa agrícola. He oído que hace poco tuviste problemas en su aparcamiento. ¿No atacaste a una mujer?

—¡No! ¡Yo no la ataqué! La ayudé a llevar un rollo de alambre al coche. Era muy pesado y yo..., yo...

—¿Y pensabas que te debía algo por las molestias?

—¡No! Yo solo estaba ayudándola. Ella... no presentó cargos. Sabía que no quería hacerle ningún daño. Lo sabía. Ni siquiera recuerdo con claridad qué es lo que pasó —dijo al final bajando el tono de voz, como si se sintiera derrotado.

Prusik asintió y volvió a cambiar de tema de golpe.

—Tu madre dice que en primavera y en verano cogiste un autobús a Chicago sin decirles nada.

Cogió una carpeta gris de su maletín forense. El doctor Irwin Walstein la había dejado en la comisaría a petición suya.

Claremont comenzó a mover una pierna, nervioso.

—Eso es algo bastante extraño, ¿no te parece? Chicago está muy lejos. ¿Qué hiciste allí? ¿Viste a alguien?

—Más que nada fui a buscar suministros para mi afición.

—¿Y qué afición es esa?

—Tallar. Me gusta tallar cosas.

Christine tragó saliva y bajó la mirada, fingiendo que consultaba sus notas. Dejó pasar un momento y luego volvió a alzar la mirada.

—¿Cómo es que no le dijiste a tus padres adónde ibas? Tu madre estaba muy preocupada por ti, David.

—No lo sé. Simplemente no lo hice.

—¿Y cuándo tomaste el autobús?

—No estoy seguro. Creo que era marzo.

—¿Y la segunda vez cuándo fue?

Él se encogió de hombros y bajó la mirada a su regazo.

—Debió de ser hace un par de semanas, no estoy seguro. —El ruido sordo que hacían sus rodillas al chocar entre sí fue en aumento.

A lo mejor tenía un vehículo escondido en el área

de Chicago; mantenerlo lejos de su casa habría demostrado una inteligente planificación por su parte. Pero, en cambio, no decirle nada a sus padres y estar casi doce horas desaparecido había sido, en los dos casos, una absoluta estupidez. Obviamente, se preocuparían. Cabía incluso la posibilidad de que llamaran a la policía para pedir que lo buscaran. A no ser, claro está, que tuvieran conocimiento de algo peor y optaran por no hacerlo para cubrirlo y protegerlo. Antes del interrogatorio, sin embargo, Prusik se había reunido con los Claremont y ninguno de los dos le había dado la impresión de ser capaz de proteger a un hijo que hubiera delinquido, ni tampoco el tipo de personas que estarían dispuestas a ocultar pruebas de unos crímenes horripilantes.

Prusik había confirmado con la policía de Weaversville lo que le habían dicho los padres de Claremont: el chico solía pasar la mayoría de los días —incluidos fines de semana— a solas y alrededor de la granja. Era alguien más bien hogareño. Y no solía aventurarse mucho más allá de la cooperativa agrícola. Salvo por esas excursiones secretas a Chicago.

Una cosa que sorprendía a Prusik era la calidad de las respuestas de Claremont. Sus escuetas negaciones reforzaban la impresión que había obtenido al leer los informes del doctor Walstein: que David se comportaba con temor. Las notas del doctor revelaban que con frecuencia daba muestras de una actitud temerosa en relación con sus incapacitantes ataques y visiones, lo cual no casaba del todo con el perfil de un asesino eficiente y seguro de sí mismo.

—Dime qué te gusta tallar, David.

—Animales, personas, cualquier cosa que se me ocurra. —Se pasó una mano adelante y atrás por el pelo, que llevaba muy corto—. Están en casa. Puede verlas, si es que todavía no lo ha hecho.

—¿Por casualidad no visitarías el Museo de Historia Natural de Chicago en alguna de tus excursiones?

Prusik percibió el temblor de la mesa a causa del movimiento de la pierna de David. Pero el chico no contestó a la pregunta.

—¿Has experimentado desvanecimientos alguna vez, David? ¿Oyes voces en la cabeza? ¿Has tenido alguna visión que pareciera tan real como la vida misma? ¿Una persona gritando? ¿Una pesadilla?

Prusik comenzó a enumerar una detrás de otra las manifestaciones que aparecían escritas con un interrogante en el informe del psiquiatra, acercándose cada vez más al límite de lo tolerable, que ya no era tan invisible como antes.

Él frunció el ceño.

—¿Es que está trabajando con el doctor Walstein? —Bajó la mirada hacia los documentos que la antropóloga forense tenía delante—. ¿Es ese mi expediente?

—Sí, he leído tu expediente médico. Lo hemos reclamado judicialmente por tratarse de una prueba. Como investigadora forense debo ser lo más exhaustiva posible, David. Háblame de estas visiones de chicas gritando. Según el expediente, comenzaron en marzo, ¿es así?

—Entonces ya lo sabe todo sobre mí —contestó él con el ceño fruncido—. ¿Para qué me pregunta?

Prusik se puso en guardia. La bomba de relojería que había dentro de David Claremont podía estallar en cualquier momento. Ella conocía bien ese poderoso miedo fuera de control. Cambió de tema para relajar la tensión.

—¿No sabes lo que te pasa cuando sufres una visión?

—Hay una gran diferencia entre ver cosas y hacerlas —dijo él—. No es ni mucho menos lo mismo.

Prusik asintió comprensivamente.

—Tienes razón, hay una gran diferencia.

Ella deslizó una hoja de papel y un lápiz sobre la mesa en dirección a Claremont.

—Hazme un favor, David. Escribe aquí tu nombre.

El chico cogió el lápiz con la mano izquierda y escribió cada una de las letras de su nombre por separado.

—Esta vez me gustaría que intentaras unir las letras y usaras la mano derecha —le instó ella.

Claremont dejó el lápiz.

—No puedo.

—Algunas personas son ambidiestras —dijo Prusik—. Puede que tú también.

El lápiz se le escapó de la mano derecha en dos ocasiones y, rompiendo la punta, hizo un agujero en el papel. Los músculos se le tensaron alrededor de la mandíbula. Al final, desanimado, bajó la mirada hacia su regazo.

Estaba claro que Claremont era zurdo. Según las pruebas forenses con las que contaban, el asesino era diestro. Y, para Prusik, la implicación resultaba obvia: Claremont no era el hombre responsable de los asesinatos. Aun así, tampoco podía descartar la posibilidad de que estuviera implicado de algún modo.

—¿Alguna vez has llevado a alguien en tu camioneta, David? ¿Quizá tal vez al ir a hacer algún encargo?

—Puede que una o dos veces.

—¿A una chica, por ejemplo? ¿Alguna vez has ofrecido a alguna chica llevarla a casa?

Él inclinó la cabeza.

—La... la verdad es que no conozco a ninguna chica.

Se puso rígido en el asiento. El chasquido de sus nudillos procedente de debajo de la mesa desconcertó a Prusik. Muchas de las respuestas y reacciones de Claremont parecían contradecir su aparente indefensión. Era como si su interior fuera un campo de batalla entre el bien y el mal, y el ganador todavía no se hubiera declarado.

—Pero si hubieras llevado a alguna chica a algún lugar lo recordarías, ¿no?

Él la miró a los ojos con expresión de desespero.

—Quiere que lo diga, ¿verdad? Quiere que le diga que soy yo la persona a la que está buscando —dijo mientras se daba unos golpecitos en la sien con una sardónica sonrisa en los labios—. Quiere que le diga que hay un asesino atrapado en mi cabeza. —Su rostro se ensombreció—. ¿Cree que hacerme estas preguntas va a ayudar a alguien? No importa lo que yo diga, nada va a cambiar. El modo en que la gente se me queda mirando... Su ceño fruncido lo dice todo; ven que hay algo que no está bien.

Como si hubiera sido yo quien debería haber nacido muerto.

Prusik arrugó el entrecejo.

—¿Por qué dices eso?

Claremont siguió con la mirada puesta en algún punto más allá del extremo opuesto de la sala.

—¿Podría haber nacido muerto? Eso explicaría las cosas que veo. Dicen que cuando uno regresa de la muerte recuerda haber visto cosas.

Preocupada, Prusik extendió una mano y la colocó sobre una de las de Claremont. Estaba húmeda y tensa.

—Una vez leí algo sobre personas que han sufrido experiencias terribles: ahogamientos, accidentes de coche, paradas cardiacas —prosiguió, en un estado de ánimo más distendido. Su expresión se relajó considerablemente—. Se ven a sí mismos desde las alturas, como si estuvieran en dos lugares a la vez.

—¿Es así como te sientes, David? ¿Como si estuvieras en dos lugares a la vez?

—Verlas tiradas en el suelo... con cortes. —Bajó la cabeza, derrotado de nuevo.

—¿Cubiertas con tu sangre, David, o la de otra persona?

Él retiró de golpe la mano que ella tenía entre las suyas como si hubiera sufrido una descarga eléctrica y volvió a pasarse los dedos por el pelo al rape. Los bíceps se le marcaron perceptiblemente debajo de la camisa.

—Pero las escenas de accidentes de coche son distintas, ¿no? —dijo Prusik, siguiéndole el juego—. Miras hacia abajo. Te ves a ti mismo y quizá a otro pasajero que estaba contigo en la colisión. Pero la acción se ha detenido, ¿no? Todo ha terminado, salvo por el cadáver, despachurrado ahí abajo en el suelo, y tú mirándolo desde las alturas.

No hacía falta que repitiera sus palabras, él ya estaba ahí.

—¡Eso es! ¿Me convierte eso en un asesino? ¿Verlo? ¿Oírlo? —Se cruzó los brazos, agarrándose los bíceps. Tenía los nudillos blancos a causa de la tensión.

—Tus visiones son sobrecogedoras —dijo Prusik comprensiva.

Lo que Claremont había dicho hacía un momento —que debería haber sido él quien hubiera nacido muerto— la intrigaba. Así como la referencia que había hecho a estar en dos sitios a la vez. Ambas cosas las había dicho sin pensar, y parecían veraces. Prusik volvió al expediente del doctor Walstein y releyó un párrafo que había subrayado antes y en el que el psiquiatra resumía sus preocupaciones: «En los momentos inmediatamente posteriores a sus desvanecimientos, el paciente demuestra una extraordinaria memoria en relación con ciertos acontecimientos que tienen lugar durante los mismos. Las descripciones incluyen cosas como el rostro de una chica, la ropa que lleva, verla correr y gritar y caerse en el bosque, y luego el uso de un cuchillo».

—Tengo entendido que le has puesto un nombre.

Él posó la mirada en el expediente abierto delante de la agente especial.

—¿Y qué si lo he hecho?

—Entonces ¿llamas «judas» al hombre de tus visiones?

—¿Acaso es eso un crimen?

—¿Algún conocido te ha traicionado alguna vez?

—La verdad es que no.

—¡Oh, vamos, David! Ninguna vida es así de perfecta. ¿Tal vez algún compañero del instituto? ¿Alguien con quien te topaste al hacer un encargo? ¿O cuando fuiste a Chicago? —insistió ella—. ¿Alguien que no te gusta mucho y sobre el que preferirías no hablar? La gente nos hace daño, David, y normalmente no nos gusta hablar de ello.

Él abrió los ojos como platos, y algo pareció agitarse detrás de sus párpados.

—No lo sé. Supongo que es algo muy habitual no poder confiar en los demás.

Prusik tuvo la sensación de que Claremont estaba dándole una evasiva.

—¿Tal vez este judas es un familiar? —prosiguió ella—. ¿Alguien que no suele ir demasiado a la granja? ¿Alguien a quien no has visto desde que eras mucho más joven? ¿Un primo lejano, quizá?

Claremont se quedó mirando inexpresivamente la mesa.

—No sé de dónde viene, pero aquí está. —Tragó saliva y se dio unos golpecitos en el esternón mientras lo hacía—. Aquí dentro.

—Entonces lo conoces.

—Yo... no puedo detenerlo. —Se masajeó la garganta.

A Prusik le pareció detectar que a Claremont se le habían dilatado las pupilas, pero no estaba segura.

—Mira, David, a partir de ahora las cosas solo irán a peor. Ya se ha emitido una orden de registro. Un equipo de agentes levantará cada tablón del granero si es necesario. Desmontarán los asientos y la plataforma trasera de tu camioneta, y la de tus padres también. Registrarán a fondo tu dormitorio y el resto de la casa. En cuanto encuentre pruebas que te vinculen con Julie Heath o con cualquier otra de las víctimas —y un mero pelo es todo lo que hace falta—, tu caso será trasladado al fiscal general de Chicago para su enjuiciamiento federal. Coopera conmigo, habla conmigo, y veré qué puedo hacer para ayudarte.

—Ya se lo he dicho. No he hecho nada malo —dijo David con expresión agónica—. No hay pruebas. No puede haberlas. Salvo mis desvanecimientos y mis visiones...

—Y yo te creo. —A Prusik le sorprendió percibir su propia convicción—. Pero un testigo te sitúa en el lugar en el que Julie Heath fue secuestrada en Crosshaven.

Prusik dio unos golpecitos en el centro de la mesa con la punta del dedo índice.

—Otra testigo de Parker asegura que hace dos días la seguiste con tu camioneta al salir del entrenamiento de fútbol. Describió el guardabarros gris y dice que le diste un susto de muerte. Quiero ayudarte, David. Pero, para hacerlo, necesito tu cooperación absoluta.

La agente decidió ahondar en la corazonada que había estado considerando desde la desconcertante revelación que Claremont había hecho sobre tener la sensación de estar en dos lugares a la vez.

—Si eres inocente, y yo creo que lo eres, eso significa que otra persona que se parece a ti está cometiendo estos crímenes. Alguien que probablemente ahora está riéndose al ver que se los han endosado todos a un pobre desgraciado llamado David.

Él parpadeó.

—Nadie puede haberme visto en Crosshaven porque nunca he estado allí. Ni tampoco en Parker, salvo de paso, con mis padres. No puede ser mi camioneta la que vieron. Es una equivocación, ya se lo he dicho —respondió Claremont en un tono implorante—. Lo que ha dicho antes...

—¿Sobre tus visiones? —prosiguió ella—. ¿Sobre el tipo ese, judas? —Ella podía percibir la profundidad de la desesperación que sentía aquel hombre; tenía la sensación de que podía casi seguir el sendero neuronal hasta la misma fuente de su dolor.

—Las cosas han ido empeorando. —Claremont alzó su mano herida y le dio la vuelta ante sus ojos, mirándola como si no fuera suya. Una gota de sudor se deslizó por su mejilla.

—Cuéntame, David —dijo Prusik en un tono apacible y tranquilizador—. ¿Qué otras cosas te ha hecho?

—No es un sueño, ¿verdad? Es demasiado real para serlo. ¡Oh, Dios mío! —gimió Claremont.

Prusik empujó otro cuaderno por encima de la mesa en dirección a Claremont.

—Escríbelo todo aquí. Todo lo que puedas recordar sobre él y las visiones. Lo que les hace a esas chicas. Cuándo lo hace. Describe las ubicaciones que te resulten familiares. Para que pueda ayudarte, es crucial que conozca todos los detalles.

Claremont extendió las manos sobre el tablero de la mesa, rindiéndose.

—¿Cree que estoy loco? —En su cansado rostro podía percibirse la expresión de una persona realmente confusa.

—A veces somos nuestro peor enemigo, David. Pero mi opinión no te salvará. Dame algo que pueda utilizar, y luego veremos. —Prusik señaló el cuaderno—. Intenta recordar todos los detalles. Incluso alguno que no parezca importante podría ser clave.

Prusik se preguntó si las visiones de Claremont podían deberse a una psique que estaba intentando exonerarse a sí misma, externalizando el horror, culpando a un constructo de su imaginación, una otredad ficticia, esa manifestación a la que llamaba «judas». Lo hablaría más extensamente en el cuartel general con el doctor Katz, experto en ciencias de la conducta.

—Si te parece, de momento lo dejaremos aquí, David —dijo ella—. Escríbelo todo tal y como te he pedido y volveremos a hablar pronto.

22

Prusik salió por la puerta al pasillo, seis grados más fresco, y se tomó su tiempo en llegar al aparcamiento que había frente a la entrada de la comisaría de policía. El húmedo aire del sur de Indiana parecía filtrarse a través de la ropa y le empapaba directamente la piel. Dos camionetas de los servicios informativos, con sus correspondientes antenas parabólicas, ya se habían apostado a lo largo de la verja metálica y los técnicos estaban preparando las cámaras para sus respectivos equipos de noticias.

La autocaravana del FBI estaba en el aparcamiento con el motor encendido y unos cuantos hombres de Howard deambulaban a su lado. El mismo Howard se encontraba junto a un grupo de agentes, listo para las cámaras con su cazadora azul marino y sus entallados pantalones tipo cargo. Se reía a carcajadas, pasándoselo en grande. Prusik supuso con amargura que esas alegres risotadas que estallaban en el grupo sin duda se debían a algún comentario machista de Howard. Las células de ese hombre no contenían suficiente ADN para respetar a una mujer, y mucho menos a una que fuera científica.

Prusik se llevó una mano a la cadera y evaluó la situación desde lo alto de los escalones de la entrada. Ya se imaginaba a Thorne enfriando el champán y a Howard listo para descorchar la botella, puesto que acababa de servirles a Claremont en bandeja. Le había sacado todo salvo una confesión completa. Pero, a juzgar por la chulesca actitud de Howard, esa falta de confesión apenas parecía importar. Ella, en cambio, no podía dejar de pensar que Claremont no era más que otra víctima y que, de algún modo, tenía la clave para desentrañar la identidad del verdadero asesino.

El asesino era diestro, de eso estaba segura. Los estrangulamientos se habían realizado cara a cara en todos los casos. La mano derecha del asesino era mucho más fuerte que la izquierda, y había aplastado el hueso hioides que hay bajo la laringe en los tres asesinatos. Claremont era zurdo de nacimiento. La facilidad con la que había firmado su nombre con la mano izquierda lo demostraba; una prueba física que apuntalaba todavía más su creciente sospecha de que el asesino estaba aprovechándose de algún modo de David Claremont, lo que atormentaba a este sobremanera. Por fantasiosa que pareciera esa explicación, en su opinión ninguna otra encajaba. Ahora bien, si compartía esa sospecha con Howard o Thorne, no dudaba que todo habría terminado para ella en lo que a esa investigación respectaba. Necesitaba tiempo para corroborarla. Pero seguir las posibles pistas la alejaría del laboratorio, así que debía tener cuidado o se arriesgaría a enfurecer a sus dos supervisores directos, quienes podían llegar a considerar sus actos una hostil insubordinación o quizá algo peor.

—¿Christine? —Howard se bajó las gafas hasta la mitad del puente de la nariz y le indicó que se acercara—. ¿Tienes un momento? —Los agentes se dispersaron.

Prusik se dirigió hacia Howard, se detuvo a medio camino y dejó el maletín en el suelo. Procuró mantener su expresión lo más neutra posible.

Howard se acercó a ella.

—¿Has terminado ya con Claremont? —preguntó, colocándose otra vez las gafas de aviador en lo alto del puente de la nariz—. Tu valoración ha sido acertada. Sin duda, eras la persona adecuada para realizar el interrogatorio.

—¿Quién ha dicho nada de que haya terminado? Ahora me dirijo de vuelta a Chicago, suponiendo, claro está, que todavía quieras que lleve a cabo un análisis forense de las pruebas relacionadas con el sospechoso al que he interrogado.

—¿Sospechoso? ¿No ha sido eso una confesión completa? Está claro que no tenía ninguna respuesta racional para la mitad de tus preguntas.

Ella volvió a coger su maleta. Si Howard pensaba que eso era una confesión completa, era todavía más tonto de lo que había imaginado.

—Sí, lo reconozco, sus respuestas han sido más bien confusas. Pero aun así no encaja con el perfil que hemos elaborado de nuestro asesino. Y, además, es diestro, mientras que nuestro asesino es claramente zurdo.

—Bueno, sea como fuere, la elaboración de perfiles tiene sus límites. En cuanto a la lateralidad, hay formas mediante las que un asesino listo puede fingirla. Lo mejor que podemos hacer es mantener encerrado a Claremont mientras recopilamos todas las pruebas necesarias —dijo Howard—. Cuando hayas terminado, asegúrate de informarme de tus hallazgos, sean estos incriminatorios o exculpatorios. —Las comisuras de su boca se curvaron hacia arriba y le dio a la agente unas palmaditas en el hombro—. Buen trabajo, Christine.

Ella pasó a su lado, golpeándole en la pierna derecha con el maletín, y se dirigió directamente al Bronco.

Mientras esperaba a McFaron en el todoterreno, repasó sus notas del interrogatorio. De repente le sonó el móvil en el bolsillo de la chaqueta.

—Agente especial Prusik.

—¡Felicidades, Christine! —Thorne parecía entusiasmado—. Por lo que me ha dicho Howard, la detención de Claremont es incontestable.

—No tanto. Sí, está detenido y permanece en custodia policial. Yo me he encargado del interrogatorio preliminar. En estos momentos, los hombres de Howard están registrando la granja en busca de pruebas incriminatorias. Pero la verdad es que no creo que podamos poner punto final a la investigación.

—Eres demasiado modesta, Christine. Mereces la enhorabuena. De hecho, ya he notificado a Washington la detención del asesino.

—¿No es un poco prematuro? Estoy convencida

de que el asesino es diestro, y en cambio David Claremont es zurdo de nacimiento. Eso, para empezar. Además...

—Estoy seguro de que Howard encontrará todo aquello que necesitemos para imputarle los asesinatos —dijo Thorne interrumpiéndola—. Así se hace, Christine —prosiguió sin detenerse a coger aire—. ¿Ves? Al final todo ha salido bien. Espero verte mañana y leer tu informe completo, o al menos un resumen. —Colgó.

Prusik echó un vistazo a Howard a través del parabrisas del Bronco. Lo tenía de cara, pero a causa de las gafas de aviador no estaba segura de si la miraba o no.

En ese momento, McFaron abrió la puerta del conductor, sobresaltándola.

—¿Dónde has estado? —le preguntó ella con brusquedad.

Él se la quedó mirando desconcertado.

—Tenía que hacer una llamada. ¿Se puede saber qué te pasa?

—Lo siento. —Cerró los ojos y soltó un gemido de queja mientras se masajeaba las sienes—. Por favor, discúlpame. ¿Podemos marcharnos?

McFaron echó un vistazo al aparcamiento, vio a Howard riendo con los agentes y supuso qué era lo que estaba fastidiándola. Dejó atrás el aparcamiento sin decir una sola palabra.

Cuando se encontraban a unas cuantas manzanas de la comisaría de policía, ella pareció respirar mejor. Mientras McFaron conducía en silencio, Prusik se lo quedó mirando un momento y se sorprendió de la profundidad de la gratitud y el reconocimiento que sentía formándose en su interior.

—Lo siento, Joe. No es culpa tuya.

McFaron seguía en silencio mientras recorrían una carretera bordeada por un robledal. Las raíces de los árboles habían comenzado a agrietar los bordes del asfalto.

—Tengo que ir al aeropuerto. Pero odio marcharme antes de que las piezas de este caso terminen de encajar.

Él soltó un gruñido.

Christine le dio un apretón en el hombro.

—Y también antes de que hayamos terminado de definir lo nuestro. Y yo encima voy y te ofendo cuando lo único que has hecho es ayudarme. De veras que lo siento, Joe. No debería haberte hablado así. No pretendía hacerlo. —Prusik le dio un pequeño golpe con el codo—. ¡Eh, ahora no me ignores! —Ella se inclinó hacia el *sheriff* y le dio un beso en la mejilla. Luego se acercó más a él y apoyó la cabeza en su hombro.

McFaron aparcó a un lado y apagó el motor. Se volvió hacia Prusik y le dio un beso en la coronilla, luego otro en la frente y otro más en los labios. Como si de magia se tratara, en sus labios se dibujó una maravillosa sonrisa.

—Perdona, no estaba ignorándote. Solo estaba pensando. ¿Qué opinas de la acusación que ha hecho Claremont?

—¡Vaya! ¡A esto llamo yo romanticismo! —Ella no pudo evitar devolverle la sonrisa—. ¿De qué acusación estás hablando?

—Claremont culpa de todo a ese tipo que hay en su cabeza. Yo no me lo trago para nada.

Christine se irguió en el asiento.

—Es muy difícil juzgar una mente, *sheriff*. Sobre todo si se encuentra bajo una presión extraordinaria.

—Pero se siente culpable, ¿no?

—Bueno, podría ser cierto. Y sería una explicación. Por eso he insistido tanto en el interrogatorio. —Echó un vistazo por la ventanilla—. Pero, para ser sincera, no tengo del todo claro qué es lo que le sucede a Claremont. Si esta hubiera sido la primera vez que menciona a este *alter ego* maniaco tal vez estaría de acuerdo con lo que dices. Pero no es así. El expediente del doctor Walstein está repleto de anotaciones sobre las visiones discapacitantes y los incidentes que ha experimentado Claremont. El chico se las ha ido describiendo con gran detalle. Hay al menos tres entradas separadas sobre acontecimientos distintos, y hemos encontrado tres cuerpos.

—¿No podría tratarse de una mente enferma pidiendo ayuda a gritos? ¿Un modo de confesar?

—Podría ser. Pero creo que se trata de algo más intrincado que todo eso. Está por ejemplo lo de sus viajes a Chicago. Las fechas no podrían ser más sospechosas, pero es algo que resulta casi desconcertante si tenemos en cuenta que prácticamente es un recluso y apenas pone un pie fuera de la propiedad de sus padres. Vale, sí, ha dicho que barnizó el granero del vecino. Y hemos confirmado que es cierto. Pero, aparte de estas misteriosas excursiones a Chicago, normalmente les dice a sus padres dónde va y cuándo, y regresa cuando dice que lo hará.

Prusik movió una rejilla del aire acondicionado para que le diera en la cara. Resultaba agradable sentirlo en la piel acalorada.

—Los hombres de Howard deberían ser capaces de ayudar a despejar incógnitas. —Le echó un vistazo a Prusik—. Lo digo sin ánimo de ofender. No pretendo sugerir que lo que estás diciendo no sea...

—No me ofendes. Créeme, ya he aceptado que no estoy hecha para dirigir un equipo. Thorne hizo bien en relegarme.

—No estoy de acuerdo.

Christine se volvió hacia él y esbozó una sonrisa. Acertada o equivocada, la decisión de Thorne le había dolido. Y sus halagos le parecían infundados y desorientadores. Le deprimía además que, justo cuando estaba empezando a gustarle el *sheriff*, tuviera que regresar a Chicago. Era un buen hombre, Mc-Faron. Íntegro. De fiar. Nada pagado de sí mismo como tantos de sus compañeros del FBI. A menudo se preguntaba si lo de ser engreído era un requisito para los agentes masculinos de la agencia.

Exhaló un suspiro. Quería quedarse para poder conocer un poco mejor a este agente de la ley desgarbado y discreto, pero en ese momento sus responsabilidades se encontraban en Chicago.

Ya en el pequeño aeropuerto, Christine descendió del Bronco con su equipaje, rodeó el vehículo hasta la ventanilla del conductor y metió la cabeza por ella mientras los rayos del sol de mediodía le caían a plomo en los hombros.

—Mira —dijo ella—, han sido unos pocos días muy intensos y...

Antes de que pudiera decir una palabra más, él colocó la mano izquierda en la parte posterior de la cabeza de la agente y la besó. Ella dejó caer las maletas en la acera y le devolvió el beso.

—La verdad es que no quiero marcharme, Joe —comenzó a decir mientras examinaba los ojos marrones de McFaron con los suyos castaños—. No puedo expresar con palabras lo mucho que he valorado intercambiar ideas contigo. Y anoche me lo pasé genial en la cena.

Un taxi aparcó delante del Bronco y salió gente hablando en voz muy alta.

—El placer fue mío, Christine. —Una amplia sonrisa dejó a la vista los bordes de sus dientes superiores—. Creo que ya lo sabes. Y yo tampoco quiero que te marches. Me gustaría que siguiéramos en contacto. Y no lo digo solo por el caso.

Al oír eso a ella se le aceleró el corazón. Se inclinó más sobre la ventanilla para escapar del ruido que hacía la gente hablando en la acera. Sintiéndose más segura de sí misma, dijo:

—¿Sabes, *sheriff*?, no siempre soy tan bruja como parezco.

—Nunca he pensado que lo fueras, agente especial. —Se aclaró la garganta con cierto nerviosismo. Incluso a plena luz del día, ella pudo percibir el rubor que le descendía de las mejillas a la garganta—. Quiero decir, Christine.

—Por cierto, en cuanto a la invitación que te hice...

—¿Invitación? —McFaron se la quedó mirando

desconcertado—. Ah, ¿te refieres a lo de volver a cenar juntos?

—Solo había pensado que si alguna vez vienes a Chicago... No importa, da igual, déjalo. —Ella se dispuso a inclinarse para volver a coger su maletín forense.

Con suavidad, él le tiró del antebrazo, que todavía descansaba en la ventanilla.

—Lo que dije anoche iba en serio. Me encantaría. —Lo dijo sin parpadear y mirándola a los ojos—. Tú solo dime cuándo y yo estaré ahí.

—¿De veras cogerás un avión?

—¿Quieres decir ahora? —Su tono de voz ascendió una octava.

Ella se rio y, sin querer, se dio un golpe en la frente contra el marco superior de la ventanilla.

—Bueno, quizá no ahora mismo. —Prusik movió la cabeza para apartarse el pelo de la cara y sintió que se sonrojaba—. ¿Tal vez pronto?

—¿Quién se sonroja ahora? —Él se rio—. Aparte de pasarme todas las horas del día en este caso, mi calendario está despejado.

—¿Has probado alguna vez la cocina etíope? —preguntó ella, pensando ya en las posibilidades.

—Shermie Dutcher siempre sirve comida etíope los jueves, ¿no te lo había dicho?

—Reservaré mesa en Ashanti's —dijo ella riéndose—. Tú solo dime cuándo. —Prusik podía notar cómo le ascendía por el brazo la calidez de la mano del *sheriff*, que seguía posada en su manga. No hizo amago alguno de marcharse; se permitió disfrutar de las placenteras sensaciones que estaban expandiéndose por todo su cuerpo.

—Yo invitaré. Y te enseñaré un poco la ciudad, Joe.

Pensó en las caóticas pilas de cosas de su pequeño apartamento. Tendría que ordenarlo un poco para que fuera más acogedor. ¿Cuándo tendría tiempo de hacerlo? Bueno, ya se las arreglaría.

—Imposible decir que no a un plan así. Me gustaría mucho, Christine.

Ella cambió de postura. No quería que ese momento terminara, y no sabía qué más decir. Aquella desmañada conversación intrascendente entre ambos carecía de importancia. Su corazón bien lo sabía, como lo sabían los besos que ella le había dado. Y los que le había dado él. Ella habría aceptado de inmediato si él se hubiera ofrecido a llevarla en coche a Chicago. Íntimamente deseaba que lo hiciera, a sabiendas, sin embargo, de que sus obligaciones como *sheriff* se lo impedían.

—Dalo por hecho, entonces —concluyó él con el rostro a apenas unos centímetros del de ella—. Te llamaré —dijo en un tono de voz tan bajo como un susurro.

—De acuerdo.

Se besaron una última vez. Christine se inclinó y cogió sus maletas.

—¡Que tengas un buen vuelo! —exclamó Mc-Faron antes de que ella desapareciera tras las puertas automáticas de la terminal.

Prusik se volvió y se despidió con la mano. Él no arrancó hasta que ella hubo pasado por el control de seguridad y quedó fuera de su campo de visión.

Ese mismo día, más tarde, Prusik llenó hasta arriba el depósito de gasolina del sedán de color granate que había cogido en el garaje de la calle West, que usaban en su edificio de oficinas. Se había pasado una hora conduciendo hasta la parada de camiones de Portage, Indiana, donde se había visto con vida por última vez a Betsy Ryan. El viento frío que soplaba procedente del lago empujaba restos de basura por el pavimento resquebrajado hacia un seto que había frente al restaurante 24 horas. Los desechos se acumulaban en los arbustos. La agente posó los ojos en las parpadeantes luces de emergencia de un semirremolque aparcado en el arcén, cerca de la rampa de incorporación a la autopista. La maleza se balanceaba violentamente a causa del viento que levantaba el tráfico. «Qué lugar más desolador para perder la vida», pensó ella.

Prusik permanecía junto al surtidor número dos, bajo las resplandecientes luces de la parada de camiones en la que el conductor que había llevado a la joven huida de casa dijo que se había despedido de ella antes de ver cómo se alejaba en dirección a las dunas. A lo lejos, por encima del fragor del tráfico de la autopista interestatal, Prusik oyó el rítmico vaivén de las olas rompiendo en la orilla. Se preguntó si el tranquilo murmullo del oleaje habría acompañado la muerte de la chica.

Prusik había conducido hasta allí para sumergirse en la atmósfera de uno de los lugares en los que el asesino había llevado a cabo sus crímenes. Ella ya había estado antes allí, claro, cuando habían descubierto el lugar exacto en el que habían asesinado a

Betsy Ryan y después de que consiguieran determinar que el conductor del camión había sido la última persona en verla con vida. Había sentido la repentina necesidad de visitar otra vez el lugar y ver cómo encajaba David Claremont en todo aquello. Quería averiguar qué más podían contarle el asfalto y los surtidores de gasolina y el agua y el cielo.

La chica había descendido del camión aproximadamente a esa misma hora, al anochecer. La parada estaba bien iluminada, en contraste con la oscuridad en la que se encontraba la vegetación circundante, casi todo matorrales silvestres y hierbas altas que se extendían hasta los límites del parque nacional. Probablemente, la víctima habría planeado dormir entre las dunas, donde nadie pudiera verla. Normalmente, supuso Christine, habría sido un lugar seguro. Sin embargo, los iluminados recovecos de la parada de camiones también convertían a la chica en una presa fácil para alguien que estuviera al acecho. Nadie habría prestado atención a un hombre sentado en una camioneta aparcada en una parada de camiones. El asesino debió de permanecer a la espera hasta que la silueta de la chica fuera lo único visible sobre las dunas. Y entonces había actuado. Después había sumergido los restos de la víctima, que fueron arrastrados por las corrientes submarinas hasta que terminaron enganchándose en la cadena de un ancla, como tantos otros desechos.

Prusik permaneció en silencio junto al coche, observando las idas y venidas de los conductores y sus vehículos. Sí, concluyó, así era como debía de haber actuado el asesino. Y se habría tomado su tiempo. Si

Claremont era el asesino, habría tenido que conducir durante cuatro horas hasta Portage, esperar a que se le presentara la oportunidad, cometer el asesinato, limpiar y luego conducir de vuelta a Weaversville. Sin embargo, habían comprobado que se trataba de una persona hogareña y que sus padres conocían siempre su paradero, con la excepción de esos dos viajes a Chicago.

Prusik comenzó a caminar en paralelo a la rampa de salida en busca de una abertura en los espesos matorrales que separaban las dunas del borde de la carretera. A pesar de que todavía no se veía el agua del lago, podía olerla. Al estar al lado de una autopista interestatal, no había ningún acceso público. Siguió caminando unos quinientos metros y, cuando ya estaba a punto de dar media vuelta, vislumbró un cable medio enrollado en el suelo gracias a la luz de los faros de un camión que estaba dando la vuelta. Esa zona, que se encontraba lejos de las luces de la parada de camiones, estaba muy oscura. Prusik iluminó con su linterna Maglite el suelo junto al cable y vio que, al parecer, aquel era un punto de entrada popular: un montón de huellas se adentraban en el terreno arenoso y desaparecían por detrás del montículo de una duna. Christine echó un vistazo tras de sí, pasó por encima del cable y se abrió camino a través de los escombros del borde de la carretera. Tras dejar atrás los oscuros matorrales, consiguió ver al fin el paisaje que había al otro lado: las dunas y las playas se extendían hasta donde le llegaba la vista bajo el cielo cada vez más oscuro. Más allá, las aguas del lago Michigan reflejaban la noche estrellada. Por un momento, el lugar le pareció casi tranquilo.

Sabía que no podía estar lejos de la escena del crimen. Caminó hacia el agua tomándose su tiempo, dejando que su mente divagara. A su espalda, la puerta de un camión se cerró de golpe. Los ruidos se propagaban con facilidad cerca del agua, y si aquella noche soplaba brisa procedente del lago, lo cual era probable, los gritos de la chica se habrían podido oír a bastante distancia. El asesinato debió de producirse entre la medianoche y el amanecer, cuando los camioneros de la parada estarían profundamente dormidos en sus cabinas.

De repente intranquila, Christine se pasó una mano por la parte posterior de la cabeza. La idea de una adolescente aterrorizada gritando al vacío le provocó un escalofrío. Aspiró hondo para intentar relajar la tensión que sentía y decidió enfilar el camino de vuelta a la parada de camiones. Sus pasos se hundían en la profunda arena. Al volver a pasar por encima del cable, la pistolera que llevaba en el tobillo se le enganchó, y le hizo tropezar y caer al suelo. «¡Qué gracilidad, Prusik!» Tras limpiarse con las manos la arena y la suciedad de los pantalones, se dispuso a levantarse otra vez.

De repente se agitaron las hojas del arbusto que tenía delante y una oscura figura se abalanzó sobre ella antes de que tuviera tiempo de ponerse de pie. La agente especial desenfundó el revólver que llevaba en la pistolera del tobillo.

—¡Alto! ¡Levanta las manos por encima de la cabeza! ¡FBI! —Prusik enfocó el rostro del tipo con su linterna Maglite mientras le apuntaba al tronco con su revólver.

Él obedeció al instante.

—No he hecho na. —Su tono de voz era agudo y parecía asustado. Tenía el pelo largo y grasiento, y llevaba puesto un poncho de plástico con capucha que estaba muy rasgado y que seguramente había sacado de la basura de algún baño público. Llevaba la barba sin recortar. Al cabo de un momento, bajó la mano derecha a la cintura.

—¡Mantén las manos en alto!

—Yo no he hecho na —volvió a protestar el tipo.

Prusik respiró hondo. Se dio cuenta de que aquel vagabundo no podía ser en modo alguno el asesino que estaba buscando, pero el corazón le latía con fuerza de todos modos.

—Claro. Solo querías ayudarme a ponerme de pie.

—Yo solo... buscaba algo pa comer. O un poco de dinero. Lo que fuera.

Prusik se levantó.

—¿Sabes que hay leyes en contra del vagabundeo?

—Ya, ya. Lo siento. Pero no he hecho na.

—Has intentado abalanzarte sobre mí. Eso es algo. —Ese argumento le pareció débil incluso a ella.

Él se la quedó mirando con los ojos entrecerrados y su sonrisa avergonzada dejó a la vista unos cuantos huecos en su dentadura.

—Vaya. No quería asustarla, señora. Lo siento.

Prusik reprimió las ganas de soltar un grito. El miedo que sentía era tan obvio que hasta un vagabundo se compadecía de ella.

—Está bien —dijo un momento después—. Por esta vez te dejaré marchar. —Metió una mano en un bolsillo y le arrojó una bolsita de cacahuetes que había cogido en el avión, luego se dio media vuelta y regresó al aparcamiento iluminado y a su coche.

—Gracias, señora. Se lo agradezco. ¡Que tenga una buena noche! —exclamó el hombre a su espalda.

En el fresco nocturno, Christine podía notar que tenía la frente caliente. Una vez dentro del coche, cerró las puertas e intentó ralentizar su respiración. Al cabo de unos minutos, renunció a la relajación natural y se tomó dos Xanax sin agua. Luego giró la llave en el contacto y se alejó a toda velocidad de la parada de camiones, esperando dejar tras ella el espectro de la muerte.

La camioneta que había tomado prestada del resort Sweet Lick estaba aparcada cerca de la interestatal, de cara a las dunas y las aguas abiertas que había un poco más allá. De repente, el cielo se volvió más negro y el lago también, a pesar de la apagada fluorescencia que emanaba del área de estacionamiento de la parada de camiones. Pasó los dedos por el medallón del llavero con las iniciales del complejo turístico entrelazadas —SL—. Como precaución, la noche anterior había cogido el autobús de Chicago a Weaversville. Además, su camioneta necesitaba algunos recambios, así que la había dejado a salvo, escondida detrás de un edificio abandonado de Delphos. Cuando la agente había cogido un avión en Weaversville, él había decidido seguir su instinto, había tomado prestada esa camioneta y había conducido directamente de vuelta a Chicago. Le había resultado fácil localizar las oficinas del FBI en el gran edificio federal del centro, aparcar en la calle que había frente al garaje y esperar. No tardó en identificar las matrículas oficiales de los vehículos de la agencia que iban y venían, y tuvo un golpe de suerte al verla salir del garaje en un sedán de color granate. Sola.

La pierna derecha comenzó a agitársele arriba y abajo a toda velocidad, y los pensamientos se le aceleraron. Estaba pagando el precio. Tuvo que hacer un gran esfuerzo para contenerse cuando la vio junto al sedán y luego alejándose en las sombras. Habían sido necesarias toneladas de autocontrol, pero lo había conseguido. Cuando la agente había vuelto a salir de los matorrales y había regresado a la iluminada parada de camiones, casi había llorado de alivio. Cinco minutos más y habría tenido que seguirla en la negrura, y sabía que eso no era una buena idea. Todavía no.

Parpadeó para secarse las lágrimas que a veces le afloraban en momentos como ese, momentos en los que lo que más quería se alejaba irremediablemente de él. Si había seguido a la agente del FBI hasta allí había sido por algo más que curiosidad. Habría vuelto de todos modos algún día para descansar en la playa, ver cómo el cielo se oscurecía y moría, y recordar la calidez y la humedad de la jovencita solitaria.

En los confines de la camioneta aparcada, sus manos se aferraron al volante para resistir una oleada tras otra de anhelo desesperado, una oleada tras otra de un pesar interminable que lo llevaba de vuelta a ese pobre niño frío y mojado en la oscuridad de su dormitorio. Frío, mojado y terriblemente solo.

23

Después de reunirse con su equipo a la mañana siguiente, Prusik cogió la escalera interior para bajar un piso e ir a la oficina del doctor Emil Katz, que había resultado ser un psiquiatra forense condenadamente bueno y especialmente versado en el funcionamiento de las mentes enfermas. Ya habían trabajado juntos en el caso de Roman Mantowski, el que había hecho que ascendieran a Christine a científica forense sénior, un cargo que nunca usaba en las presentaciones, puesto que prefería referirse a sí misma simplemente como agente especial. Prusik respetaba profundamente a Katz por la discreción y la sensatez que había demostrado trabajando para la agencia.

Al descender un tramo de escaleras, Christine se encogió de hombros. El funcionamiento de las mentes enfermas... Sabía que su expediente personal del FBI contenía todo su historial médico, incluida la hospitalización por las heridas sufridas en Nueva Guinea. Y sus años de terapia intermitente también figuraban, sin duda. Pero nunca le había confiado a nadie de la agencia por qué se había sometido a ella.

—¡Christine! Entra, entra... —El regordete hombre de patillas canosas sostenía un bolígrafo con un extremo muy mascado. A diferencia de muchos psiquiatras privados, en cuyas consultas había siempre una mesa enorme de alguna madera exótica sin un solo papel encima, el escritorio Steelcase de color gris de Katz estaba repleto de altas pilas de papeles. El doctor lo rodeó y tomó la mano libre de Prusik entre las suyas—. Me alegro de que vengas a verme.

—Siento llegar tarde —dijo ella echando un vistazo a una pared repleta de péndulos en movimiento.

Prusik era incapaz de comprender la fascinación de Katz con los relojes. Los constantes tictacs resultaban ensordecedores.

—¿Prefieres que vayamos a la sala de reuniones que hay al otro lado del pasillo? —preguntó Katz amablemente—. Es más tranquilo.

Una vez allí, Prusik se sentó y fue directa al grano. Le hizo a Katz un resumen de los asesinatos y le describió la técnica de evisceración y extirpación de los órganos vitales de las víctimas.

—En los últimos meses, el sospechoso le contó a su psiquiatra detalles sórdidos que solo podría saber alguien relacionado con los asesinatos. Además, las sesiones de terapia tuvieron lugar sistemáticamente poco después de cada asesinato. —Prusik cruzó una pierna por encima de la rodilla de la otra.

—Bueno, entonces tienes algo. —Atento, el doctor entrelazó los dedos y se reclinó en su asiento.

Prusik describió entonces el interrogatorio de Claremont, los rasgos de su carácter, el hecho de que pareciera estar en conflicto consigo mismo y los atributos físicos que no concordaban con su perfil del asesino, como el hecho de que fuera zurdo.

—¿Esas visiones las considerarías tendencias fantasiosas o algo completamente distinto? —Katz retorció el extremo del mascado bolígrafo entre los dientes.

—Algo distinto, pero no estoy del todo segura de qué.

—Curioso. —Katz asintió—. Realmente curioso.

—Extrañamente, Claremont no tiene ningún antecedente policial por violencia, salvo un incidente reciente del que, al parecer, es incapaz de recordar sus actos durante un minuto o menos. En un aparcamiento se abalanzó sobre una mujer a la que había ayudado a llevar algo al coche. La tiró al suelo y la mantuvo inmovilizada unos instantes. Ella no presentó cargos. Hay constancia de otros dos desvanecimientos en público. Uno, esta pasada primavera en una feria agrícola, y otro, más reciente, mientras cenaba con sus padres en un restaurante del pueblo. Rara vez sale de la granja. La policía del pueblo lo ha confirmado.

—Mmm.

—Lo cual me lleva a lo siguiente. —Prusik se quedó mirando directamente los ojos del doctor.

—Ah, sí, la razón de tu visita.

—La identificación del sospechoso la realizó un testigo llamado Joey Templeton, un chico de once años de la localidad. El niño conocía a Julie Heath, la última víctima de la que tenemos conocimiento. Asegura que pasó en bici junto a Claremont el mismo día que la víctima desapareció. Al parecer, vio que el sospechoso metía algo en la plataforma trasera de su camioneta, aparcada en la misma carretera donde la víctima había estado de visita poco antes en casa de una amiga. La cosa es que —Prusik bajó la mirada a los motivos en espiral que decoraban las baldosas de vinilo del suelo— algo no encaja en esa identificación. Y no puedo dejar de pensar en ello.

Katz enarcó las cejas.

—Te escucho, Christine. ¿De qué se trata?

—En la rueda de reconocimiento había siete hombres. Yo estaba justo detrás del testigo. El chico se encontraba claramente asustado, pero se concentró mucho. Ninguno de los sospechosos parecía llamarle la atención. De vez en cuando echaba un vistazo tras él para mirar a su abuelo en busca de ánimo. Llegó el momento en el que el número cuatro dio un paso adelante. Desde el otro lado del cristal, el chico lo repasó a conciencia a unos tres metros de distancia, se quedó callado y frunció ligeramente el ceño, pero no hubo ninguna otra reacción. Si Claremont hubiera contado con un abogado, es muy posible que la rueda de reconocimiento hubiera terminado en ese momento.

—¿Circunstancias coercitivas?

—Bueno, sí, eso es lo que habría dicho un abogado. Durante toda la sesión, el chico no dejó de volverse hacia su abuelo, y un representante legal podría haber argumentado que parecía estar consultando algo con él, como si tuvieran algún tipo de código de identificación.

Katz asintió, escuchando atentamente a Prusik

mientas arrancaba trocitos de su bolígrafo con los dientes.

—Después de que el chico estudiara al número cuatro durante un minuto, se volvió una última vez hacia su abuelo. Fue entonces cuando ocurrió. El chico se quedó petrificado mientras miraba fijamente a su abuelo, que estaba sentado en la parte posterior de la sala. La cosa, sin embargo, es que en realidad no miraba a su abuelo. —Prusik se quedó un momento callada y luego prosiguió—: Miraba justo encima del lugar en el que estaba sentado el abuelo. Y lo que había allí era una ventana interior que daba a un despacho a oscuras. —Katz volvió a asentir y escupió un trozo de su bolígrafo—. En esa ventana interior se veía un reflejo muy claro del hombre que había dado un paso adelante. Presa del miedo, el testigo prácticamente se cayó sobre el espejo unidireccional de la rueda de reconocimiento. Todos los presentes en la estancia pudieron observar su obvia reacción. Cuando por fin recobró el aliento, casi se desmayó del pánico que sentía.

—De modo que no hubo ninguna identificación positiva hasta que el testigo vio el reflejo del sospechoso.

—Así es. Ahora estoy segura de ello. El reflejo fue la causa de la identificación.

La puerta chirrió antes de abrirse del todo.

—¡Oh, mierda! Lo siento, lo siento, Christine. Debería haber llamado antes de entrar, pero he supuesto que querrías enterarte de esto inmediatamente. Hola, doctor. —Brian Eisen saludó al doctor con un leve movimiento de cabeza y le dio a Prusik varias impresiones de unas huellas digitales.

—Algo parecía no funcionar bien en el nuevo programa de identificación de huellas digitales. O eso es lo que yo creía al principio. —Se llevó la mano libre a la cabeza como si reordenara sus pensamientos.

—¿Y bien? Te escuchamos, Brian.

Él asintió rápidamente.

—Bueno, el caso es que la huella digital parcial que encontramos en la zapatilla deportiva de Missy Hooper no es idéntica a la del sospechoso, pero aun así tienen una correlación significativa. Muy significativa, de hecho. —Depositó las hojas con las huellas digitales sobre la mesa de la sala—. ¿Ves aquí las espirales de cada palma? Son casi idénticas a las de las huellas de David Claremont, solo que estas van en la dirección opuesta. Es como si estuvieras mirando su reflejo en un espejo. Las huellas son exactamente opuestas, pero iguales en lo que respecta a todo lo demás. —Una amplia sonrisa se dibujó en el rostro del técnico.

—Huellas de gemelos en espejo —dijo Katz en voz baja.

—Según los datos, diría que al ciento por cien —coincidió Eisen—. Y esto te va a encantar, Christine. Hemos confirmado gracias a una mordedura en el hombro de una de las víctimas que el asesino tiene el colmillo derecho mellado.

—Mientras que los de Claremont están intactos —dijo ella—. Yo misma tomé la impresión de sus dientes. Increíble. Y los hombres de Howard han registrado de arriba abajo la granja de Claremont y no han encontrado ningún pelo, fibra o mancha de sangre que lo vincule con ninguno de los asesinatos —añadió.

—Claro que no —dijo Eisen—. Él no es el asesino.

Prusik negó con la cabeza lentamente.

—No. No lo es. Gracias, Brian, por haberme traído esto de inmediato. —Añadió un agradecimiento silencioso por no habérselo enseñado antes a Brian Howard—. Buen trabajo.

—Es por momentos como este por los que me encanta mi trabajo —dijo Eisen con una juvenil sonrisa, y se marchó de la sala de reuniones.

—Todo eso de la imagen especular... —dijo Katz juntando las puntas de los dedos y flexionándolos repetidamente—. Cabe la posibilidad de que sea un gemelo diabólico quien esté cometiendo estos crímenes. Hay casos documentados de un fenómeno llamado transposición, que es lo que podría estar teniendo lugar aquí. Un estudio sobre gemelos en Minnesota, por ejemplo, incluye casos como este.

—¿Puede traducirme lo que está diciendo, doctor?

—Transposición es un término académico para aludir a un estado psicológico que pueden experimentar los miembros cercanos de una familia, no solo gemelos, sobre todo en contextos de crisis emocional. —Katz se quedó un momento callado mientras juntaba las yemas de los dedos—. Digamos que alguien sufre un grave accidente de tráfico. De repente, y como sin venir a cuento, un hermano o un pariente que se encuentra en un pueblo cercano, o incluso al otro lado del país, tiene la sensación de que ha sucedido algo malo. Puede que incluso transmita a la persona con la que se encuentra que teme que un miembro de su familia haya sufrido un grave accidente. Posteriormente, una llamada confirmará el accidente y también que ha provocado heridas graves al familiar, o incluso la muerte. De algún modo, el pariente ya lo sabía. —El doctor se encogió de hombros—. Reconozco que puede sonar descabellado, pero las visiones de David Claremont podrían ser imágenes transpuestas.

—Pero ¿cómo? —preguntó Prusik—. Y no sería ningún familiar de Claremont, porque es hijo único.

—Suponiendo que las visiones que tiene Claremont no sean una manifestación de algún episodio psicótico únicamente suyo, podría ser que, al menos hipotéticamente, estuviera experimentando un acontecimiento excitante vivido por esta otra persona, un pariente que Claremont tal vez ni siquiera sabe que existe. En el caso de este, tendría que tratarse de un gemelo en espejo, esto es, una imagen especular de sí mismo. Eso explicaría que tu joven testigo reconociera su imagen reflejada en un espejo —añadió Katz, asintiendo para sí.

Christine notó cómo se le aceleraba el corazón.

—En el expediente de Claremont había muy poca información sobre su infancia. Puede que tuviera un hermano gemelo al que dieron en adopción...

—O tal vez el adoptado es él —observó Katz.

—Si ese fuera el caso, ¿cómo podría cualquier psiquiatra que se precie ser incapaz de averiguarlo e indicarlo en el expediente? —Respiró hondo—. No importa. Le diré a Eisen que se ponga en contacto con los padres de Claremont de inmediato. —Cogió su móvil y le dio las instrucciones a Eisen.

Luego se volvió hacia Katz.

—¿Podría este fenómeno de la transposición explicar que Claremont conozca a este hombre a través de sus visiones? Él dice que en su interior vive «otro»; «judas», lo llama.

Katz consideró la pregunta un momento.

—Si se trata de un caso de gemelos en espejo, tu sospechoso no conoce a este hombre que vive en su interior únicamente por las visiones —dijo Katz mientras se daba unos golpecitos en la sien con el índice—. Hay un vínculo físico entre ambos, si bien truncado, que se remonta a su separación. Lo que no puedo saber es si este gemelo es o no el verdadero asesino. Y eso en el caso de que haya un gemelo, claro —concluyó Katz encogiéndose de hombros.

—En tu opinión y siendo realista, ¿si efectivamente hay un hermano gemelo, esta teoría del gemelo en espejo es suficientemente verosímil como para que la investigue o Thorne me pedirá que renuncie a mi placa?

—No puedo aconsejarte qué debes hacer, Christine. Solo puedo decirte que, en mi opinión, es algo que entra dentro de las posibilidades, sobre todo teniendo en cuenta la información sobre la huella digital que ha descubierto Brian Epstein. En cuestiones de telepatía, la sintonía entre las psiques es un cosmos que solo ahora estamos comenzando a desentrañar, científicamente hablando. Francamente, estas áreas de la conciencia son profundas y no se conocen demasiado bien. —Katz apoyó un codo en la mesa—. Y otra cosa: supuestamente, el fenómeno de la transposición se da con más frecuencia entre gemelos en espejo idénticos. Hay un estudio sobre este tipo de gemelos realizado durante un largo periodo de tiempo que lo ha documentado. Y, curiosamente, tiende a suceder con más frecuencia entre gemelos idénticos separados al poco de nacer. Tiene algo que ver con el vínculo que se forma a muy temprana edad (algunos creen incluso que en el útero). Podría decirse que la necesidad de mantener el contacto con la parte perdida de uno mismo no puede ser sobreestimada.

Prusik pensó en la rueda de reconocimiento. Joey no tenía ningún código con su abuelo. La vacilación inicial del chico al mirar por el espejo unidireccional al número cuatro se había transformado súbitamente en un pánico absoluto. Cuando vio el reflejo de la imagen de Claremont, Joey reconoció al auténtico asesino, estaba segura de ello.

—Si se trata de una imagen especular, ¿quiere eso decir que todos sus atributos físicos son opuestos? —preguntó ella—. ¿Podría, por ejemplo, ser un gemelo zurdo y el otro diestro? Claremont es zurdo, pero sin duda alguna el asesino estrangula y cercena con la derecha.

—Sí —dijo Katz—, pueden darse atributos físicos opuestos e incluso temperamentos dispares. Uno puede ser activo y el otro pasivo. Uno extrovertido y el otro callado como un ratón. Pueden tener remolinos o mechones de pelo rebeldes que vayan en sentidos opuestos, o anormalidades físicas como la posición invertida de los órganos internos. Algo muy destacable es la configuración de la biometría facial: pueden ser opuestos exactos, incluida la ubicación de hoyuelos en distintas mejillas.

—O uno bueno y el otro perverso —dijo Prusik.

—Una idea de veras provocativa. Y no del todo descabellada. —Katz ladeó la cabeza—. Son muy significativos los casos de psicopatología entre gemelos monocigóticos, esto es, genéticamente idénticos y formados por la división de un único óvulo. Aunque, incluso entre hermanos que comparten los mismos genes, puede ser que uno sufra de, digamos, esquizofrenia y el otro no.

—¿O sea que el asesino podría estar trastornado y su gemelo idéntico ser alguien normal? —preguntó Prusik.

Katz consideró detenidamente la cuestión.

—Muy posiblemente. También deberías tener en cuenta otro rasgo muy destacable que podría estar en juego aquí. Otra característica igualmente fascinante de este vínculo fraternal es que, con frecuencia, los gemelos separados se buscan entre sí. Las mentes reciben señales. Y las señales de un gemelo pueden ser el vínculo más fuerte de todos.

Prusik cogió un frasquito que llevaba en un bolsillo de la bata y lo dejó sobre la mesa.

—El asesino inserta deliberadamente piedras talladas en los cadáveres de sus víctimas. Es su marca. Un modo de decir «Es mía». Esta piedra la encontré en la tráquea de una de sus víctimas, Missy Hooper. Y hallé otra prácticamente idéntica en el cadáver de otra víctima, Julie Heath.

Katz alzó la piedra, volteándola, para verla bien.

—Parece una pieza de ajedrez. —Se la acercó a un ojo y la examinó como si estuviera bajo un microscopio.

Prusik cogió otro frasquito del bolsillo. Este contenía una figurita de piedra más tosca, pero parecida a la primera en cuanto a altura y tamaño.

—Esta está hecha de un mineral llamado chert. Por lo que sé, es muy común en las formaciones de piedra caliza del lecho de roca del sur de Indiana. Es obra de David Claremont, y un calco sorprendentemente parecido al artículo original, ¿no te parece?

—Se parecen mucho, cierto —reconoció el doctor.

—Y, lo que es más, el pasado marzo cinco objetos museísticos, incluido este y el que hallamos en el cadáver de Julie Heath, fueron robados del Museo de Historia Natural de Chicago. Curiosamente, alrededor de esas mismas fechas, David Claremont cogió un autobús a Chicago sin decírselo a sus padres, un acto realmente inusitado en él. Dice que fue a comprar suministros para su afición, tallar piedras.

—Tú eres la antropóloga. ¿Qué opinas de todo esto? —preguntó Katz.

—La identificación mediante luz ultravioleta ha confirmado que esta piedra es, efectivamente, uno de esos objetos robados en el museo. Tiene un código numérico grabado en la base, invisible al ojo humano bajo una luz normal. Se trata de un amuleto de piedra de las zonas montañosas de Nueva Guinea que formaba parte de la exposición de Oceanía del museo cuando tuvieron lugar los robos. —El pulso se le aceleró y se pasó los dedos por el pelo—. No hay duda de que estamos ante algún tipo de comportamiento ritual avanzado, doctor. Aunque no creo que el asesino esté interesado en las almas de sus víctimas. —Se aclaró la garganta.

De repente, la luz que emitía el panel de luces del techo pareció intensificarse, deslumbrándola. Prusik sintió que aumentaba la temperatura y lo único que podía oír era el ruido del barro pegándosele en la espalda. Colocó dos dedos en la parte interna de la muñeca para comprobar su pulso: débil y acelerado. No podía ralentizarlo.

—¿Qué sucede, Christine? —preguntó Katz preocupado.

—Nada, solo estoy un poco cansada.

Katz se puso de pie.

—Vamos, Christine. No soy tan estúpido como para no reconocer un ataque de ansiedad cuando veo uno. —Colocó su cálida mano sobre el antebrazo de Prusik—. Por favor, túmbate en el sofá. Yo mismo suelo echarme siestas en él cuando el mundo no me deja en paz.

Prusik no se resistió. La preocupación paternal de Katz la ayudaba a tranquilizar su mente. Reclinó la cabeza contra el reposabrazos de cuero. El doctor le colocó un chal de angora sobre los hombros y atenuó la luz de la estancia.

—Una de las ventajas de que ambos seamos empleados públicos es que conocemos bien el estrés que supone trabajar con casos de pesadilla que no dejan de atribular nuestra mente.

Prusik extendió una mano.

—¿Doctor Katz? —Este colocó una silla cerca del sofá y le apretó suavemente la mano.

—Sea lo que sea lo que te atormenta, te aseguro que no saldrá de estas paredes. Aunque eso ya lo sabes.

Ella echó un vistazo al frasquito y el amuleto de piedra que el asesino había introducido en la garganta todavía caliente de su víctima con sus propias manos.

—Las tribus de las zonas montañosas de Papúa Nueva Guinea tallan figuritas de piedra. Creen que colocarlas dentro de los muertos es una muestra de respeto a los espíritus ancestrales que viven para toda la eternidad. —Con los ojos puestos en el frasquito, la mente de Prusik se retrotrajo al incesante calor de Nueva Guinea—. Pero este amuleto de piedra no es más que un objeto de muerte —añadió mientras en su mente se sucedían imágenes de la densa vegetación de la jungla, las aguas marrones y el asfixiante barro papú—. Al asesino lo que le interesa es la carne, simple y llanamente.

—Lo que puedo decirte es lo siguiente —dijo el doctor mientras movía el índice de un lado a otro a modo de paternal reprimenda—: Aquí hay dos cosas distintas en juego. Una es este extraño caso tuyo. La otra es tu problema de ansiedad.

—Venga, doctor —contestó ella encogiéndose de hombros—. Conozco las diferencias entre un ataque de canguelo y el estrés habitual del trabajo.

—Seguro. Eres una persona fuerte, Christine. Eres investigadora forense, una científica profesional que anda detrás de este asesino con la misma astucia y el mismo fervor con los que él disfruta despachando a chicas jóvenes.

Christine se incorporó, dolida por la brutal comparación del doctor.

—No... no puedo creer que haya dicho eso.

—¡Ah! —Katz sonrió—. ¿No te ves a ti misma como alguien poseedor de astucia y fervor? Lamento que mi comparación te moleste. Déjame decir simplemente que no tengo la menor duda de que eres la persona adecuada para dar caza a este asesino.

Lentamente, Christine se puso de pie. El doctor la siguió hasta el pasillo.

—Si te sirve de algo, estaré más que contento de certificar tu rigurosidad, así como la lógica de tu razonamiento, en caso de que a Thorne se le ocurra cuestionar tu criterio. —Katz tomó las manos de Prusik entre las suyas y les dio un apretón—. Y, sin duda, eres la persona adecuada para dar caza a este asesino. Ambos lo sabemos. Pero, por favor, Christine —dijo volviendo a apretarle las manos—, ten cuidado.

Ella le dio las gracias y regresó a su despacho, tomando de nuevo la escalera en vez del ascensor; no quería toparse con Thorne ni con cualquier otra persona con la que no le apeteciese hablar. Necesitaba tiempo para pensar, tiempo con el que no contaba. No conseguía sacarse de la cabeza la idea de que Claremont tenía un gemelo: un acechador cuya alma no se parecía en nada a la de su atormentado hermano.

La trayectoria vital de ambos se había separado por completo y, por desconcertante que resultase, los espeluznantes actos del asesino estaban destrozándole la vida a su inocente hermano gemelo.

24

A Prusik le caían por las mejillas unas lágrimas causadas por el fuerte viento. La agente especial presionó el botón del llavero electrónico y el oscuro sedán oficial emitió un pitido para indicar que se habían cerrado las puertas.

Su cita era a las nueve en punto, apenas tenía un cuarto de hora. Brian Eisen y Paul Higgins habían hecho un buen trabajo. Hilda Claremont había confirmado que ella y su marido habían adoptado a David en Chicago cuando tenía once meses. Y, al teclear su nombre completo en una búsqueda de registros de nacimiento tramitados en los tribunales estatales, habían dado con la agencia de adopción de Chicago que tenía el expediente completo.

Una ráfaga de viento le revolvió el pelo al cruzar la calle en dirección a un edificio cuya entrada *art déco* de bronce estaba rematada por un diseño geométrico que se repetía en las molduras del vestíbulo. Se pasó la mano por el pelo para volver a colocárselo bien. James Branson, el presidente de la agencia Loving Home, estaba demasiado ocupado para recibirla con tanta poca antelación, de modo que iba a encontrarse con Joan Peters, la encargada de los expedientes.

Al abrir la puerta exterior, se produjo un gran remolino de aire que volvió a despeinarla.

—Maldita sea —murmuró para sí.

—Menudo viento hace hoy, ¿verdad? —dijo el guardia de seguridad con una risita. Bordado sobre el bolsillo del pecho se podía leer: SEGURIDAD HANSEN.

Prusik examinó el directorio que había en la pared de detrás del mostrador de la garita.

—¿La agencia Loving Home sigue en el piso catorce?

El guardia se inclinó por encima del mostrador.

—Sí, señora. Justo por ahí —dijo señalando la zona de ascensores.

Se sentía de buen humor. Que Thorne la hubiera mantenido a cargo del equipo forense le permitía disponer de tiempo para investigar esta información sobre el pasado de Claremont. Cuando las puertas del ascensor se abrieron en el piso catorce, la encargada de los expedientes de la agencia Loving Home estaba esperándola.

—¿Señora Prusik? Soy Joan Peters. El señor Branson quería asegurarse de que no tuviera usted que esperar. —Enfiló el pasillo con paso enérgico, indicándole a Prusik el camino—. Es muy particular en lo que respecta a sus clientes. —Y, bajando el tono de voz, añadió—: No quería que nadie pensara... Bueno, ya sabe, siendo usted policía, podría malinterpretarse la razón de su visita. Usted ya me entiende. —Esbozó una ensayada sonrisa que le arrugaba la nariz.

—No, no la entiendo. —Prusik le devolvió la sonrisa—. A no ser que el señor Branson tenga algo que ocultar.

—Oh, no. Ni mucho menos, se lo aseguro. Es solo que, teniendo en cuenta todo el estrés que supone el proceso de adopción, procuramos que nuestros clientes se sientan lo más relajados posible.

—Y los contratiempos policiales no forman parte de la ecuación —dijo Prusik abiertamente.

—Pues no, la verdad es que no.

Pasaron por delante de un lujoso despacho que tenía la puerta entreabierta. Una pareja joven sentada en un sofá de color carmesí miraba con expectación un gran catálogo de bebés. Una lámpara de araña de cristal de plomo colgaba en el centro de la estancia. Ese lujo *kitsch* no causó a Prusik demasiada buena impresión. Ni tampoco el catálogo de bebés.

Peters insertó una llave en una cerradura y empujó con el hombro una puerta en la que se leía: PRIVADO.

—Aquí dentro huele mucho a humedad. Lo siento.

—¿Cómo están organizados? —Prusik pasó por delante de Peters y comenzó a recorrer un estrecho pasillo de cajas apiladas.

—En lo que respecta a los expedientes de la agencia Crowder no puedo ayudarla demasiado. Mi jefe adquirió el negocio antes de que yo comenzara a trabajar para él. Me temo que se dejaron aquí la mayoría de los expedientes tal cual los ve ahora.

—No veo ninguna fecha en estos ficheros —dijo Prusik cogiendo una caja.

—Lo que ve es lo que hay, señora Prusik. Yo apenas he venido aquí una o quizá dos veces este último año. Por algún niño ya mayor que quiere conocer a sus padres naturales y cosas así. En mi opinión, los adoptados hacen una montaña de todo este asunto de buscar a sus padres biológicos.

—Déjese de tonterías, señora Peters —dijo Prusik sin perder la compostura gracias a años de práctica—. A no ser que cuente con su cooperación ahora mismo, traeré a mi equipo y trasladaré todas estas cajas a mi oficina. ¿Qué pensarán sus clientes de eso?

Una profunda arruga se formó en el entrecejo de la mujer.

—No puede hacer eso. Los ficheros son confidenciales. Están protegidos por...

—Me da igual la protección con la que cuenten, señora Peters, y la verdad es que tampoco me importa demasiado su agencia de adopción. Por lo que he visto, tienen a gente ahí fuera comprando bebés por catálogo y eso me da asco. Encuéntreme el expediente de David Claremont o regresaré en veinte minutos con una orden judicial. Mi equipo registrará a fondo todos y cada uno de los despachos, incluido el del señor Branson.

La boca de la mujer formó un círculo perfecto.

—¡No puede hacer eso!

—Póngame a prueba —contestó Prusik esperando que Peters no pillara su farol. La realidad era que necesitaba su cooperación—. Mire, esta información es muy importante para una investigación que estamos llevando a cabo. Lamento si le he transmitido la falsa impresión de que al FBI le importa lo más mínimo cómo llevan el negocio en su agencia.

—¡Bueno, no tiene por qué amenazarme así! —Peters se arrodilló junto a Prusik y obedientemente cogió una caja—. Todo lo que hacemos aquí es legal al cien por cien.

Prusik abrió la tapa de la caja y leyó las etiquetas: «Dennison», «Driver», «Duke». Cogió la siguiente caja y la dejó caer ruidosamente al suelo.

—Aquí están los apellidos que comienzan por «C» —dijo.

Peters se unió a ella.

—Deje que la ayude con eso.

—Gracias —dijo Prusik, encantada con el nuevo espíritu cooperativo de la mujer.

Peters fue pasando con rapidez los expedientes que había en la caja. Al cabo de un minuto, alzó una carpeta amarillenta.

—¿Lawrence y Hilda Claremont, había dicho?

—Ese es.

La solicitud estaba escrita con una letra difícil de leer. Prusik la examinó cuidadosamente.

—¿Es este el nombre de la madre, Bruna Holmquist?

Peters permanecía pegada a Prusik hombro con hombro, mirando el impreso.

—Eso parece. Sí.

—El espacio del número de seguridad social o de identificación está en blanco —dijo Prusik—.

Tampoco aparece ninguna dirección. ¿Cómo puede un documento oficial contener tantas omisiones?

Asintiendo, Peters alzó las palmas con ánimo conciliador.

—Ya lo sé, ya lo sé. Algunas agencias de adopción tienen costumbres más bien laxas en lo que a la información contenida en sus expedientes se refiere. Que recuerde, muchos de los procedentes de Crowder están incompletos. Tenga en cuenta que las madres por aquel entonces solían encontrarse en una situación desesperada.

Prusik estudió otro documento oficial.

—Esta declaración jurada presentada ante el tribunal del condado está firmada por un representante de la agencia Crowder. ¿No fue la madre quien firmó el documento mediante el que daba en adopción a su hijo? ¿Cómo puede ser eso?

—Creo que era una práctica común en algunas agencias realizar la petición en nombre de la madre natural. A la agencia Crowder acudían muchas madres inmigrantes. Muchas no hablaban muy bien inglés, y algunas en absoluto. —Peters se quedó mirando a Prusik con nerviosismo.

Los demás documentos del expediente de Claremont se limitaban a proporcionar información sobre la idoneidad, el medio de sustento, los ingresos y el arraigo en la comunidad de los padres potenciales. Prusik necesitaba respuestas sobre Bruna Holmquist, y allí no había nada.

La agente especial pasó junto a Peters y fue directa hacia el despacho del sofá lujoso. La puerta estaba cerrada. Llamó con los nudillos una vez y a continuación entró sin esperar. Mostró su placa a un hombre que iba vestido con un traje de tres piezas y estaba sentado junto a la misma pareja que ella había visto antes. El del traje debía de ser Branson. Llevaba el pelo tan repeinado que parecía habérselo planchado.

—¿Puedo ayudarla en algo, señora? —Branson enarcó las cejas y su rostro adquirió una tonalidad rosácea.

—Señor Branson, soy la agente especial del FBI Christine Prusik. Necesito hablar con usted a solas —pronunció esas palabras como si se tratara de una detención—. Si es posible ahora mismo, señor.

El rostro de Branson se sonrojó del todo.

—Por favor, discúlpenme —le dijo a la pareja al tiempo que los hacía regresar a la sala de espera que había fuera de la oficina.

—¿Qué diantre significa eso de entrar de este modo en mi despacho, asustando a esas personas tan encantadoras? —dijo enojado, y luego, bajando el tono de voz—: ¿Se da cuenta del trauma por el que han pasado? No, claro que no.

—¿Ha terminado? —preguntó Prusik—. Cuando he hablado antes con usted por teléfono, señor Branson, me ha asegurado que le prestaría a este asunto una atención personal. Puede que no haya seguido mucho las noticias últimamente, pero tres chicas de Indiana han sido brutalmente asesinadas. Y quizá haya más. Esos asesinatos me han conducido directamente a su oficina. —Branson palideció, y Prusik rebajó su tono—. Escuche, lamento haber irrumpido así en su reunión privada, pero necesito su ayuda para obtener información de un sospechoso. ¿Nos entendemos?

—Sí, sí que lo hacemos, señora Prusik —dijo Branson con nerviosismo—. Tenía unas citas programadas con anterioridad, es cierto, pero no quiero ningún problema. En cualquier caso, no veo qué posible vínculo puede haber entre esta agencia y ningún asesinato. —Negó con la cabeza.

—Pues me temo que hay uno. Tengo el nombre de un sospechoso y se trata de una persona que fue adoptada mediante su agencia. Lamentablemente, en sus archivos hay expedientes en los que faltan nombres y otros datos —dijo Prusik—. ¿Qué puede decirme acerca de la agencia Crowder?

—Owen Crowder y yo no nos llegamos a conocer demasiado bien. Era mucho mayor que yo y mantenía un registro meticuloso de sus clientes en tarjetones de doce por ocho centímetros. Esto era antes de los ordenadores, ya sabe. —Branson abrió un cajón de un gran archivador de roble que había en la pared del fondo y, tras sacarlo, lo dejó sobre su escritorio. Dentro estaban los tarjetones—. Tenía dos archivos separados, uno para los clientes que buscaban niños y otro para las madres que querían dar a su hijo en adopción, claro —dijo mientras iba pasando las tarjetas y leyendo los nombres que aparecían.

—David Claremont nació el 10 de diciembre de 1987, o alrededor de esa fecha —añadió Prusik inclinándose sobre el escritorio de Branson y observando cuidadosamente cómo este revisaba las tarjetas, pues no se fiaba de él—. En el expediente no figura ningún número de seguridad social. Tampoco la dirección de la madre ni la identidad del padre. Y no se menciona la existencia de ningún hermano.

Branson negó con la cabeza.

—Por más cuidadoso que fuera Crowder a la hora de mantener el registro de sus clientes en estos tarjetones, lo cierto es que no siempre podía contar con la total cooperación de las madres. Trataba mucho con inmigrantes, mujeres con frecuencia en situación desesperada.

—¿De modo que compraba bebés de madres en situación ilegal? ¿Es eso lo que está diciendo, señor Branson? —Prusik se lo quedó mirando fijamente.

Él sonrió con nerviosismo y enseguida procuró retractarse.

—¿Lo dice por los números de la seguridad social que faltan? Sé que no es una buena práctica, pero Crowder nunca habría amparado a extranjeros ilegales a sabiendas. En este sector, es muy normal que una mujer soltera que se haya metido en problemas use un seudónimo, sobre todo si hace poco que ha llegado al país. En mi agencia no ocurre, puedo asegurárselo, pero es frecuente que las madres extranjeras no proporcionen su número de identidad por miedo a ser deportadas.

Branson cogió otro cajón que contenía la información de los padres adoptivos. Rodeó el escritorio y, colocándose junto a Prusik, comenzó a pasar los tarjetones amarillentos.

—Lamentablemente, carezco del personal necesario para informatizar todo esto. Debería hacerlo. Hoy en día mucha gente quiere buscar a sus padres biológicos. —Se detuvo y sacó un tarjetón—. Aquí abajo dice que B. Holmquist es la madre. —Se lo dio a Prusik—. Me temo que no hay mucho más.

Prusik examinó el tarjetón.

—También hay una referencia a un tarjetón propio dc la madre, señor Branson. Aquí, mire. —Se lo señaló.

Branson se puso unas gafas de lectura.

—¡Ah, cierto!

Rebuscó en más cajones de roble. El pesado archivador de madera parecía antiguo; Prusik se preguntó si Branson lo habría heredado de Crowder junto a los tarjetones.

—Aquí están las madres cuyo apellido comenzaba por H. Holmquist coma Bruna. Tenía usted razón, la madre tiene otro tarjetón.

Prusik estudió la pulcra letra escrita con tinta azul. Bruna Holmquist, edad treinta y ocho, blanca, de Oslo, Noruega. Bajo el encabezado HIJOS ANTERIORES había unos restos de tinta. Sin duda, habían borrado algo. De nuevo, no aparecía ninguna dirección.

—¿Qué ha pasado con esta entrada, señor Branson? —preguntó Prusik, dándole el tarjetón. —El director de la agencia se quedó en silencio, mirando de hito en hito el tarjetón sin dejar de parpadear—. ¿Acaso hay más tarjetones de los que no me ha hablado, señor Branson?

Este se aclaró la garganta.

—Deje que lo compruebe. La verdad es que no sabía nada de estos en concreto.

—La línea que había debajo del encabezado

HIJOS ANTERIORES ha sido borrada —señaló Prusik—. ¿No podría eso indicar que tuvo otro hijo que no figura aquí? ¿Uno que Crowder registró en otro tarjetón que se encuentra en algún otro lugar?

—Es posible, sí.

Agitado, regresó al archivo de roble y sacó los tarjetones inmediatamente posteriores a los de Bruna Holmquist. Dos de ellos estaban pegados y, al separarlos, uno cayó al suelo.

—¿Qué es eso? —preguntó Prusik—. ¿Hay algo grapado?

Branson lo recogió. Una nota rayada con el logotipo del hospital St. Mary estaba grapada a un tarjetón con el título impreso de «Holmquist, Bruna, 2/2». El nombre y la dirección de la ya desaparecida agencia Crowder y las palabras «8.00 en punto» eran todo lo que había escrito debajo.

—El St. Mary fue derribado hace diez años —dijo Branson—, pero los expedientes del hospital deben de estar en algún lugar.

—En el dorso de la ficha hay algo escrito. —Prusik se acercó.

Él se la dio. Se había tachado deliberadamente el nombre «Donald» y habían escrito «David» en su lugar. Donald. Debajo había algo más.

—¿Padre de los «hijos»? —Prusik depositó el tarjetón delante de Branson—. Según su experiencia en el negocio de las adopciones de bebés, ¿qué cree que puede significar que un nombre termine en S, señor Branson?

—¿Que es plural? ¿Que hay más de un hijo? —Se la quedó mirando con el ceño fruncido.

—Muy bien. ¿Y el hecho de que el nombre de Donald esté tachado y el de David escrito en su lugar no confirmaría eso? ¿No estaría indicando el señor Crowder que la madre tuvo dos hijos? Esta es la letra del señor Crowder, ¿verdad?

—Entiendo lo que quiere decir, sí. ¿Quizá la madre decidió no dar en adopción al otro hijo?

—Gracias, señor Branson. —Prusik se guardó los tarjetones y la nota en el bolsillo de su abrigo y se dispuso a marcharse.

—Señora Prusik. —Branson la siguió al pasillo y, juntando las manos como si rezara, preguntó—: No será necesario que regrese, ¿verdad?

Ella sonrió con dulzura.

—Veamos cómo van las cosas, ¿de acuerdo?

Prusik permaneció un rato sentada en el coche con el motor al ralentí y el aire acondicionado al máximo, estudiando los tarjetones amarillentos de la agencia Crowder y reflexionando sobre el posible significado del nombre borrado. ¿Había cambiado de parecer Bruna Holmquist sobre a qué bebé dar en adopción? ¿O había planeado darlos a ambos y al final decidió quedarse con Donald? Sin duda, debía de tratarse de una mujer pobre, vulnerable y recién llegada al país. Con su precario nivel de inglés y dos bebés, seguro que su vida no era precisamente fácil. Así pues, intentó hacer lo que creyó mejor para ellos dando a uno en adopción. Este terminaría siendo David Claremont, un perdedor atormentado. El otro, el que se quedó ella, se convirtió en Donald

Holmquist, un asesino en serie. Le diría a Eisen que se pusiera a ello de inmediato. Le pediría que volteara la imagen de Claremont y la hiciera circular, informando asimismo de que tal vez respondía al nombre de Donald Holmquist y que era probable que hubiera trabajado entre los pintores que se ocuparon de las reformas del museo el pasado marzo.

Al coger el móvil, Prusik se dio cuenta de que le temblaban las manos. Y el dedo meñique le palpitaba sin piedad.

Se tomó su tiempo en conducir de vuelta a la ciudad. Cuando por fin llegó al centro, pasó de largo la entrada del aparcamiento subterráneo de su edificio de oficinas, pues necesitaba pensar en paz. A los quince minutos estaba ataviada con su bañador Speedo y recorría a nado un carril vacío entre corcheras. Ya se le había ocurrido un plan y rezó para que su puesta en práctica no costara más vidas de las que salvaría.

25

Prusik aminoró la marcha y aparcó en una de las plazas de aparcamiento exclusivas para vehículos oficiales del aeropuerto O'Hare. Unas espesas nubes grises procedentes del oeste habían atenuado unos cuantos grados el húmedo calor de media tarde. El *sheriff* McFaron había aceptado su propuesta y llegaría en breve.

En las últimas cuatro horas, Paul Higgins había descubierto que Donald Holmquist había cursado solo hasta el primer año de secundaria en el instituto Southside. La última dirección conocida que tenía de él la oficina de orientación escolar del instituto era el número 1371 del bulevar Hawthorne, apartamento 3C, en Delphos, Illinois. Esta dirección correspondía a un edificio que iba a ser derribado la próxima primavera, junto con otros bloques. Una búsqueda en los registros policiales del área metropolitana de Chicago había conducido a una importante conversación con el sargento Gatto, quien parecía más que contento de que alguien estuviera buscando a Donald Holmquist cinco años después de que Benjamin Moseley, un niño de cinco años, hubiera desaparecido en ese mismo edificio. Holmquist había sido el último en ver al niño y Gatto siempre tuvo la sospecha de que él había tenido algo que ver en la desaparición, pero no había podido probarlo.

Bruce Howard y su equipo seguían en Weaversville, registrando con tesón la propiedad de los Claremont y enviando por avión a Chicago montones de bolsas con objetos para que el equipo de Prusik las examinara. En el último mensaje de voz que Thorne había enviado a la agente, le exigía que le entregara el informe que le debía sobre las pruebas encontradas para corroborar la acusación contra Claremont, como si el caso ya estuviera completamente resuelto, cuando en realidad no había ningún hallazgo concluyente.

A Prusik le sonó la BlackBerry y, al bajar la mirada, vio en la pantalla el nombre de Brian Eisen.

—¿Qué pasa, Brian?

—Tengo una copia del formulario de ingreso de Bruna Holmquist en el hospital St. Mary. No te lo vas a creer. Hace tres años la ingresaron tras sufrir una apoplejía y quedar afásica. De acuerdo con las notas del puesto de enfermeras, era incapaz de parpadear siquiera.

—¿Sí? —Prusik seguía pendiente de la aparición del *sheriff* por la puerta de la terminal.

—Murió la misma noche en que fue ingresada. La autopsia desveló un importante factor que contribuyó a ello. Tenía la garganta parcialmente bloqueada por una piedra de granito. El tejido del esófago había sufrido abrasiones importantes. Curiosamente, no hay ningún informe posterior. Ni tampoco documento alguno indicando que la fiscalía iniciara una investigación. Supongo que los pacientes de los hospitales públicos importan poco.

Prusik no dijo nada, pero se preguntó qué le habría hecho esa madre a su hijo para merecer algo así.

—Como siempre, un excelente trabajo de seguimiento, Brian.

El sombrero de fieltro marrón de McFaron apareció por la puerta corredera automática. Christine salió del coche y alzó la mano para que la viera.

—Ahora tengo que colgar. Mantenme informada.

La agente especial echó un vistazo en derredor para asegurarse de que en la calle no había nadie de la agencia que pudiera reconocerla y saludó a Joe con un beso. Luego se cogió a su brazo y lo llevó de vuelta al vehículo aparcado. Los ojos de color marrón claro de McFaron le provocaron una oleada de calidez por todo el cuerpo, lo cual dificultaba todavía más lo que tenía que hacer.

—Tengo que confesarte algo, Joe —dijo ella en cuanto hubieron subido al coche. Bajó la cabeza y la corta melena le ocultó los ojos un momento.

McFaron dejó el sombrero en el amplio salpicadero del sedán y se la quedó mirando desconcertado.

—Te escucho.

—De veras quería verte y por eso te he pedido que vinieras. Pero la verdad es que no lo he hecho solo para que vayamos a cenar. —Christine se sentía azorada y avergonzada. ¿Se había aprovechado de él de manera injusta? Probablemente.

Joe permanecía en silencio.

Ella echó un vistazo por la ventanilla mientras buscaba las palabras adecuadas. En su dirección venía un enorme avión con los alerones en posición de descenso y el tren de aterrizaje ya activado. Christine parpadeó mientras la sombra y los atronadores motores de la aeronave pasaban unos pocos cientos de metros sobre sus cabezas. McFaron permanecía expectante, esperando a que ella hablara de una vez.

—No he sido del todo sincera contigo. —Se lo quedó mirando a los ojos—. Pienses lo que pienses de mí cuando te lo haya explicado, por favor, recuerda que de veras quería verte. Pero esa no es la principal razón por la que te he pedido que vengas.

McFaron seguía mirándola con el rostro inmutable.

—Vale. Desembucha ya de una vez.

Ella volvió a respirar hondo.

—Sin que Thorne o Howard lo sepan, he seguido trabajando en una línea distinta de investigación con mi equipo.

—¿Y te parece correcto?

—Por supuesto que no, y por eso me sabe mal involucrarte en esto, y además sin avisarte antes.

—¿Qué es lo que estás diciendo exactamente, Christine? —La expresión de McFaron era difícil de interpretar—. ¿Estás contándomelo ahora para ver si saldré por patas o estás pidiéndome que me quede? ¿Es esto una especie de prueba para ver si merezco la pena? ¿Esperar a ver si Joe viene a Chicago, soltárselo y luego ver si se queda o se marcha?

Prusik le contó lo que había averiguado con el doctor Katz sobre los gemelos en espejo y los vínculos fraternales, así como su descubrimiento en la agencia de adopción.

—¿Entonces te quedarás? —preguntó ella finalmente en tono de súplica y escudriñando el rostro del *sheriff* en busca de alguna señal.

Fue entonces el turno de McFaron de examinar un avión que se acercaba con el tren de aterrizaje ya activado.

El *sheriff* esperó a que la sombra intermitente hubiera pasado por encima y el fragor de sus potentes motores hubiera remitido antes de contestar.

—No me lo pones fácil, agente especial Prusik, pero me quedaré. —Se le formó una pequeña sonrisa en las comisuras de la boca—. ¿Has escogido ya un buen restaurante para cenar?

Christine exhaló un suspiro de alivio.

—Eso tendrás que ganártelo antes, vaquero. —Todavía con cierta cautela, ella se acercó más a él y le dio un beso en la mejilla—. Gracias —susurró.

Prusik dejó atrás O'Hare y se incorporó a la autopista interestatal en dirección sur bajo un tenue velo de nubes en formación. Mientras conducía puso a McFaron al corriente de los detalles de los últimos descubrimientos que había realizado en la agencia de adopción y el hecho de que Claremont no solo tenía un hermano llamado Donald Holmquist, sino que este se había criado en Delphos, un suburbio que se encontraba unos kilómetros más adelante por esa misma carretera. También que la madre de ambos había muerto de una apoplejía hacía tres años... con una piedra insertada en la garganta.

—¡Dios mío! —dijo el *sheriff*, negando con la cabeza—. Por lo que he oído, Claremont no se ha mostrado muy cooperativo. Continúa manteniendo su inocencia y, aparte de la identificación de Joey Templeton, no parece haber nada que confirme su presencia en Parker o en Crosshaven cuando ocurrieron los asesinatos.

—En mi última conversación con Bruce, no parecía demasiado contento con los resultados del registro de la granja de Claremont —dijo ella.

—¿Thorne sigue pensando que el caso está cerrado?

Prusik echó un vistazo rápido al *sheriff* y luego volvió la mirada de nuevo a la carretera.

—No ha dicho nada que indique lo contrario. Pero estos nuevos hallazgos que te he comentado y lo que tú y yo averigüemos le harán cambiar de opinión.

Menos de una hora después, Prusik puso el intermitente y giró a la derecha para tomar la Segunda Avenida del centro de Delphos. Pasaron por delante de un edificio tras otro de apartamentos clausurados con tablones de madera. Una fábrica de baterías del tamaño de un hangar se elevaba al final de la avenida como un gran mausoleo herrumbroso, una suerte de tributo a tiempos pasados más prósperos. Prusik se preguntó si la madre de Donald habría trabajado en la fábrica o incluso si habría conocido allí al padre de este. Giró a la izquierda para tomar Hawthorne.

—Un lugar algo lúgubre, ¿no? —dijo McFaron estirando el cuello—. ¿Puedes leer los números de la calle?

—El 412 está encima de esa puerta —señaló Prusik—, lo cual significa que el 1371 del bulevar Hawthorne debería estar a la derecha.

Las viviendas eran unidades de ladrillo construidas a finales de la década de los treinta, cuando el país estaba comenzando a salir de la Gran Depresión. Muchas tenían la misma robustez arquitectónica de las obras públicas de entonces. Diez bloques después, los escalones de hormigón dieron paso a entradas sin adornos, lugares menos deseables para gente con todavía menos dinero que la paga de la fábrica de baterías.

—1371 —dijo McFaron—. Dios mío, parece una zona de guerra. —McFaron se fijó en un arroyo que había a su derecha y que, tras pasar por un conducto que había bajo la calzada, iba a dar al Pequeño Calumet.

Prusik aparcó junto al bordillo.

Los tablones de madera contrachapada que impedían el paso por la entrada principal parecían intactos.

—¿Y si probamos por detrás? —sugirió el *sheriff*—. Podemos ir por ese callejón. Tal vez hay un acceso más fácil.

—Está bien, probemos.

El coche pasó por encima de los escombros que había en el estrecho callejón entre los dos edificios. Descendieron del vehículo en un solar de grava vacío y cubierto de hierbajos. La quietud de los edificios abandonados circundantes ahogaba el lejano zumbido del tráfico de la interestatal. El único ruido procedía del rumor del arroyo que corría en paralelo al aparcamiento. Ninguna paloma sobrevolaba por encima de sus cabezas. El cielo encapotado era de un color gris oscuro. La vida se había olvidado de esa parte de Delphos.

McFaron se dirigió hacia un panel de madera contrachapada medio apoyado en una puerta trasera. Lo apartó.

—Ha sido fácil.

—Está claro que alguien ha estado aquí. Será mejor que te pongas esto. —Prusik le dio un par de guantes de plástico—. Para preservar cualquier huella digital que pueda haber en ese tirador.

—Que sea lo que Dios quiera. —McFaron encendió su linterna Maglite y, tras iluminar el sombrío pasillo, entró en el edificio.

—Será mejor que sea algo —dijo ella—. Cuento con ello.

El *sheriff* probó a abrir la puerta del apartamento del primer piso, pero estaba cerrada con llave. Metió un destornillador en la jamba y desmontó la endeble bisagra. La puerta cayó hacia dentro.

—¿Por qué haces eso?

—¿Y si ese desgraciado se ha instalado aquí abajo? —dijo él con un gruñido.

Apartó de su camino un viejo sillón acolchado y, sin querer, tiró al suelo una lámpara de pie y se rompió la bombilla. Lenta y metódicamente, McFaron fue iluminando con la linterna los espacios del apartamento. Por todas partes revoloteaba el polvo. En el suelo se había formado una gruesa capa que parecía intacta.

—No creo que nuestro sospechoso se aloje aquí.

Viéndole trabajar en las sombras del cochambroso apartamento, Christine se sintió agradecida en más de un sentido por poder contar con la presencia del *sheriff*.

—Los Holmquist vivían en el tercer piso —dijo ella—. Creo que es mejor que comencemos por arriba y vayamos bajando si es necesario.

—Lo que tú digas, jefa —dijo él con una sonrisa al tiempo que se quitaba una telaraña del sombrero de fieltro—. ¿Está muy lejos ese restaurante del que hablabas?

—Déjate de cháchara y sigamos adelante —susurró Prusik pasando por encima de una pila de periódicos viejos. Los escombros crujían bajo sus pies.

—¿Por qué hablas en susurros? —preguntó él bajando también el tono de voz.

—Supongo que no quiero molestar a los fantasmas —dijo ella, bromeando solo en parte—. Venga, vamos.

De camino a la escalera, pasaron por delante de un viejo secreter al que le faltaban algunos cajones y que se aguantaba de manera precaria sobre tres patas, un sillón acolchado al que se le había oscurecido el mullido relleno por haberse quemado, y un zapato aplastado y sin cordones. El olor era rancio y húmedo, carente de nada que pareciera mínimamente vivo.

—Tercer piso. Allá vamos —dijo el *sheriff*.

Subieron los escalones despacio mientras Mc-Faron iluminaba con la linterna el suelo a la altura de los pies de Prusik.

La puerta del apartamento 3C se abrió solo con empujarla ligeramente. El *sheriff* iluminó todos los rincones de la cocina con el haz de luz. Por todas partes se veían huellas de pisadas.

—¿Tienes lista la cámara? Sin duda alguien ha estado aquí. Hace poco, además.

Desde el pasillo, Prusik tomó varias instantáneas con su cámara con flash y luego se arrodilló al otro lado del umbral para tomar un primer plano de una huella de bota bastante nítida. Cuando sus ojos se adaptaron a la penumbra, Prusik y McFaron inspeccionaron el salón. La luz del día se filtraba levemente por las rendijas de los tablones que cubrían las ventanas. McFaron iluminó más allá del salón. En el dormitorio que había al lado de la puerta de entrada del apartamento, Prusik descubrió un colchón con un montículo de ropa de mujer que medía al menos metro y medio de alto. En un rincón, se había formado una fina capa de polvo sobre un viejo televisor. Parecía intacto. La ventana del cuarto de baño contenía el único panel de cristal de la casa que no estaba roto, esmerilado para mayor privacidad.

Prusik echó un vistazo en la pila de ropa que había en la cama. Detectó un punzante olor parecido al amoniaco. Mojar la cama era un antecedente conductual común en psicópatas. Y también en borrachos y drogadictos, se recordó.

McFaron regresó a la cocina. Se fijó en la mesa. El tablero de formica parecía estar como nuevo y había dos taburetes debajo. Era como si el último ocupante de la casa no hubiera tenido intención de abandonar el lugar. Consiguió aflojar un tablero de madera de la ventana para dejar que entrara más luz diurna, y arrancó de un tirón la cubierta de otra ventana. El tapón de una botella que descansaba en el alféizar salió volando.

Estuvieron casi una hora en el mohoso apartamento sin ascensor, husmeando en todos los rincones y encontrando y guardando pruebas en bolsas para examinarlas más adelante: un bolso de mujer vacío y mohoso con la correa rota, unos pantis casi completamente rasgados a la altura de la entrepierna y una pila de periódicos semanales manchados de moho. Pero no habían encontrado migas, ni latas vacías, ni tampoco basura que pareciera reciente y que indicara que alguien hubiera estado escondiéndose ahí, lo cual desconcertaba a McFaron, teniendo en cuenta la miríada de huellas de zapato que había en el suelo de la cocina. Hacía rato que sentía retortijones a causa del hambre. La invitación de última hora que le había hecho Christine había desbaratado sus horarios. Cansado, apoyó el hombro contra una estrecha puerta que había en un rincón de la cocina. Esta cedió de golpe, haciendo que perdiera el equilibrio.

—¡Joder! —McFaron se frotó el brazo y con la linterna iluminó el empinado pasadizo que parecía llegar hasta el tejado.

Al subir el tramo de escalera, comprobó que apenas le cabía el cuerpo y que iba rozando las paredes. A medio camino, lo detuvo un olor intenso a podrido. En un acto reflejo, desenfundó el arma y siguió más despacio, apuntando hacia delante y respirando a través del cuello de su chaqueta. La linterna iluminó unas manchas de un marrón rojizo en el sucio tirador de una puerta por la que se accedía a una pequeña habitación de camino al tejado.

Huellas digitales.

Las observó un momento. Con el extremo frontal de la linterna, empujó la mugrienta puerta y rápidamente iluminó a uno y otro lado, apuntando el arma a la altura del pecho. El movimiento de la luz hizo que las sombras bailaran a lo largo de una agrietada pared de yeso.

Parpadeó. Sus ojos todavía estaban adaptándose a la oscuridad. Despacio, volvió a enfundarse el arma, pues se había convencido al fin de que estaba solo y se sentía algo tonto con ella en la mano. Cuando se dio la vuelta para marcharse, le pareció vislumbrar a alguien de pie en un rincón de la habitación. Instintivamente, el *sheriff* se agachó y volvió a sacar el arma.

—¡Arriba las manos! —exclamó, pero la figura no se movió. Al aguzar la vista, se dio cuenta de que se trataba de un maniquí. Estaba apoyado en la pared del fondo; un andrajoso tocado de algún tipo descansaba sobre su cabeza de yeso—. ¿Qué demonios...?

—¿Joe? —lo llamó Prusik desde el pie de la escalera.

Del cuello del maniquí colgaba una pequeña piedra verde que relucía bajo el haz de luz de la linterna. A su lado, en el suelo, había un colchón con manchas amarillas y grumos oscuros. Y, junto a este, una nevera de poliestireno con la tapa oscurecida por huellas de dedos. Parecía que la habían usado hacía poco. No muy lejos había seis tarros de conservas, todavía cerrados.

—Pero ¿qué demonios...? —Se arrodilló junto al colchón y los tarros. Tardó unos segundos en comprender qué era lo que estaba viendo.

—¿Todo bien ahí arriba? —preguntó Prusik.

El *sheriff* oyó que la agente comenzaba a subir la escalera. Se puso de pie y, con paso vacilante, salió cautelosamente de la hedionda habitación y regresó a lo alto de la escalera. Sentía náuseas.

—Necesito una antropóloga forense aquí arriba, Christine. Rápido. —Tragó saliva con dificultad—. Y será mejor que te prepares.

El cielo ya estaba despejándose cuando Prusik y McFaron empezaron a hacer llamadas desde el coche a última hora de la tarde. Ella se puso en contacto de inmediato con el director ejecutivo Thorne.

—Hola, Roger. Soy Christine. Estoy en Delphos, en un edificio de apartamentos abandonado. Creo que se trata de un lugar de gran importancia para nuestro asesino, el gemelo idéntico de David Claremont. Bueno, al menos genéticamente idéntico.

—¿Que estás dónde? ¿Eres consciente de que Bruce Howard te ha dejado por lo menos seis mensajes preguntando cómo va tu examen del material de la granja de Claremont?

—¿Dejas que te explique, Roger? Hemos descubierto un importante...

—Christine, considera esto una advertencia amistosa. Vuelve al laboratorio de inmediato. Deja de poner en riesgo tu trabajo de este modo.

—Pero, Roger, aquí hay pruebas físicas de que...

—Tienes montañas de pruebas físicas esperándote en el laboratorio. Vuelve a él y haz tu trabajo.

Thorne finalizó la llamada y, sin esperar más, ella llamó al laboratorio.

—Necesito que Hugues y tú os escapéis discretamente del laboratorio y vengáis de inmediato al lugar en el que me encuentro para examinarlo —le dijo a Eisen.

Le describió la localización de la pequeña habitación que había cerca de la salida al tejado, diseñada para almacenar el equipo de mantenimiento de los edificios de la época, y le habló del colchón manchado y los tarros de conservas.

—Que Hugues se traiga el equipo para detectar huellas digitales y manchas. Y el recogedor de tejidos. Y traed también mucho hielo seco.

—Howard nos está machacando con su insistencia. —En su tono de voz podía percibirse cierto enojo—. Tenemos casi doscientas bolsas con material procedente de Weaversville para analizar. Ha pedido varias veces hablar contigo, Christine. Quiere saber por qué no estás aquí para examinar las pruebas.

—Escucha, Brian. No es momento de discutir nimiedades. Limítate a venir aquí ahora mismo. Es la guarida del asesino, joder.

—De acuerdo, de acuerdo. Por cierto, me ha llegado un soplo de un amigo que trabaja en la sección de sucesos del *Indianapolis Star*.

Prusik se irguió ligeramente.

—¿Y?

—Al parecer, una mujer lo bastante alarmada como para llamar a nuestras oficinas de Indianápolis pasada la medianoche de un domingo asegura que el sospechoso que apareció en la televisión estuvo sentado a su lado en un autobús Greyhound en el que viajó de Chicago a Indianápolis. Según ella, el tipo era la viva imagen del sospechoso. La mujer llamó el mismo día en que se acusó a Claremont de los asesinatos.

—¡Lo sabía! —Prusik sonrió a McFaron, que le devolvió la mirada con curiosidad—. ¿Sabe ya Howard esto de Indianápolis?

—No que yo sepa.

Con la habitual plétora de llamadas con información infundada y avistamientos falsos, Prusik dudaba que le hubiera prestado mucha atención incluso de haberse enterado.

—De momento dejémoslo así, Brian. Necesito más tiempo sin que Thorne me interrumpa y ponga fin a esta línea de investigación. Necesito que tú y Hugues vengáis aquí tan rápido como podáis. —Prusik presionó el botón para finalizar la llamada.

—La madre que lo parió.

—¿Y bien? —preguntó McFaron—. ¿Vas a contármelo?

—Es posible que nuestro Donald Holmquist haya optado por el transporte público y que esté evitando deliberadamente su propio vehículo. —Prusik quería creer lo que le había contado Brian, pero sabía que se trataba de una posibilidad remota. Aun así, su intuición estaba a toda máquina. Se volvió a un lado para quedar de cara al *sheriff*—. Está siendo cuidadoso, muy cuidadoso.

Christine abrió su maletín forense y sacó la vieja fotografía en blanco y negro con marco de latón que había cogido de la guarida del asesino y había metido dentro de una bolsa transparente de plástico para pruebas. La alzó para observarla. Apenas podía contener su excitación. Le dio un pequeño codazo a Joe, que, asomando la cabeza por encima del hombro de la agente, también estaba mirando la fotografía. En ella se veía a dos madres que sostenían cada una a un bebé.

—¿Lo ves? —dijo ella—. Mira atentamente a los bebés. —Christine le dio la fotografía enmarcada.

Ella reparó en que el *sheriff* se esforzaba por descubrir qué era lo que ella había visto.

—¿Lo ves o no? —insistió ella, incapaz de contener su excitación.

—No estoy seguro de qué es lo que se supone que debo ver —dijo él—. ¿Por qué no me lo dices y ya está?

—Reconozco que es sutil. Y tú no tienes la ventaja de haber hablado directamente con el doctor Katz, nuestro psiquiatra forense.

Aunque no era más que una fotografía de trece por dieciocho centímetros, el objetivo de la cámara que la había tomado era excelente, pues los detalles capturados eran nítidos e inconfundibles.

—Fíjate en el pelo de los bebés —señaló la cabeza de cada uno de ellos—. Remolinos opuestos. Los mechones van en direcciones contrarias. Y uno está levantando la mano izquierda y el otro la derecha.

McFaron exhaló una bocanada de aire para expresar su consternación.

—Para empezar, Christine, ¿cómo puedes estar segura de que los dos son varones?

—A la vista de esta fotografía, no puedo. Pero es lo único que tiene sentido. Que David Claremont sea el asesino, en cambio, no lo tiene. Imagina que te hubieran separado a temprana edad de tu hermano gemelo. Creces y no lo ves ni oyes nada de él, y quizá ni siquiera recuerdas mucho sobre ese «otro» que alejaron de ti. Hasta que un día, de forma inesperada, *voilà*, su rostro (que es tu rostro, o casi) aparece en todos los televisores y los periódicos de Estados Unidos. Aun así, se trata de una cara que estás viendo por primera vez en años. Alguien que se parece a ti, una presencia respecto a la que has tenido algo más que un pálpito en más de una ocasión.

A Prusik el corazón le latía con fuerza.

—No puede quedarse al margen, Joe. Ha viajado a Indianápolis en transporte público porque no puede quedarse al margen.

—Indianápolis es la capital y el centro neurálgico del estado en lo que a transporte público se refiere —señaló McFaron—. El lugar al que por fuerza habría tenido que ir para coger otro autobús en dirección a Weaversville.

Al *sheriff* no terminaba de convencerle la teoría de Christine, pero los bebés de la fotografía tenían ciertamente un parecido familiar, y los registros de adopción confirmaban de un modo definitivo que eran hermanos, si no gemelos.

Prusik apretó el antebrazo del *sheriff* con ambas manos.

—¡Va a ver a su hermano gemelo! —La agente especial le dio un fuerte golpe al panel interior de la puerta del vehículo—. ¡Claro! ¡Todo encaja!

—Ojo con esa puerta —dijo McFaron—. Es propiedad de los contribuyentes.

Ella consideró las opciones que tenía. No podían esperar. Los acontecimientos estaban sucediéndose con demasiada rapidez. Joe y ella habían dado con el filón y se encontraban tras la pista del asesino. No había tiempo para convencer y redirigir la atención de Thorne y Howard antes de que esa pista se enfriara o, peor todavía, que Holmquist volviera a matar. Teniendo esto en cuenta, Christine consultó en la agenda de su móvil tribunales y fiscales del distrito sur de Indiana. Vaciló. Lo que estaba haciendo podía costarle el puesto de trabajo. O incluso llevarla a prisión. ¿De verdad no tenía otras opciones? Notó que el dedo meñique comenzaba a palpitarle; no se había dado cuenta de que había cerrado el puño con fuerza. «Tranquilízate, Christine. Piénsalo bien», se dijo. No solo estaba contemplando hacer algo que sus superiores jamás aprobarían, sino que seguramente provocaría la ira de toda la agencia. Estaría infringiendo la ley. De eso no había ninguna duda. Igual que el asesino al extinguir el último aliento de otra chica inocente. ¿Qué otra alternativa viable tenía que pudiera evitar que eso volviera a suceder?

Sin más dilación, Prusik salió del coche, pulsó el número de la oficina del fiscal de Weaversville, Indiana, y se alejó por la acerca, pues no quería que McFaron la oyese.

—Con el fiscal Gray, por favor.

—Aquí Preston Gray.

Prusik lo puso al día sobre el desarrollo del caso: desde la detención de Claremont hacía tres días, no habían encontrado la menor prueba que lo vinculara a los asesinatos: ni sangre ajena, ni semen, ni ADN identificable en las muestras que habían tomado de debajo de las uñas de las víctimas o las de Claremont. Y, le aseguró a Gray, no la encontrarían. La acusación no se sostendría.

—Tenía entendido que Bruce Howard y su equipo todavía estaban buscando pruebas en la granja de los Claremont y sus anexos, agente especial Prusik.

—Más que nada, están dando vueltas sobre pruebas que ya hemos analizado —contestó ella mientras los pensamientos se le arremolinaban en la mente. La información de que Holmquist estaba desplazándose significaba que las cosas estaban sucediendo con gran rapidez. Cada segundo contaba, y necesitaba motivar a Gray para que la ayudara a tender la trampa—. Acabamos de hallar pruebas de que Claremont tiene un hermano, un gemelo idéntico —le reveló con una creciente sensación de revancha—. Lo hemos verificado con huellas digitales y cotejando su grupo sanguíneo con el de Claremont. Coinciden. Está en marcha un análisis más detallado del ADN. La cosa es que ahora mismo contamos con una oportunidad de oro, señor, y estoy autorizada para transmitirle nuestro apoyo si lo deja en libertad bajo fianza. —El corazón le latía con fuerza. Por más que le desagradara jugársela y mentir a un fiscal, temía más que el reloj siguiera corriendo y, con ello, la posibilidad cada vez mayor de que otra joven se cruzara en el camino de Donald Holmquist.

—¿Está bromeando? —Gray se mostró incrédulo—. ¿Tiene usted idea de lo que está diciendo? Los medios de comunicación se cebarán con todo esto.

—No estoy diciendo que lo deje completamente libre, señor, ni mucho menos. Lo que propongo es que lo mantengamos vigilado las veinticuatro horas para poder capturar al asesino. —Le costó tragar saliva y se volvió hacia McFaron, que permanecía sentado en el coche, observándola. Ella bajó la mirada a sus pies—. Tengo autorización para hacerle esta solicitud. Cuenta usted con el total apoyo del FBI.

—¿Está diciendo que el FBI aceptará toda la responsabilidad? —preguntó Gray despacio.

—Haré que mi oficina se lo confirme por fax esta misma noche.

—¿Y dice que Claremont tiene un gemelo idéntico? ¿Alguien con su misma apariencia que es el verdadero responsable de los asesinatos?

—Sí, señor, las pruebas que tenemos lo confirman sin lugar a dudas.

—¿Cómo puede estar segura de que no fue Claremont, sino su hermano gemelo, quien cometió estos crímenes?

Christine prácticamente podía oír cómo Gray movía la cabeza adelante y atrás, intentando procesar la información que le estaba dando y sopesando el efecto que podía tener en su oficina la petición que le estaba haciendo.

—Mire, comprendo que se debe usted a su comunidad y que teme la impresión que pueda causar el hecho de soltar bajo fianza a Claremont. Pero hemos formulado un plan que, según nuestros expertos, permitirá resolver el caso y le proporcionará a usted todo lo que necesita para poder encerrar al asesino.

Silencio al otro lado de la línea. Prusik se daba cuenta de que Gray necesitaba algo más. No podía acudir a los medios de comunicación o responder al teléfono, que sin duda no dejaría de sonar, y explicar que un gemelo había cometido los crímenes, un hermano al que todavía no habían capturado. Supondría una presión excesiva para su oficina.

—En este caso se da un extraño fenómeno, señor Gray. Una forma de vínculo fraternal que me resulta algo difícil de explicar por teléfono. Baste decir que las mejores mentes de la agencia apoyan esta teoría. El interrogatorio de Claremont también lo confirmó. Y, posteriormente, hemos hallado pruebas irrefutables de que tiene un hermano gemelo. Lawrence y Hilda Claremont adoptaron a David antes de que cumpliera un año. No creo que este sepa con seguridad que tiene un hermano. Estamos muy cerca de capturarlo. Al hermano. El asesino, señor.

—¿Cerca? Lo siento, agente especial. Cerca no es suficiente. Al menos, no aquí donde vivo. Para nada.

Prusik siguió caminando por la acera, alejándose

más del coche. Ya había contado con que convencer a Gray no resultaría fácil, y perder la calma no serviría de nada.

—Desde luego, señor, tampoco es lo que el FBI preferiría. Si es que tuviéramos elección. Pero es a la gente a quien todos queremos proteger. —Su tono se había vuelto más apremiante—. Esa es precisamente la razón de la petición de la agencia. Si queremos atrapar al hermano antes de que cometa otro asesinato horripilante, todos debemos correr cierto riesgo, señor Gray. No perderemos de vista a Claremont ni un solo segundo. Puede contar con ello. Pero para poder atrapar a su hermano, debe haber publicidad. Ese es justo el cebo: anunciar en todas las emisoras de radio y canales de televisión que han liberado a David Claremont y que se encuentra bajo la custodia de sus padres en su granja de Weaversville. Contamos con que los medios de comunicación hagan su parte, señor. En opinión del director de nuestra oficina, eso conducirá a la detención del asesino. Pero cada segundo cuenta. —Se calló antes de preguntarle si acaso quería que la siguiente chica eviscerada pesara en su conciencia.

Otro silencio interminable al otro lado de la línea. Esta vez parecía que Gray estaba sopesando lo que le había dicho. Por fin, exhaló un largo suspiro y dijo:

—Envíe esa directiva. La examinaré. Si dice lo que me acaba de explicar, accederé a la detención domiciliaria, lo cual significará que Claremont permanecerá en casa de sus padres bajo vigilancia y monitorización policial las veinticuatro horas del día.

Mi oficina fijará la fianza. Comenzaré a preparar el papeleo mañana a primera hora.

—Perfecto.

Prusik lo había conseguido. Si efectivamente se trataba de un fenómeno de transposición, liberar a Claremont serviría para capturar al asesino. Aun así, era un plan temerario, y Thorne nunca lo habría aprobado (o ni siquiera considerado). Él desconocía las verdaderas dimensiones del caso. Y pediría su cabeza a no ser que el plan tuviera éxito.

Hizo una llamada más a Margaret, su secretaria, y luego regresó al coche. Se quedó mirando un momento a Joe y luego bajó la mirada al regazo, sin saber bien cómo explicarle lo que acababa de poner en marcha.

—Bueno, ¿vas a decirme de qué iba esa llamada? —preguntó por fin McFaron.

Christine lo miró a los ojos y esbozó una sonrisa débil, a sabiendas de que sería su última conversación por un tiempo. Respiró hondo y se lo explicó.

McFaron no respondió de inmediato. Finalmente, se aclaró la garganta y habló.

—Christine, tengo que decir que es muy... arriesgado hacer algo así sin consultárselo primero a Thorne, ¿no te parece?

Ella estaba del todo de acuerdo con él, pero no fue capaz de reconocerlo y se limitó a mirarlo inexpresivamente.

—Solo estoy pensando en lo que es mejor para ti —prosiguió él—. No quiero verte en un aprieto. Ni que pierdas el trabajo ni nada parecido.

—Intenta decirle eso a la próxima víctima de Holmquist. O a sus padres.

—Pero ¿enviar una directiva de parte de la agencia? —dijo él—. Tiene que haber otro modo. Eso podría poner fin a tu carrera.

—¿Acaso crees que no soy consciente de ello? Pero tú sabes tan bien como yo que, cuando centramos la atención en rellenar formularios y escribir informes, es la gente la que sale perdiendo y eso termina costando vidas. ¿Es que no lo ves? Con algo de suerte, Holmquist aparecerá en Weaversville muy pronto. No hay tiempo para politiqueos, Joe. Ahora no.

—No voy a decirte cómo debes hacer tu trabajo. —Se quedó un momento callado, mirándola con seriedad—. Y no voy a discutir contigo si estás persiguiendo realmente a un sospechoso para capturarlo. Pero ¿esto? Si quieres la verdad, Christine, lo que estoy oyendo no es más que una justificación a cualquier precio de los medios para un fin.

Ella abrió la boca para responder, pero McFaron alzó una mano.

—El procedimiento policial y la burocracia son importantes. Son lo que permite que las acusaciones puedan sustentarse y los criminales puedan ser condenados. He tenido que tratar con policía estatal, *sheriffs* de otros condados, fiscales, el FBI, laboratorios estatales de criminalística, agentes de la oficina estatal de investigación... Lo que quiero decir es que todo este galimatías burocrático del que me hablas, y que muchas veces yo también veo así, no me da el derecho a saltarme las reglas, ignorar causas probables, tirar abajo la puerta de nadie ni, sobre todo, mentir a un fiscal. —Se la quedó mirando con resignación—. Si las cosas no salen como esperas, ¿qué piensas hacer?

—¿Suponiendo que no lleve un mono de color naranja y tenga que pedir permiso a un guardia de prisión para hacer una llamada a mi abogado? —contestó Prusik con expresión ceñuda.

—Por el amor de Dios, Christine, ¿no se te ha ocurrido ni por un momento comentar primero este plan conmigo? —McFaron se pasó un dedo por los labios.

—Claro que sí. —Ella cerró los ojos—. Y sabía lo que me dirías.

—Vamos a ver, Christine, ya tenemos lo necesario, hemos conseguido las pruebas del apartamento. ¿Merece la pena hacer algo así y correr el riesgo de que el caso se eche a perder?

—En realidad es muy simple, Joe —dijo ella directa y francamente—. El asesino anda suelto. He tomado una decisión para atraparlo. Y si me equivoco y me echan o algo peor, que así sea.

McFaron salió del coche. Prusik lo siguió. Una media luna se asomaba por encima de una hilera de edificios.

—Bonito, ¿verdad? —dijo ella refiriéndose a la luna y con la esperanza de evitar que la situación se volviera todavía más tensa.

—Sí, lo es, Christine —dijo McFaron con obvia resignación—. Mira, teniendo en cuenta las circunstancias... —Se encogió de hombros. No podía dejarlo estar—. ¿Te has parado a pensar que mi trabajo también puede peligrar? ¿Has llegado a considerar eso?

—Si quieres echarte atrás, lo comprenderé perfectamente. He salido del coche para hacer la llamada, Joe, para evitar que fueras testigo y no hacer así peligrar tu trabajo. De hecho, nadie en mi oficina sabe que estás aquí en Chicago. Puedes largarte en mitad de la noche y no te lo reprocharé para nada —dijo ella con voz inexpresiva—. Me has hecho un gran favor ayudándome aquí en Delphos. No podría haberlo hecho yo sola.

McFaron estudió el rostro de la agente.

—¿No piensas echarte atrás con lo de la directiva? ¿Tu decisión es inamovible?

—Probablemente ahora mismo ya está en manos del fiscal, o lo estará en breve.

Cuando Prusik había llamado a Margaret, su secretaria, la había oído teclear palabra por palabra la directiva que debía enviar al fiscal Gray. Luego la secretaria la había impreso en papel con el sello de la agencia. Margaret, ya mayor, había quitado importancia a la promesa de Christine de asumir la culpa si la cosa salía mal diciéndole que, si se diera ese caso, a ella no le importaría jubilarse anticipadamente. Después de leerle de nuevo el documento a Prusik, había falsificado la firma de esta y había llamado a una empresa de mensajería para enviar el documento a la oficina de Gray.

—Mira, reconozco que es un plan arriesgado, y comprendo tu desaprobación. —Miró a Joe a los ojos—. Estoy preparada para aguantar el chaparrón si me sale el tiro por la culata. Pero tienes que recordar que se trata de evitar otro asesinato, Joe. Con evisceración.

McFaron asintió sombríamente.

—Dadas las circunstancias, creo que lo mejor será que regrese esta noche y ya veremos cómo van las cosas. —Y luego prosiguió en un tono más bajo—: Tú y yo sabemos que, llegados a este punto, no voy a serte de mucha ayuda. Tienes que convencer a tu gente y, en cualquier caso, malinterpretarían mi presencia, lo que aún empeoraría más las cosas para ti. Y desde luego no sería de ninguna ayuda para mi propia oficina y la gente de mi condado. ¿Estás de acuerdo?

Le dolía la expresión de abatimiento en el rostro del *sheriff*. Ya no tendrían una velada agradable en un buen restaurante. Ella había tomado su decisión, si bien en su fuero interno creía que habían sido las circunstancias fuera de su control las que la habían tomado por ella. No tenía elección. Deseaba que el *sheriff* se quedara, pero sabía que no podía.

Christine aspiró una profunda bocanada de aire.

—Está bien. ¿Te llevo al aeropuerto?

Los veinte minutos del trayecto a O'Hare pasaron en silencio. Por más que hubiera querido, Christine se contuvo de volver a explicarle a McFaron su lógica para hacer lo que estaba haciendo; era consciente de que toda esperanza de salvar las cosas entre ambos tendría que esperar a otro día. En un momento dado, le echó un vistazo y reparó en la tensión de su mandíbula y el tic que tenía en un ojo. Fuera lo que fuera lo que él estuviera callándose, también le suponía un gran esfuerzo hacerlo.

Prusik detuvo el coche junto al bordillo, ante la entrada de United Express, y dejó el motor encendido.

—Te agradezco que hayas venido con tan poca antelación, Joe —dijo—. No podría haber ido a ese sitio tan horroroso sin ti. Imposible.

McFaron frunció los labios a modo de seco reconocimiento de sus palabras.

—Bueno. —Abrió la puerta del coche y colocó un pie en la acera—. Te llamaré esta noche para ver cómo van las cosas.

Ella no podía mirarlo a los ojos, temerosa de estar perdiendo algo más que un buen amigo. Alzó por fin la mirada cuando él ya estaba pasando por delante del mostrador de seguridad que había cerca de la entrada. McFaron se volvió y la saludó con la mano educadamente, con expresión contenida, no como cuando había llegado y le había dedicado una radiante sonrisa. Las lágrimas anegaron los ojos de la agente en la intimidad del coche, consumida por la sensación de encontrarse al final de una relación en vez de al principio.

El restallido de un trueno la sobresaltó y unas gruesas gotas de lluvia comenzaron a caer sobre el parabrisas. Christine salió de la zona destinada al acceso de los pasajeros y puso en marcha el limpiaparabrisas. De repente frenó de golpe, volvió marcha atrás hacia el bordillo y se quedó mirando una de las escobillas del limpiaparabrisas, detenida en posición vertical. Por el cristal descendía un delgado hilo de color rojo que enseguida quedó diluido por las gotas de lluvia. La tormenta, sin embargo, no podía borrar el hecho de que lo que estaba viendo era real, tanto como las pruebas que habían descubierto esa tarde. Cogió el bolso que había dejado sobre el asiento del acompañante en busca de sus píldoras, luego sacó otra bolsa de plástico para pruebas del maletín forense y salió del coche ignorando el chaparrón. Con cautela, miró en ambas direcciones de la vía de acceso al aeropuerto, parpadeando para apartar las gotas de lluvia de los ojos. Después levantó cuidadosamente la escobilla y, con la otra mano, enguantada, cogió la pequeña pluma de color azul verdoso que había debajo y la metió en la bolsa protectora.

26

A la mañana siguiente, en Weaversville, a 458 kilómetros de Chicago, los padres de Claremont usaron su propiedad para avalar la fianza de 500.000 dólares impuesta por el juez, apostándose literalmente la granja a la inocencia de su hijo. Más tarde, Hilda permaneció de pie frente a la ventana del salón, contemplando la neblina que se había formado a última hora de la mañana mientras esperaba la llegada del doctor Walstein. Su marido no había querido desayunar, preocupado como estaba por un nuevo ruido que se oía en su camioneta Chevy desde que los agentes del FBI habían desmontado los asientos en busca de unas pruebas que no habían conseguido encontrar.

El hijo de los Claremont seguía siendo el único sospechoso del sensacional caso. Por mandato judicial, no podía salir de la granja. Dos agentes de policía estarían apostados allí día y noche, y el agente Richard Owens y su compañero Jim Boles, de la policía de Weaversville, hacían en esos momentos la primera guardia. Habían aparcado al principio del camino de acceso a la granja después de acompañar al sospechoso a casa de sus padres. Al oír un frenazo, los agentes levantaron la mirada. Un autobús local se había detenido en una intersección cercana al campo de maíz de los Claremont. Alertados, los agentes permanecieron atentos por si bajaba alguien (algún periodista listillo o un fotógrafo con ganas de obtener una instantánea del sospechoso), pero ninguno de los dos pudo ver nada porque las puertas se habían abierto al otro lado del vehículo. Al cabo de un momento, el autobús volvió a arrancar y pasó por delante de Owens y Boles dejando atrás una nube de humo despedida por su tubo de escape. Owens se quedó mirando el punto en el que el vehículo había aparcado, junto al campo de maíz. No había nadie. Pensó que tal vez algún chaval que iba a bordo se había mareado, había bajado un momento para vomitar y había vuelto a subir. Luego apartó el hecho de su mente.

Al cabo de unos minutos, un Chrysler Concorde LXi completamente negro se detuvo junto al coche patrulla. El doctor Walstein saludó a los agentes llevándose una mano al gorro para la lluvia de tweed irlandés y le dio a Owens su carné de conducir. Este consultó el listado que tenía en un portapapeles y luego le indicó a Walstein que podía seguir adelante.

Las condiciones de la libertad bajo fianza requerían que Claremont se sometiera a revisión psicológica dos veces por semana. También que los Claremont pagaran los honorarios del doctor por cada visita. Hilda se apresuró a bajar la escalera del porche delantero mientras el coche de Walstein recorría el camino de acceso. Le entregó un cheque por la ventanilla para que no tuviera que bajar.

—David está en el granero haciendo sus tareas, doctor.

Walstein siguió las huellas que había dejado visibles un tractor en su camino al granero. De repente, un parte policial amortiguado sonó en el interior del coche. Walstein abrió la guantera. Los diodos del escáner estaban iluminados. «Jenkins dice que ya no tenemos un 10-15. Claremont ha salido libre bajo fianza.» El doctor sabía lo que significaba ese código: la confirmación de que David ya no estaba bajo custodia policial. Cerró de golpe la guantera, sintiéndose nervioso. Habían soltado a David por un tecnicismo, algo sobre una falta de pruebas corroborativas. ¿Acaso sus alucinaciones eran algo más que meras visiones perturbadoras? ¿Había obviado algo en su diagnóstico? Se pasó la manga del abrigo por la frente para secarse el creciente sudor.

Una rampa de madera conducía a una gran puerta de doble hoja que estaba completamente abierta. Cuando estaba a punto de llegar, Walstein apagó el motor y dejó que el coche se deslizara el resto del camino. Pisó el freno antes de poder llegar a ver el interior del cavernoso granero y descendió del asiento del conductor. Comprobó los bolsillos de la chaqueta. La jeringuilla estaba en su bolsita de plástico. Luego metió la mano con cautela en el otro bolsillo, procurando no accionar el gatillo al pasar los dedos por la pistola paralizante de alto voltaje. No tenía intención alguna de usar el sedante ni la pistola, pero le había prometido a su esposa que llevaría ambas cosas para aliviar sus miedos.

Walstein echó un vistazo atrás una última vez.

Podía ver el coche de policía aparcado al principio del camino de acceso, justo donde se suponía que debía estar. El doctor exhaló una bocanada de aire.

Una fugaz sombra pareció cruzar de repente la puerta de doble hoja, llamando la atención del doctor. La adrenalina hizo que se apresurara a subir el resto de la rampa. Al llegar a la puerta abierta, vaciló ante el rancio olor que provenía de dentro. Algunos restos de paja que se habían caído del altillo yacían desperdigados por los tablones de profundos surcos que conformaban el suelo.

—¿David?

No hubo respuesta.

Walstein se adentró en las sombras. Las suelas de sus zapatos hacían un ruido sordo, aunque procuraba que sus pisadas fueran ligeras. Al final de una larga hilera de soportes metálicos donde antaño se colocaban las vacas para el ordeño, vio una luz que salía por una puerta entreabierta. También oyó una vieja canción de rock, que debía de provenir de una radio ubicada en algún lugar al fondo del granero.

—¿David?

Instintivamente, metió los dedos por las aberturas de los bolsillos de la chaqueta. Pasó por delante de los soportes y volvió a llamar a su paciente.

Siguió sin obtener respuesta.

Oyó un ruido a su espalda y dio media vuelta con las manos en tensión. Aguzó la vista, entrecerrando los ojos para intentar vislumbrar algo en los rincones que estaban a oscuras, pero no parecía haber nadie. Una brisa movió entonces una de las hojas de la puerta, abriéndola y cerrándola. Sobre su cabeza, había un conducto para el heno. De los bordes colgaban unos pocos restos de paja. Una ráfaga de aire más fresco le alcanzó el rostro. Relajó las manos, que seguía llevando en los bolsillos.

—David, soy el doctor Walstein. He venido para la revisión obligatoria, ¿recuerdas? —El doctor avanzó lentamente. La puerta de la habitación iluminada se encontraba a apenas seis metros—. Si estás ocupado, puedo esperar en el coche.

De repente, las dos hojas de la puerta del granero se cerraron de golpe y el doctor quedó envuelto en una oscuridad absoluta. Apuntó con la pistola paralizante en dirección a la puerta. El inconfundible ruido de unos pasos rápidos le hizo volverse hacia la izquierda. Presionó el interruptor para encender el arma. Resplandecieron seis luces verdes que indicaban que el artilugio estaba a la máxima potencia.

—¡David! —Walstein aspiró con fuerza una bocanada de aire—. No... no te había oído entrar.

Al dar un paso adelante, el doctor tropezó con un rollo de alambre para embalar el heno y cayó al suelo. Soltó un grito ahogado e intentó sacar la mano izquierda del bolsillo. Colocándose de costado, consiguió finalmente liberarla. La jeringuilla hipodérmica le colgaba de la palma. Se la acercó a la cara y se fijó en las líneas de medida que había a lo largo del cilindro. El émbolo estaba al final, pero por alguna razón no se sentía alarmado por haberse acabado de inyectar una cantidad de sedante que para él suponía una sobredosis, puesto que era de constitución más pequeña que David.

Un haz de luz diurna se filtraba por un tablón

suelto del granero, iluminando el interminable movimiento de las partículas de polvo. No era algo tan terrible yacer en el suelo, solo le costaba un poco respirar. Aletargado, Walstein parpadeó unas pocas veces e intentó sacarse la jeringuilla de la palma izquierda, pero ya tenía los dedos demasiado entumecidos. Al poco, los brazos se le habían quedado tan flácidos como los de una marioneta y miraba inexpresivamente al vacío. De repente, algo se movió sobre su cabeza. Dos ojos estaban mirándolo desde el polvoriento vacío del granero. Era la cara de David Claremont.

O no.

Walstein no pudo procesar el pensamiento. Un minuto después, no podía siquiera recordar haber tenido un pensamiento. De repente notó que lo alzaban junto con el polvo hasta ponerlo en pie. Qué agradable era que lo transportaran a uno.

—David..., no... deberías...

Las palabras de Walstein no sonaron así, pero eso era porque tenía la boca aplastada contra el hombro del tipo. El doctor relajó la barbilla contra la gastada tela de su chaqueta, como los bebés cuando se quedan dormidos. Todo se oscureció.

Treinta minutos después de que hubieran dejado pasar al doctor Walstein a la residencia de los Claremont, el agente Owens se despidió de él con la mano cuando su sedán volvió a recorrer el camino de acceso para marcharse. Reconoció el gorro de tweed irlandés del doctor, que llevaba calado hasta los ojos.

El otro agente, Boles, echó un vistazo al interior del coche cuando pasó a su lado y salió a la carretera: dentro no había otros pasajeros. Owens tachó el nombre del doctor en el listado del portapapeles y luego vio cómo el coche aceleraba y se alejaba por la carretera del condado.

Ninguno de los dos agentes reparó en el pequeño trozo de tela de la chaqueta del doctor Walstein que se había quedado enganchado en la puerta del maletero cuando esta se cerró de golpe. Y, a pesar de que el cristal de la ventanilla estaba tintado, la mente del agente Boles registró la presencia de una manta arrugada sobre el asiento trasero. Esa apreciación, sin embargo, quedó relegada en cuanto le sonó el móvil. El agente vio el número de su nueva novia en la pantalla, abrió el aparato plegable y le prestó toda su atención.

Poco después de la hora del almuerzo, Prusik recibió la llamada que había estado esperando del laboratorio. Eran los resultados de las pruebas hechas a los tarros de conservas que habían hallado en el apartamento de Delphos. No había ninguna duda: contenían vísceras humanas. Antes de explicarle a Thorne todos los detalles, le habría gustado que el análisis preliminar del ADN fuera completo y haber confirmado la correspondencia de esos restos con los de las víctimas, pero para eso todavía faltaban otras 72 horas, y no creía que fuese buena idea esperar.

Al entrar en el despacho del director ejecutivo, a

Prusik le sorprendió oír la voz de Howard en el altavoz del teléfono. Junto al escritorio de Thorne había un guardia de seguridad.

—¡¿Qué diantre significa esto?!

Thorne arrojó sobre su escritorio su mejor pluma, la Montblanc, con tanta fuerza que rebotó en el tablero. Le sobresalían las venas a cada lado del cuello de la camisa. Empujó una hoja de fax por la mesa y Prusik la recogió del suelo: era la directiva firmada.

—¿En qué estabas pensando, Christine? ¿En esperar a que Howard estuviera fuera de la oficina para contarme esto?

Prusik mantuvo la mirada baja, concentrándose e intentando formular unas palabras que no le salían.

—No, Roger, para nada. Mis actos se han debido únicamente a información de última hora y a las pruebas forenses halladas en un edificio abandonado en el 1371 del bulevar Hawthorne de Delphos, apartamento 3C. Te llamé desde allí. Intenté explicártelo por teléfono en el mismo momento del descubrimiento. —Y, alzando la voz para dirigirse a Howard, que seguía al teléfono, añadió—: Bruce, si quieres inspeccionar el apartamento, podemos...

—¿Inspeccionar? —Thorne arrojó otra hoja en dirección a Prusik—. ¿Por qué no me explicas primero esto? ¿Puedes explicármelo, por favor, Christine?

Ella echó un vistazo a la hoja. Era el decreto de puesta en libertad bajo fianza que había emitido el tribunal del distrito de Weaversville esa misma mañana.

—¿Te refieres a las condiciones de la puesta en libertad bajo fianza de Claremont? —A Prusik el corazón le iba cada vez más rápido.

—¡Sabes perfectamente bien a qué me refiero! —exclamó Thorne con la frente fruncida—. Howard ya ha confirmado que todo esto es obra tuya. Al parecer, le aseguraste al fiscal Gray que contaba con el apoyo absoluto de la agencia para liberar al sospechoso. ¡Por el amor de Dios, Christine!

—Si me das un momento para explicártelo, Roger, lo haré. Hemos descubierto nueva información crucial sobre Donald Holmquist, el hermano gemelo de Claremont, que responderá a todas tus...

—¡Entonces no tendrás ningún problema en explicarme esto otro!

Thorne hizo deslizar un tercer documento por el tablero del escritorio, que Prusik atrapó a medio vuelo. Era una orden de búsqueda de David Claremont, que había desaparecido. Lo buscaban por el asesinato de tres personas y el secuestro del doctor Irwin Walstein, el psiquiatra asignado por el tribunal, que había desaparecido de la granja de los Claremont después de una cita médica programada unas horas antes ese mismo día.

Prusik dejó escapar un grito ahogado y se sentó sin poder decir nada.

—Puesto que te has quedado sin saber qué decir, seré yo quien hable. Con efecto inmediato, quedas relevada de tus funciones. Estás suspendida. Considéralo un permiso retribuido. Y da las gracias, porque podría hacer que te retiraran la placa por esto. Al equipo del laboratorio se le está notificando en estos mismos momentos que ya no sigues en el caso. Dejan de estar bajo tus órdenes. —Thorne se quitó las gafas—. Fueran cuales fueran tus razones, ahora ya carecen de importancia. Ahórratelas para la vista administrativa donde se valorará tu despido.

Prusik tragó saliva con esfuerzo y, por fin, consiguió recuperar la voz.

—El motivo para la puesta en libertad bajo fianza de Claremont... Hay una razón perfectamente lógica si me dejas explicártela. Es importante que lo haga.

—¿Explicar? —Disgustado, Thorne negó con la cabeza y soltó un resoplido—. No tenías potestad alguna para hacer algo así, Christine. Firmar una directiva, hablar en nombre del departamento en un asunto de esta importancia, ¡¡liberar a un sospechoso de asesinato!? Lo siento, pero no hay explicaciones que valgan. —Tenía la cara roja a causa del acaloramiento—. ¡El apoyo absoluto del FBI...! ¿Es que te has vuelto loca? Tienes suerte de que no te eche de inmediato. Tal y como están las cosas, ahora mis manos ya están atadas. No hay nada más que pueda hacer por ti.

Con eso quería decir que en Washington estaban al corriente. Thorne estaba siguiendo sus órdenes.

—Por cierto, para tu información, tu amigo, el *sheriff* McFaron, forma parte del operativo policial que ahora mismo está peinando el sur de Indiana en busca de Claremont. ¿No es así, Bruce? —Thorne habló directamente al altavoz que descansaba sobre su escritorio.

—Acabo de recibir la llamada —contestó la voz

de Howard—. Me ha dicho que iba a encontrarse con alguien que al parecer había identificado a Claremont a partir del retrato robot policial.

—Puede que tengas las manos atadas, de acuerdo —dijo Prusik, haciendo acopio de todo su valor—, pero eso no anula el hecho de que Donald Holmquist ande suelto por ahí en estos mismos momentos. Eisen y Higgins han comprobado su historial. —Prusik plantó ambas manos en el borde frontal del escritorio de Thorne—. Puedo demostrarlo, Roger. Las pruebas físicas son del todo irrefutables. David Claremont es tan poco responsable de la desaparición del doctor Walstein como de la muerte de esas chicas. Holmquist es el auténtico culpable. Y, además... —Optó por callarse antes de contarle lo de la pluma que había encontrado en la escobilla de su limpiaparabrisas, consciente de lo ridículo que le sonaría eso a Thorne—, está desaparecido.

—Una teoría interesante, Prusik. —dijo Howard por el altavoz con un tono de voz irritante—. Sobre todo teniendo en cuenta que hemos encontrado un juego completo de huellas dactilares de Claremont en la jeringuilla del doctor que había en el suelo de la granja.

—¿Y qué demuestran esas huellas dactilares? ¿Que tal vez Claremont estaba presente? Vive ahí. Además, según mis estimaciones, lo más probable es que esas huellas de la jeringuilla pertenezcan a su gemelo. Las crestas papilares y las espirales de las huellas de uno y otro son prácticamente idénticas. Demasiado como para excluir una comparación bilateral antes de llegar a ninguna conclusión. —Prusik alzó la hoja de fax con la orden de búsqueda que Howard había enviado a Thorne—. Te reto, Bruce, a que me enseñes una sola prueba corroborativa que hayas encontrado en la granja que incrimine a David Claremont. Hasta el momento, nada de lo que has enviado al laboratorio lo vincula ni de lejos con los crímenes.

—Disculpa —interrumpió Thorne—, pero hay una comunidad indignada pidiendo mi cabeza y exigiendo una explicación del FBI por haber autorizado la liberación de Claremont. Como te he dicho, agente especial Prusik, desde este mismo momento quedas oficialmente relevada. Fin de la discusión.

—Deberías saber, Roger —replicó Christine, manteniéndose firme—, que la noche de la detención de Claremont, nuestra oficina de Indianápolis tramitó la denuncia de una tal Henrietta Curry, quien, al parecer, vio a Holmquist en un autobús que iba de Chicago a Indianápolis. Esta mujer estuvo sentada a su lado durante tres horas. Le perdimos la pista cuando llegó, pero estoy segura de que pronto podremos confirmar que a continuación viajó a Weaversville. Holmquist está dentro de nuestro alcance.

Thorne sonrió con amargura, negando con la cabeza.

—Eres de lo que no hay —dijo—. No sabes cuándo tirar la toalla, ¿verdad? Nunca has sabido, Christine. —Su expresión se volvió mortalmente seria—. El agente de la policía local encargado de vigilar la granja de los Claremont fue testigo de que el coche del doctor Walstein se marchaba de la granja —prosiguió—. El mismo agente que dejó pasar al doctor cuando llegó, a nadie más que a él. Media hora después, como digo, vio cómo volvía a marcharse. Y ahora Claremont ha desaparecido sin más. Las huellas digitales de la jeringuilla corroboran algo más que la mera presencia en el lugar de los hechos, Christine. —Thorne clavó el índice en el escritorio—. ¡¿Cómo diantre se te pudo ocurrir que podía salir bien un plan semejante?! ¡Sus huellas están por toda la aguja hipodérmica!

La secretaria de Thorne asomó la cabeza por la puerta.

—El comisionado adjunto en la línea uno.

—Eso es todo —dijo Thorne despidiendo a Christine.

El guardia de seguridad la acompañó a su despacho y permaneció junto a la puerta mientras ella recogía unos pocos efectos personales. Lo hizo tan despacio como pudo, mientras intentaba poner algo de orden en su cabeza y elaborar un plan. El verdadero asesino andaba suelto. A pesar de las circunstancias, debía encontrar un modo de hacer algo o seguramente otra chica moriría. Tenía que ponerse en contacto con McFaron.

Cerró el maletín e intentó llamar a Eisen y Higgins, sin suerte. Debían de encontrarse en la sala de conferencias recibiendo instrucciones de Howard a través de otro altavoz.

Margaret, su secretaria, asomó la cabeza por la puerta con expresión apenada.

—Lo siento mucho, Margaret —le dijo Prusik—. No tenía ningún derecho a involucrarte de este modo. Por favor, no me digas que a ti también te han dado de baja.

—¡Bah! —Margaret le quitó importancia—. Esto pasará y de todos modos necesitaba unas buenas vacaciones.

—Lo siento mucho, de veras. —Prusik agachó la cabeza mientras jugueteaba distraídamente con algunos objetos de su escritorio.

—¡Ah, casi me olvidaba! —Margaret entró en el despacho y cerró la puerta—. Tu vuelo para Crosshaven sale en una hora y media. —Le tendió el billete de avión.

Prusik levantó la cabeza, desconcertada.

—No lo entiendes. Me han apartado del caso.

—¿Te habías olvidado? Te lo recordé después de que el *sheriff* McFaron regresara a Crosshaven. La señora Greenwald, la directora de las *girl scouts* del pueblo, llamó para confirmarlo. Ya está todo preparado, Christine. Su tropa cuenta con que le des una charla en la excursión que van a hacer esta tarde al parque natural del lago Echo.

Prusik se desplomó en su silla.

—No puedo ir. —Se masajeó las sienes—. Estoy de baja administrativa y probablemente terminarán despidiéndome. No puedo aparecer allí como un ejemplo de éxito profesional.

—¿No vas a cumplir entonces la palabra que les diste a esas niñas?

Prusik alzó la cabeza. El tono de su secretaria la había pillado desprevenida.

—Me han relevado de mis funciones, Margaret.

Aunque quisiera ir, no podría. ¡Prácticamente me han despedido, por el amor de Dios!

—¡Pobrecita! ¡De modo que toda una agente del FBI se ve obligada a cancelar la charla que iba a dar a un grupo de ilusionadas *girl scouts* porque se siente muy afligida...! —El desdén de Margaret era inequívoco—. ¿Es que te has olvidado de que fui yo quien firmó esa directiva?

—Sí, por orden mía.

—¿Qué van a pensar todas esas niñas cuando se enteren de que la agente profesional que iba a darles una charla no lo hará porque la han apartado de un caso y se siente demasiado avergonzada para mirarlas a los ojos? —Margaret parecía casi tan molesta como Thorne. Se inclinó hacia delante—. Mira, puede que no sea asunto mío, pero te oí hablando con el agente especial Eisen. No dejes que esos memos te intimiden, Christine. Y más cuando ves las cosas con tanta claridad.

Prusik apretó con fuerza los labios y le costó tragar saliva.

—Gracias —dijo al cabo de un momento.

Se metió el billete de avión en el bolsillo interior de la chaqueta y cogió su maletín.

—Algún día no muy lejano tú y yo tenemos que charlar largo y tendido tomando unas copas de algo bien fuerte.

—Un coche te espera abajo. —Margaret señaló la puerta con la mano—. Ahora ve a por ello, agente especial.

Prusik salió del edificio que llevaba diez años siendo su vida, echó el maletín al asiento trasero del coche que la esperaba y le pidió a Bill que la llevara a la terminal del aeropuerto. Se sintió aliviada cuando el conductor se limitó a sonreír y asentir. Eso quería decir que todavía no se había enterado de que ella ya no tenía autoridad para pedir siquiera que la llevaran en coche a O'Hare. Además, a Bill se le daba lo bastante bien interpretar señales como para percibir que Prusik no estaba de humor para conversar. Lo cual era positivo, pues no tenía ganas de mentirle. Decirle la verdad solo le traería problemas.

Le vibró el móvil. En la pantalla vio que se trataba del doctor Katz.

—¿Sí, doctor?

—Desde que viniste a verme hay algo a lo que no he podido dejar de darle vueltas. Tiene que ver con el asunto de la dicotomía entre el hombre que está cometiendo los asesinatos y tu sospechoso, que es inocente, y que podría compartir con él los mismos genes.

A juzgar por cómo hablaba el doctor del tema, estaba claro que él tampoco se había enterado de que la habían relevado de sus funciones.

—Te escucho.

—Un comportamiento tan extremadamente anormal como el que me describiste puede ser parte de una progresión más amplia.

—¿A qué te refieres?

—Esta persona tiene una profunda carencia, Christine. Alguien que se dedica a eviscerar a sus víctimas sin duda está experimentando un tremendo vacío, un agujero negro que lo consume por entero. Esas visiones de David Claremont... Si se trata de un caso de transposición, seguramente a estas alturas los dos gemelos ya saben de la existencia del otro. En ese caso, el asesino sabrá que a su hermano lo han detenido, pues ha salido en la televisión, la radio, en todos los periódicos... Eso podría cambiar las cosas de manera radical e ir a más hasta quedar fuera de control. No estoy seguro de si te lo mencioné en nuestra última conversación, pero, en casos de encefalopatías metabólicas, más de un estudio apunta a que entre gemelos monocigóticos se produce una correlación más alta de lo que cabría esperar.

—¿Y eso qué quiere decir exactamente?

—Un gemelo podría conducir al otro a realizar estos actos deleznables. Tú misma dijiste que no habías evaluado al sospechoso como es debido. Yo desde luego no lo he hecho. Desconocemos el alcance real de su patología. Y ese desconocimiento me preocupa. Te aconsejo que procedas con precaución.

—Mire, doctor, cuando mencionó este vínculo fraternal, mi previsión fue que Holmquist, el asesino, irá en busca de su hermano. Sinceramente...

—Sí, sí. Pero ese es justo el problema y la razón de mi llamada —la interrumpió el doctor—. Tiene que ver contigo. ¿Fuiste tú quien arrestó a Claremont?

—Técnicamente lo hizo Howard, pero yo lo interrogué.

—De modo que conoce tu nombre y tu aspecto, y seguro que tiene una buena idea de dónde trabajas. A este gemelo, el presunto asesino, le resultaría muy fácil averiguar más cosas sobre ti en caso de que se ponga en contacto con Claremont. Tú supones una auténtica amenaza para él, Christine. Estoy preocupado por tu seguridad. Te diriges a un territorio desconocido. A menos que todo esto no sea más que un disparate, claro.

A Christine le costó tragar saliva. El asesino conocía su existencia. La pluma que le había dejado bajo la escobilla del limpiaparabrisas, escondida hasta que lo puso en marcha, lo demostraba.

—Me dirijo ahora a una charla —dijo ella, prefiriendo ignorar de momento la amenaza de la pluma. Ya se sentía suficientemente incómoda ocultándole a Katz la verdad de su estatus actual en la agencia.

—Mantén la línea abierta. Puede que quiera volver a llamarte. Eres una buena persona, querida mía. Prométeme que no se te ocurrirá jugártela sin refuerzos.

—Se lo prometo. Gracias, doctor.

Por un instante, pensó en el revólver que tenía guardado debajo de un jersey en un estante del armario, pero no le dijo nada a Bill. No había tiempo suficiente para ir a su apartamento a recoger el arma antes del vuelo. Tendría que apañárselas con su astucia y sus instintos. No en vano la habían llevado hasta allí.

Dennis Murfree recogió a Prusik en el aeropuerto de Crosshaven a las tres y media. El encuentro con la tropa de *girl scouts* estaba previsto a las cuatro y media en el parque natural del lago Echo, a unos buenos treinta o cuarenta minutos en coche, según Murfree. La vieja tartana del taxista aceleraba a duras penas. Al cruzar la población, la agente especial se fijó en que no había rastro del Bronco del *sheriff* frente a su oficina. Quince kilómetros más al sur, Murfree tomó una carretera secundaria de tierra. Eran casi las cuatro en punto.

Prusik repasó mentalmente la llamada del doctor Katz. Le conmovía que estuviera tan preocupado que hubiera decidido telefonearla. ¿Y si luego había llamado también a Thorne y había descubierto que la habían apartado del caso? Qué humillante. Negó con la cabeza. Toda la situación era un completo desastre. Después del encuentro con las *girl scouts*, tendría que encontrar el modo de que alguien le hiciera caso.

De repente, el motor del coche empezó a fallar. Murfree pisó repetidamente el acelerador, pero no sirvió de nada y el motor se fue apagando despacio.

—Debe de haberse ahogado —dijo entre dientes.

El coche se deslizó unos cuantos metros hasta quedar detenido en la grava del borde de la carretera. Probó el motor de arranque unas cuantas veces, sin éxito.

—¿Qué pasa, Dennis?

—A veces hace cosas raras —dijo rascándose la calva de la coronilla—. Pero hoy todavía no lo había hecho.

Después de un par de intentos más, levantó el capó. «Maldito coche», pensó Prusik. Según su reloj eran las 16.05.

—¿A qué distancia está el lago Echo?

—Todavía faltan por lo menos ocho kilómetros —dijo mientras permanecía inclinado sobre el motor, toqueteándolo y soltando resoplidos—. Más o menos.

Prusik marcó el número de McFaron. Seguía sin cobertura. Inquieta, sopesó si era inteligente seguir adelante ella sola. Cogió el bolso y el móvil.

—Escucha, Dennis, tengo que dar esta charla. Las chicas cuentan conmigo. Si sigo a pie, ¿hay alguna posibilidad de que pase alguien y me lleve?

Murfree levantó la vista y parpadeó varias veces.

—Es posible. No contaría con ello, pero sin duda es posible. A veces pasa algún coche por aquí.

Christine asintió. Lo había decidido.

—De acuerdo. Hazme un favor y avisa a la oficina del *sheriff*. —Le dio un billete de veinte dólares y apretó a correr por la carretera—. Quédate el cambio.

—Sí, señora. Lo siento por...

Pero ya estaba hablándole al viento: apenas alcanzó a ver la corta melena de Prusik desapareciendo detrás de una curva ensombrecida por las oscuras ramas de unas tsugas. Sabía que el motor ahogado tardaría por lo menos quince minutos en volver a funcionar. Mientras tanto, daría el mensaje de Prusik. Llamó por radio a la oficina del *sheriff* usando la frecuencia de la policía.

—Aquí el servicio de taxis de Murfree. ¿Estás ahí, Mary, querida?

27

El conductor giró el dial de la radio, se detuvo, y lo volvió a girar. Buscaba emisoras en las ondas de radio del mismo modo en que a Claremont le gustaba hacerlo. Era como si fuera él mismo quien conducía, aunque estaba convencido de que no era así. De hecho, sabía de sobra que estaba apretujado incómodamente en el asiento trasero. El coche olía a nuevo, lo que tenía algo de ominoso. Todo aquel asunto le daba mala espina. El pitido en los oídos también lo inquietaba; no podría decir por qué exactamente. Parecía que no podía moverse, salvo para parpadear. Tampoco podía mirar por el parabrisas. Las sombras de los árboles pasaban a toda velocidad por encima de sus cabezas mientras el coche daba fuertes botes a causa de las rodadas.

El dial se detuvo en una vieja melodía rock: *Break on Through to the Other Side*. Claremont tarareó el estribillo, era una de sus canciones favoritas. Y reparó en que el conductor también lo hacía mientras tamborileaba sobre el volante.

La canción terminó. Claremont reconoció la profunda voz del locutor. El conductor había sinto-

nizado la WTWN, la emisora de las ciudades gemelas de Weaversville, en Indiana, y Metamora, en las
riberas ilinesas del río Wabash. También era la emisora que a él le gustaba. El locutor leyó la agenda
diaria de anuncios: «En el mercadillo de colchas que
se celebra en la iglesia baptista de Cave Springs se
pueden encontrar cubrecamas realmente bonitos.
Las puertas abrirán al público a las dos en punto,
amigos».

Después de un anuncio de zapatos de goma Hen-
derson, emitieron un boletín informativo en el que
anunciaban la huida del sospechoso David Claremont. El conductor apagó la radio y, tras quitarse el
gorro para la lluvia de tweed, lo arrojó al asiento del
acompañante. Luego giró la cabeza a izquierda y derecha, metió el dedo índice en la oreja derecha y lo
removió y agitó con ganas, del mismo modo que hacía Claremont cuando sentía picor. A continuación,
el hombre parpadeó con tanta fuerza que se le movie-
ron las mejillas arriba y abajo, lo cual provocó un tic
idéntico en Claremont. Era como si los uniera un cable invisible. Pero algo no parecía ir bien. Así se lo
indicaba a Claremont el nudo que sentía en el estómago. A pesar de ello, no podía apartar la mirada de
las manos que tamborileaban libremente sobre la
parte superior del volante y luego se aferraban a él.
También era una costumbre suya.

«Esa zorra del FBI se cree que lo sabe todo.» Las
palabras surgieron en la mente de Claremont sin
que nadie las hubiera pronunciado; unas palabras que
no podía controlar, que no tenían sentido alguno. El
hombre que iba delante estaba manteniendo una

conversación consigo mismo. «¿Adónde ir a continuación? ¿Paoli? ¿Blackie? ¿O de vuelta a Delphos?»

El conductor movió el retrovisor y echó un vistazo al asiento trasero mirando por encima de unas gafas de montura metálica dorada que llevaba en la parte inferior del puente de la nariz. Aguzó la vista para observar a Claremont. Las gafas le resultaban familiares; había visto antes esa montura. ¡Eran las del doctor Walstein!

A Claremont se le secó la garganta. No había imaginado nada. No se había vuelto loco. Todo era cosa de esta otra persona desde el principio. Su mente empezó a ir a toda velocidad hacia el pasado, repasando la cadena de acontecimientos desconcertantes y lagunas temporales que le habían resultado tan confusos. Recordó un día en que, de pequeño, iba en el asiento trasero de la camioneta con su padre y de repente sintió arcadas. Golpeó la puerta para avisar a su padre de su malestar y este detuvo el vehículo en el polvoriento arcén. David había sentido un inexplicable escozor en la garganta, como si le costara tragar algo, y la extraña impresión de que lo estaban castigando; sentimientos abominables que, se daba cuenta en ese instante, tenían su origen en el hombre que conducía el coche.

Este hizo una mueca burlona que provocó una igual en David. La simetría le hizo sentir un cosquilleo en el pecho y en la espalda. Intentó erguirse, pero algo se lo impedía. Se concentró en el dolor, lo único que podía hacer. De algún modo tenía que detener a ese desgraciado. Pero ¿cómo?

Miró entre los dos asientos delanteros y vio sujeto al salpicadero un soporte para cuadernos en cuyo borde superior había algo impreso en letra elegante: DR. IRWIN WALSTEIN. Se le abrieron los ojos como platos. «¡Es el coche de Walstein! ¡Y el conductor lleva las gafas de Walstein! ¡Y también su gorro de tweed!» Se esforzó por disimular su respiración agitada.

—¿Qué le has hecho al doctor?

La boca del conductor formó una línea prieta.

—¿Yo? Querrás decir tú, ¿no? —Se aferró con más fuerza al volante—. Que yo recuerde, era tu nombre el que gritaba en ese granero... Y no soy yo, sino tú, hermano, quien no deja de aparecer en la televisión y la radio. Quienes siembran espinos no cosecharán rosas. —El hombre parpadeó vigorosamente para dar mayor énfasis a sus palabras. Las hundidas cuencas de sus ojos provocaron un estremecimiento en Claremont—. Está en el maletero —añadió despreocupadamente—. No va a ir a ningún lado. Ni tú tampoco, hermano.

Unos dolorosos calambres agarrotaron los gemelos de David mientras el coche daba botes a causa de las irregularidades de la carretera de tierra. Iban a toda velocidad por una ruta secundaria. De repente, sonó un pitido amortiguado. El conductor extendió el brazo y abrió la guantera de un puñetazo. Sonó un pitido más fuerte.

—¡Vaya! ¿Qué tenemos aquí? Pero ¡si es un escáner policial! —dijo.

En ese momento estaban transmitiendo algo sobre una mujer del FBI yendo a pie al lago Echo. Una agente llamada Prusik.

—Entendido. Informaré al *sheriff* McFaron —dijo la operadora—. Cambio y corto.

El conductor pisó el acelerador y miró a David a los ojos a través del espejo retrovisor.

—¿Cómo dices?

Claremont no había dicho nada, pero había reconocido el nombre de la agente.

—No me mientas. Es la que va detrás de ti por lo de las chicas, ¿verdad? —Sin previo aviso, el conductor se volvió y estiró el cuerpo por encima del asiento—. ¿Has estado hablando con esa mujer del FBI sobre mí? —David sintió en su rostro el cálido aliento del conductor; había dejado de mirar la carretera y no parecía importarle lo más mínimo adónde se dirigiera el coche—. No creas que no sé lo que pretendes, hermano. Te tengo calado.

Echó un vistazo rápido por el parabrisas y luego se volvió de nuevo a mirar a Claremont. En el fugaz instante que había tardado en hacerlo, el rostro del hombre había pasado de la furia a la alegría; sus mejillas se habían estirado lo suficiente hacia arriba como para dejar a la vista unos dientes amarillentos. Por un momento, pareció otra persona.

—¿Alguna vez has sentido una excitación tal que apenas puedes sujetar el volante? ¿Como si estuvieras a punto de pegártela antes incluso de empezar? —dijo, entusiasmado como un niño. Luego le dio unos golpecitos en el hombro a Claremont con el dorso de la muñeca como si nada malo hubiera pasado entre ambos—. No hay nada como llevar ventaja, ¿verdad, hermano? —El hombre giró enérgicamente el cuello a un lado y a otro, haciendo crujir las vértebras, y luego se frotó la parte posterior de un brazo con suficiente fuerza como para que David pudiera oírlo—. Y sentir ese cosquilleo por todo el cuerpo solo de pensar en ella corriendo por el bosque...

Para Claremont, esas palabras fueron como una cuchillada en las entrañas. Unas gotas de sudor comenzaron a deslizarse por sus mejillas.

—¡Déjame en paz! —gritó—. ¡Déjalas en paz!

El conductor volvió a inclinarse hacia el asiento trasero y agarró a su hermano por la garganta.

—¿A cuántos polis más se lo has contado, eh? ¿Solo a la mujer del FBI? ¿A cuántos?

Volvió a soltar a Claremont y aceleró el coche en una curva. Se dirigían al este, hacia el lago Echo, para embarcarse en otra misión. Claremont llevaba las manos amarradas a la espalda y comenzó a forcejear con las ataduras de las muñecas, pero solo consiguió clavarse el cordel en la piel hasta sentir dolor. Tenía que encontrar algún modo de evitar que las visiones se repitieran. Tenía que encontrar algún modo de evitar los asesinatos.

El coche se detuvo y aquel demonio volvió a abalanzarse sobre él, como si hubiera percibido su creciente determinación. Los dedos del hombre se aferraron con fuerza a su laringe.

—Se suponía que estabas muerto. Eso dijo madre. Me contó que habías muerto. —Claremont apenas podía respirar—. Lo planeaste todo desde el principio, ¿verdad? Tenías planeado acabar conmigo.

Claremont puso los ojos en blanco. Todo se oscureció. Cuando recobró el sentido, le costaba respirar y arqueó el cuello para aspirar una bocanada de preciado aire. El panel del techo del coche estaba repleto de puntitos que se arremolinaban. Recordó las ominosas palabras del conductor: su madre había dicho que se suponía que David estaba muerto.

—A veces creo que no me entiendes para nada —dijo el conductor en un tono vacilante— Como si yo no lo lamentara o algo así. Como si no me esforzara. Como si no intentara ser más como tú.

Claremont se quedó mirando la cara triste de su gemelo. Toda señal de ira se había desvanecido. Parecía más atribulado que vengativo. Y más cerca de él que ninguna otra persona en el mundo.

—Tenemos nuestros problemas, ¿verdad? —Le apareció una lágrima en la comisura de un ojo.

El hombre se irguió en su asiento con renovada determinación, satisfecho con su observación final. Como si no existiera fraternidad más auténtica.

Una sensación de desorientación —ya conocida— sumergió la mente de Claremont en un efecto diplópico, como si estuviera experimentando una visión doble. Se vio a sí mismo murmurando en el asiento delantero, sabiendo que era el otro quien lo hacía, y al mismo tiempo, desde lo más profundo de su ser, sintió una vergüenza que le hizo abrir la boca. El conductor se volvió y se estiró sobre el asiento. Obedientemente, Claremont se irguió. Sin que mediara una sola palabra entre ellos, el conductor sacó del bolsillo una pequeña piedra y la colocó en la lengua extendida de Claremont.

Veintitrés niñas de seis, siete y ocho años jugaban a perseguirse en la extensión de césped segado que había frente al edificio del Centro Recreativo del Lago Echo. Rápidamente, las adultas que las acompañaban las agruparon y las metieron dentro. Arlene Greenwald, la directora de la tropa de *girl scouts*, no quería correr ningún riesgo después de enterarse de que la policía andaba buscando al fugado David Claremont. La tranquilizó el hecho de que la cabaña del guardabosques se encontraba justo enfrente del centro recreativo. Aun así, había llamado a los padres de las niñas para comentar la conveniencia de cancelar la excursión y volver a convocarla algún otro día. La directora de las *girl scouts* consultó la hora en su reloj —las cuatro y media— y se preguntó por qué no habría llegado todavía la señora Prusik.

Las niñas se agruparon en el centro de la sala para escuchar los anuncios habituales de la tropa. Todas, salvo Maddy, que se había quedado rezagada en la pared del fondo, alejada del grupo, y poco a poco fue acercándose a la puerta. Al final salió fuera y corrió hacia la orilla del lago. La pacífica soledad que allí reinaba resultaba relajante. Desde que su hermana Julie había muerto no soportaba estar rodeada de gente a no ser que fueran sus padres. Se agachó junto a la orilla y vio desaparecer bajo el agua una rana toro que se convirtió en una imagen aplanada de sí misma. Más lejos, unos peces mordisqueaban la cristalina superficie, alimentándose.

Maddy deambuló por la orilla del lago mientras miraba su reflejo en las aguas. Un estrecho sendero se adentraba en el bosque que circundaba el lago. Ella lo tomó sin pensárselo. Faltaba un mes para su noveno cumpleaños. Su complexión era grande para su edad, había sacado la constitución fornida de su padre.

—¡Ahí estás! —exclamó de repente Arlene Greenwald, la directora de las *girl scouts*, que apareció corriendo detrás de ella. Con la respiración jadeante, añadió—: ¡Ya pensaba que te habíamos perdido!

Arlene tiró de la mano de Maddy.

—Nunca te habríamos encontrado en estos bosques tan frondosos. —Se la quedó mirando con los ojos entrecerrados—. Volvamos con las demás, ¿te parece?

Maddy no dijo una palabra. Como no le gustaba que la señora Greenwald tirara de ella, se soltó de la mano y fue caminando por delante. Volvió a unirse a las demás niñas, que habían formado un círculo y estaban sentadas con las piernas cruzadas jugando a las adivinanzas sobre la naturaleza.

—¿Quién sabe qué tipo de ave de presa permanece al acecho en los árboles que rodean el lago, esperando a sumergirse para cazar un pez? —preguntó una madre mirando los rostros de las niñas y moviendo los brazos como un pájaro que descendía en picado.

Unas cuantas alzaron la mano al tiempo que soltaban leves resoplidos para llamar la atención. Maddy, por su parte, giró el cuello de un lado a otro; no quería jugar. Más tarde se pusieron a cantar y ella preguntó si podía ir al cuarto de baño. Una adulta la siguió hasta la puerta con el letrero que designaba el aseo de las mujeres. Ya dentro, Maddy se fijó en una ventana que había junto al lavabo. Tenía paneles de cristal esmerilado y era de guillotina, como la que su padre había instalado en casa el año pasado. La niña deslizó el pestillo central y la abrió del todo. Le llegó del lago un soplo de aire fresco, que aspiró por la nariz. Sin pensárselo dos veces, alzó una pierna por el alféizar y descendió por el otro lado hasta llegar al suelo, atraída por la silenciosa tranquilidad de las ensenadas del lago.

Un sedán negro de último modelo con matrículas médicas dejó atrás lentamente la zona de pícnic y desapareció por la vía de servicio.

Maddy regresó al sendero del lago y se adentró en el bosque, cuyo interior estaba más oscuro. Los cantos de las otras niñas reverberaban sobre las aguas en calma del lago. Entre los troncos de los árboles, vislumbró el edificio de una planta, ya casi a un campo de fútbol de distancia.

Pasó por encima de un barrizal con huellas de ciervo. Más adelante, vio un arroyo que desembocaba en el lago. Los ojos de la niña se posaron en el hilo de agua que corría por su cauce, un mero vestigio de lo que debía de haber sido durante la crecida de primavera, cuando habría ocultado bajo sus aguas las rocas que en esos momentos permanecían secas y a la vista. Un chorrito que caía desde un saliente de piedra caliza en lo alto llamó la atención de la niña, desafiándola a trepar hasta arriba. Con los brazos extendidos para no perder el equilibrio, Maddy fue saltando de roca en roca, ya completamente ajena al grupo de las *girl scouts*, que se encontraba a cientos de metros a su espalda, fuera de su vista.

A partir de cierta altura, el montón de rocas del lecho del río se volvía más empinado. La niña ascendió aferrándose a distintos asideros, con cuidado de no resbalar. Por fin, llegó a lo alto de la cascada y, tras recobrar el aliento, miró hacia el lago. Por primera vez en mucho tiempo, experimentó una sensación de triunfo.

Un grito estridente rompió el silencio. Era demasiado alto para tratarse de la llamada de un pájaro; sonaba demasiado humano. Al cabo de un instante volvió a oírse el grito angustiado, un eco agudo que resonaba por la superficie del lago. Parecía como si alguien estuviera ahogándose. Algo no iba bien. Se le erizó el vello de los brazos. Otro ruido, como de algo arrastrándose, se oyó más cerca, y se agachó detrás del tronco de un árbol. Reparó en que más adelante había una carretera.

Volvió a hacerse el silencio. Ya no se oía ningún grito ahogado. Armándose de valor, Maddy volvió a ponerse de pie lentamente, conteniendo el aliento. Solo podía oír los latidos de su propio corazón, nada más. ¿Se lo habría imaginado todo?

El ruido de alguien arrastrando los pies por las hojas y gimiendo hizo que la niña se quedara inmóvil. Sus ojos se posaron en una arboleda de encinas cercana. Los sonidos no indicaban que esa persona se encontrara bien. Le pasaba algo, quizá incluso necesitaba ayuda.

La niña rodeó las encinas manteniéndose a cierta distancia de quienquiera que estuviera emitiendo esos gemidos. La inmensa circunferencia de una vieja haya que había al borde de la carretera de tierra le tapaba la vista. En el tronco había un rótulo clavado, una señal de dirección. Lo había visto antes, al venir al lago. En él podía leerse: ZONA DE PÍCNIC A 0,8 KM.

De repente, quedó a la vista de la niña el rostro ensangrentado de un hombre apoyado contra el tronco en el que estaba el rótulo. Tenía la camisa y los pantalones rasgados y sucios, y una mejilla raspada y en carne viva. Nunca antes había visto a nadie en tan mal estado. ¿Lo habría atacado algún animal salvaje? El hombre miraba fijamente en su dirección, pero como si no hubiera reparado en ella; parecía muy consternado. Tal vez se había perdido en el bosque la noche anterior, o se había roto una pierna. El padre de Maddy siempre le decía que no debía alejarse por ahí. Los bosques de Crosshaven eran famosos por la cantidad de niños que se perdían, herían o algo peor, como le había pasado a Julie.

El hombre cambió de posición y, con una mueca de dolor, apoyó el hombro en el tronco para no caer mientras se contoneaba de un modo extraño. Tenía las manos atadas a la espalda pero, de repente, consiguió liberarlas. Tras caer de rodillas con la cabeza gacha, se frotó las muñecas enrojecidas. Maddy ascendió un poco más hacia la carretera, envalentonada por la situación de emergencia en la que parecía encontrarse el hombre.

—¿Se encuentra usted bien, señor?

Él movió la cabeza arriba y abajo al tiempo que cerraba y abría los ojos una vez.

—Será mejor... que te marches. —Volvió a bajar la barbilla al pecho—. Vete... rápido...

Maddy no se movió.

—¿Quién le ha hecho daño? ¿Quiere que vaya a buscar ayuda?

El hombre movió bruscamente la cabeza de lado a lado, como si esperara el regreso de alguien. El murmullo de un motor cercano y el ruido de unas ruedas sobre la grava advirtieron a Maddy de que un coche se acercaba rápidamente. Los faros del vehículo iluminaron las ramas de los árboles que había más adelante.

El hombre se echó al suelo y, rodando, descendió por el terraplén hacia Maddy. Esta dio un salto hacia atrás y, al aterrizar sobre las hojas, se le cayó la gorra de *girl scout*. No importaba el ruido que pudiera hacer. Ya no tenía tiempo. El coche había frenado a su espalda y una puerta se había cerrado de golpe. Los cortes y las magulladuras del hombre herido habían hablado alto y claro: ¡VETE DE AQUÍ!

Eran las cinco pasadas y el cielo se había oscurecido notablemente desde que había comenzado a recorrer la estrecha carretera forestal. A Prusik le había salido una dolorosa ampolla en el talón derecho. Se recriminó por haber salido corriendo de ese modo calzada con un par de zapatos oxford nuevos. A causa de la herida había comenzado a cojear y todavía no había señal alguna del lago. Y, lo que era peor, por la carretera no había pasado nadie que la pudiera llevar.

Metió la mano en el bolsillo de la chaqueta para coger el móvil y volvió a llamar al número de McFaron. El símbolo de batería baja parpadeó. Soltó un gruñido. No se lo podía creer: iba cojeando en medio de la nada con un móvil casi sin batería. Más adelante, sin embargo, el resplandor de la luz de unos faros entre los árboles llamó su atención. A continuación oyó el característico zumbido del motor de un coche acercándose: alguien venía en su dirección.

«Por fin. Esto ya es otra cosa.»

Los haces de los faros iluminaron los sombríos árboles y, al cabo de un momento, le alumbraron directamente la cara. Ella se protegió los ojos y, con la otra mano, alzó la placa del FBI. El coche aminoró la velocidad. Prusik corrió hacia el lado del acompañante. El conductor se inclinó y le abrió la puerta.

—No podría haber llegado en mejor momento —dijo Christine, metiéndose en el coche y cerrando la puerta.

Con cuidado, se bajó la parte trasera del zapato derecho, que había estado rozándole el pie sin piedad.

El conductor aceleró.

—¿Es usted la señora Prusik, del FBI? —preguntó el tipo, tocado con un estiloso gorro de lana con el ala bajada. Parecía uno de esos de tweed irlandés.

—Así es. Soy la agente especial Prusik —respondió ella, observando el perfil del conductor.

Solo podía ver con claridad el perfil de la parte baja de la cara, pues el resto del rostro quedaba oculto por el ala del gorro, pero tanto su barbilla como su mandíbula eran las de David Claremont. El corazón comenzó a latirle con fuerza en el pecho.

El hombre tenía los hombros un poco torcidos (el derecho más bajo que el izquierdo), lo cual significaba que había cierto grado de curvatura en su columna. Conducía algo encorvado hacia la izquierda y sostenía firmemente el volante con la mano derecha mientras apoyaba el codo izquierdo en el borde de la ventanilla y la cabeza en la mano izquierda. Todo ello le indicaba a Prusik que era diestro, a diferencia de Claremont, que ella misma había observado que era zurdo. Recordaba, por ejemplo, que durante el interrogatorio se sentaba inclinado hacia la derecha, lo que corroboraba sus sospechas. La agente cerró un puño con fuerza, oprimiéndose el dedo meñique.

—¿Quién se ha puesto en contacto con usted? ¿La oficina del *sheriff* McFaron? —preguntó Prusik en el tono más firme del que fue capaz.

Era buena en una sala de interrogatorios, pero junto a un asesino y en un coche en marcha, estaba claro que no era ella quien tenía el control.

—Sí, exacto, la oficina del *sheriff*. Discúlpeme por haber confundido sus credenciales, agente especial. Me han enviado a buscarla en cuanto han recibido el aviso. —El hombre hablaba con una fuerza y una seguridad del todo ausentes en el tipo al que había interrogado en la comisaría de Weaversville.

—Entonces ¿ha estado en contacto con el *sheriff* McFaron? —quiso saber, sintiéndose cada vez más intranquila.

¿Cómo podía ese hombre, Donald Holmquist, saber quién era ella y dónde la encontraría?

—Ajá, el mismo.

No había respondido realmente a su pregunta. Sus respuestas habían sido vagas en todo momento, lo cual le indicó a Prusik que se encontraba en un gran peligro. Se pasó los dedos por el pelo. Tenía que ganar tiempo.

—Entonces debe saber que me esperan en el parque natural del lago Echo para dar una charla a un grupo de *girl scouts*. Supongo que a estas alturas ya deben de estar buscándome.

—El trabajo de una mujer nunca tiene fin —respondió él crípticamente.

El conductor torció bruscamente la cabeza a un lado y a otro, y Christine oyó con claridad el crujido de las vértebras de su cuello, un gesto que recordaba haberle visto hacer a David Claremont en un momento del interrogatorio.

—Le agradezco que viniera a buscarme —dijo ella con tanta despreocupación como le fue posible—. ¿A qué distancia estamos de la zona de pícnic?

A modo de respuesta, el conductor se limitó a acelerar. Estaban volviendo a pasar por una zona que ella había tardado casi una hora en recorrer cojeando.

—Ya casi hemos llegado. —Alzó el dedo índice por encima del volante y señaló hacia delante—. Conozco un atajo para llegar más rápido al lago.

—Sí. —Prusik forzó una risita—. Ya me conozco lo de los atajos de esta zona.

—Esto no es como la gran ciudad, ¿verdad? Ahí siempre hay mucha gente para echarle una mano a uno cuando la necesita —dijo el hombre casi con alegría.

Prusik parpadeó sorprendida ante esta segunda observación críptica. Debía de ser alguna especie de código propio o amenaza implícita. Decidió correr un riesgo calculado.

—Por cierto, tu hermano David se ha convertido en toda una celebridad en los medios de comunicación. Pero yo creo que tu historia también merece ser escuchada.

El coche ganó velocidad y pasó por un cruce que Prusik recordaba haber visto hacía treinta minutos. La cabeza le iba a mil por hora.

—¿Estás seguro de que no nos hemos pasado el desvío? —preguntó, hablando en plural para sonar menos amenazante—. ¿No podríamos haber girado ahí atrás?

Él tomó una curva con excesiva velocidad; la grava crujía bajo las ruedas del coche.

—No lo creo —dijo. Luego, en un tono de voz más profundo, añadió—. Madre siempre decía que uno debe yacer en la cama que ha hecho.

La extraña forma de expresarse del hombre aceleró el corazón de Prusik. No ayudaba que el coche fuera tan deprisa y en la dirección equivocada. Se le secó la garganta. Las pulsaciones que emanaban de la amígdala inundaron su cabeza igual que lo habían hecho en la sofocante sala de interrogatorios de la comisaría de Weaversville. Abrió la boca para hablar, pero no consiguió emitir ningún sonido. Al fin había encontrado al hombre que estaba buscando. O, más bien, él la había encontrado a ella.

Prusik se armó de valor y, con la mirada puesta en el parabrisas, se concentró en un invisible punto de fuga que existía únicamente en su mente e imaginó que se encontraba en la hipnótica tranquilidad de la piscina. Avanzaba por el agua brazada tras brazada, manteniendo un pataleo constante y tensando el abdomen con cada bocanada de aire. Sin bajar el ritmo, formando con el cuerpo una ola con forma de «V» en el agua, Christine Prusik consiguió calmarse.

—Hablando de tu madre, Donald —dijo, en lo que suponía un arriesgado acto de fe—, ¿qué diría si supiera que todavía mojas la cama? He estado en tu dormitorio de Delphos. Aunque eso ya lo sabes, ¿no? Tienes el lugar hecho unos auténticos zorros. —Prusik observó que el hombre restregaba las manos por la parte superior del volante hasta juntarlas estrechamente—. ¿Qué crees que diría tu madre del hecho de que ensucies así el colchón? —insistió Prusik—. Un hombre de tu edad todavía mojando el colchón... ¡Por favor! —Los labios de Holmquist comenzaron a temblar—. Y no voy a preguntar siquiera si aprobaría lo otro que has estado haciendo... Ya sabes, lo que has estado guardando últimamente en tarros de conserva. —El coche aminoró la velocidad y el hombre bajó la cara, avergonzado—. No creo que lo aprobara en modo alguno. Sin duda, no le parecería nada bien.

—Será mejor que te calles —dijo él con un hilo de voz.

—Está bien, Donald, dejaremos de lado ese tema por el momento. Según el expediente del hospital de St. Mary, fuiste tú quien nació primero.

—Él la miró con desconfianza—. En serio. Eso te convierte en el hermano mayor, Donald; el hombre de la casa, puesto que tu padre desapareció. ¿Acaso no sabes que ser el hermano mayor supone toda una responsabilidad? Significa que deberías ser un buen ejemplo para tu hermano pequeño, aunque David solo sea unos minutos más joven.

—¡He dicho que te calles, ahora mismo!

Ella no podía arriesgarse a parar, aunque eso supusiera adentrarse peligrosamente en un terreno desconocido, justo lo que el doctor Katz le había advertido que no hiciera.

—Me consta que David no mata personas, ni se las come. Y sé que tú también lo sabes, ¿verdad, Donald? Vosotros dos ya os habéis conocido, ¿no? ¿Has visto hoy a tu hermano? ¿Tal vez incluso antes? —Holmquist tenía el rostro cubierto de sudor. Parecía confuso, asustado, atrapado. Justo tal y como ella se había sentido hacía apenas unos minutos—. ¿Qué ha conseguido hoy el hermano mayor Donald? ¿Eh? ¿Has tratado bien a tu hermano? ¿Lo has tomado bajo tu protección, tal y como Bruna habría querido que hicieras?

El hombre frenó tan en seco que Christine sufrió una fuerte sacudida. Oyó entonces un ruido procedente en el maletero, un golpe seco y amortiguado.

—Así que tienes a David atado en el maletero, ¿eh, Donald?

—No digas que no te lo he advertido, mujer del FBI.

Antes de que Prusik pudiera pensar qué decir a

continuación, sintió una punzada en el pecho acompañada de un cúmulo de chispas azules. Una repentina oscuridad descendió sobre ella.

McFaron aceleró. Mary, su ayudante, le había explicado el contratiempo que había sufrido el taxi de Murfree y también que Christine había decidido seguir a pie. El *sheriff* estaba en el resort Sweet Lick de Cave Springs, y había salido a toda velocidad, recorriendo en menos de veinte minutos un trayecto que normalmente llevaba treinta. Esa misma tarde, un poco antes, Brian Eisen se había puesto en contacto con él para explicarle que habían recibido la llamada de un tal Lonnie Wallace, encargado en el resort, que aseguraba que David Claremont, cuya fotografía había visto en los medios de comunicación, era casi clavado a un tipo raro al que habían contratado para que pintara unos rótulos. Al parecer, les había dejado un trabajo sin terminar y hacía casi un mes que no lo veían. El tipo se llamaba Donald Holmquist, y Wallace sospechaba también que hacía poco había robado un vehículo del resort.

Al *sheriff* le preocupaba no poder ponerse en contacto con Christine. La había llamado varias veces al móvil, pero seguía fuera de cobertura. ¿Por qué no había esperado a que él fuera a recogerla, tal y como le había prometido a Howard que haría cuando se había descubierto que había partido de Chicago? El lugar en el que Murfree le había dicho a Mary que se había detenido se encontraba a apenas ocho kilómetros del lago Echo, calculaba él. ¿Quizá Christine se había dejado el móvil en el taxi con el maletín? ¿O a lo mejor lo había apagado para ahorrar batería? Dudaba que hubiera hecho ninguna de las dos cosas. Y no podía evitar que lo angustiara ese acto impulsivo, que hubiera salido corriendo de ese modo.

Un sedán negro de último modelo, un Chrysler, pasó a toda velocidad en dirección contraria. El *sheriff* distinguió en su interior las siluetas de dos personas en los asientos delanteros y se fijó también en que no iba nadie detrás. No se había cruzado con ningún otro coche. El resplandor del lago aparecía y desaparecía detrás de los árboles. El sol ya estaba empezando a ocultarse tras sus copas y relucía en la superficie del agua. Eran las cinco y media pasadas. Al cabo de un minuto, frenó en seco detrás de una furgoneta de color granate. Unas niñas estaban agrupadas alrededor de varias mujeres, llorando.

—¡*Sheriff*! —La señora Greenwald emergió del grupo—. ¡Venga rápido, *sheriff*! ¡Es Maddy Heath! ¡Ha desaparecido! Su amiga Rachel ha descubierto a un hombre en un estado lamentable en el sendero que hay en la orilla del lago. Dice que se parecía al de la tele, al que buscan por... —La directora de las *girl scouts* vaciló, pues había muchas niñas a su alrededor. Señaló en dirección al sendero y continuó diciendo—: Debería haber tenido más cuidado. Antes ya la había encontrado alejándose del edificio en dirección al lago. —Se llevó una mano a la boca—. Debería haber tenido más cuidado.

—¡MADDY! —Un agudo grito resonó por las empinadas laderas que rodeaban el lago. Luego tres *girl scouts* volvieron a gritar al unísono el nombre de la niña.

McFaron salió corriendo hacia el bosque al tiempo que se llevaba la mano a la pistolera. Ya en el sendero, desenfundó su revólver del calibre 38 y comprobó que estuviera cargado. Llevaba seis meses sin disparar, y la última vez había sido en el campo de tiro de la policía estatal. Nunca había disparado —ni tampoco apuntado— a ninguna persona. En los dos años que había pasado en el ejército no había llegado a entrar en combate.

Comenzó a recorrer el embarrado sendero, blandiendo el arma con cautela y pendiente del menor movimiento en el bosque. Unas decenas de metros más adelante, una figura que caminaba a trompicones lo hizo agacharse. ¿Había llegado demasiado tarde? De repente, un hombre apareció cojeando por detrás de las larguiruchas virgilias jóvenes que bordeaban la orilla del lago. Avanzaba encorvado, cargando con algo y hablando con voz vacilante.

El hombre estaba cada vez más cerca. Al colocarse de lado para pasar por encima de una trampa de animales, McFaron vio que llevaba en brazos a una niña que apoyaba el rostro, carente de expresión, en el pecho del hombre. Los pequeños pies le colgaban a un lado. Le faltaba un zapato. McFaron no podía arriesgarse a disparar, era demasiado peligroso.

El *sheriff* miró en derredor en busca de algún lugar cercano en el que tenderle una emboscada al hombre. No había nada salvo el tronco del abedul contra el que estaba apoyado. Extendió el pulgar y amartilló el percutor con cuidado de no apretar el gatillo.

28

Un molesto cosquilleo debajo de las costillas la hizo volver en sí. El coche se había detenido y permanecía con el motor al ralentí a un lado de la carretera. Ella estaba apretujada contra la puerta del acompañante bajo el peso del hombre. Un acre olor salado —el aliento del tipo muy cerca de ella, advirtió— hizo que se le revolviera el estómago. Prusik abrió los párpados lo suficiente como para ver a Holmquist y oyó que este abría la guantera y se ponía a rebuscar en su interior. Luego notó algo en un costado, un poco más abajo que antes. Era él, que estaba toqueteándole el abdomen con los ojos como platos y una expresión como de asombro. Se le escapó un pequeño gemido.

—¡Quítate de encima! —le exigió de repente Christine al tiempo que, apoyando los pies en el suelo del coche, se impulsaba con fuerza y conseguía erguirse.

Holmquist no se movió y la agarró del brazo.

—¿Te vas a estar callada? —Le movió los amenazantes electrodos de la pistola paralizante cerca del rostro. El agudo pitido del artilugio delataba que estaba a la máxima potencia—. No me habías dicho nada de tu pequeña sorpresa.

Ella alzó la mano que tenía libre para indicarle que accedía a su petición. Estaba claro que había sido el arma paralizante lo que la había dejado inconsciente. Aún le escocía la zona de debajo de la clavícula donde había recibido la corriente. ¿De qué sorpresa estaba hablando?

Él volvió a colocarse de frente para conducir y pisó a fondo el acelerador antes de que ella pudiera siquiera pensar en abrir la puerta. Prusik se limpió la baba que le colgaba del labio inferior. Se sentía mareada y dolorida, además de idiota por no llevar un arma tal y como requería la agencia. Como antropóloga forense, solía realizar interrogatorios en presencia de personal armado y, por lo tanto, rara vez sentía la necesidad de ir armada ella misma.

—¿Te importa si pongo la radio?

Holmquist la encendió sin esperar respuesta. Un boletín especial interrumpió una canción: «Últimas noticias, esta tarde la búsqueda de David Claremont ha conducido a la policía al parque natural del lago Echo, donde ha sido hallado y capturado...».

Holmquist volvió a apagar la radio y, tras quitarse el gorro, lo tiró al asiento trasero. Bajo el resplandor verdoso de las luces del salpicadero, Prusik reconoció su perfil completo: los mismos huesos cigomáticos, arcos superciliares igual de prominentes, ojos hundidos... Tenía el mismo perfil que David Claremont. Prusik aspiró una bocanada de aire que luego no pareció ser capaz de soltar. El corazón estaba a punto de salírsele del pecho. Que la hubiera doblegado físicamente había supuesto un revés.

Él volvió la cabeza hacia ella.

—¿Encontraste la pluma que te dejé? Bueno, a ti y a ese poli con el que andas fisgoneando por ahí —dijo él, rebosante de seguridad en sí mismo—. Al principio no me hizo demasiada ilusión descubrir que alguien estaba husmeando en mi casa, pero cuando me di cuenta de que eras tú... —Asintió y sonrió como si eso lo explicara todo.

—Donald... Por favor... Yo no...

A Prusik se le trababa la lengua. Aquello que unos minutos antes había provocado el enojo de Holmquist parecía olvidado, a juzgar por el tono despreocupado con el que se dirigía a ella. La agente especial se dio cuenta de que, con un psicópata, minucias como comprender cómo sabe otra persona quién eres, qué es lo que estás haciendo, o incluso por qué estás haciéndolo carecían de importancia y se olvidaban con rapidez.

—Te vi en el escenario delante de toda esa gente distinguida vestida para la ocasión. Sí, agente especial, estaba allí. La nuestra es una historia que viene de lejos. —Una amplia sonrisa se dibujó en el rostro del hombre—. Te ha comido la lengua el gato, ¿eh? Igual que cuando viste a ese salvaje de Papúa Nueva Guinea en el museo. Nuestro amigo de la piedra. —Se rio entre dientes como un padre que mostrase indulgencia con su hijo.

Los pensamientos de Prusik comenzaron a arremolinarse de un modo frenético en su mente. Holmquist había estado allí. Había sido testigo de su reacción al ver la vitrina.

—¿Ves? Eso es lo que me gusta de ti. Tú y yo nos comprendemos. Somos iguales en ese aspecto.

—¿Qué quieres decir con eso de que somos iguales, Donald? —Ella procuró que su tono sonara lo más natural posible—. Yo no voy por ahí matando a gente inocente.

Él soltó una carcajada.

—Desde luego tienes sentido del humor, mujer del FBI. Eres exactamente igual que yo. Por eso he estado dejando todos esos presentes para ti. Con la primera chica solo usé una piedra normal, pero eso fue antes de que supiera que había alguien ahí fuera como yo. ¡Y eras tú, una poli! —Soltó otra carcajada—. Pero bueno, de nada sirve lamentarse ahora.

Prusik sintió náuseas. Holmquist había estado dejando los amuletos de piedra en la garganta de las víctimas para que ella los encontrara.

—Saliste corriendo de la sala por su poder, ¿verdad? —Holmquist se llevó una mano al cuello y le mostró a la mujer algo que llevaba colgando—. ¿Ves? Te conozco.

Prusik no se atrevió a levantar la mirada. El hecho de que él la tuviera en su radar desde el principio la había dejado anonadada. Tensó las rodillas e intentó concentrarse en ese punto de fuga al otro lado del parabrisas: el carril de la piscina, las aguas tranquilas, el movimiento del torso de lado a lado, la rotación de los brazos por encima de la cabeza, el pataleo que completaba el ritmo de su brazada. Esa vez, sin embargo, no consiguió visualizarlo. No podía hacer nada más que sentirse como un animal acorralado.

Centró su atención en la libreta en blanco que había en el salpicadero. Era un pequeño cuaderno para escribir recetas convenientemente colocado junto al panel de instrumentos, justo encima del lugar en el que suele haber un cenicero. Impreso en su cabecera leyó el nombre del propietario: DR. IRWIN WALSTEIN. Recordó entonces el ruido sordo que había oído en el maletero cuando Holmquist había frenado de golpe. Quiso decir algo, pero tenía la garganta obstruida como si se la hubieran sellado. Por fin, consiguió recomponerse:

—¿Qué hay del doctor Walstein?

Holmquist retorció las manos alrededor del volante al tiempo que se encogía de hombros.

—¿Te refieres al médico de Claremont? —Donald torció el cuello a derecha e izquierda, haciendo crujir las vértebras del mismo modo que el padre de Prusik hacía con los nudillos.

—Le he hecho lo mismo que él me habría hecho a mí.

Prusik tuvo que esforzarse por permanecer en calma. Sentía el terrible impulso de saltar del coche en marcha, con la idea de que rodaría por el suelo y conseguiría escapar corriendo. Pero sabía que no podía hacerlo, al menos mientras el coche siguiera yendo a ochenta. Se quedaría inconsciente a causa del salto y él la liquidaría al borde de la carretera. «Mejor seguir con el plan inicial —se dijo—: Mantén la calma, haz que siga distraído, consigue de algún modo llegar a algún lugar público. Y hazlo rápido.»

Prusik recordó entonces los dedos de Holmquist toqueteándole el abdomen cuando ella se encontraba semiinconsciente hacía nada.

—¿Qué has querido decir antes con lo de mi «pequeña sorpresa», Donald?

Él echó un rápido vistazo por el retrovisor y luego volvió a llevar la mirada a la carretera.

Estaba escuchándola. Prusik advirtió que empujaba la lengua contra el interior del carrillo, o quizá estaba mascando algo.

—Soy antropóloga, ¿sabes? —Prusik apretó los dientes, decidida a mantener la entereza y esa calma en el fragor de la batalla que había practicado durante su entrenamiento básico en el FBI—. Hace mucho tiempo fui un verano a investigar a Papúa Nueva Guinea. Allí vi piedras talladas exactamente igual que las tuyas.

Él asintió ligeramente, como indicándole que estaba prestándole atención.

—Es algo que me desconcierta. Me refiero a esto de las piedras y el significado que tienen para ti.

Holmquist volvió la cabeza hacia ella. En su rostro había una extraña sonrisa de hiena.

—¿Por qué? ¿Acaso quieres una solo para ti? —dijo en voz baja.

Entreabrió los labios. Prusik pudo vislumbrar entre sus dientes algo duro cubierto de reluciente saliva. Era un amuleto de piedra.

La agente especial trató de distinguir qué marcaba el indicador de gasolina. Desde el ángulo en el que se encontraba, el depósito parecía casi vacío. Si el vehículo se detenía, intentaría huir corriendo.

A modo de preparación, se quitó los zapatos y frotó los talones en el suelo del coche.

—¿Por qué has hecho eso? —preguntó él—. ¿Por qué te has quitado los zapatos?

—Me... me hacían daño. —Prusik notó como menguaba su determinación; el corazón le latía con fuerza—. ¿Tenemos suficiente gasolina? —soltó de pronto.

—Suficiente para llegar a Blackie.

Prusik buscó a tientas su bolso entre el asiento y la puerta del acompañante. Metió la mano dentro y, al tiempo que tosía con fuerza, presionó la tecla con el número memorizado de McFaron. Esperaba que ya hubiera cobertura. No se atrevió a bajar la mirada para comprobarlo por miedo a echar a perder su única posibilidad. Solo podía confiar en que efectivamente el *sheriff* hubiera recibido la llamada y hubiera descolgado.

—¿Por qué giramos al norte por la autopista estatal, Donald? —preguntó con tanta claridad como pudo—. ¿No está el lago Echo en la dirección opuesta? ¿Has dicho Blackie? ¿Por qué nos dirigimos a Blackie cuando me esperan en el lago Echo desde hace más de dos horas?

Pasaron por debajo de un gran letrero verde que indicaba que faltaban todavía ocho kilómetros para el aeropuerto de Crosshaven, donde ella había aterrizado hacía apenas unas horas. «¿Por qué vuelve a Blackie?»

—Toma el desvío para el aeropuerto de Crosshaven, ¿quieres? —dijo ella con brusquedad—. Me he dejado una maleta en el mostrador.

La mano derecha de Holmquist descendió a la velocidad del rayo y le apretó con fuerza el muslo.

—Buen intento, poli. No necesitarás ninguna maleta en el lugar al que vas. —Volvió a llevar la mano al volante y se puso a tamborilear alegremente.

A Prusik el corazón le vibraba como las alas de un colibrí, amenazando con salírsele del pecho y echar a volar en medio de la noche. La seguridad en sí mismo que mostraba Holmquist hacía que su miedo fuera en aumento. También la inquietaba la reluciente piedra que le había mostrado sosteniéndola entre los dientes. ¿Por qué le había preguntado si quería una? La agente especial se colocó las sudadas palmas de las manos sobre los muslos y procuró recobrar la compostura.

Las luces de la estación de servicio interestatal que había al norte de Crosshaven aparecieron un poco más adelante.

Entumecida por los subidones de adrenalina, Prusik ya no sentía fuerzas para seguir resistiéndose. Tal y como él quería. La agente especial recordó los documentales sobre el mundo animal que veía de pequeña en la televisión. Pensó en la persecución de un guepardo tratando de alcanzar una gacela, mostrada a cámara lenta, y en cómo, tras abalanzarse sobre el grácil animal, el felino se limitaba a quedarse a su lado con indiferencia. No necesitaba agarrarla; permanecer a su lado era suficiente para mantener a la pobre gacela petrificada. Su propio sistema nervioso conspiraba para ello. Cuando sucedía algo así, Prusik se ponía a patalear el suelo delante de la pantalla del televisor, animando a la veloz gacela a salir corriendo. «¡Levántate y huye! ¡Vamos, tú puedes!»

En esos momentos, ella era como esa gacela capturada y sentía el mismo terror paralizante, el mismo colapso interior. Era como si una corriente eléctrica invisible pero palpable los hubiera conectado a Holmquist y a ella, depredador y presa. El hombre volvió la cabeza para mirarla. Por un instante, ella distinguió un leve destello rojo en la retina del asesino, reflejo de las luces de un coche que venía en dirección contraria.

—Será mejor que no intentes nada, ¿lo entiendes? —dijo él como si le hubiera leído los pensamientos.

Prusik se aferró a la manija interior de la puerta con la mano derecha. Saltaría si no tenía otro remedio. Pero primero debía calmarse.

El rugido del motor de un vehículo que se acercaba a toda velocidad por detrás llamó la atención de la agente especial. El haz de los faros delanteros de aquel coche bañó durante un momento el interior del sedán. Al llegar casi a su altura, el vehículo, un SUV de gran tamaño, giró bruscamente tratando de echar el coche del doctor de la carretera y golpeándole ligeramente el panel delantero. El sedán derrapó y acabó en el arcén sin pavimentar, envuelto en una nube de polvo. Más adelante, los frenos del SUV emitieron un chirrido cuando la rueda delantera se salió del pavimento. El vehículo se escoró sobre la grava con demasiada rapidez, salió despedido por los aires y cayó por el empinado terraplén. Christine no pudo evitar encogerse al ver cómo aterrizaba boca abajo sobre un campo recién arado.

Las ruedas delanteras del sedán giraban suspendidas sobre la zanja de riego de tres metros de profundidad que había junto al arcén. Holmquist salió del coche y, abriéndose paso entre las hierbas del terraplén, descendió a la zanja hasta quedar fuera de la vista de Prusik. Más allá, Christine oyó el zumbido decreciente de una rueda que giraba cada vez más despacio hasta detenerse; era el vehículo que había volcado. Distinguió sus contornos y pudo leer las grandes letras estampadas en el panel de la puerta, en ese momento boca abajo: DEPARTAMENTO DEL *SHERIFF* DE CROSSHAVEN.

La agente salió del sedán y descendió a la profunda zanja de riego, agarrándose a puñados de hierbas para no caer. Posó los pies sobre las losas cubiertas de verdín del fondo del canal de riego. La oscuridad que la envolvía era total. Sin su 38 Special, quedarse atrapada en esa oscura zanja con Holmquist no era una opción. Trepando, salió por el lado opuesto y llegó al campo arado. Resultaba agradable sentir la arcillosa tierra bajo los pies desnudos. Oyó el ruido de unos pasos en el agua procedentes de la zanja que había dejado atrás. Holmquist estaba huyendo.

Con los brazos extendidos para no perder el equilibrio, Christine avanzó con dificultad por los profundos surcos arados en la tierra. El Bronco descansaba sobre el techo en la linde del campo. La agente metió la mano por la ventanilla del conductor, cuyo cristal había estallado en mil pedazos, y colocó dos dedos sobre la arteria carótida del *sheriff* para comprobar su pulso. Era fuerte.

—Joe —susurró mientras le apretaba suavemente el brazo—. ¿Puedes oírme?

McFaron no respondió. A tientas, Christine cogió la linterna Maglite que el *sheriff* llevaba colgando del cinturón de la pistolera y la encendió. McFaron tenía el rostro ensangrentado. Sus ojos parpadearon.

—Claremont... —dijo él con una mueca de dolor—. El asiento trasero.

Prusik enfocó a la parte trasera e iluminó unas botas de goma de repuesto y un botiquín de primeros auxilios que se había soltado de su soporte. Decenas de trozos de cristales de las ventanillas rotas relucían bajo el haz de la linterna.

—No está aquí. Debe de haber salido despedido.

Christine apuntó entonces la linterna alrededor del todoterreno y descubrió una serie de huellas que se alejaban por el campo. Siguió su recorrido con el haz de la linterna, pero no vio rastro alguno del hombre.

McFaron volvió a cerrar los ojos. Ella temía que, si lo movía, pudiera lesionarlo todavía más, de modo que no le desabrochó el cinturón de seguridad. Sí cogió en cambio su revólver y comprobó que las seis recámaras estuvieran cargadas.

De repente se oyó una voz por el radiotransmisor, cuyo micrófono había quedado colgando del cable.

—¡*Sheriff* McFaron! ¡Aquí Mary, cambio!

Prusik cogió el aparato.

—Mary, soy la agente especial Prusik. Ha habido

un accidente a unos seis kilómetros y medio al norte de la estación de servicio interestatal, en un campo limítrofe con los carriles en dirección norte de la autopista del estado. El *sheriff* McFaron se encuentra malherido y semiinconsciente. Necesitamos cuanto antes una ambulancia y refuerzos policiales. Donald Holmquist me ha secuestrado esta tarde y ahora ha escapado a pie. Que tengamos constancia, ha matado al menos a tres chicas de Indiana.

Christine esperó a que Mary confirmara la recepción del mensaje y luego cruzó el campo en dirección a una pequeña arboleda de álamos jóvenes con el arma del *sheriff* en la mano. Una vez cerca de los árboles, se acuclilló junto al terraplén y aguzó el oído por si percibía algún movimiento. El horizonte resplandecía más allá de la arboleda. No había pasado ni medio minuto cuando el borde de la luna llena apareció por detrás de la cima de una colina, iluminando perceptiblemente el paisaje. De repente, Prusik oyó el ruido de una rama rompiéndose y le pareció que algo se movía en los matorrales que bordeaban el campo. La sombra de alguien ocultándose detrás de un tronco. ¿Donald Holmquist o David Claremont?

Christine mantuvo el arma en alto y fue enfocando la potente linterna Maglite de un tronco a otro. Estaba segura de que se trataba de Holmquist. Claremont ya se habría asomado o habría dicho algo. Avanzó entre las hierbas, apuntando el arma a la altura del pecho, y moviendo el haz de la linterna a un lado y a otro. Probablemente el asesino estaba mirándola y planeando su siguiente paso. La agente especial iluminó un tronco lo bastante grande como para que un hombre pudiera esconderse detrás, y se quedó un momento oculta en las hierbas.

—Donald Holmquist, aquí el FBI. Sal con las manos en alto. Quedas detenido por los asesinatos de Betsy Ryan, Missy Hooper y Julie Heath.

No obtuvo ninguna respuesta. Prusik solo podía oír los latidos de su propio corazón. Fue acercándose despacio, en cuclillas. Se detuvo bajo la sombría copa del árbol más grande e iluminó lentamente la arboleda.

—¡Sal de ahí con las manos en alto, Holmquist!

Prusik amartilló el percutor. Por primera vez, tuvo la sensación de ser la depredadora. Era una excelente tiradora —durante el programa de entrenamiento del FBI había sido la mejor de su grupo en puntería— y sostener el arma la ayudaba a sentirse todavía más tranquila.

—Esta es tu última oportunidad, Holmquist. Entrégate ahora mismo. —Las palabras le salían de forma automática—. Si es necesario dispararé.

Una rama crujió sobre su cabeza. Al alzar los ojos, vio a Holmquist en el aire con los brazos extendidos, abalanzándose sobre ella. Prusik disparó una vez apuntándole al vientre. El fuerte golpe del cuerpo del hombre al caerle encima la derribó al suelo y se le escaparon tanto el arma como la linterna. Él se quedó encima de ella jadeando; Prusik lo había herido.

—Buena puntería, mujer del FBI —consiguió decir entre resuellos. Respiraba con dificultad.

La agente especial le propinó entonces un rodillazo en la entrepierna malherida. Holmquist hizo una mueca, pero no le soltó las muñecas. Acercó su rostro al de ella.

—Ya no podrás llenarme de agujeros a balazos. —Sujetándole ambas muñecas con la mano izquierda, le alzó la blusa y comenzó a palparle el abdomen como si estuviera haciéndose una idea de las medidas. A ella le sorprendió la fuerza del hombre a pesar de estar herido de bala.

Haciendo acopio de toda su rabia, la agente especial estiró tanto como pudo la cabeza y mordió a Holmquist en la barbilla con todas sus fuerzas, clavándole un colmillo en la carne. Él soltó un chillido y, abofeteándola y arañándola, intentó agarrarla por las mejillas para tirar de ella y conseguir que lo soltara. Prusik, sin embargo, concentró la fuerza de todo su cuerpo en la mordedura y, apretando todavía más los dientes, alcanzó el hueso de la barbilla.

Consiguió entonces liberar una mano y agarró la piedra que colgaba del cuello del hombre. Con toda la fuerza de la que fue capaz, incrustó el amuleto de piedra en la oreja del asesino, retorciéndolo para causarle más dolor hasta que la soltó.

Un subidón de adrenalina fue todo lo que pareció necesitar Holmquist para que se le aclarara la mente y saliera corriendo por el campo. Prusik se puso a palpar frenéticamente el suelo, buscando a tientas, y encontró tanto el arma como la linterna.

Luego se puso de pie y miró en la dirección que había tomado Holmquist. De repente, la luz de la luna se atenuó ante el paso de una nube, como si estuviera conspirando con el asesino. Transcurrieron unos preciosos segundos.

Ella sabía que la herida de bala en el estómago era seria. Las probabilidades de que una bala del calibre 38 pasara limpiamente por la red de importantes arterias y venas del área abdominal eran cercanas a cero. La pérdida de sangre debía de ser considerable.

Al poco, la luna llena volvió a brillar por encima de las copas de los árboles, naranja como un mango. A Prusik le resultaba fácil distinguir las huellas de Holmquist en la tierra arada. Esperaba ver también al hombre herido tirado en el suelo, pero no vio más los surcos ininterrumpidos del campo.

El lejano gemido de las sirenas de policía y el resplandor de las luces giratorias de los coches patrulla le indicó a Prusik que la llegada de refuerzos era inminente, y se sintió más segura de sí misma. Siguió adelante y ascendió por una leve pendiente. Mantuvo la cabeza gacha y el cañón de la pistola en alto. Con la mano izquierda sostenía la linterna Maglite. Llegó al otro lado de la suave pendiente sin darse cuenta de que ya no se la veía desde la autopista.

Un poco más adelante, distinguió algo oscuro en medio de la extensión arada. Una pierna se movía entre los surcos: era la de Holmquist. Prusik se acercó con cautela al hombre derribado. Desde unos buenos tres metros, le iluminó la cara con la linterna. No obtuvo respuesta. Tenía la parte delantera de la camisa cubierta de sangre. Se acercó más a él y le tocó una pierna con el pie. Siguió sin obtener respuesta alguna.

Bajó la Maglite y, de repente, Holmquist cobró vida y le dio una patada a la linterna, que salió despedida. Rápidamente, el asesino se puso de pie y se abalanzó sobre la agente especial, que perdió el equilibrio y cayó al suelo.

—¡Apártate de ella! —Un cuerpo embistió de lado al asesino, separándolo de la agente y derribándolo—. ¡He dicho que te apartes de ella! —exclamó con furia el defensor.

Los dos hombres comenzaron a forcejear en el suelo. Christine hincó una rodilla en tierra y apuntó con el revólver al que yacía bajo su rescatador.

—¡Ya está bien, señor! —El hombre que estaba encima de Holmquist llevaba una camisa hecha jirones—. ¡Soy agente de la ley, la agente especial Christine Prusik! ¡Por favor, salga de encima del sospechoso!

Pero los hombres siguieron forcejeando como si no la hubieran oído. Entre gruñidos, gemidos y rugidos, a Prusik le pareció oír algunos reproches emotivos del uno al otro.

La agente especial disparó al cielo.

—¡Salga de encima del sospechoso, señor! ¡Es una orden!

Su rescatador vaciló y Holmquist lo empujó para sacárselo de encima. A continuación, el asesino se puso de pie y comenzó a caminar con paso vacilante hacia la oscura linde del campo. Esta vez, Prusik no fue detrás de él. A Holmquist no le quedaba mucho tiempo en el mundo de los vivos y ella estaba agotada. Entre respiraciones jadeantes, el hombre que yacía en el suelo dijo:

—Por favor, señora, no le dispare.

La mujer reconoció la voz de inmediato.

—¿David?

Este alzó una mano a modo de confirmación.

—Por favor, no dispare a mi hermano.

Prusik bajó el arma. El brazo le temblaba tras el esfuerzo de la refriega.

—Te debo una disculpa, David.

Claremont desvió la mirada hacia el otro lado del campo, siguiendo los azarosos pasos de su hermano.

—Me quedaré con él hasta que lleguen los agentes de la ley. Lo prometo.

—¿No te olvidas de algo? Yo soy agente de la ley. En cuanto a tu hermano, le ha atravesado el vientre una bala del calibre 38. No llegará muy lejos. —Reparó en el lamentable estado de Claremont—. ¿Has salido despedido en el accidente?

El hombre se puso de pie. Se agarraba nerviosamente las manos.

—Siento no haber ayudado antes. Tenía miedo de recibir un disparo en medio de la confusión.

Mientras hablaba, Claremont miraba en la dirección en la que había huido Holmquist sin dejar de retorcerse las manos, presa de una vorágine emocional que Prusik apenas podía llegar a imaginar. Bajo la fría luz de la luna, su rostro parecía el de un hombre que sostuviera sobre la espalda gran parte del peso del mundo.

—Debería ir detrás de él, señora Prusik. Tengo que encontrarlo. —Claremont comenzó a andar en la dirección en la que había huido su hermano.

Demasiado exhausta para detenerlo, Christine se quedó atrás quitándose la tierra de los pantalones. Resultaba insoportable presenciar la angustia de

Claremont, aunque decir «angustia» era probablemente quedarse corta. ¿Qué abismal agonía habría desenterrado su vínculo fraternal? ¿Cuán profunda sería la pérdida que sentía Claremont mientras se extinguía la vida de su otra mitad?

Christine sacudió la cabeza intentando aclararse. No podía recordar la última vez que había llorado, pero en esos momentos se sentía peligrosamente cerca de las lágrimas. Unos haces de luz similares a láseres iluminaron la zona occidental del cielo procedentes de lo que debían de ser unos quince o veinte coches de policía que se encontraban al otro lado del montículo. Echó un vistazo al este, la dirección que había tomado Claremont, y luego se volvió y regresó a la autopista estatal.

29

Al amanecer, el sol fue recibido por el ruidoso gorjeo de unos mirlos de alas rojas que defendían agresivamente su territorio. Los enérgicos pájaros no dejaban de agitar las alas en medio de una cacofonía de graznidos. La noche anterior había llovido con fuerza y una espesa niebla se alzaba por todas partes, confiriendo al lugar el aspecto de un campo al día siguiente de una batalla.

Las ruedas delanteras del coche de alquiler avanzaban por el barro. McFaron decidió aparcar. Si seguía adelante se quedaría atascado en aquel lodazal. Ya había tramitado el pedido de un nuevo todoterreno, pero tardaría aún una semana en recibirlo. El granjero que lo había despertado esa mañana a las cuatro y media había insistido en que fuera de inmediato. Madrugador desde hacía muchos años, el *sheriff* había decidido no despertar a Christine, que había pasado la noche en su casa. Parecía agotada tras la rueda de prensa del día anterior y todas las llamadas y los faxes enviados y recibidos entre ella y su oficina de Chicago.

McFaron solía disfrutar de la pacífica tranquilidad de las mañanas, algo que no podía decirse de la de aquel día. Los mirlos estaban armando el alboroto junto a un seto situado a menos de un kilómetro del lugar en el que se encontraba el Bronco destrozado. Algo los molestaba. McFaron cogió las botas de goma que llevaba en el asiento trasero del coche, un elemento esencial en el kit de todo *sheriff*. Llevaba el brazo izquierdo en cabestrillo, pues se había lesionado los tendones del hombro en el accidente. Siguió las huellas de las pisadas del granjero, tal y como este le había indicado que hiciera. Le costaba mantener el equilibrio. A cada paso tenía que esforzarse por liberar la bota del barro, y no podía evitar hacer una mueca de dolor cada vez que movía el brazo malherido para evitar caerse. Las ranas croaban en un estanque artificial. Al pasar a su lado, el coro cesó de golpe, silenciado por el ruido de succión que hacían las botas de goma.

«¿Dónde diantre será?» El *sheriff* pasó la vista por el perímetro del campo. Los mirlos, implacables, no dejaban de lanzarse en picado sobre el enorme seto. McFaron pensó que compensaban con malicia su pequeño tamaño. Le sorprendió que, al acercarse, no salieran volando. Siguió con la mirada el vuelo de uno de ellos, que se abalanzó sobre el seto y luego volvió a ascender. A continuación se le unió otro, y luego otro, hasta que fueron docenas las que descendieron en picado sobre el denso y gigantesco matorral para luego remontar el vuelo, presas de una frenética agitación. McFaron se acercó todavía más al seto hasta que, de repente, le pareció que un hombre se asomaba y hacía como si lo saludara con la mano.

Un segundo después, sin embargo, se dio cuenta de que la figura no se movía.

Por un instante, McFaron se puso tenso. Luego siguió adelante más despacio, deteniéndose a unos buenos tres metros del lugar en el que había quedado atrapado el cuerpo del hombre. No era una visión muy agradable. Una mano colgaba en posición vertical, con el índice atravesado por una espina de aspecto amenazante. Tenía la boca abierta, y la lengua ensangrentada y acribillada de marcas de picoteos. Sin embargo, por más ruidosamente que los pájaros protestaran y lo picotearan, el hombre seguía inmóvil, muerto y con los párpados arrancados.

McFaron reconoció la camisa marrón que llevaba David Claremont cuando lo detuvo en el lago Echo. La policía ya no tenía nada contra él. De hecho, había ayudado a salvar tanto a Maddy Heath como a Christine. A ojos de la gente y de la ley, de la noche a la mañana había pasado de ser un psicópata a todo un héroe.

En esos momentos, sin embargo, el héroe parecía un extraño espantapájaros. Un airado mirlo recorrió el pecho del cadáver dando saltitos. Otros pasaron volando bajo, junto a la cabeza del *sheriff*, como si él fuera la siguiente amenaza a la que debían atacar.

Resultaba doloroso ver el cuerpo de Claremont en semejante estado. McFaron lamentaba haberle dicho a la policía estatal que reanudaran la búsqueda en la zona cuando se hiciera de día. Visto lo visto, no había sido una buena idea. Al *sheriff* también se le pasó por la cabeza que el atribulado hombre tal vez hubiera entrado en pánico al sentirse atenazado por un oscuro suplicio interior que solo un gemelo idéntico podía conocer; como si estuviera perdiendo una parte de sí mismo, aunque el otro fuera un asesino demente. En cualquier caso, la escena era demasiado horripilante para que McFaron siguiera reflexionando sobre ella.

Sacó una fotografía al cadáver. El flash de la cámara hizo que los pájaros salieran volando. El granjero que había encontrado el cadáver de Claremont tenía razón. Haría falta una sierra mecánica para cortar las ramas repletas de espinas y extraer el cadáver. Y no dejaba de resultar condenadamente extraño que Claremont se hubiera quedado atrapado en un espino, igual que le había ocurrido a su hermano Donald Holmquist a menos de un kilómetro de allí.

El desarrollo de los acontecimientos en el parque natural del lago Echo y el campo de cultivo situado al norte de Crosshaven había alterado milagrosamente las cosas en Chicago. Prusik todavía debía completar y presentar su informe, pero Thorne había cancelado la vista disciplinaria, así como el viaje especial a Washington que había planeado para el ascenso de Bruce Howard. El director ejecutivo incluso le había pedido perdón a la agente especial, que se sorprendió a sí misma aceptando las disculpas sin exigirle nada más por teléfono. No había sentido la necesidad.

McFaron la llevó en coche al aeropuerto de Crosshaven. Esperaron dentro del vehículo junto al pequeño edificio de hormigón que albergaba la terminal. Ella se quedó mirando un punto del cielo que iba haciéndose cada vez más grande. Era su avión, el último vuelo a Chicago de esa tarde.

Permanecieron en silencio contemplando cómo el avión se aproximaba, desplegaba el tren de aterrizaje y se posaba sobre la pista con el estruendo del empuje inverso de los motores.

Ella no se sentía bien desde la noche anterior. Lo achacó al agotamiento. Cerrando los ojos y apoyando la cabeza en el reposacabezas, murmuró:

—¿Te has dado cuenta, Joe, de que, de un modo u otro, las cosas que haces terminan pasándote factura?

—¿Cómo dices? —McFaron posó una mano sobre la de Christine y se la quedó mirando perplejo.

Ella apartó rápidamente la mano.

—No te he contado... Tengo que explicarte...

—¿Qué sucede, Christine? ¿Qué quieres decir con eso de que la vida termina pasándote factura?

Ella rebuscó algo en su bolso, sacó el pastillero y se lo mostró al *sheriff.*

—Esto es lo que quiero decir. Benzodiacepinas para mis ataques de pánico. Betabloqueadores para tranquilizarme y conseguir dormir cuando no puedo.

—Es comprensible. Ha sido un caso muy estresante.

Prusik volvió a reclinar la cabeza y se tomó dos píldoras, tragándoselas sin agua.

—No sabes ni la mitad, Joe. —Su tono de voz sonaba extrañamente profundo.

El *sheriff* se la quedó mirando con expresión interrogativa. Unas gotas de sudor se habían formado en la frente de Christine y tenía las mejillas enrojecidas.

—¿Estás bien?

Ella se obligó a erguirse. Se sentía pálida y cansada.

—Quiero enseñártelo. —Su expresión se relajó y, sin bajar la mirada, se levantó la blusa y dejó a la vista la larga cicatriz púrpura que tenía en el costado izquierdo.

La mirada de McFaron pasó de la cicatriz al rostro de Christine y luego volvió a bajar a la cicatriz. En el extremo inferior podía verse una oscura costra, resto de una herida reciente. Él se preguntó si se la habría hecho durante la pelea con Holmquist, pero no dijo nada.

—Ya sabes que me fui a Papúa Nueva Guinea por una investigación universitaria, ¿verdad, Joe? —Él asintió—. No sé qué me impulsó a hacerlo, la verdad. No sé en qué estaba pensando, qué es lo que tenía en la cabeza. El gran plan de Christine: ir sola a una tierra extranjera y estudiar comportamientos anormales en pueblos remotos de la zona montañosa. Descubrir si había o no supervivientes de un temido clan llamado Ga-Bong Ga-Bong. Eran caníbales, Joe. Quería estudiar caníbales. Quería ver si su comportamiento se debía a algún componente hereditario o si era todo cultural. Quería comprobar hasta qué punto era cierto que en los pueblos primitivos ya existían psicópatas. —Prusik se removió incómodo en el asiento—. Una tarde me adentré en la selva yo sola. Decidí dejar atrás en la aldea a la señorita Bukari, mi contacto. —Mientras hablaba, el agudo grito operístico de una cacatúa negra resonó en su cabeza como si volviera a estar allí, con la vista anegada por una neblina interminable y la piel cubierta por una grasienta capa salina—. Sabía que el clan de los Ga-Bong era traicionero, pero, aun así, me alejé por aquel sendero selvático yo sola, sabiendo perfectamente el peligro que corría. Era muy inexperta, Joe. Y, en retrospectiva, una inconsciente. Fue una auténtica temeridad que me marchara a la selva yo sola, sin apoyo del pueblo o del gobierno.

McFaron asintió.

—Sueles hacer las cosas así.

—La cosa es que, por aquel entonces, en realidad no sabía nada sobre comportamientos aberrantes. Solo había leído algunos estudios académicos; mi conocimiento era puramente teórico. Y yo no era más que carnaza fresca ataviada con ropa de exploradora empapada en sudor. Una mujer señalada.

—¿Por qué dices eso, Christine?

—No tenía ni idea de lo que hacía. Yo misma me lo busqué. Ahí estaba yo, en lo más profundo de la región del Trans-Fly, a una semana en bote de Port Moresby, creyendo que era muy lista y que podía arreglármelas sin problema. Convencida de que escribiría una tesis increíblemente interesante y original. Y es ahora cuando estoy pagando el precio. —Cerró los ojos—. Los recuerdos fragmentarios y traumáticos... Los ataques de pánico que sufro en cualquier momento y en cualquier lugar... Este caso. Las similitudes.

—¿Qué similitudes? ¿Qué ha pasado?

Ella lo miró a los ojos.

—No lo oí venir. Su máscara de plumas, el cordel alrededor del cuello, la piedra colgando. Yo iba recorriendo distraída la ribera embarrada de un río... —Vaciló un momento—. El cuchillo, me cortó con él... —Con suavidad, recorrió la cicatriz con la punta de los dedos por encima de la blusa, y luego se secó el sudor que se le estaba formando en la frente con el dorso de la mano.

—No tienes por qué...

Ella alzó una mano.

—Durante el forcejeo se le movió la máscara, dejando al descubierto a un hombre de pelo blanco. ¡Tenía la edad de mi padre, por el amor de Dios! —El agrio olor de su aliento, el amuleto de piedra que le bailaba ante los ojos... El recuerdo se reactivó como si todo hubiera sucedido el día anterior y la cogió desprevenida, pero siguió adelante con el relato de todos modos—. Le di un rodillazo y lo empujé al río. Gracias a Dios. Al menos hice algo bien. La única razón por la que estoy hablando contigo hoy es la avanzada edad del indígena. Fue el padre Ga-Bong, no uno de sus infames hijos, quien intentó insertarme la piedra en la garganta. —Sus palabras sonaban con creciente convicción—. Pero ese día nadé más rápido y lo dejé atrás, a él y también al resto de su nefasto mundo.

McFaron negó con la cabeza, preso de la incredulidad.

—Habrás vivido este caso como la continuación extraña de una especie de asunto inconcluso —dijo en voz baja—. Lo siento mucho, Christine.

—En ocasiones lo he sentido así, sí. —Echó un vistazo por la ventanilla—. Sin duda alguna. —Su expresión se relajó. La medicación estaba comenzando a hacerle efecto—. Nadé río abajo durante lo que parecieron horas. No tengo ni idea de cómo conseguí hacerlo con esa herida. Llegué a un muelle lleno de gente vestida con pantalones y camisas. Estaban esperando tranquilamente el ferri. Todo parecía tan condenadamente normal, tan pacífico... —Se quedó ensimismada en sus pensamientos.

Él comenzó entonces a masajearle la nuca.

—Esto sienta bien. —Exhaló un suspiro—. Me refiero a tu mano en mi cuello. —Prusik miró a McFaron a los ojos—. Voy a dejar el FBI, Joe. Eres el primero en saberlo. Lo dejo.

McFaron se estiró por encima de la palanca de cambios y envolvió a Prusik en sus brazos.

—No lo decidas hoy. Piénsatelo bien. Has hecho un trabajo increíble, Christine. —Le dio un beso en lo alto de la frente—. Te la jugaste y has aguantado hasta el final. Estoy muy orgulloso de ti. Por no mencionar lo agradecida que se siente una tropa completa de *girl scouts*.

Christine se echó atrás en el asiento con los ojos repentinamente llorosos. Sentía náuseas. Miró por la ventanilla y, por un momento, divisó en el cielo un par de estrellas centelleantes. Con voz cansada, dijo:

—No lo sé, Joe. —Se quedó mirando el cielo cada vez más oscuro—. Es como pensar en dos galaxias... Parecen a punto de colisionar, pero nunca llegan a hacerlo. De hecho, ni siquiera están cerca, se encuentran a millones de años luz. Como nosotros, Joe. —Parpadeó para contener las lágrimas—. Parece que nos estamos tocando, pero estamos igual de lejos... Mis limitaciones, las limitaciones de mis padres...

—Mira —dijo McFaron cogiéndole una mano—. Me he pasado la mayor parte de la vida escondiendo mis sentimientos. No me ha conducido a nada salvo a un gran pesar. Asúmelo. Las cosas nunca suceden del modo que uno quiere. Y no se puede salvar a todo el mundo. A veces lo único que puede hacer uno es salvarse a sí mismo. Y, ahora que estoy aquí contigo, pienso que sería una pena que no aprovecháramos nuestra oportunidad de colisionar.

Al oír eso, Prusik levantó la mirada. McFaron añadió:

—Lo único que sé es lo bien que me haces sentir. No quiero perder eso.

Sin decir nada más, ella lo besó. Permanecieron abrazados hasta que el ruido de las hélices del avión de diecinueve plazas que se alejaba por la pista se convirtió en un lejano zumbido ininteligible. El último vuelo a Chicago se marchaba.

Christine levantó la mirada hacia McFaron y sonrió débilmente.

—Parece que Thorne tendrá que esperar un poco para recibir mi informe. Otra vez.

—Eso parece —respondió Joe besándole el lóbulo de la oreja—. Pero estaré más que contento de ayudarte en lo que pueda, agente especial. Tal vez deberíamos ponernos a ello ahora mismo. —Se apartó de golpe y le puso la mano en la frente—. ¿Christine? ¡Estás ardiendo!

La agente especial no respondió. Tenía el rostro enrojecido y sudaba tanto que se le habían humedecido el pelo y las sienes.

—¿Christine?

Ella intentó moverse, hizo una mueca de dolor y se dobló por la mitad.

McFaron dejó atrás el aeropuerto a toda velocidad mientras llamaba por radio al hospital regional, que se encontraba a veinte minutos de allí.

Christine se despertó. Un monitor que había sobre su cabeza medía sus constantes vitales con pitidos regulares. Le habían puesto una vía intravenosa en el brazo derecho. La ventana de su habitación del hospital daba a un vasto campo de rastrojos de maíz. Presionó un botón del mando a distancia que había junto a la baranda de la cama para alertar al personal de enfermería.

—Bueno, ¿cómo se encuentra hoy, señora Prusik?

Christine intentó erguirse.

—No, no. —La enfermera le dio unas suaves palmaditas en la mano—. Si no permanece tumbada se le abrirán los puntos de sutura. Deje que avise al doctor.

La joven enfermera tenía la tez oscura y llevaba el pelo largo recogido en un moño de trenza. Christine leyó su nombre en la tarjeta identificativa: SEÑORITA RODRÍGUEZ. Luego aguzó la vista para leer las etiquetas de las bolsas que colgaban del soporte metálico y que alimentaban la vía que tenía en el brazo: una contenía un potente antibiótico; la otra, un compuesto esteroide que desconocía. Un hombre delgado y joven entró en la habitación. Ella pensó que sería un médico residente novato, recién salido de la facultad de medicina. Llevaba la cabeza tan afeitada como la barba, e iba vestido con una bata verde y unos zuecos del mismo color. Del cuello le colgaba despreocupadamente un estetoscopio. Sonrió a Christine.

—¿Cómo se encuentra hoy mi primera paciente del FBI?

—Por favor, dígame que no es usted mi médico.

—Bueno, era el cirujano de guardia cuando el *sheriff* McFaron la trajo anoche —repuso mientras examinaba el historial—, así que supongo que sí lo soy.

—¿Cirujano? ¿Es que se me reventó el apéndice?

El joven dejó de examinar el historial y se la quedó mirando un momento.

—No se le reventó el apéndice. Tenía una infección causada por esto. —El doctor sacó un frasquito de un bolsillo y se lo tendió.

Prusik identificó al instante la oscura figurita de piedra. Era la misma que Holmquist le había mostrado sosteniéndola entre los dientes cuando iban en el coche. El corazón empezó a latirle con fuerza.

—¿De dónde ha salido?

El doctor se inclinó en un lado de la cama y levantó la sábana.

—Si no le importa, necesito ver cómo tiene la herida.

Retiró la gasa estéril que le protegía la cicatriz y luego le dio a la enfermera unas instrucciones para volver a vendársela. A continuación, comprobó el monitor que registraba las constantes vitales.

—Estoy esperando, doctor.

—Le extraje ese objeto de piedra de una capa

subcutánea del abdomen. No estoy seguro de cómo se la introdujeron exactamente. Por suerte para usted, no le perforó la pared intestinal. Si no, la infección habría sido mucho más grave.

Una oleada de pánico le atravesó el cuerpo. Recordó a Holmquist inclinado sobre ella en el coche, la blusa levantada dejándole a la vista el abdomen, recorriéndole con el dedo arriba y abajo la cicatriz. Estaba claro que se la había abierto y le había insertado la piedra mientras ella yacía inconsciente tras la descarga de la pistola paralizante.

El pitido del monitor se aceleró. El doctor le indicó a la enfermera que administrara a Prusik un sedante. Y, masajeándole el dorso de la mano, le dijo a esta:

—Le atacaron, ¿no? Imagino que...

—Por favor, doctor, ¿podría darme mi móvil? Necesito llamar a alguien. Es muy importante. Por favor.

Presionó la tecla con el número memorizado del doctor Katz y pidió al cirujano y a la enfermera que salieran de la habitación hasta que hubiera terminado la llamada.

—No me asesinó ni me introdujo el amuleto en la garganta. ¿Por qué, doctor? —comenzó a decir Prusik como si se limitara a continuar la conversación que había estado manteniendo mentalmente con el doctor Katz.

—¿Quizá por algo que le dijiste? —aventuró Katz—. ¿Tal vez lo provocaste? No me extrañaría que lo hubieras cogido desprevenido. Es algo que sueles hacer, Christine.

Ella rememoró el caótico trayecto en coche con Holmquist.

—Recuerdo el amuleto de piedra asomando entre sus labios. Me dijo que había estado en el museo cuando..., cuando intenté dar la charla. Yo le expliqué que había hecho una investigación en Nueva Guinea. —Le costaba recordar con exactitud lo que había sucedido ese día. Todo parecía haberse vuelto algo borroso.

—¿No te das cuenta? —dijo Katz—. Estableciste un vínculo con su interés en estas cosas.

—Si me diera cuenta, no le habría llamado.

—Christine, tú misma me explicaste que durante milenios los indígenas papús insertaban estas figuras de piedra tallada en los cadáveres como muestra de respeto por sus ancestros. Y me contaste que Holmquist había robado estas piedras del museo. Él conocía esa práctica. Te hizo eso como muestra de respeto.

Ella se pasó la mano por encima del vendaje. De algún modo, Holmquist había encontrado su vieja cicatriz. Prusik sabía que a menudo los miembros del clan colocaban amuletos de piedra en las cavidades abdominales de sus muertos. En la mente distorsionada de un psicópata que les retorcía el cuello a sus víctimas y luego les insertaba a la fuerza piedras en la garganta, ¿había lugar para el respeto a los vivos? No tenía sentido.

—¿Respeto? Eso me resulta rematadamente inverosímil, doctor. No encaja con el perfil de Holmquist.

—¿No estarás olvidando algún otro factor que hace únicas tus circunstancias?

Ella cerró los ojos y exhaló un largo suspiro. Oír la voz de Katz le resultaba reconfortante a pesar de los perturbadores detalles de su conversación.

—Por supuesto, hay que tener en cuenta que David Claremont forma parte de esta ecuación.

Cómo exactamente, no lo tenía del todo claro, aunque Eisen le había contado el día anterior, antes de caer enferma, que habían obtenido las cintas de seguridad del museo grabadas en primavera y verano, y que habían descubierto algo sorprendente. En tres ocasiones distintas, y unas doce horas después de la visita de Holmquist a la colección de Oceanía, David Claremont había pasado por los mismos puntos que conducían a la exposición que contenía los amuletos de piedra. En las cintas, sin embargo, no había pruebas de ningún encuentro entre ambos. ¿Había visto David «mentalmente» la exposición del museo? ¿O había sido su propia fascinación con coleccionar y tallar piedras lo que lo había llevado a ella? Si era el resultado de una visión, eso explicaría las repentinas e inexplicadas excursiones de David a Chicago. Estaba siguiendo un impulso irracional en busca de una parte desconocida de sí mismo, ese «otro» a quien también le gustaban las piedras, pero que hacía con ellas cosas aberrantes e inimaginables.

Las cintas del museo también mostraban que la noche en la que se celebró la gala, entre los asistentes que iban vestidos de un modo más informal —sin duda presentes gracias a que los martes por la noche la entrada al museo era gratuita—, destacaba un joven que llevaba unos pantalones de trabajo de color azul marino y una cazadora manchada de la marca

Carhartt. Su rostro no llegaba a verse bien bajo la visera de una gorra de béisbol, pero su postura, sus gestos y su andar eran inconfundibles.

—No tenemos ni idea de cómo pudo influir Claremont, el gemelo bueno, en la forma de pensar del asesino en las horas previas a la muerte de ambos. —La familiar voz del doctor Katz la trajo de vuelta al presente—. No es fácil trazar este perfil, Christine. Tiene tanto que ver con el alma de un hombre (o, mejor dicho, las almas de dos hombres) y la necesidad de llenar un hueco interior como con una psique retorcida.

—Puede que tenga razón. —Christine exhaló un suspiro.

Katz hizo un ruido como si escupiera. Prusik supuso que debía de haber arrancado un trocito de plástico del extremo de uno de sus bolígrafos mordisqueados.

—Puede que tenga razón, puede que me equivoque —dijo él entre escupitajos—. No explico nada. Solo estoy exponiendo distintas posibilidades de lo que podría haber pasado. Se trata de un caso extraño, la verdad. Los genes no llegan a explicarlo todo. Los padres adoptivos de Claremont demuestran que un buen entorno marca la diferencia. Por supuesto, sabemos muy poco sobre la infancia del asesino. Ahora tienes que descansar, Christine. Felicidades por demostrarles a todos lo buena científica forense que eres.

—Gracias por decir eso, doctor.

Prusik se despidió de Katz, pero su mente seguía funcionando a mil por hora. La idea de que Holmquist le hubiera introducido un amuleto de piedra en el cuerpo le revolvía el estómago. ¿Era su cicatriz a lo que se había referido con lo de «pequeña sorpresa»? ¿Acaso pensaba que tenían algo en común? La idea le resultaba repugnante.

¿Y Claremont? Su angustia mientras seguía a su hermano en la oscuridad de la noche era tan palpable que, al recordarlo, Christine casi podía experimentarla en su propio cuerpo. ¿Habría sentido también Claremont que su vida se extinguía? ¿Que estaba perdiendo un vínculo sináptico que había existido desde antes de su nacimiento, desde el útero, desde que una hendidura en un huevo los había dividido en dos? Todo ello representaba una pesadumbre de tal dimensión que Christine no podía llegar siquiera a imaginársela. ¿Y el hecho de que terminara atrapado en un espino como su hermano...? Christine sintió un escalofrío. ¿Había encontrado Claremont el espino o el espino lo había encontrado a él? La agente especial había leído sobre lo confuso y abatido que podía sentirse un gemelo idéntico al descubrir la muerte repentina del otro. La pérdida de alguien que te comprende de verdad, que sabe por lo que estás pasando sin que haga falta decir nada, debía de ser un golpe devastador..., aunque el otro fuera un monstruo. Pobre David Claremont. Había hecho todo lo posible por salir adelante, pero tenía todas las de perder. Prusik sintió un profundo pesar al pensar en ello.

Una enfermera entró en la habitación, ajustó la vía intravenosa y, por suerte, el sedante enseguida hizo su efecto y Christine cerró los ojos.

—¡Eh, socia! —susurró más tarde McFaron al tiempo que le daba unos golpecitos en la mano con los dedos—. ¿Qué haces? —El *sheriff* dejó el sombrero de fieltro al pie de la cama—. ¿Es que piensas dormir todo el día?

—En esta cama hay espacio suficiente para los dos —dijo ella, haciéndose a un lado como pudo.

De repente, no había nada que quisiera más que sentir el firme cuerpo de McFaron junto al suyo. Este se inclinó y le dio un beso.

—¿No lo dirás solo por estar bajo los efectos de todas estas drogas? —preguntó mientras le daba un pequeño meneo al soporte metálico de la vía intravenosa.

—Probablemente, pero ¿desde cuándo impide eso que un gran *sheriff* se aproveche de la situación?

Él volvió a inclinarse y le rodeó como pudo los hombros con su brazo bueno. Ella, por su parte, rodeó a McFaron con el brazo que tenía libre, acercándolo más hacia sí.

—Tenía tanto miedo de perderte, Christine —dijo él en voz baja—. No quiero que eso pase nunca.

—¡Oh, Joe! Tampoco yo quiero perderte a ti. Sé que no siempre soy una persona fácil. Y siento no haber sido franca contigo. Y también haber hecho algo que podría haberte puesto en un aprieto, y...

—Shhh... —fue su respuesta—. Ya basta de eso—. Se apartó y le besó suavemente los dedos.

—Joe. —Ella se lo quedó mirando. No conseguía imaginarse a nadie más amable y honesto. Empezaron a rodarle lágrimas por las mejillas—. He estado equivocada sobre muchas cosas. ¿Eso que dije sobre nuestras galaxias colisionando? Creo... creo que quizá sí que pueden. Si tú todavía quieres que lo hagan.

—Todavía quiero, Christine —susurró él, y la sonrisa que se dibujó en el rostro del *sheriff* infundió en ella una sensación de felicidad plena.

Prusik exhaló un suspiro y se pegó a él, sintiéndose somnolienta de nuevo. Aquel día suponía un respiro bienvenido, y se sentía agradecida de estar viva. Había sobrevivido, y también Joe, y con ello el futuro que pudiera haber para ambos. Y, por el momento, eso era más que suficiente.

Epílogo

Una hoja marchita se retorcía en su tallo bajo la brisa que soplaba sobre un campo de rastrojos de maíz. Lloviznaba. El aire que rodeaba la residencia de ancianos Blackie tenía un regusto ácido a pesar de que las minas a cielo abierto de Lincoln se encontraban a unos buenos ocho kilómetros.

El aviso lo había dado la enfermera diurna, que había oído casualmente a Earl Avery, un paciente de la residencia, reírse por lo bajo y decir que sus dos hijos eran famosos mientras veía en la televisión un boletín de noticias sobre Claremont y Holmquist. La enfermera luego lo confirmó al husmear en el escritorio del anciano. Encontró cuatro cartas que le había enviado Bruna Holmquist pidiéndole dinero para mantener a sus dos hijos, Donald y David.

Una furgoneta del canal de televisión por cable WTTX se detuvo con una sacudida al otro lado de la calle por la que se accedía al aparcamiento para los visitantes. Un equipo del programa de noticias del canal cruzó rápidamente el patio trasero en dirección a una puerta lateral que la enfermera diurna les había dejado abierta. El camarógrafo le dio un billete de cien dólares por sus molestias. A continuación, pasó una alta reportera ataviada con un elegante traje de chaqueta y pantalón de color beis y un pañuelo de seda de un vivo color turquesa. El último en cruzar la puerta fue el ayudante que cargaba con las cintas adicionales por si algo salía mal con la emisión en directo vía satélite.

En silencio, la enfermera los condujo por un pasillo y se metieron sin que nadie los viera en la habitación 29. El camarógrafo encendió una brillante lámpara halógena y la apuntó a los ojos del minero de sesenta y un años que yacía postrado en cama. Avery abrió los ojos con un parpadeo.

La reportera comenzó su rutina.

—Probando. Uno, dos, tres. Probando.

—Las luces están bien y el sonido está listo —dijo el camarógrafo asintiendo—. Entramos en directo en tres, dos, uno...

—Buenas tardes, señoras y señores. Marguerite Devereux en directo desde la residencia de ancianos Blackie, en el mismo Blackie, Indiana. Nos encontramos en la habitación de Earl Avery, un minero confinado en la cama que recientemente ha confirmado ser el padre biológico de David Claremont y Donald Holmquist. Este último es el asesino en serie de, al menos, tres chicas y también del psiquiatra que trataba a su hermano gemelo idéntico, David Claremont. Hace una semana, la policía disparó a Holmquist en un campo de maíz y después encontraron su cadáver atrapado en un espino, adonde fue a parar mientras intentaba huir. En un macabro giro de los acontecimientos, Claremont, su gemelo, fue hallado un día después. Su cuerpo también estaba enredado en un espino.

La reportera volvió su atención al minero.

—Señor Avery. —Dio una leve sacudida al brazo del hombre—. ¿Puede oírme? —La cabeza le descansaba sobre varias almohadas de gran tamaño. Tenía los ojos abiertos y miraba hacia delante. La reportera se inclinó junto a la cama y dijo—: Marguerite Devereux, del canal de televisión WTTX de Indianápolis. Me gustaría que contestara a algunas preguntas para nuestra audiencia.

Los pronunciados pómulos y las pobladas cejas del anciano eran iguales que los de Claremont y Holmquist. Quitando el pelo blanco y las arrugas, eran idénticos. La reportera prosiguió:

—Tengo entendido, señor Avery, que es usted el padre de David Claremont y Donald Holmquist. ¿Es eso cierto? —Una leve sonrisa dejó a la vista las gastadas coronas de unos dientes muy amarillentos—. Jenny Sprade, de once años de edad, desapareció hace casi diez años del poblado minero donde usted trabajaba. Penny Simons, de trece, desapareció dos años después. —La intuición de Devereux estaba desatada. No tenía ninguna prueba que incriminase a Avery salvo la asociación genética; si su hijo Donald era un malvado asesino, también podía serlo él—. ¿Podría, por favor, decirles a las apesadumbradas familias de esas niñas y al resto de nuestros espectadores si sabe usted algo sobre esas muertes? ¿Señor Avery?

Este comenzó a toser y, al no poder parar, volvió la mirada hacia el vaso de agua que descansaba sobre su mesita de noche.

La reportera reparó en ello.

—¿Quiere beber?

La mujer sostuvo la mano temblorosa del hombre mientras este bebía agua.

—¿Qué puede contarme, señor Avery? ¿Sabe que la policía acaba de encontrar los restos de esas niñas en un pozo abandonado de las minas de Lincoln?

La reportera consiguió llamar la atención del anciano. Los ojos de Avery se fijaron en la esbelta figura que escondía su traje, luego sufrió otro ataque de tos. Padecía la enfermedad del minero en fase terminal. Ella le dio más agua.

—Señor Avery, ¿qué hay de Jenny Sprade y Penny Simons, las niñas muertas? Sus familias tienen derecho a saber qué les pasó a las pequeñas —La reportera se inclinó todavía más hacia él.

Avery permanecía con la boca abierta. Sus pulmones, muy maltrechos tras años inhalando polvo de carbón, apenas eran ya capaces de aspirar aire. Le relucieron los ojos cuando el camarógrafo cambió de posición para tomar un plano más cerrado.

Frustrada, la reportera dejó el micrófono colgando y le susurró a su técnico:

—Dijiste que hablaría. ¿Qué es lo que pasa?

De repente, Avery irguió la cabeza.

—Tan seguro como que una fuga de gas en una veta de carbón terminará dando por culo y explotando —dijo, y volvió a desplomarse sobre las almohadas con la respiración ronca y jadeante.

La reportera se quedó perpleja ante la expresión dolorida del anciano. También se inquietó.

—¿Entiendo que está usted admitiendo saber algo sobre esos asesinatos? Es solo una cuestión de tiempo que los análisis forenses de la policía lo demuestren.

El viejo minero sonrió, mostrando los dientes a la cámara.

La reportera se rindió.

—Corto —dijo el camarógrafo, deteniendo la retransmisión.

Devereux oyó que alguien presionaba un botón. Era Avery, llamando al personal de enfermería con un dispositivo que tenía en la mano.

—Lo siento. Esto supone una violación del reglamento de la residencia —dijo la jefa de las enfermeras desde el umbral de la puerta, y su tono no dejaba lugar para la discusión—. Deben marcharse todos de inmediato.

La enfermera le tomó el pulso a Avery. Una máscara de oxígeno pendía de un colgador cercano. La mujer la colocó sobre el rostro del anciano y ajustó la válvula del tanque.

Después de que la enfermera y la gente de la televisión se hubieran marchado de la habitación, Earl Avery se hundió todavía más en las almohadas y dejó que su mente divagara. Bruna. Recordaba haberla conocido en un bar de Chicago. Era una chica corpulenta que hablaba con acento escandinavo. No muy guapa, pero con un cuerpo que había despertado su deseo de inmediato. Tan pronto como ella se terminó la última cerveza, él hizo lo que se esperaba de un caballero y le preguntó si le gustaría que la acompañara a casa. Ella le dijo que sí. Él la llevó por una callejuela desierta, la empujó contra una pared de ladrillos y se aprovechó de ella. Se sorprendió al despertarse más tarde con un chichón en la cabeza. Bruna había desaparecido, y ahí terminó todo. Hasta que comenzaron a llegar las cartas de la mujer. Cartas ridículas y quejumbrosas, escritas en un inglés macarrónico, en las que le suplicaba dinero para no tener que dar en adopción a uno de sus hijos o quizá incluso a los dos. Al final dejó de recibirlas y casi se olvidó de ella. No estaba seguro de por qué había guardado esas cartas, pero le gustaba la idea de ser el padre de dos hijos.

Con mano trémula, Avery cogió el vaso de agua de la mesita de noche. Al darle un trago no pudo evitar que una gran parte se le cayera por la barbilla. Sus pensamientos se retrotrajeron un poco más. Era finales de verano, como en ese momento, y tenía diecisiete años. Hacía calor. Eso le gustaba, a pesar de que trabajaba en una granja y se pasaba largas horas apilando heno. Ese día estaba almacenando las balas para el invierno en un pajar de tres pisos. Desde la ventana alta de la que colgaba la polea para alzar los palés, vio a la núbil hija de un granjero vecino ataviada con un vestido de estampado floral que ondeaba graciosamente. El talle ajustado de la prenda resaltaba la delgada cintura de la chica. El modo en el que su cuerpo se movía debajo de la tela lo impelió a bajar a toda velocidad los escalones de madera y salir al calinoso aire de agosto.

Avery sonrió. El placer que le proporcionaba ese recuerdo era infalible.

Ella se metió dentro del campo de maíz abriéndose paso entre las largas hojas verdes de una segunda plantación con las panojas en plena floración, y desapareció tras una hilera para tomar un atajo a casa. Él la siguió por el maíz como si le tiraran de una anilla en la nariz, haciendo a un lado las hojas y los gruesos tallos en el menguante calor del día. Aceleró el paso y, dos hileras más allá, divisó el vestido floral. Durante varios minutos mantuvo la distancia, esperando que ella se adentrara más en el campo. Poco a poco, fue internándose más y más en el cultivo de olor dulzón y repleto de abejas que iban de una panoja a otra.

Comenzó a sentir un cosquilleo en la piel, como si estuviera cubierta por una colonia de hormigas. Con la respiración agitada, hincó una rodilla en el suelo y todo se volvió oscuro. A cuatro patas en el suelo, respirando tierra, comenzó a arañar el suelo como si buscara ahí la vista perdida. Luego la luz regresó despacio, y con ella un nuevo deseo.

Torpemente, avanzó rompiendo los tallos, temiendo haberla perdido. Corría haciendo zigzag por las hileras y aplastando el maíz, hasta que, a unos quince metros, volvió a verla. Seguía caminando distraída con los brazos extendidos y acariciando suavemente las anchas hojas. Avery ya no pudo contenerse más; el deseo se había apoderado de él. Apretó a correr. La chica soltó un grito al volverse y ver cómo se precipitaba hacia ella. Él se le tiró encima y la derribó, dejándola sin respiración durante un momento.

Luego rodeó su rostro con un brazo. Ella aprovechó para morderlo con fuerza, pero en esos momentos él no podía sentir más que júbilo y, a tientas, su mano buscó y encontró la suave curva de su mandíbula. Con la misma fuerza que usaba para tirar de la cadena y levantar las balas de heno, le torció el cuello con violencia y se oyó un crujido. Por fin era suya por completo. Tumbado sobre el cuerpo todavía caliente de la chica, rodeado por los olores del maíz y la efervescente tierra negra, se sintió increíblemente vivo.

Recorrió una gran distancia con el cadáver a cuestas, hasta llegar a un bosque en el que tiempo atrás había descubierto una vieja cueva de piedra caliza. Descendió por la empinada ladera hasta la entrada de la cueva con mucho cuidado. Arrodillado sobre el cadáver en la tenue luz del pasadizo, abrió la hoja de su navaja. No le resultó fácil, pues temblaba mucho. Con el afilado acero le hizo un corte bajo las costillas y luego se dio un banquete. A cada bocado se sentía más fuerte, lo cual le permitió volver a cargar con ella y llevarla hasta el borde de un profundo pozo que había en la cueva. La arrojó dentro y pasaron unos segundos hasta que oyó el apagado ruido seco que hizo al impactar contra la roca.

Cuando salió de la oscuridad con las manos vacías, la luz diurna le resultó demasiado intensa, tropezó y se fracturó el tobillo. Al recordarlo entonces, en la cama de la residencia, la pierna volvió a dolerle intensamente. Pero el dolor había merecido la pena. Sí, sin duda había merecido mucho la pena.

Agradecimientos

Quiero agradecerle a mi maravillosa agente, Elisabeth Weed, que aceptara representarme e invertir su tiempo y su paciencia sin perder en ningún momento el entusiasmo y la fe en este libro. Ella hizo que el proyecto siguiera adelante y me ayudó a llegar a la línea de meta. ¡Muchas gracias, Elisabeth! Y gracias también a su asistente, Stephanie Sun, por su buen humor. No sé cómo podría agradecer a mi querida editora, Nan Gatewood Satter, que me pusiera en contacto con Elisabeth, así como su buen ojo y su sentido común; Nan puso a prueba mi capacidad narrativa, erradicó expresiones extrañas y demostró un gran tacto en el, por lo demás, silencioso mundo de la escritura.

El entusiasmo que manifestó por mi obra Andrew Bartlett, editor sénior de adquisiciones, hizo posible la publicación. También quiero dar las gracias a todo el equipo de Amazon Publishing: Jessica Fogleman, Jacque Ben-Zekry, Leslie LaRue y Reema Al-Zaben, quienes merecen grandes elogios por su profesionalidad, competencia, gentileza y, sobre todo, por hacerme sentir un auténtico miembro de su equipo. Kate Chynoweth merece un reconocimiento especial por la agudeza con la que repasó el libro al tiempo que ayudaba a elevar la historia. ¡Gracias, Kate!

Pat Sims y Chris Noel me ofrecieron consejos muy necesarios al principio de la escritura y me retaron a ir más allá.

A mi hermana, Susan Richards, autora talentosa, que creyó en mi escritura desde el principio con todo su corazón y me animó a no rendirme nunca. ¡Te estoy profundamente agradecido, Sooz! A Nathaniel, Marguerite y Evan: todo lo que me han enseñado sobre mí mismo hace que me sienta privilegiado de ser su padre. Sin ellos me habría sido negado mi mayor regalo: poder demostrarles a mis hijos todo lo que puede conseguirse con tenaz determinación, amor por el trabajo y fe en uno mismo.

Y por encima de todo gracias a mi esposa, Cameron, que nunca dudó de mí ni tuvo una mala palabra durante todas esas horas que pasé escribiendo en la buhardilla; me siento eternamente bendecido.